毕淑敏

作品
WORKS

# 蓝色天堂

BLUE
HEAVEN

CnS
PUBLISHING & MEDIA
中南出版传媒

湖南文艺出版社
HUNAN LITERATURE AND ART PUBLISHING HOUSE

博集天卷
CS-BOOKY

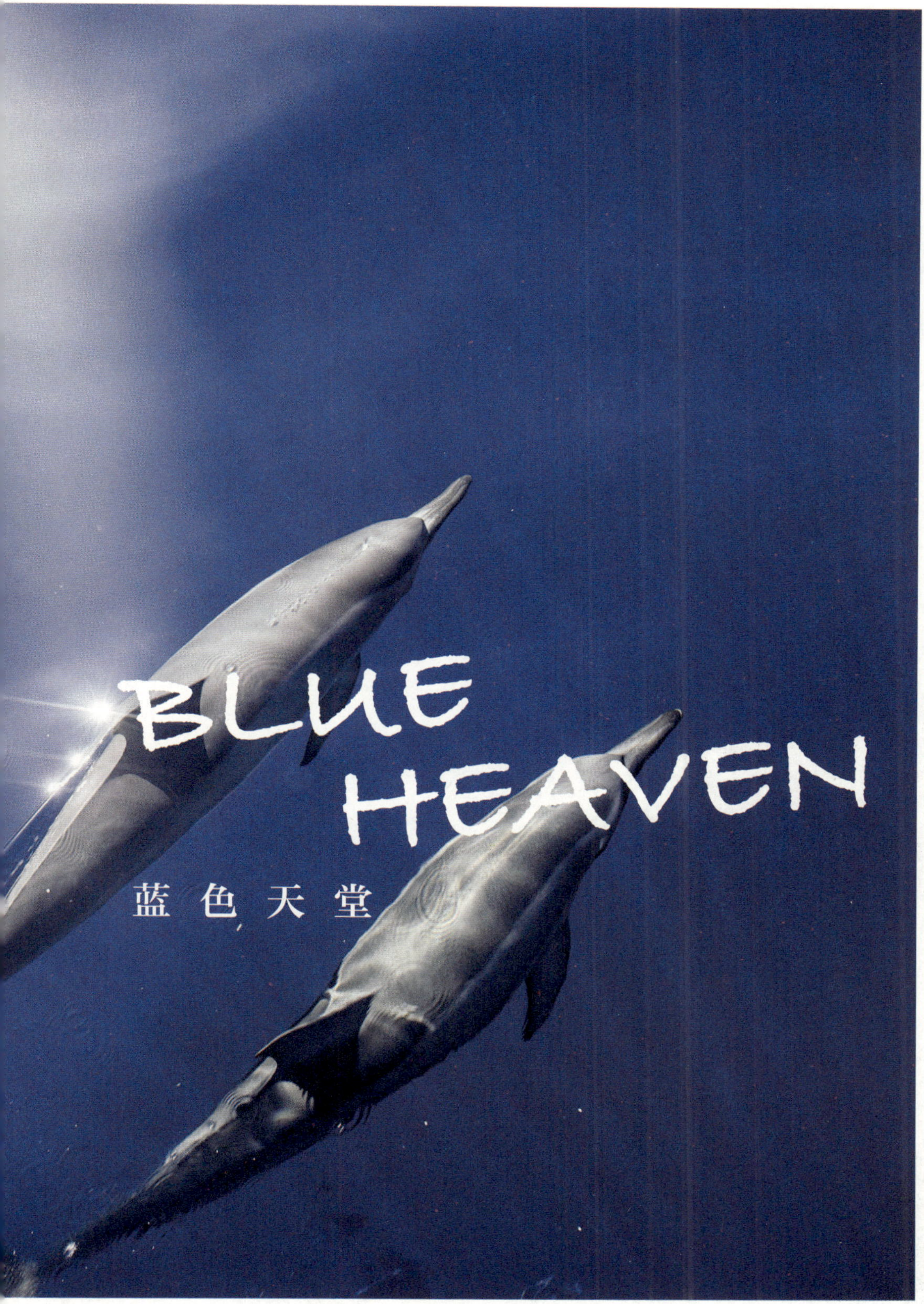
BLUE
HEAVEN
蓝色天堂

# BLUE HEAVEN

1

BLUE

HEAVEN

ここ**にメ**が あれば 何でもできる
NAGOYA P❤セン
いってらっしゃい

岸边为"和平号"送行的人们

即将出港

"和平号"左舷

和平号

海中央

从"和平号"的栏杆望向大海

停在码头的巨轮

海上的风很大

亿万年前的玄冰呈现出一种奇怪的颜色

跃出海面的海豚

船上日本老人送的手绘画

船上最重要的会议厅，水先案内人就在这里演讲

船上运动

"和平号"上凭栏眺望大海的女孩儿

# 天堂的颜色

我不相信有地狱。

可我确知有天堂。

天堂和地狱似是一对正反义词组。按说你相信这一个存在，就不能否定那一个的存在，否则自相矛盾。

先来说地狱吧。地狱是怎样一番景象？

大文豪但丁在《神曲》中描述的地狱，是硕大无朋的漏斗状。它从地表到地心口径逐渐缩小，陷落得越深，表明灵魂的罪孽越重。若一路坠落直扑地心，抵达漏斗底端，就是魔王撒旦的巢穴。若有幸从魔王的尾巴爬过地心，另一面则进入炼狱。炼狱像一座高山，灵魂可在攀爬中洗涤罪恶。山分七层，每上升一层就会消弭一种罪过，攀到山顶便升入天堂。天堂之途也非一蹴而就，而是循序渐进，一共分为九层。越往上爬你的灵魂就越高洁。若你翻越了九重天，就进入了真正的天堂。

在东方，佛教的地狱有极无间、大阿鼻、四角、飞刀、火箭、夹山、通枪、铁车、铁床、铁牛、铁衣、千刃、铁驴、烊铜、抱柱、流火、耕舌、锉首、烧脚、啖眼、铁丸等类别。中国道教的地狱则分为十八层，以某人生前所犯罪行的轻重，决定他下坠到地狱的哪一层和他受罪时间的长短。每层地狱比前一层地狱在质上增苦二十倍，在时间上增加一倍。如不幸落进第十八层地狱，苦楚烈度已无法形容，时间也达到极致，再无走出地狱之可能了。

在一本讲述旅行和天堂的书籍里，讲述地狱实在是煞风景的事情。但不知地狱之苦，又如何能体察到天堂的温煦呢？

天堂到底是什么样子？

我问一些人，天堂里最应该有什么？

有人说，应该一尘不染。有人说，应该没有悲伤。

有人说，应该有黄金砌成的街市和碧玉打造的围墙。

有人说，应该人来人往，想吃什么就有什么，牛奶遍地、乐声环绕，安全舒适。

有人说，当然要有天使。就是那些面如满月、长着翅膀、拎着一口袋羽箭的胖胖婴孩。然而天堂并非幼儿园，不可能只有未成年人，一定还有如花的少女和如山的男生吧？青少年总要长大，会有婚配和新的天使出生。然后人们慢慢变老，成了慈祥和蔼的老人吧？

我想，天堂里一定绿草茵茵，有不老的翠树和长香的花，有鲜活的动物和莺歌燕舞的禽鸟，有丰腴的餐食和流淌的蜂蜜；空气毫无疑问是新鲜的，疾病毫无疑问是没有的，华美的建筑反射温润的微芒……

想到此处，不由暗笑。天堂和地狱，骨子里是人世间诸般影像的加剧或是放大，并无不可思议之处。在种种想象和描述的背后，潜伏着来自心理学上被称为"行为主义"流派的淡淡身影。那学说的基础理论是相信惩罚和奖励能训练并约束人们的行为，久而久之成了习惯，便能惩恶扬善，达致天下太平。地狱天堂说的理论基础，和此流派有异曲同工之妙。遗憾的是在现实世界，地狱的恫吓力量，总流于纸上谈兵的虚妄；天堂的恩赏嘉奖，又有画饼充饥之嫌。亡命之徒连现世的法律都置若罔闻，又哪会忌惮地狱中遥遥无期的惩罚！

所以，我不相信地狱。但是我相信天堂，我所笃信的天堂，它不在天上，只在尘世。

人间本该是天堂。

2008年，我自费买了一张船票，出发环绕地球一周。那艘名为"和平号"的船，5月14日自日本横滨进入太平洋，一路向西，9月4日返回出发港，在蔚蓝大海上昼夜兼程5万多公里，途经几十个国家，共计114天。由于一些原因，我没能完整地走完这一圈，这个圆画得不够完整。好在最壮观的景色我已饱览，最险恶的风暴我已穿越，最艰苦的航程我已一寸寸地挪过，最苍凉的海天一色我已一分分领略……生命中有了这样一次荡涤身心的旅行，浓墨重彩。当我垂垂老矣行将离开这个世界的时候，据说人的一生会电光石火地闪现，浓缩成一部微电影，我势必回忆它，浮出若隐若现的欢颜。

如果天堂有颜色，它是什么色泽呢？红色固然令人兴奋，但每天都是红彤彤的艳光四照，好像喧嚣吵闹了些。橙黄？温暖，丰收，诱人食欲，但总觉明黄给人以威权的压力；带着赤色调的橙，又有一种危险即将靠近的绷紧。青绿自然是好的，生机勃勃饱含汁液，给人以成长的期望和生命的韧性。但城市里绿色稀薄，旷野和雨林中，大片绿色惨遭砍伐和焚烧，雪山、沙漠也没有绿色的踪影，绿色有不堪一击的脆弱。哦，还有紫色。据说这是一种高贵颜色，我却正因了它的高贵，而疏离了它。我期盼天堂不要有拒人千里的矜持，而是平易近人的蔼然。

便只剩下蓝色了。蓝色是这个星球上最广泛、最汹涌澎湃的颜色，博大精深，无处不在。它负载着所有的生命，乾坤挪移生生不息。它酿造着所有的文明，丰功伟业乐此不疲。所幸截至今日，它还没有被人类的贪婪彻底污染，尚保持着宇宙洪荒时的洁净和丰饶。

我把这本书定名为《蓝色天堂》。天堂并不遥远，就在你我指尖。天堂是既可以建设也可以毁坏的，就看我们如何面对人类的未来。

我把这一路的所见所闻所思所想写出来，不一定正确，但都是真情实感。希望你能读它一页或几页，说句玩笑话，那你就赚到了。蹈海翻江这一趟，我用了100多天，你只需用几小时。我买那张船票，花费了半生的积蓄，你花几十块钱，就可以沿着海路，听素颜的地球在悄声述说。

海，自在博大，你将从那里领受生命大道至简的意义。

# 1 向卷尾猴学习

2008 年夏秋，我坐着船，环绕地球一周。这是中国大陆公民首次乘坐游轮，完成环球旅行。

这次旅行，是完成我的一个私人愿望。满足了，放下了一块很重的石头，石质相当于花岗岩吧。记得上小学的时候，我读到凡尔纳的《80 天环游世界》一书，写的是 1872 年，一个名叫费雷亚斯·福格的人，用了整整 80 天的时间，绕行地球一周。他的起止点都是伦敦。简言之，福格先生从伦敦出发，又回到了伦敦，完成了在当时不可思议的旅行。至于主人公走这一大圈的动机，真不怎么高大上——是 20,000 英镑的赌注。

福格的路线是自伦敦向东。乘火车先到苏伊士运河，再乘船到印度，之后坐火车横穿印度，来到中国香港。乘船至日本，航行去美国，坐火车穿越美国，回到伦敦。福格的随从，是一位刚刚被雇用的仆人，绰号"万事通"。主仆一路遭逢种种磨难，遇风浪、赴险境、海上搏击、海关被囚……被人当成罪犯跟踪、置身荒郊野地无路可走、与恶僧对簿公堂、遭暗算误了轮船……好歹最后终于按时回到伦敦。不但赢得了 20,000 英镑的赌注(不过他一路上花费甚巨，基本上两相抵消，没赚到什么钱)，还赢得了爱情，带回了美丽的夫人。

这本书的作者是号称"科学幻想小说之父"的法国作家儒勒·凡尔纳。

你恍然大悟(我相信很多人早就知道)，原来这本小说是科幻作品。也就是说，

100多年前，用80天绕地球走一圈，是个幻想。那时还没有飞机，人们的代步工具只有马车、雪橇、烧煤的轮船和慢吞吞的火车。

今非昔比。现在绕地球一圈，高速超音飞机，只需6小时。"神舟七号"飞船，进入轨道后，绕地球一周只用90分钟。人类的科技发展，让当年的科幻大师瞠目结舌。

不过，说来惭愧，"和平号"航海绕地球一周，比100多年以前的福格先生慢多了。时间共计114天，航程52,311公里。

按原计划，"和平号"游轮，2008年5月14日由日本横滨港出发，大方向一直向西。104天之后，回到横滨港。

具体航线：先在海上航行5天，到达越南岘港，在岘港停留1天后出发，航行2天后，到达新加坡。从新加坡再次出发后，将在印度洋上漂泊整整8天，然后到达阿曼的萨拉拉港。短暂停留后，继续出发，航行5天后，到达约旦亚喀巴。再1天，穿过苏伊士运河，自红海进入地中海。也就是说，从印度洋到了大西洋。航行至埃及塞得港之后，停靠地中海沿岸诸多国家。土耳其的库沙达瑟、希腊的比雷埃夫斯港、意大利的那不勒斯、西班牙的巴塞罗那、法国的勒阿弗尔、荷兰的阿姆斯特丹……半个多月后，"和平号"游轮向正北，抵达挪威卑尔根。游览著名的松恩峡湾后，航至冰岛雷克雅未克，再至格陵兰岛。之后掉头向南，在大西洋上航行6天，到达美国纽约。从纽约至中美洲的委内瑞拉，再到达巴拿马。通过运河，从大西洋回到太平洋。沿太平洋东岸航行，过危地马拉的库特扎尔、墨西哥的阿卡普尔科、加拿大的温哥华，到达美国阿拉斯加首府朱诺。之后，"和平号"要用9天时间横渡太平洋，于2008年8月25日回到日本横滨港，绕行地球一圈成功结束。

原定航程在具体实施过程中有所调整，"和平号"延期9天，于2008年9月4日到港。

记得少年时的我看完《80天环游世界》的傍晚，望着晚霞痴想：哦，地球，居然能绕着它走一圈，多么令人神往！你一直向东或是向西，只要坚持走下去，在任何情况下都不改变大方向，你就会回到出发的地方。你用脚一步步地丈量地球，见证了地球果真是圆的，这多么有趣啊！

那个青涩少女下了一个决心：以后如果有机会，我也要去绕地球一圈！

童年时期每一个被铭记的片段，都有魔力。它被储存在脑海书柜的最底层抽屉，你也许从来没有翻动过那一层，但它确确实实被收藏在那里。无论积落多少岁月灰尘，每一个字依然像刚写上去那般清晰。

不过，我完全不知如何实现这个愿望。也没有同别人交流过这个想法，我觉得它会被人耻笑。

大约在 2005 年，我突然在报纸上看到中国旅行总社登出的一则广告，标题是："你想环游世界吗？"那一瞬，我像一只大雁，被穿透力极强的箭矢射中，笔直地向下坠落，摔在地上，眼冒金星。原来，世界上真有这样一个项目，可以满足我的愿望。我飞快地记下咨询电话。

坦白说，从计划刚一冒头，我就预见到了这将是被人诟病的异想天开的想法，在计划没周全之前，我要保守秘密。

第二天，我给旅行社打电话，问询具体事宜。对方男生很热情，劈头问我：您的地理知识如何？

我支支吾吾道，还行吧。

他似乎觉察到我的轻微不安，笑笑道，我的地理也不是很好，需要拿着地图跟您说。您手边可有地图？

我没地图。为了显出我对这次旅行的期待和准备，我说，有地图。

男生很高兴，说，那我就对着地图讲了。

他滔滔不绝地说着一个个或陌生或熟悉的地名，如同相声的贯口。我这厢惨了，急忙调动脑海中一切有关世界地理的储备，还是一头雾水。

骑虎难下。我假装胸有成竹地"嗯……噢……"应对着，仿佛一步不落地跟随他的指点在世界地图上寻觅。

记得那天我还咨询了一些相关事宜，比如如何吃饭、如何洗衣、如何登陆游览。可这些细节问题让对面那位好脾气的男士难以招架，同时也认定我是一个有诚意真想去环航的人。他说，我会把一份详细资料速递给您，您想知道的具体信息，都包含在内。

资料到了。对着地球仪，我一站站地找到"和平号"经停的港口，手从那些地名上滑过的时候，指尖一阵阵灼热。

我最关心的还是最低船票价钱。得知后，手心出汗。船票远远不是全部费用，你还要付途径所有国家的签证费、陆上游览参团费、到港港口费、阿拉斯加环保费、加上多达数千元的小费（必付），再加电话费、理发费、上网费、洗衣费、干衣费、保险费、医疗费……

最大笔的支出，甚至不是船票，而是陆地上参团旅游的费用。如尽数参加，这一项将高达 20 万元以上。

呜呼！

我估计无数怀揣梦想的人，在此环节便打了退堂鼓。我颇能理解在金钱前的自卑，此刻辗转其中。可是，一想到这是我自童年以来就耿耿于怀的念想，我决定硬着头皮探寻下去，不能被这些背后扛着很多零的数字吓瘫。

假设金钱不成问题，下一个重要的问题，就是身体了。

对一个迈向老年的女人来说，身体日薄西山不言而喻。如果我不抓紧时间出发，劣势将越来越明显。

再后面的问题是谁做旅伴。

看过国外某宇航员写的回忆录，说和同伴们在狭窄的飞船里住上 3 个月，能满足一切关于谋杀的必要条件。可见逼仄空间里耳鬓厮磨需要怎样的默契和气味相投。

我终于明白，要想完成此役，一是要有钱，二是要有伴儿，三是要有闲。像三条腿的小板凳，缺一不可。

先从简单的说起。我已退休，这条凳腿已落地。

至于那两条凳腿，容我慢慢交代。

总之，我出发了，然后，我平安归来。

将来，等我更老的时候，发白齿摇、目光凄迷，我会坐在养老院的藤椅上，瘪着没有门牙和槽牙的嘴，与几个同样老的人说，当年，我还环球旅行过呢，那大西洋上的风暴啊……

我心已安，静如止水。

出发时，未曾想写什么东西。我顽固地认为，这是属于私人的一次旅行，就像一件砂洗的丝绸旧衣，黯淡了，带着体温，被自家收藏。

走时，我几乎没向任何朋友交代。因无法肯定能否善始善终，不愿有吹牛之嫌。回来后，更觉得无甚可说。在最深的记忆面前，笔墨终是无力。

世界上有时间的人，往往没钱。有钱的人，往往没时间。有时间又有钱的人，可能又没好身体。于是，中国大陆普通公民的海上环球之旅，在我们出发之时，尚属首次，仅有 6 人。

朋友说，毕淑敏，你有一个责任，把这个航程写下来。

我说，为什么呀？写游记，需要很多知识和智慧，我觉得自己不够格。加上我晕船，景色雾里看花，糊里糊涂。

不曾出发就答应写文章，会被一柄笔和纸制作的达摩克利斯剑，直指脑门。航海需轻车简从，我无法携带更多的书写参考资料，地理和人文知识欠缺。"轻"是被逼无奈，从北京飞往东京，再从日本的横滨出海，国际航班行李限量是 20 公斤。你无法不轻，要不然，罚你没商量。

当我重新回到中华大地的时候，我知道现在的我，和没有出发之前——那个没有看过整个世界的毕淑敏，已经有了些许的不同。这就是旅行最宝贵的价值——在敝帚自珍的精神小屋中，多了一些来自远方的小贝壳。哈，这已足够，写不写文章，有何要紧呢？所以，面对朋友们苦口婆心的写作劝说，我不为所动。

某天，我看到了一个报道，说的是瑞士苏黎世大学的恩斯特·费尔博士，主持了一个实验。他让 229 名小朋友参加了 3 轮不同实验。实验的道具是每人分到的两份糖果。博士告诉小朋友们，你可以选择自己吃独食，也可以选择和其他朋友分食。到底选哪样做法，全凭自愿。

结果三四岁的孩子普遍利己，基本上不考虑别的孩子的利益，能和别人分食糖果的孩子，只占总人数的 9%。等到七八岁的孩子时，事情起了变化。在有两份糖果的情况下，80% 的孩子选择了和朋友们一起吃，抛弃了吃独食的选项。

美国埃默里大学耶基斯国家灵长类动物研究中心的研究人员，也做了一个类似实验。这一次的实验对象，不是小朋友，而是卷尾猴。研究人员也给了卷尾猴两种选择的自由：一种是自己获得食物奖励，另一种是自己获得奖励的同时，让另外一只猴子也获得奖励。

实验证实，在与亲属或是朋友配对的时候，卷尾猴基本上都会选择一荣皆荣模式。这在心理学上有个专用名词，叫作"亲社会性"选择。看到亲朋同时也获得了食物，实验卷尾猴感到满意或高兴。不过，若是陌生猴子，它们就没这么大方了。科学家们惊奇地发现，卷尾猴不仅懂得获取，也享受给予他人（猴）所带来的快乐。

这则和航海毫无关联的科学报道，让我陷入了思考。

科学家们说，分享是人类基因和社会文化共同作用的结果。

说到基因，真是很奇怪的东西。我看到过一幅生物学家拍摄的受精卵图片，数百个精子企图进入一枚太阳一般巨大且光芒四射的卵子，有一个身段敏捷的幸运儿，正夺门而入。在这幅放大到 100 平方米的巨幅图片面前，一位资深的妇产科医生万分感慨地说，假如是顺产并准时出生，那么，从出生日往前倒数 280 天，我们每一个人，都曾是这副模样。

面对生命萌动的洪荒景象，真想仰天长啸。

我们都曾这般整装待发，可是又有多少人，知晓这惊天地泣鬼神的奥秘？切莫小看了这枚受精卵，我们所有的信息，生理的和集体的无意识心理，都储存其内，如同天下最复杂的密码本。

亲社会性，并不是人类的专利，即使在动物间，也会生生不息地一代代生物遗传下去，例如前面所说的卷尾猴。我们至今还无法完全破译"亲社会性"的生理基础，不知道它潜伏在大脑皮层的哪一叠沟回里，它的生化基础又是什么。

不知道随着科学的昌明，将来的某一天，是否可以将这种"亲社会性"的物质提炼出来，把它注射到某类"反社会性"强烈的人体内，让他们变得比较友善和懂得分享？

我用双脚和眼睛，在地球上画出了一个巨大的圆。由于种种原因，我这个圆，画得不大规整。原因主要是汶川地震后，我应邀把船上的捐款送回北京红十字总会，中途下了船，后又在西班牙赶上游轮，继续航行。

有朋友说我这趟环球游有缺口，我并不觉得可惜。我本没有破个什么纪录、做个什么第一人之类的想法。出门是自己的事情，看到的风光留在你的视网膜上，别人抠也抠不走，成为你生命质素的一部分。期望自己不必用一生去遗憾童年的梦想未曾实现。世上有些机会还没来得及斟酌，它就惊鸿一闪，一去不复返了。在有条件的时候，请听凭直觉从心所欲。

这是一趟靡费的旅行。我深知在现今中国，这不是一个小数目。在我原来不准备公之于众的心理中，很畏葸这一条。你拿出一大笔钱游山逛水之后大谈感受，很多人除了羡慕，或许还有复杂的情绪，比如忌妒。

忌妒是一种源自彼此的比较，产生了某种自不如人的负面情绪。由于对方的相对优越，导致对自己的评价下降，因此生出闷闷不乐的沮丧或是无名的愤怒。一个人由于自己的快乐，却惹得他人不欢愉，这是我所不愿也不敢触犯的。

莎士比亚说："您要留心嫉妒啊，那是一个绿眼的妖魔！"

我可不愿意因为写了一本书，就把一趟私人旅行变成勾出绿眼妖魔的咒语。

让我写本环球游书的动议，来自大山里的孩子。

我当时在新浪博客中写道："……汶川大地震死难者'五七'之后，我将再次出发，追赶'和平'号。人是寻找意义的生灵。如果说，之前的环球游，我只是为了完成幼时就存于一己心中的微小梦想，那么这一次的重新出发，就多了一点受人之托的责任。我忘不了北川中学初二（一）班的同学高高举起的手臂和渴望的眼神，他们说，有全国人民的支持，你不必留下。你走吧，去环球旅行。请带上我们的眼睛……

"我答应以后会为他们写点东西。"

当我重新登上"和平号"之后，为了分享，无论晕船多么厉害，我都及时将博客发往国内。我记得孩子们的嘱托，在我的眼睛后面，至少还有当时课堂上的 97 个孩子的眼睛注视着。

旅行已经超出了纯粹自我的意义。

我决定要比卷尾猴做得好一点。它只愿意与自家亲属和朋友们分享食物，对陌生的猴子们就没有这么大方了。我愿意和你聊一聊这趟旅行。我们同住在这颗蔚蓝色的星球上，它是我们唯一的家园。关于家园的消息，对所有人来讲，都不应独吞。

# 2 舱 位

舱位是什么呢？就是你在游轮上的具体住处。游轮像纷杂的住宅小区，舱房所在的楼层，相当于小区里的几号楼。你的舱房，就是房子的号码。

我原以为游轮也似多层住宅楼，讲究金三银四，位于船体楼层中段部位的舱房最好。你想啊，太高了，迎着风浪摇晃得比较厉害。太低了，在吃水线附近甚至以下，海流横冲直撞，颠簸较甚。

其实，不然。"和平号"上最好的豪华双人间位于7层，有方形的窗户和浴缸。

船上装有平衡装置，高处的颠簸类似骑在马鞍上有节奏的前后起伏，人比较容易适应。低层的震荡，是海浪不规则冲击下产生的细碎而紊乱的颤抖感，很容易引起昏眩(本人凭直觉瞎揣摩的，没多少科学根据，祈谅)。加之低层受海水温度影响大，在热带水域航行时，水温近30℃。距离海平面很近的舱房里，闷热不难想象。

比豪华双人间略差一等的是蓝天双人间。顾名思义，你坐在舱房里，可以看到蓝天。它的窗户也为方形。

再次一等的是标准双人间，位于5层。之后(正确地说应该是之下)是海景双人间，位列4层。自此层以下的所有舱房，都是圆窗。

方圆之变，并非为了美观。作为远洋客轮标志性图像的圆形窗户，本质是为抵御风浪而特制。在岸上目所能及的圆形玻璃背后，是一扇钢制的密闭装置。风浪来袭，钢窗会被螺栓拧死在玻璃之内，为的是防止圆形玻璃窗被风暴击碎后，海水灌入舱房。从窗户这个小细节，也说明底层舱房经受风浪暴击时后果更凶险。

再等而下之的是无窗舱房。双人间第 1 类，位于 4 层和 5 层。双人间第 2 类，位于 3 层。没有窗。

我和旅行社讨论预定舱位时，对谈如下：

毕淑敏：问一下……最便宜的舱位是哪一种呢？

旅行社：最便宜的舱位就是 N 房型。经济 4 人间。票价是 99,200 元。

毕淑敏：噢，我想选这一种。

旅行社：这个……毕老师住，可能不适宜。

毕淑敏：没关系。我不怕吃苦。以前在西藏当过兵，那时候，比游轮可要艰苦得多。

旅行社：我的意思是按照游轮方面的规定，住 N 房型的必须是 30 岁以下青年。

毕淑敏：哦哦，原来是这样。看来我是没有资格住这个 N 舱房了。那么，除了 N 房型，还有哪一种房型比较便宜呢？

旅行社：那就是 M 房型。也是四人间，不过没了年龄限制，价钱也要贵一些。

毕淑敏：好啊。那我就订这个 M 房型好了。

旅行社：可是，这个房间里有 4 个人。

毕淑敏：没事。我可以和各式各样的人相处。不怕人多。

旅行社：游轮上的 4 人舱房，安排在很低的楼层，眩晕会比较严重。房间里地方很小，房客们的行李搁不下，要送到专门的储藏室去。如果毕老师计划在旅途中工作，这么拥挤的房间，可能会让您的设想落空。

我的确打算在海上完成一个构思了很久的作品，如果工作时间大受干扰……我叹了一口气说：看来，为了工作效率，只有住双人间了。最便宜的双人间是多少钱呢？

旅行社：是双人间里的 F 舱房，票价是 147,400。

毕淑敏：（咬咬牙，狠到牙龈都痛了）我就订这个房间吧。

旅行社：F 舱房位于 3 层。它太低了，颠簸会相当剧烈，您晕船吗？

毕淑敏：（愁容不展，虽然没有人看到）晕，还挺厉害的。

旅行社：那这个 F 舱房对您可能不合适。您要是天天晕船，如何还能写作呢？

毕淑敏：有没有比这个 F 舱房稍好一些又比较便宜的呢？

旅行社：那就是 E 舱房，在 4 层。票价是 154,100。

毕淑敏：为了工作，就住这个 E 舱房吧。

旅行社：可是……毕老师……这个 E 舱房，是没有窗户的。

毕淑敏：没窗户……这很重要吗？

旅行社：是的，这很重要。因为您不是坐一天两天的船，是整整 3 个多月。100 多天在完全没有窗户的房间里，您会倍感压抑。我们为什么要到大海上去？虽然不是纯粹地为了享受，但身体的放松和精神的愉悦是非常重要的。E 舱房没有窗户，不管白天黑夜，都要开灯。打个不一定合适的比喻，E 舱房在某种程度上说，就像一间牢房。毕老师，在没有窗户的房间里写出的东西，只怕是透着憋屈呢。

毕淑敏：这个……你说得也有道理。那么照你的意见，哪种房型比较合适呢？

旅行社：我们觉得 D 房型比较好。它有窗户，是那种圆形的窗户，虽说小，但总算有窗户，能看到天光。再有，它位于 4 层，虽说也比较低，但要比 3 层舒服一些。价钱也适中，是 167,500……

航行中，以上提示都被证明无比具有先见之明。如果住 3 层，晕船之苦一定会让我的工作能力大幅度下降，头晕眼花、思维混乱。我曾到过 4 人舱房，的确非常拥挤，空气也不流通。清晨上厕所和洗漱，彼此都须协商和妥善安排时间，据说偶有肢体冲突发生。半夜时分，如果你看到有人迟迟不入睡，孤魂野鬼似的在甲板上游荡，除了失眠者，很多都是四人间的客人。空间太狭小，不到困倦无比，他们不会贸然回去就寝。清晨在公共空间，例如甲板和走廊，你若突然看到某人满口白沫龇着牙，千万不要害怕，以为他是发了癫痫，其实那是四人间的客人进出公共厕所洗漱。口中含着轰轰作响的电动牙刷，走来走去既锻炼身体又解决了盥洗问题。

人们常说，眼睛是人心灵的窗户，那么，是不是也可以套用过来反向做个比喻——窗户，是远洋轮船的心灵。尤其在风暴中，能够看到苍茫的天，不仅是生理上的安全需求，更让精神上有所附丽。

面对非同小可的旅行费用，"和平号"给大家出的主意是——借钱。如果能向父母、亲戚借，就在内部解决。如果内部无望，就去找贷款。这方案对中国人来说，恐怕太陌生了。你可以借钱或是贷款买房子，大家会认为这是必须的。你可以借钱或是贷款买汽车，虽然大家不认为这是必须的，但还可以理解。你若借钱或是贷款去旅游，大多数人估计都会认为你疯了。

为什么呢？

我想，这可能与人们对旅游的认识有关，觉得它不是生活必需品。一个人没有食物饱腹，没有衣服避寒，会造成很大的身体和精神上的痛苦。但是一个人不去旅游，哪怕是一辈子终老在自己出生的土炕上，哪里也不曾去过，这并不是什么稀罕事，也不是不可容忍的。从这个角度出发，旅游是可有可无的。为了一件可有可无的事情，让自己背上灾难深重的实实在在的借贷包袱，得不偿失。

我基本上同意这种观点。

虽然，它并不正确。

非常喜欢美国人本主义心理学家马斯洛的人生需求"金字塔"理论。这个理论简明扼要，有着大道至简的朴素和睿智，简直就可以说是当代人生的万有引力定律。你每天都看到树叶从天空落下，天经地义到不再经过大脑任何细胞思考，至多悲一下子秋，怆然而过，但牛顿一思考，"落下"——就成了物理学的经典。人到底要什么？也是一个同样的问题。我们无时无刻不在寻找着、占有着，可有多少人想过自己要的究竟是什么？这千变万化的需求，可有某种共同的规律藏匿其中？

马斯洛把这个直指人心的规则给提炼出来了。

我相信很多人一定听说过这个"金字塔"理论。它非常简单，几乎听一遍就能记住。容我用最精练的字句再来重复一遍。

金字塔

第一层：生理（温饱、性等）。

第二层：安全。

第三层：爱与归属。

第四层：尊严。

第五层：自我实现。

马斯洛不单假设了需求层次金字塔，而且还认为人在这个金字塔的台阶上，是循序渐进的。也就是说，绝大多数人，是在较低层次的需求被满足之后，才去追求更高的层次。

我很喜欢这个理论，言简意赅，用几十个字，就把千奇百怪的人心，剖成了几近透明的薄片，可以放到显微镜下接受辨析了。

我常常想，旅游是属于哪个层次的需求呢？

一个人的温饱都还没有得到解决，吃了上顿不知道下顿在哪里，恐怕是不会有意识去旅游的。如果你把流浪乞讨也当作旅游的话，那也未尝不可。那只能说是在我们每个人的血液里，都有浪迹天涯的渴望。

安全？旅游其实是不安全的。因为你从一个熟悉的地方，到了陌生的地方。你的房子变了，你的交通工具变了，你吃饭的形式，从外包装的锅碗瓢盆到内容物也都变了。你的床铺变了，你洗脸的盆变了，你喝的水味道也变了，连你上厕所的方式都变了，更不要说你见到的人皆是千奇百怪。所以，旅游绝不是满足安全感的好法子，没有人为了更安全，才去旅游。

那么，爱和归属呢？到了这一层，似乎有一点点关联了。比如很多人选择旅游结婚，这毫无疑问是一件和爱有关联的事情。在旅行中，素不相识的男女间发生浪漫的偶遇，这也是屡见不鲜的事了。一个团队，集体出游和到远处进行"拓展训练"，其实也是借了旅游和陌生化的氛围，在苦难和磨砺中，修复疏远和淡漠的关系，重建人们的信任和团体的一致性。也许远方比近处更能够刺激人们分泌荷尔蒙，让精神变得更昂扬和紧致。

现在，我们已经上升到了尊严的台阶上。我曾看过国外一位社会学家的专著，他说："人们把旅行视作空间的转换，但其实它不但在空间进行着，也是社会阶层结构的转变。如果要完整地描述任何旅行的经验就必须要同时使用 5 个坐标，因为空间本身就有 3 个坐标啊。再加上时间和社会阶层，我们的贫富不断改变着。人容易暂时放弃自制，开始挥霍。旅行不仅仅是将我们的身体带到远处，还让我们在社会地位方面上升或是降低一些，使我们脱离了自己原有的阶级脉络。"

这是一个很有意思的观点。你在旅游中，会发现自己的社会地位有所变化。这个现象说起来复杂，其实凡是旅行过的人，或多或少都有所体验。比如你到欧洲或是发达国家去，你可以感到那里的很多人对亚洲人骨子里的藐视或是视而不见的忽视。当然了，也许有人会很热情地为你指路，但那是基于他们的教养和习惯，内心深处的偏见依然存在。他们到了第三世界旅行，那种居高临下的优越感，也是显而易见的。通过 2008 年奥运会，中国向全世界展示了自己进步神速，表现出的国力和盛世风采，令海外华人扬眉吐气。这种变化，也从侧面说明了如果一个国家的力量和财富处于下风，那么她的国民在以世界为棋盘的格局里，也是处在弱势的阶层。

话讲得更直白一些：一个发达国家的穷人，到了不发达国家，就好像凭空上升了一个或几个社会阶层，那种满足和自豪感，是他在本国所享受不到的。一个不发达国家的小富之人，到了发达国家，看着琳琅满目的奢侈品，马上自惭形秽，原来的优越感荡然无存。其实，在我们国人身上，这种情况也常常出现。比如从北欧回来的人会说，到了那里，才知道咱们的钱太不禁花了。从越南回来的人会说，那是个穷地方，让咱也过了一把大款的瘾啊！

很多年前，我认识了日本的一位老人。他告诉我，他已经来过北京60多次了，只要有机会就会来。我大吃一惊，说您来了这么多次，北京的古迹就是再多，也逛完了呀！他微笑着说，北京和东京的物价相差太悬殊了，在东京买一棵菜的钱，在北京够买一篮子菜了。在东京，我是个没人理的孤寂老头，在北京，我就是外宾，会受到很好的照顾和被高看一眼。

他喜欢这种被人尊重甚至高人一等的感觉，这让他非常享受。这是他在日本国内无论如何也享受不到的。因为他的那一点钱，在日本根本就算不了什么，但是在中国，他就是富翁了。

从这位日本老人的倾心而谈中，我知道了旅游的确可以和尊严密切相关。在普通人当中，谁要是去了北欧、中东、南非，很可能在亲朋聚会或是老同学见面时，假装不经意地提起，实则是轻微地炫耀。我的一位朋友，在去过北欧后一段不短的日子里，将那些旅游照片精洗放大封塑装在册子里，册子则随身携带，经常拿出来给别人欣赏……

虽觉好笑，也可理解。因为在这里，她想得到的不仅是分享，还有尊严感的提升。这表示她已经有能力——这包括经济实力和空闲的时间，可以到远方去了。

现在，我们已经爬到了金字塔的第五层——自我实现的需求。

没有比旅游的动机更复杂和包罗万象的了，也没有比旅游的动机更单纯和简明扼要的。

也许，只是因为生命深处的躁动，因为从草履虫进化来的我们迁徙不止的天性？

如果决定航海旅行，人们一定会向你提起"泰坦尼克"号，它是绕不过去的噩梦，好在噩梦醒来不再是深夜。近些年来，你可曾听到过有一艘大型游轮沉没吗？

在加勒比海，我和一位老水手探讨过这个问题。

像"泰坦尼克"号那样的悲剧，再也不会重演了。老水手说这话的时候，海天一色，四周孤零零地只有我们这一艘船。日语中有一个词，叫作"大海原"，形容的就是这种海面平滑周正的景象。群鸥低旋，海平如绸。老水手的脸和手臂，都是不加任何牛奶的苦咖啡色。

我说，你怎么能这样肯定呢？要知道，水火无情啊。船要是这会儿沉了，谁来救我们呢?

老水手说,现在的科技比那时候要发达多了。你别看周围一艘船也没有,要是发出救援信号,会有很多人来援助我们的。

我说,如果船很快地沉没了,那些船赶不及,怎么办呢?

老水手笑了,说我把轮船和飞机搞混了。飞机的坠落是瞬忽之间的事情,确实有来不及救援的时候。但是,轮船不一样。就是动力完全丧失了,只要没有大风暴把它掀翻,它也会浮在水面上,这就赢得了时间。

我说,要是一个大浪打过来呢?

老水手看着一望无垠蓝缎子一样的大海说,风浪并不是无迹可寻的,现代科技这么发达,卫星云图早就可以预见到风暴的形成。如果在轮船可以抵抗的范围之内,我们就按照原计划航行。如果超出了界限,船就会改变航线,躲开风浪。你知道,风暴也是有它自己的势力范围的,并不是整个大西洋一起咆哮。风暴常常是狭长的,有经验的船长会让船只避开风暴。在这一点上,人们是很有经验的,否则,以往年代里,人们怎么能凭着那么简陋的船只,行走在大洋之上呢?

我还是不放心,问,那要出现我们所有经验都没法对付的险境呢?

老水手笑了,说你讲得一点也不错,总是有我们经验之外的事情发生。旅行本来就充满了风险,换句话说,你以为一直待在家里,就不会死了吗?我相信,这个世界上,死在家里的人,一定比死在海上的人多。做什么事能没有风险呢?有的时候,就只有凭运气了。你看我,从十几岁开始当水手,现在马上就 50 岁了,你所说的那些险境,我都遇到过,这不还是好好地活着吗?

我说,那您真是好运气了。

老水手眯缝着眼睛说,谈不上好运气,一般的运气吧。你们才是好运气,能乘坐游轮。

说完,他就回到底舱去了。按照规定,底舱的水手,是不得随便进入客人舱的。他今天的工作是为甲板涂抹油漆,才有了这一番对话。

# 3 船 书

　　观看一场演出，你可在进门处领取或是购买剧情说明书。上船之前，你要吃透船书。船书是游轮的名片，通常厚重而奢美。内有旖旎风光、缤纷美食、多彩游览地的图片。必杀技是船舷旁相互依偎的情侣，以蓝海、蓝天为衬。

　　海和天靠色，细察有略微差别。天澄澈，海深远。情侣通常是年轻的，男子英俊硬朗，肩头宽阔，你能从他微微聚起的眉宇间，感受到海风清淡的寒意。他怀里，通常……哦，不是通常，是必定有一位身材傲人的女子，恰到好处地依偎在他的臂膀旁，长长的秀发被海风撩起。你身临其境地感觉到海风的萧索和被男子身躯阻挡之后散发的温暖适意。当然，船书仅仅显示年轻人的眷爱是不够的，虽然他们在通常的审美眼光中得天独厚抢占先机。游轮的主要消费人群，还是上了些年纪的中老年人。所以，精明的游轮公司，在抛出青春情侣照的同时，一定也会在同样显赫的位置上，推出白发苍苍的老年伉俪，彼此对望，情意绵绵。或者临风把酒，夕阳把他们脸上的每一条皱纹，都灌满金色。

　　我一直倾心干净如冰的白发，有一种被岁月漂透的清凉感，像一本精装履历俯视着你。碰到有这般白发的老人，我会放弃对以貌取人的不屑，转向肃然起敬。中国古诗有"执子之手，与子偕老"的佳话。可是，在哪里携手老去？厨房？烈火烹油，顾不上吧。病床上？说起来感人，想起来凄婉。山岭？那时步履蹒跚，估计爬不上坡了。还是海面吧，游轮惬意。这就是船书编撰者的苦心，或者说狡黠。

出发前，收到旅行社发来的信（括弧内文字为我所加）。

亲爱的客人×××：

您好！

离出发的日子越来越近了，您现在一定是既兴奋又激动。那么，您现在做好出发的准备了吗？

必备物品：

1.护照（因为有很多国家需要提前签证和落地签证，所以要有足够的页数。如果所剩不多了，就要提前去换发护照）。

2.黄皮书（就是乘客打了疫苗的证书）。

3.船票。

4.4张2寸照片（建议你还是再多带几张照片，万一在国外丢了证件，快速补办时或许用得着）。

除此之外希望您准备好变压器、零钱、信用卡、衣服、应急药物等生活用品。

为了结交世界各地的朋友，您还可以准备些小礼品带上船哦（这一点有点重要。我的建议是带点丝绸之类的小礼品吧。一个原因是咱中国的丝绸在世界上享有盛名。我在古巴哈瓦那把一个小的丝绸首饰袋送给当地女子，她的眼睛在那一刻闪动欣喜，令我难忘。再一个原因是分量轻啊！分量太重的礼物会占你的行李重量额度）。

还有一些小的注意事项，备参考。

1.沐浴液免费，香皂请自备。

出发前因为看了这一条，我自带了一块沉甸甸的大香皂，约150克重。谋划洗手省着点用，百十天应可坚持。后来发现我是过于乐观了，两个月之后，香皂菲薄。我于是改用船上配给的浴液，清洁度没问题，只是手心泡沫满满，好像攥了鲜活的小螃蟹。

应对方法：用水多冲冲。

2.洗发水等洗涤剂请自备。

这条有些奇怪，船方为什么准备浴液，却不配洗发水呢？我就这个问题，向船上的工作人员讨教。答曰，每个人的发质不同，平日使用的洗发护发用品也不相同。

干性、油性、不干不油的中性啦……众口难调。如果船上配备统一的洗发水，客人用后发质受损，船方无法说清是自己的责任还是客人的体质问题。故一律不配。

我带了硕大一瓶洗发液，加上沉重的香皂，约 1 公斤，占了行李重量额的 5%。

### 3. 房间准备了手纸，靠港地旅游时自备纸巾。

这一条，比较人道。每逢到停靠港下船时，人们都会从卫生间卷纸轴上连拉带拽，扯下白飘带般的卫生纸带在身上。别嫌客人们贪小便宜，实在是有些目的地是第三世界国家，卫生间并不供应厕纸。为了让自己的民生问题安心，未雨绸缪吧。

### 4. 毛巾：房间有准备，但不能带出房间。

这就是说，如果你去船上的游泳池游泳，出发时须备好自用浴巾。不然的话，舱房的毛巾你不能带出，游泳场的毛巾你也不能带走，那么从游泳池到房间这段路程，你就得湿衣裹身在众目睽睽之下往回走。游泳池设在高楼层，如果你住的楼层较低，楼道蜿蜒曲折，总行程有上百米。船上人烟密集，楼道狭小且并无他途，你会遇到很多目光炯炯的人驻足观望。除非超好身材而且愿以巡展方式以博众人眼球，否则还是自备一条大毛巾遮颜过市吧。

呜呼！这又占去 1 公斤以上的行李额度。纯棉织物压分量。

### 5. 室内温度 24℃，请备好便衣。

游轮在海上不能开窗户。就算你的房间有窗户，也只能透光，不能通风。理由嘛，很简单。如果你开着窗，一个大浪打过来，会伤到人。船上的舱室，基本上相当于没有窗的 KTV 包间，完全依靠空调。"和平号"上的房间，虽然设有空调开关，但你的选择范围有限，要么接受 24℃，要么干脆关闭，不能自由调节。关闭空调不现实，它不仅负责维持温度，也是房间内唯一的换气孔道。也许你会说，可以把舱室门打开啊！不可取的法子。为什么？我刚才讲过，船上的走廊像羊肠小道，漫长弯曲，空气极不流通。你若打开房门，除了过往诸位可免费窥看你的居室，污浊空气也会蜂拥而入。还是多带件厚衣物，冷时披上。途经北极海域，只有向服务生申领毯子。

可能有人说，24℃ 还比较舒适，用得上毯子吗？环球游轮在热带和寒带水域穿梭，抵近北极圈时，温度无法达标。比如在格陵兰岛时，海水温度接近零度，屋内寒意彻骨。

**6.请准备好便携水壶，靠港地时可使用。船上也有矿泉水卖。**

出外旅行，水很重要。特别是在热带，每个人对水的需求量都很大。我以前当过医生，知道人在没有食物的情况下，如果原本没有慢性疾病，又不是特别瘦弱的话，只要有充足干净的饮水，气候又非极端恶劣，有些人可支撑20天以上。可如果没有水，再加上气温高，最多支持数十小时，就性命堪虞。所以，环球旅游时，一定要带足水。你可能要问，现在供应比较发达，可随时买水。话虽不错，但陆地旅行时实施有一定的困难。人在不同国家间快速移动，售水的多是街头小店。此等店家不用信用卡结算，也不接受美元，只收当地货币，换钱是件麻烦事。在巴西时，街头店主说美元不停贬值，不要。再则，街头的水不能保证干净，万一饮用后上吐下泻，给自身带来痛苦不说，也会影响整个旅行节奏，让同行者担忧。所以建议在出行前，准备好大号水壶。背起来虽重，但给人以安全感。想想上述利弊得失，请把它当成一次小小的负重行军。

**7.船上会有正式宴会，请自备正装。**

这一条，着实让我踌躇。记得几次聚会请柬上，出现这样的要求，我因没有晚礼服，就不礼貌地拒绝出席了。按置办一件晚礼服，也不是难以承受之重，概因我忌惮这类场合，不觉得自己有广交朋友的必要。所以晚礼服的花费，让我有了借口，索性以节俭为由，一直拒买此物，间接谢绝了这种场合。这次逃不过了，只得买了一件黑色长裙，滥竽充数。

**8.请自备好美元、欧元、日元。船上不能兑换。**

穷家富路，咱的老话。钱这个东西，远行时还是多带点为好。虽说各种银行卡都可在国外取现，但下船后的自由活动时间很有限，不能让整个团队等着你一板一眼地数钱。再说，陌生国度，站在自动取款机前操作，有点不安全。还是提前准备妥帖为好。

**9.不能携带酒精饮料上船（礼品酒除外）。**

说到底，船不仅仅是一种代步工具，载着你遨游世界，它还是你100多天的家，是你放松、娱乐、学习、交友的场所，是你沉思的隐秘之地。这个场所蕴含着无限可能性，怎样利用就全看你的了。如果怀揣浪漫，礼品酒是重要选项。

"和平号"接待处，位于 5 层主舱，用于处理各类事务。之上的 6 层，是"和平号"的活动中心。7 层，有一名为"午夜太阳"的场所，它角色多变，白天是休闲咖啡厅，晚上则成为喧哗的迪斯科舞厅。8 层是游泳池和白色躺椅的世界，你可以在这里游泳，也可以无所事事地眺望大海。看海鸥飞翔、看鲸鱼喷水、看海豚列队起舞……卖饮料的小屋如同精致的小蘑菇，伴随旅人的漫漫航程。

"和平号"设有"七大洋"和"丽都"两个西餐厅。我第一次闻听"七大洋"时，十分不解。众所周知，地球有七大洲、四大洋，此地怎凭空多出来三个大洋？问过若干人，均一脸茫然，有人笑说，管那么多干什么？它叫什么不重要，只要做出来的饭菜好吃就是了。我却郁闷，在一个不知所以然的餐厅里，吃几百顿糊涂饭，叫人不爽。

船书特别强调："您在享受美食的同时，可以透过窗户欣赏大海的景色。""丽都"餐厅在泳池边，优点是位处甲板，就餐时可尽情欣赏海景。缺点是此处供应的食物品种较少。假如"七大洋"有番茄块、黄瓜片、芹菜条、洋白菜丝共 4 种沙拉材料可选的话，甲板上的"丽都"就删繁就简，通常只有两种品类。

在甲板上吃饭，氛围浪漫。不必像"七大洋"要隔着窗户目睹海浪翻滚，因此座位炙手可热。如果大家都挤上甲板吃饭，必人满为患。船方的应对方式就是削减食物种类，坚信肚子可以打败眼睛。再加上海风震荡，饭菜很快冰冷生硬，在五色迷离的目光享乐和肠道温暖舒适的 PK 中，躯体占了上风。途经北冰洋的时候，某日清晨我在甲板上进餐，形单影只孤苦一人，手冻得无法握紧刀叉，牙齿铿锵。

餐厅还提供预订生日蛋糕的服务。几乎每天晚餐时分，都有人高唱生日快乐歌，侍者手托蛋糕匣子款款而行。我掐指一算，"和平号"载客 1000 多人，每天约有 3 个人会过生日。

船上有日本籍的医生和护士，诊费约 5000~9000 日元，合人民币 400~600 元（2008 年），相当于挂号费，药费另算。朋友患感冒，医务室诊病开方，共花 1000 元人民币。

如果病重，如何是好？船书上说，若船内医疗设备无法满足治疗，必须住院或手术的情况下，需医生判断后下船治疗。并特别提示：船上无法进行牙齿治疗。

记得我做医学生时，老师课堂提问：人体的哪一种疾病，绝无自行痊愈的可能？

大家都说：癌症。

那时，癌症几乎是绝症。

老师说，错了。癌症可以自愈，虽然比例极小，但是，有。我就曾亲眼看到一个根据病理切片证实的癌症病人，最后痊愈了。没有做手术，也没有化疗，完全是自己好的。

大家惊奇，说，为什么呢？

老师说，我也不知道。医学上有很多未解之谜。咱们还回到不治疗就绝不会痊愈的疾病上来。谁回答？

没人吭声。大家都想不出来不治疗就绝不会康复的病症是什么。

龋齿。也就是人们常说的虫牙。你从来不会看到一个虫牙，一个牙洞窟窿，会自己长起来，孔隙填满，牙齿重又光洁如新。绝没这回事，老师言之凿凿。

结识了一位华裔日籍女子，衣着考究，常爱穿香云纱，藕荷色，圆领，下襟滚精巧窄边。她爱在甲板上静默，淡然雍容。走动时分，裤角飒飒生风，中国丝绸在摩擦，发出动听的细碎声。

她的牙齿在路上犯病，每天托着腮，痛苦万分。吃饭的时候，只能喝一点大酱汤，花容惨淡。我说，看医生了吗？

她以极小的口吸着汤，含含糊糊地说，看了。

我说，医生怎么说？

她说，开了消炎药，说如果能消得下炎症，就会慢慢好起来。要是消不了，我就只有下船了。现在在中美洲，并没有直接回日本的航班。

说到这里，她泪水滚下，途经肿胀脸颊，直接溅落到大酱汤里。

我说，依我的判断，这是急性炎症过程。你这两天，尽量少吃东西，到医务室去要求输液，补充营养。然后明确告诉自己的身体，不能下船，只能集中所有抵抗力，和病菌们决一死战。这个过程，不能失败。失败了，茫茫大海上，你求医无门，痛苦不说，还可能有生命危险。

她脸色大变，道，真有这么危险吗？

我说，有极少数人，真的会因牙病而丧命。炎症扩散，引发败血症。当然，你现在完全没到这种危险境地。不过，如果病况没向好的方向转化，就有可能变坏。你要和自己的身体把这话交代清楚，不要让它觉得，因为自己不喜欢这趟旅行了，就生出一点小毛病来，让你可以名正言顺地下船回家……

她突然不好意思，脸上露出这个年纪的女人难得一见的轻红，说你怎么知道我想下船了呢？

我说，我并不知道。但我相信，任何疾病都是有原因的。如果你真想下船结束旅行，下船就是，不必让身体遭受这样的危险和痛苦，也不必拿身体上的事当作理由。如何做决定，基本上是理智层面的事。

她若有所思了一会儿，说，我是想下船了。但船票是我儿子特地买来孝敬我的，我要是无缘无故下了船，他会伤心的。我知道船上没有牙医，我儿子也知道牙病一旦犯起来，很痛很难治。所以，如果我说牙有病了，下船了，他就会比较能接受。

我说，不是牙决定你能否继续旅行，而是你的脑袋决定自己能否旅行，你一旦做出决定，通常牙会跑步跟上来。

她半信半疑，说，这样行吗？

我说，不知道，每个人心理素质不一样。不过，反正咱们现在是在无边无际的大海上，你要自己的身体配合脑袋，你并不赔本，也不会损失什么。如果由着牙自说自话，倒真有可能造成严重的后果。你看着办吧。总之希望身体慢慢好起来，大方向不会错。就算牙齿完全好了，你还是可以决定下船回家，这并不矛盾。

她转过弯子来，说，你是中国的中医吗？

我说，不是。

她说，你信神吗？

我说，也不信。

她说，那你为什么这么想呢？

我说，为了让你少受痛苦啊。

她忍着牙痛，很困难地咧嘴，勉强做了一个笑的表示，然后说，我愿意按照你的法子对自己的身体说说话。我还从来没有这样做过呢。

我说，我们既然可以对着大海说话、对着小动物说话，为什么不能试着和自己说说话呢？海上，是一个自己对自己说话的好地方。

她问，为什么你这么说？

我说，生命来自大海啊。

几天后，当我再一次看到她时，她口颊旁隆起的大包已然消退，原来紧钳的牙关，也基本可以打开了。见到我，她说，谢谢你。我说，不用谢我，谢谢你的身体就是了。她一直坚持到整个旅行结束，再也没有犯过牙疾。

"和平号"的8层，是免费的体育健身场所。清晨时，有人在打太极拳。以中国人的眼光来看，那姿势真是很不地道，不过人家态度认真。我把观感同一位原来是中国人，后来入了日本籍的先生说了。

他说，我不喜欢你们中国人这样评价我们日本的太极拳。

这话让我猛醒。我面对的是一个前中国人，不能因为他非常标准的中国话，而忘了他现在的国籍。我不能一厢情愿地把他当成可以说知心话的人。

我调换了一下话风，问：什么叫日本太极拳？

这位前中国人说，中国人总爱以自己的眼光来评判太极拳。虽然太极拳是中国人发明的，但它流入日本后，日本人做了很多创造和发展，形成了现在的流派。有的人觉得是越像中国太极拳越好，有的人觉得要有自己的风格，才能成就新流派。我个人倾向于第二种意见，就像中餐，在外国做出的风味就是和中国本土味道不一致。你不能说这不是中餐，外国人认为这就是中餐。如果拿传统的中餐给他吃，那么多油、那么辣、那么多味精……外国人受不了，从此就不吃中餐了。你觉得哪种比较好呢？

我并不同意他的意见，但也没驳他。旅行，某些时候就是为了遭逢那些与我们不同的人、不同的观点。

关于游泳池，船书上特别叮嘱了一句：需根据天气情况使用。

游泳池一向是各种游轮的强大卖点，都用彩色图片刻意渲染在蓝天白云的笼罩下，在汹涌波浪的围绕中，人们在安逸地游动，充满诗意。其实船上的游泳池绝没有想象中那样大，基本上就是个大号浴池。如遇天气骤变，风浪迭起，水手会用尼龙网将整个泳池罩起来，禁止客人下水。巨浪中的游泳池，果然十分吓人。在船体猛烈颠簸下，平日温柔的水花，一改常态，歇斯底里地高高蹿起。它狂躁跳跃，像要挣脱泳壁束缚，一个箭步返回大海。在某一个瞬间，水浪暴跳如雷腾空而起，瞬间又摔成迷蒙水雾。那一刻若某个倒霉蛋恰在池内，致命一击下，必是四肢百骸筋骨寸断，肌肤被拍成肉酱。

船上有投币洗衣和熨衣的设备，位于5层。具体的收费标准是洗涤和干燥，每次分别是4美元。在大堂可购买洗衣币，同时需自备洗涤剂。

洗衣机的容量是4公斤，最好的策略就是你凑齐了一筒再来洗，不仅节约花费，也有利于环保。熨斗可自由使用，免费。我没有用它熨过衣服，平日衣物洗后抖一抖，皱巴巴的穿着就是。

8月7日的晚上，我特地来到洗衣房。第二天是咱奥运会开幕的日子，我带了一面国旗。出国时熨过了，一路折叠，怕它不够平整，再熨一次。熨衣和洗衣、干衣都在狭小的操作室内，闷热异常。一边挥汗如雨，一边快乐无比。想到第二天早上7点，正是北京时间晚8点，这面旗帜就会在墨西哥湾的上空飘起，万分兴奋。

爱美的女生也有地方安顿：船上有美容室，设在5层，可剪发或染发。在长达3个多月的时间里，你若打算一直不理发，几乎不可能。除非不管男士女士，都扎起马尾。理最简单的发型，要300元人民币。我从来没有因头顶大事这般破费过，便拒绝到美容室去，让他们赚不到我的钱。头发长了怎么办？我用旅行小剪刀，自己对着镜子胡乱剪了剪。工具不趁手，技术更低劣，头发下缘狼撕犬啃一般，惨不忍睹。好在每日被海风吹拂，再好的发式也呈乱七八糟状，我混迹其中，自忖别人眼拙。

船内准备了无线 Wi-Fi 上网点卡（收费），可用电脑收发邮件，收费不菲。我买了1000元人民币的上网卡，没用多久就花光了。

船上有小商店，位于"和平号"6层，几十平方米大小，出售日用品、点心、T恤、办公用品及旅行必需品等。

船内禁烟。8层的阳光甲板处，设有专门吸烟的地方。

船书要求大家必须办保险。保险不仅是在100多天离乡背井的日子里，你为自己织就的救命索道，而且，不办理这种高额保险，人家根本不让你上船，欧盟国家也不让你入境。

按照船书要求，我需要研究保险条款。

我特地把通读船书及保险条款的时间，选在了某天黎明时分。我习惯把最令人头痛的事情，放到清晨去做。结果是，有时这种头痛会延展至全天，整天心情都被清晨炸毁。

不过在看完了保险条款的这个早晨，我意气风发充满勇气。

我已确知，当我完成这个保险之后，如在大洋上突发重疾，船上无法救治，通过联系和手续，可能会有一架摇摇晃晃的直升机飞抵海上救援。

当我真的处于大洋的狂风巨浪中，想到这颗定心丸时，才发现自己多么幼稚。根本不会有直升机冒死前来救治。此刻天气太恶劣，路途太遥远，它自顾不暇。

不过在那个明媚的北京清晨，我心安理得长吁了一口气。我确知如果我在海外死了，尸身的下落如何。一是可以把遗体运回国，二是就地火化。两种方式都在保险公司的职责之内，不劳我家人万里迢迢奔丧。我并不在乎骨灰或是遗体回国，只是心疼亲人们在万分悲痛的情况下，还要为我操办后事。现在有了保险体系，我付了相应费用，它不是亲人胜似亲人，必须给死去的我帮这个忙了。

在众多保险公司里，我找到一家管看牙病的，很是沾沾自喜。像我在前文说过的那种疾患，这家保险公司是管的。好在整个旅程中，我所有的牙都兢兢业业任劳任怨，没给我添一点麻烦。

保险费共计几千元。给自己一根缆绳，让亲人们放心。还有一个小小慰藉——我葬身大海，也会在最后一刻微笑。我的死，留给了亲人们一份保障。

当我仔细阅读了船书，在保险单上郑重签下名字后，想起了小时候少先队的仪式。

辅导员朗声问大家：准备好了吗？

众队员攥着小拳头异口同声地回答：时刻准备着！

我知道，我已经完成了所有准备工作，可以出海了。

我的船票

# 4 旅游中的甫志高

乘船环球旅游这件事头绪甚多，实施起来的要素，第一是要有钱，第二是要有时间，第三是要有伴儿。时间对我不是问题，退休了，尽可自由支配。钱这个事，也有商量，可以慢慢攒四处凑。伴儿这个事，绕不过去。你想啊，人生地不熟的在海上颠簸几个月，和你同房间的这个人，简直就是你的姐妹，你的空气，你的另一层皮肤。她围绕着你，和你血肉相连。要是没有一个好旅伴，这趟航行就会从天堂一个跟头抵达地狱。

于是，在筹钱的同时，我开始找环航的伴儿。

我预知这很困难，但实施起来，比我想象的还要困难。关键因素还是前边说过的那两点：有闲钱，有闲空。能放下身边一切琐事，一咬牙一跺脚，漂洋过海100多天。

由于这两点制约，使得年轻人参加此活动的概率较低。我知道有一批年轻人惊世骇俗地有钱，车载斗量装不完，完全满足第一点。不过，他们通常非常忙，抽不出时间游手好闲地绕地球转圈。旅行社只好把目光瞄准退休或是准退休的老大妈们。

记得从"和平号"第59次环球航海开始，我就着手寻找合适的旅伴，如同蹩脚星探四处寻摸。时光流逝，遍寻无着。终于有一天，掐指一算，"和平号"已出海，扬长而去。只得把目光对准下一期。好在"和平号"环航不断，第59次走了不要紧，我争取第60次。第60次也走了，我争取第61次……为了环航理想，我锲而不舍地预备结伴出海。

历时一年半，我终于寻觅到几个志同道合的朋友，约好一道远行。我再次同旅行社联系，最早联系我的那位嗓音富有磁性的男子已经调离，接替他的是王莹女士。

我才知道，在此之前，因为种种阴错阳差，并没有中国大陆公民成功登上"和平号"环航。如果2008年我能顺利登船，会成为一个"第一"。

第一不第一的，我毫不在意，这又不是华山论剑。我目的单纯，为了圆儿时一个梦想。

开端似乎很顺利，到旅行社正式通知交钱时，变故陡现。先是有两位说好的女伴突然通知我不去了。几天之前，我们还在兴致勃勃地商量着合买一根绳子，搭在寝室里晾衣服，可以省下烘衣服的钱。她们通知我的方式很简单，各是一则短信。上书：我决定不去了。您能理解我吗？

我愣愣地看着短信，不知所措。我倒是能理解她们，20多万块钱（船票之外还要加上旅游线路的开销，共计此数），100多天的时间，放在谁身上，都不是一件简单事。她们反悔，我能体谅。要命的是旅行社组团，有最低名额限制，人太少则无法成团。前几次中国大陆客人未能成行，也都是在临门一脚时有人反悔无以成团。

旅游这事，极易雷声大雨点小。务虚的时候群情激昂，到了真刀真枪练活之时，很多人不战而退。别的项目，退了也就退了，没什么大不了的，可环球出海这件事，有人临阵脱逃，就面临全盘瓦解。

现在，人数已经降到了组团的最低线。如果再有人退出，整个计划将毁于一旦。

我半夜里开始做噩梦（真没出息），早上起来，马上给一位原定出海的朋友发邮件，气急败坏地要她再次向我确认——绝不反悔！我和她定好了住同一房间。

一会儿，她把电话打过来，说，毕淑敏你这是怎么了，气急败坏神经过敏啊？

我说，对不起，我梦见你告诉我说你不去了，一个激灵吓醒了。可能是不断有人退出，让我噤若寒蝉。所以，请你不要笑话我，我要你向我保证你一定会去。

她爽朗地笑起来，说，放心吧。我一定会去。你这个心理学家啊，怎么就不能调整好自己的心态呢！

我也笑起来，一直悬着的心，终于落下。

过了几天，这位朋友给我发来了一封邮件，说，毕淑敏，你的预感还真是灵，我不去了……

我什么话也说不出来，欲哭无泪。旅游这件事，怎么到处都是甫志高呢？

现在的问题不是吃惊、愤慨或是怨天尤人，而是必须要找到足够出行的人头，才能挽救岌岌可危的航海计划。

我不知道还能相信什么人，这种短信和邮件告知的方式，让我对人的基本信任大打折扣。我也不知道还能动员什么人参加此项目。万般无奈之中，举目四望，突然灵光闪现。打仗亲兄弟，上阵父子兵。外人翻云覆雨无计可施，换成自家人，不是保险多了？

我家人员成分简单，三口人。我开始动员我丈夫，我央告说，你去吧，和我做个伴儿。

他说，我小的时候溺过水，差点淹死，所以一辈子特别怕水。一想到要在一望无际的大海上漂荡三个月，痛苦万分。看你这样难，我愿意帮你。这样吧，你如果实在找不到伴儿，我就破釜沉舟和你一道出海去。他说这话时，有一种舍身担道义的决绝。

我自是感激他，不过想这一桩美妙旅行，搞得如此悲壮惨烈，好像也不相宜。我说，谢你好意。我先努力向外寻觅，你就算我最后的保险绳吧。

没出息的我只有继续在家中清仓挖潜，把目光投到儿子芦淼身上。我说，要不，你跟我走一遭吧。我知道你刚工作不久，就算你的钱倾巢而出，也买不起一张船票。这样吧，你有多少钱就出多少钱，买船票不够的部分我来补足。你也不用过意不去，不然你爸就得忍痛出征。你这样做，为我俩尽了孝心，既成全了我的理想，也代替你爸帮了我大忙。对你来说，能在这么年轻的时候，就去看看这颗星球，是好福气。你可要抓住机会啊！

芦淼答应了。就这样，我在家里自主开发，找到了一个替补队员，总算让这次命运多舛的旅行，迈出了决定性的一步。

一下子要筹多出一倍的钱，我有点抓瞎。好歹总算凑齐了，临交钱的头天晚上，芦淼爸对我说，明天这钱一交，就开弓没有回头箭了。

我说，知道。

老芦说，这可不是一笔小数目。你们两个人，合起来几十万呢。要是买房，合一套两居室呢（当时的房价）。

我说，嗯，不过位置不怎么好，差不多要到六环以外买。

老芦说，要是买车，可以买辆宝马或奔驰了。

我说，别说得那么玄。就算买你说的这些牌子，也是低配款。

老芦说，咱们家的破车已经用了十几年，残值只有两万。

我说，买不起新车，咱就坐地铁和公车。

老芦又换了一种说法，如果是治病，这钱够换两个肾了。

我笑得喘不过气，说，我还是第一次听说这么折算钱财的。你要是换算成输血，可能要装满几大啤酒桶。你要是改成买包子，一块钱一个，几十万包子要装一车皮……

老芦打断我的话说，人家的钱来得容易，比如做买卖炒股票，或是攒了金条中了大奖，退一万步讲，也许是贪污受贿而来……咱的钱跟人家不一样，都是你一个字一个字写出来的，起五更睡半夜的，别人不知道，我知道。这钱来得太不容易了。你这么花出去，我心疼啊。不是心疼钱，是心疼你的劳苦。

看他说得这么恳切，我也不敢再调侃，就说，是啊，这就像是一个老农，麦穗是他一粒一粒从土地里扒拉出来的，现在，他要用这些麦穗磨成面，烙一个发面饼捧在手心里。你说别人是支持还是不支持呢？我已是快 60 岁的人了，张爱玲说过女人出名要趁早，我觉得旅游这件事更要趁早。特别是全球游，对身体是个考验。我有高血压、颈椎病、坐骨神经痛等，再过几年要想这样长途跋涉，一定更会难为。所以啊，不能拖。请你不要说泄气话，要知道，那么多曾经答应和我一道走的人都不去了，对我的打击挺大的。你要是也这样说三道四，会让我更动摇。可是，我确切地知道——在我心中最隐秘的角落，隐藏着这个愿望，至少已经 40 年了。如果我这一次走不成，以后可能就再也走不成了。那么，到我临死的时候，我会深深遗憾。为了不让我恨你，请支持我吧。

老芦就把装满钱的包递给我，说，拿好，千万别丢了！

# 5 告别啊告别

　　船马上就要靠岸了，人们都站在甲板上，眺望陆地。这种对于土地的期盼和向往，可能是来自人类远古以来的潜意识吧。我想到了国内汶川大地震。回国送捐款、到灾区中学讲课，我能从孩子们身上，体验到那种深层安全感的毁灭之痛。像一个正在哺乳的母亲突然抽出一把尖刀，刺向自己的婴孩，那孩子的惊恐和迷惘，必撕心裂肺。人们历来把大地比作母亲，在古老的神话中，大地是我们力量的源泉。地震的发生，彻底颠覆了这种拟人化的美好比喻。大地是没有意识的，它不是有情感地供养着人类，也不是成心要毁灭人类。对大地这种无条件的依恋，只是人类的单相思，是一种自以为是的错觉。

　　以上文字摘自我的航海日记。

　　"和平号"一路抵达20多个港口，相应也就有20多次出港入港。入港一定要和出港次数一样多喽，不然就意味着我已入虾兵蟹将之列。

　　出港的时候，会奏响特定的曲子，入港的时候，却是静悄悄的。

　　环球蓝色之旅，始于日本的横滨港。那一天，烟雨凄迷，虽说已是5月中旬，但一场台风让气温降到10℃，冷雨潇潇。出港大厅黑压压一片，挤满即将出海的人和为之送行的亲朋。空气里，弥漫着跃跃欲试的冲动和依依不舍的离愁别绪。

　　有点陌生的感受。这年头，由于交通工具的迅捷和便利，人们越来越不拿出远门当成一回事了。

讲到远，就要说说这个词——对跖点。"跖"，是脚掌。"对跖"就是"脚掌对脚掌"。

刚刚知道地球是个圆形球体的时候，孩子们会想：如果像挖井般一直挖下去，应该可以把地球打穿，就能看到地球对面的人了。理论上似乎可行，实际操作却无法完成，因为地球内部是炙热岩浆加坚硬地核。借用这个幼稚想法，可以解释什么叫作"对跖点"：地球另一面和我们脚对脚处，是与我们相距最远的地方。

有人可能脱口而出：脚掌对脚掌，人会不会掉到地球外面？这个担心可以收起来了，地球有引力，把你我和对跖点的人，都牢牢吸附于大地，大家都平安无事脚对脚站得笔直。

北京位于北纬 40 度，东经 116 度。一般人以为美国是咱们的对跖点，因为咱这里是白天，那边是黑夜。仔细查一查，并非如此。北京的对跖点在西经 64 度，南纬 40 度。它位于南美洲东南沿海内侧，在内罗格河畔，是一望无际的潘帕斯大草原，著名的旅游胜地。你或许嫌它不简明扼要，难记。可惜没办法，北京对跖点附近没有大城市。

我们这次旅行不是到对跖点去，而是航海一周，从哪里出发，还会回到哪里去。基本上相当于两个对跖点那么远。

现代交通工具的轮胎和翅膀，还有无所不在的通信网络，加上短信和电子邮件，在文学上的最直接体现，就是化成凌厉魔爪，掐死了告别的凄美诗文。想当年，多情自古伤离别，不知今宵酒醒何处。一叶扁舟，寒蝉凄切。汪伦踏歌而来的急匆匆，阳关前杯觥交错的醉醺醺。孤帆远影碧空尽，江入大荒流……

人们如今清淡了离别，就算你在地球的对跖点，只要买张飞机票，最多几十小时之后，就解了相思之苦。

这一次的横滨离别，有了一点复古的味道。人们执手相送，海路迢迢，风雨莫测。如果不是旅途半途而废，那么再次相见就要到 100 多天之后。

安顿好行李，我也上了甲板。到处都是人，特别是靠近外侧扶手的地方，里三层外三层相叠。岸上也是人挤人，大家都想最后看一眼自己的亲人，还有很多人打起了横幅，写满了祝福的话语。

不过，我们却终是外人。从北京出发时，已同家人告过别，我们已经算是在路上了。面对别人的依依不舍，倒像是局外人。起码，我没有挤到前面去，觉得最好的位置，应该让给岸上有亲人的人吧。

汽笛响了，“和平号”缓缓开动。很多人哭泣，泪珠滚滚。男子可能不习惯于当着众人流泪，就半仰着脸，雨滴打在他们脸上。雨滴顺着脸颊流过，水珠变大。

一位日本男子一手拿照相机，眼睛死死瞄着镜头，另一只手握着手机，叽里呱啦说着。直到“和平号”驶出很远，岸上的人影如同米粒大小，在烟雨中迷蒙一片，他还盯着相机看。

他终于无奈地放下相机，我不由得盯着神奇的相机多看了几眼。在如此远的距离和这样差的光线之下，它仍能工作吗？

看出了我的疑惑，他说，我并没有照相。

我说，那您一直拿着相机做什么？

他说，相机配有倍数很大的镜头，可以当望远镜用。我一直在看我的女儿，她

2008年7月12日

ニューヨーク（米国）寄港地説明会

7月12日(土)　14:00　ニューヨーク寄港地説明会(マイフェアレディ)
B/C/D/K/M コース、GET チャレンジプログラムにご参加の方、自由行動でキャビン番号の末尾が奇数の方対象

15:00　ニューヨーク寄港地説明会(マイフェアレディ)
A/J/J2/L コースにご参加の方、自由行動でキャビン番号の末尾が偶数の方対象

分科会
16:00　A「国連本部をたずねて」　サウスパシフィック
15:00　B「9.11 から7年、ニューヨークのいま」　サウスパシフィック
15:00　C「ハーレムジャズに挑戦！！」　ミッドナイトサン
16:00　D「緑のマンハッタン体験！都市型エコ生活」　ミッドナイトサン
15:00　GET「多民族ｼﾃｨ NY で実践！ｸﾞﾛｰﾊﾞﾙｲﾝｸﾞﾘｯｼｭ」　GET クラスルーム①(5階中央)

※J/J2/K/L/M コースの分科会はございません。

7月13日(日)　07:00　ニューヨーク市客船ターミナル 92 番埠頭、5番バース着岸予定
(The New York City Passenger Ship Terminal, Pier 92, Berth No.5)

入国面接審査開始　客船ターミナル内にて
1) 面接審査開始は放送にてご案内いたします。
2) IDカード、パスポート、入国必要書類をご持参のうえ、5階レセプション横舷門より下船してください。
3) お一人様ずつ入国面接審査(写真撮影・人差し指の指紋採取)を受けて頂きます。
4) 入国面接審査が終了した方には、「入国審査終了証」をお渡しいたします。
5) 入国審査終了後に発行される「出国カード(入国必要書類の半券)」は紛失されないよう十分ご注意ください
6) 入国審査終了後は、全ての乗客の審査終了後まで本船に戻ることはできませんので、ご注意ください。

ツアー集合　※バウチャーを忘れずにお持ちください。

| ツアー名 | 時刻 | 会場 |
| --- | --- | --- |
| K「ニューヨーク半日観光とジャズ鑑賞」 | 14:00 | マイフェアレディ |
| L「体験！ジャズ・ナイト」 | 17:00 | マイフェアレディ(右舷側) |
| M「ニューヨーク・ナイトツアー」 | 17:00 | マイフェアレディ(左舷側) |

7月14日(月)

ツアー集合　※バウチャーを忘れずにお持ちください。

| ツアー名 | 時刻 | 会場 |
| --- | --- | --- |
| A「国連本部をたずねて」 | 08:45 | マイフェアレディ(右舷側) |
| B「9.11 から7年、ニューヨークのいま」 | 09:15 | マイフェアレディ(右舷側) |
| C「ハーレムジャズに挑戦！！」 | 09:15 | マイフェアレディ(左舷側) |
| D「緑のマンハッタン体験！都市型エコ生活」 | 09:30 | マイフェアレディ |
| GET「多民族ｼﾃｨ NY で実践！ｸﾞﾛｰﾊﾞﾙｲﾝｸﾞﾘｯｼｭ」 | 09:10 | サウスパシフィック |
| J「ニューヨーク1日観光」 | 08:30 | マイフェアレディ |
| J2「ニューヨーク1日観光」 | 08:45 | マイフェアレディ(左舷側) |

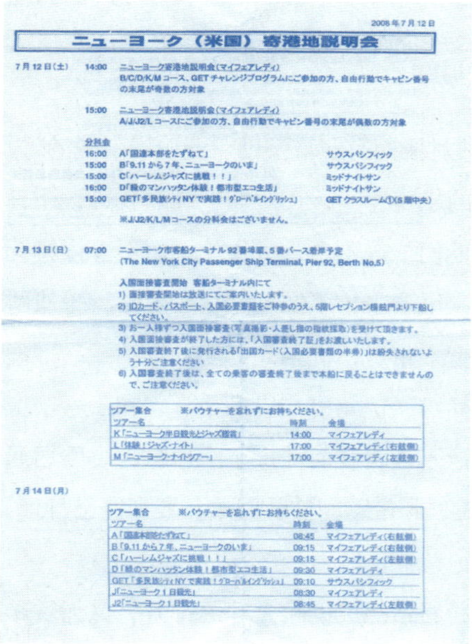

船只入港前的说明书

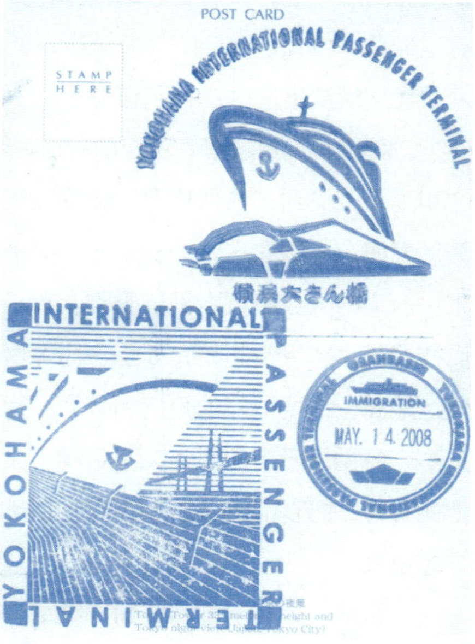

横滨港口纪念章（启航日）

在为我送行。我看着她，用手机和她通话，就好像近在咫尺。

我朝他手指的方向望去，越下越大的雨丝织成雨帘，什么也看不到。

别离横滨港时，我有一种奇怪的感觉，好像回到了一千年前的长安。古朴、原始、忧心忡忡又壮心不已。古诗词的片段，好像活泼的小鱼儿，排名不分先后，披着锦鳞蹦出了水面。念去去、千里烟波……执手相看泪眼……万里送行舟……此去经年……骤雨初歇……兰舟催发……

李白、柳永……抱歉，请原谅我把你们的杰作都一锅烩了。实在是人在江湖，且这江湖还是外国的江湖，且称它为江湖还小了一点，应该说是公海。此情此景，念及你们。中国广大，历史悠远，曾有无数惊心动魄、肝肠寸断的离别，先贤们的名句，已将万千思绪道尽，现今我等俗人，再也想不出新奇的表述，只有拿来一用才是正途。

我自横滨出发，无人送行。我的启程源自梦想，看这颗星球的胸围有多大？去看吹拂五大洲的风是温软还是罡烈？去看深鼻凹目的古代外国人，残留下多少等待拜谒的废墟？去看从热带到寒带树的叶子确有多少变化？去看海水在国界的这一边和国界的那一边，可有色彩的不同？去看风暴的咆哮哪里最响？去看月亮的圆润在哪里最甚？看我不说话，只凭笑容，能否理解不同种族的人彼此的善意？

我从横滨出发，没有人送行。

"和平号"和越南青年组织有所联系，并对他们有经济援助。抵达越南岘港时，"和平号"受到了热烈欢迎。穿着民族服装的越南青年，在船舷下载歌载舞，还有舞狮表演，热闹非凡。"和平号"离港时，他们依依不舍，跳集体舞，不停挥舞花束。船上的人在甲板上抛甩彩带。我是第一次甩彩带，不像想得那般容易。轮船两侧挂着救生艇等突起物，要想在此等情况下把彩带甩出优雅而饱满的抛物线，准确送达地面，需要很好的角度和臂力。我臂力尚可，但角度难以满足。"和平号"上凡是容易抛甩彩带的位置，都站满了人，水泄不通。我胡乱拣了个地方，委委屈屈地侧着身，把彩带掷出去。恰巧赶上海风回旋，彩带瞬间被吹回来，裹到自己身上，好像小丑。

"和平号"终于开动，船身缓缓向前，将彩带组成的花之斗篷冲开，义无反顾地冲进太平洋的深水。被万吨巨轮扯断了的彩带，孤苦无依地飞扬着，飘荡着，在空中盘绕着，让人生出深深惆怅。

岸上的人，刚才还温情脉脉地笑着、哭泣着，我本以为他们会目送这船驶向远方，直到双方再也看不清为止。这并不需要多长时间，几分钟足矣。真实状况是，送行的人马上鸟兽散了，没有人回头张望，也没有人再向这个方向挥动手臂，刚才依依不舍的告别，恍若幻象。

"和平号"有9层，从第9层望下去，地面上的景象尽收眼底。我心中纳闷，何至于如此绝情呢？要知道，船上的人，都还在眼巴巴地望着陆地呢！

后来一想，却是我错了。因为从横滨出发时留在脑海中的印记太深刻，就以为所到之处人们都对这船情深意切，其实呢，不过是自作多情。越南青年与这船非亲非故，不过是任务。从早上跳到了现在，早已饥渴难耐。好不容易熬到船只开动了，自是顷刻星散。

在不是自己祖国的地方，在没有自家亲人的港口出发，心境平宁。因为平宁，才有了更多的余力来观察他人的反应，来思索海上的人们对于陆地的依恋。

人是陆地上的动物，人对于土地的那份挚情，不到海上难以深刻体验。每逢连续的航行后再看到陆地的那一刹那，简直像飞鸟般欢愉。陆地是我们赖以生存的地方，我们不是鱼。不过，经历了大地震，会对陆地的感情收敛一些。陆地是自在之物，毫无知觉。它无情无义，那无数赞美之词，不过是人类自我情感的投射。

陆地也好，大海也好，都是这世界上的景致。在人类出现之前，它们悠然存在，无知无觉地横亘在地球上。所以，当你赞美它们的时候，是源自内心的自我匍匐。

# 6 陆地上的旅行

地理知识糟糕的人，对于航海环游，实在是不利因素。不幸的是，我恰属此类。朋友送了我一个会发光的地球仪，也许厂家的本意是把它当作台灯用吧。我年过半百老眼昏花，趴在一般的地球仪上查看，十分辛苦。现有这样一个会从肚子里冒出光芒的亮堂堂的地球仪，甚觉爽利。

未出海前，一般人会觉得在海上会很有趣、很浪漫，我心足矣。到了船上才发觉，海上的日子一日恍若一年。人是不满足的，希望有更多变化和获得增长见闻的机会。每到港口，船方都会提前准备好特定的旅程供游客选择。那些提前报好相应线路的乘客，提着五颜六色的旅行箱离开船，招摇过市，如鸟雀般翩翩然到远方去了。航船继续向前，在下一个港口或下两个港口，离船的游客又像海鸥一样飞回来。眼睛里多了更亮的光芒，脑海中多了更奇特的记忆，行李箱里多了极具特色的旅游纪念品。

没去的人，如我等，羡慕到眼睛喷血。

要参团，须提早运筹。临时抱佛脚行不通。

环球游是系统工程，事无巨细都要在出发之前安排好。又因此行耗时甚多，种种安排都要打出很多余地。比如这一圈渐近尾声时，我们会抵达墨西哥。抵达后的游览机票和住宿、租车等所有安排，都要在我们还未曾从北京出发时一一订妥。从下订单到真正进入这段旅程，提前了多久呢？约四个半月时间。为节约经费，我等预订的都是廉价航班交全款，开弓没有回头箭，不能退票。

钱交完了，一切准备就绪。不过，漫长的海上漂流，谁知有多少意外在等待我们？

并非危言耸听，而是切切实实危险。四个半月中，你无法保证自己不生病。就算钢筋铁骨，身体在万里海疆晓行夜宿中从不罢工，你还是无法保证一定能在预定时间到达预定机场。哪怕只晚了一分钟，也会前功尽弃。你无法改签下一班飞机，只能重新购票。有没有相应航班？航班上有没有空位？如果你需要在机场住宿，人生地不熟，拖着行李寻客栈，十分繁难。

以上这些乱象，还只是从旅行者个人方面考虑，更大的不确定因素来自那艘航行中的船。有道是水火无情，天有不测风云，任何机械事故和气象剧变，都可能造成船期延误，让所有的缜密计划付诸东流。

举例，"和平号"航至阿拉伯海，坏了一引擎，船速下降20%，无法按原定计划到达西班牙。在大西洋遭遇飓风，这艘38岁高龄的老船的左舷，悲惨地漏了，船舱进水。"和平号"带伤抵达美国后，先是在纽约港延期，后改赴佛罗里达船坞修船9天……你可以想见的是——我们原本耗费巨资安排得严丝合缝的墨西哥行程，变成了一张过期废纸，所有的支出都被海水吞没……

每次上岸游览，必须按时赶回港口登船。哪怕只晚到1分钟，游轮也会拉响汽笛乘风破浪而去。于是你只有先找个地方住下，之后再买新机票，改乘飞机到下一个港口，追赶这艘船。如果再次误船，你就继续追吧。我不止一次在脑海中现出这画面：游轮扬长而去，我一个人孤零零遗落港口，不知所措欲哭无泪（幸好未曾真的发生）……

说来幸运，"和平号"从未发生因等待乘客而不能按时起航的事。在危地马拉港口延误起航40分钟，是因为船上的水手病了，送往医院诊治还未归来，和普通乘客并无干系。此船乘客，主要是日本客人，严谨的纪律性令人印象深刻。

对旅行目的地情况，了解必须力求精确。旅游热点地区，能够找到的资讯比较丰富。对僻远之处，你越需要详尽资料，反倒信息寥寥。比如游轮将在格陵兰岛的首府努克港停靠，有一整天时间可供支配。如果策划周密，我们可以向北极圈挺进。不过，当地道路状况若何？可以租到性能优异的越野车吗？气温怎样？脱队自由行动，发生紧急情况，如何联系救援？

凡此等等，一概茫然，不敢贸然行动。我们找寻相关资讯，才发现大名鼎鼎的格陵兰岛，对中国人来说，隔膜陌生。网上搜索，除了寥寥几句提到"努克"是个港口，其他资料一片空白。

我通过朋友向丹麦大使馆求助。格陵兰岛是丹麦王国下的自治地区，外交事务由丹麦代管。得到朋友的朋友的回复是：对不起，我们没有人去过那个地方。

我们在对这个岛一问三不知的情况下上了路。

船上信息匮乏。茫茫大海上，打交道最多的是海鸥，关于人间事情，海鸥无法作答。无所不在的电波编织成的缥缈之网，缓慢地提供着若隐若现的信息。海域苍茫，使用卫星通信联络，费用高、速度奇慢不说，且十分不稳定。要向国内传输一封邮件，有时要耗费一小时。好不容易标志进度的小蓝格将要蹒跚到头，还没来得及欢呼，突然掉线，前功尽弃。通信联络工作主要由芦淼帮我完成，有时他会说，你这篇博客稿，算下来花了100多块钱邮费啊。我说，那么贵？他说，发了好几次，每次都是胜利在望时掉线，只好重来。我特地定了闹钟，半夜三更地起来给你发这篇博客邮件，凌晨3点时，终于完整地发出去了……

我再次深深感谢芦淼。和那时在国内等着看我博客的朋友们说句悄悄话，每封邮件的"邮票"不菲。

每当人们问起，环球航海究竟要花多少钱？我总支支吾吾颇费斟酌。问话者深感奇怪，以为我连自己花了多少钱都记不清了，是不是让海风吹坏了脑筋？

一张船票的钱是有限的，但陆地上的旅游线路，全部加起来，比船票贵多了。我因为不知道发问者究竟打算走多少条陆地上的线路，所以不敢贸然作答。

比如"和平号"在约旦靠港地，设计了如下旅行路线。

船书：这是包含了约旦和埃及观光的最亮点的特别线路。在佩特拉徜徉于蜿蜒的巨石长廊，感受岩壁上雕琢出的巨大神殿的气息。死海的漂浮体验也将成为你一生难忘的不可思议的经历。

注：三餐不包含机内赠餐。

下榻宾馆的房间为2人/室。如需住单间，需追加费用2100元（人民币）。在观光地的饮食可能为便餐。

船书：从亚喀巴乘渡轮前往埃及，观光西奈山和金字塔等古埃及遗迹。西奈山是《旧约圣经》现世的神圣之地。因为是摩西接受神所赐予的十诫之所，故为世界游客所向往。在山峰之上远眺朝阳，会欣赏到绝美的、幻想般的风光。另外，此行

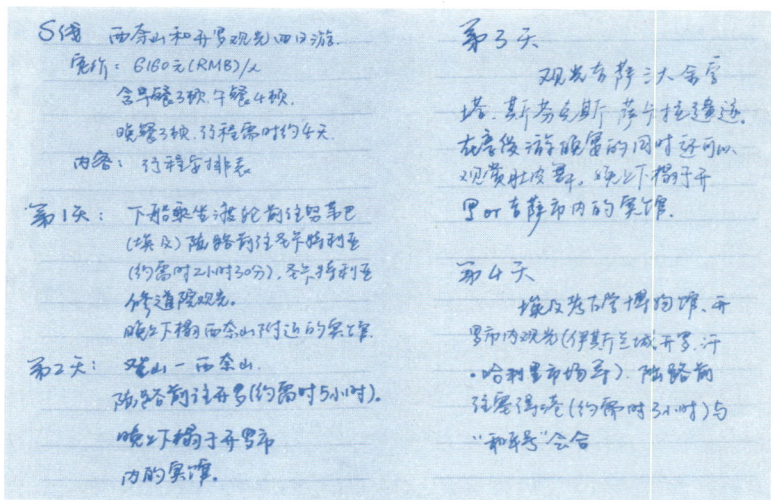

埃及西奈山线路

还将拜访非洲大陆最古老的修道院——圣卡特里娜修道院。

注：下榻宾馆的房间为 2 人 / 室。如需住单间，需追加费用 1470 元（人民币）。

攀登西奈山是从半夜到清晨这一时间段，徒步或骑骆驼约耗时 6 小时。

西奈山的海拔为 2300 米。

在拜访圣卡特里娜修道院的时候，可能会遇到举行宗教仪式而无法入内观光的情况。

…………

我要说，船书上所列的线路，只是全部线路的几分之一，陆上旅行线路总数达到几百条。除了要有足够的金钱做支撑，参加者还要有足够的体力。连续在不同国家之间"颠沛流离"，对人的体质要求相当严酷。在船上病了，已很操心，如果在这种类乎拉练的长途奔袭中患病，麻烦可想而知。

话又说回来，假如你的金钱和身体坚挺无虞，祝福你把所有能参加的线路都一网打尽！

录一篇我当时的博客。

7月1日　猜一猜，我选哪条线？

今天，雨。"和平号"依旧航行在从挪威到冰岛的海洋中，还要走两天，才能到达冰岛的首都雷克雅未克。铅灰色的雨丝，将天空和海洋拼接在一起，中间只有极细微的分别。好像是灰色的布缝起的一床大棉被，"和平号"就在其中的灰色棉絮中挺进（前两天已经用过类似的比喻，很想写个有点新意的句子，但晕船好像紧箍咒，一点灵感也没有。很抱歉比喻陈旧，不过是目前的真实感受）。仔细分辨，被里子和被面子还是有一点区别，但那差异几乎可忽略不计。看着窗外不动声色大智若愚的灰，我想，一千年前的海盗船，看到的也是这番光景吧。

今天有一件伤脑筋的事，要在晚上8点半以前敲定。什么事呢？就是到达委内瑞拉后的行程线路需尽快选定。先容我把"和平号"的旅程介绍一下。

上次卖的关子，如实报告。

船到达冰岛之后，先向南再向北，抵达丹麦属的格陵兰岛，然后开往美国，在纽约入港。停留两天后，启程南下，到达中美洲的委内瑞拉。从委内瑞拉到巴拿马后，穿过巴拿马运河，到达危地马拉，之后是墨西哥，再以后是加拿大，然后到达阿拉斯加，经过冰川海湾后，用9天时间横渡太平洋，回到横滨，最终完成绕地球一周的行程。

购买了船票，就意味着你可以一直坐船，随船航行完海上的旅程。不过船到了港口，会按照停留的时间，组织各种不同的线路活动，这笔开支并不包括在船票中。你可以按照自己的喜好，做出选择，当然也要按线路要求交费。有一些线路，是出发前就定下来的，比如芦森到西奈半岛去爬摩西山。有一些新的线路，是在航程中补充进来的，就需要再次做选择。

船方发下了在委内瑞拉陆地上的旅行线路，每条线路所能容纳的游客数量有限，有点欲购从速的意思。你要是报晚了，人家满额了，你想去也去不成了。

是不是有点危机感呢？

我先把这些线路一一罗列在这里，好有个整体印象。

按照计划，"和平号"将在7月20日上午10点抵达委内瑞拉的港口拉瓜伊拉，然后停泊一天，21日晚上11点离开。这样，在委内瑞拉就有两个白天的活动时间。

一共是12条线路。且听我慢慢道来。

还有3条路线，因为正在策划中，还没有最后定下来。

怎么样？够丰富多彩吧？！这也算是"和平号"的特色，并不只是单纯地浏览

第1条线: 参观委内瑞拉的学校。因为委内瑞拉认为，教育能够改变人们对于生活的理解，So，除了常规的中小学大学教育外，还有各种职业教育。

第2条线: 参观委内瑞拉科学院，了解委内瑞拉的科学发展情况。委内瑞拉政府认为，科学能够有助于改善民困，所以大力发展科学事业。

第3条线: 参观委内瑞拉政府，听政府的地域经济介绍等有关情况。

第4条线: 参观南美移民的情况。

第5条线: 参观医院。

第6条线: 参观妇女活动中心。

第7条线: 和青年交流。

第8条线: 和当地的篮球运动先生谈，也可能约见他一场"和睦等和他们的友谊比赛。

第9条线: 住到非州南移民的家中，深入了解他们的生活状况和文化。

第10条线: 参观当地的文化设施，听一场土著音乐会，令感十分温情。

第11条线: 和当地青年参加一场书展会，观赏各种民间东器。

第12条线: 为期一周，参团旅行者可为期"和睦等"7天，在委内瑞拉参与被摧坏的公共设施的维修。

自然风光和历史遗址，还有很多和现实结合紧密的人文活动。就说这上面的诸条路线吧，如果时间允许，起码有好几条我都是很想参加的。可惜的是所有的线路时间都是重叠的，对不起，你只能12取1。

到底去哪一条线路呢？有时候，自由就意味着痛苦，意味着放弃，意味着你必须做决定。你去了这一条线路，就否定了其余的11条线路。

好在，我已经决定了。

到底是哪一条线路呢？我留个小悬念，暂且不说，等到了委内瑞拉，我再向大家揭开去向。哪位朋友有兴趣，不妨猜一猜。不知道你是否能猜中。

今日一天在海上航行，景色实在乏善可陈。为庆贺节日，我把前两天在荷兰鲜花市场的照片发给大家。

祝福祖国。

…………

以上博客很不人道地留了悬念。我想，你很想知道答案——我到底参加了哪条线路？

我报名参加了第5条线路，参观医院。据说委内瑞拉是全民免费医疗，我很想实地考察一下。看看他们医院的设备，看看医护人员的服务水准。从他们医院的设备中，推测一下这种全民医疗只是一种低水平的覆盖和福利，还是国家真的花大气力来保障人民的健康。

因为线路多，个人想法不同，这一次，中国客人分崩离析。

骨子里我是个随遇而安的人，尤其怕争抢，恐伤了和气。我知道这是我的弱点，却一再纵容自己的忍让，几成习惯。这一次，当我提出要走参观医院这条线路的时候，别人都不附和。我知道平白无故对医院感兴趣的人，寥若晨星。人们更愿意参观政府机构或是听音乐会，实在不行，觉得打棒球也比闻消毒水的味道好。

可是，翻译只有一个，跟着谁走呢？通常我们中国客人形影不离，一是翻译招呼起来比较容易，二是对外也显精诚团结。这一次，我肯定是少数。若是按着少数服从多数的惯例，我就只能放弃选择，或是铤而走险单独行动。我想了想，决定选择后者。我准备凭借自己当过临床医生的经验，在没有翻译的情况下，尽量凭着目测和直觉，对这个国家的医疗状况做一番了解。特别感谢中国旅行社的王莹女士，她得知上述情况后，从国内指示翻译，说你跟着毕老师走。别人主要是观光，毕老师是了解委内瑞拉的全民医疗计划，也许会对咱们国家有点帮助呢。

非常感谢王莹，她把我心底的愿望说了出来。如果能在这个世界上多看到一些值得借鉴的东西，带回自己的国家，对自己的人民有所裨益，哪怕这帮助万分渺小，也值得尝试。

没想到当我们报名完毕，在纽约紧急送签，付费办妥了委内瑞拉的签证，万事俱备之后，由于"和平号"的左舷漏水故障，被送到佛罗里达船坞修理，耽误了9天时间。为了追赶船期，"和平号"取消了委内瑞拉之行，所有的安排付诸流水……

遗憾，然而无奈。

船到大西洋，遭遇飓风。狂风暴雨中，我真切地想到自己会死。死，并不可怕，我在出发之前，已经做好了赴死的准备，将遗嘱提前写好。我对亲人说，我或许死无葬身之地，你们寻找不到我的尸身，死在追寻梦想的路上，可说死而无憾。我可以向你们保证，我在临失去意识的最后一分钟，一定从容，我不后悔自己的选择。一件当事人自己都安然接纳的事，你们也不要太难过。当然了，可以难过一小段时间，不过万不要长久哀伤。要大家完全不难过，不可能。无论道理上如何看得开，人终是有情感的。请不必长久沉溺于痛苦，那样我就是在几公里深海之下，也不得安宁。

把这一切重复想了一遍之后，面对风浪我可一笑了之。无尽颠簸中，骤然想到未完成事项——还没把飓风中的所见所闻报告国内。

窗外风嘶雨狂，大浪弥天。如果船体倾覆，本人"香消玉殒"，此刻的见闻和感触，也将随我僵冷的身体沉入大海，没有人会知道我曾经奔突涌现出来的诸多想法。是不是有点未能"物尽其用"呢？

这似乎是一种浪费。既然我们节约每一滴水、每一棵树、每一寸光阴……那么，我们是不是也要更充分地利用我们的眼睛、耳朵和大脑呢？我的尸身腐败于深海不足惧，但那些曾经在脑波中游走的万千念头，会像不知疲倦的萤火虫，在海壑内顽强闪烁吧？在一个巨浪将"和平号"高高抛起又无情摔落的瞬间，我决定写下风暴中的感受，留下简略书面报告，让今后环球旅行的中国旅客们，多个小小参考。

# 7 你听到的汽笛声 表示弃船

上船第二天，要进行避难演习。"避难演习"是日本人的说法，翻译成中文，就是"模拟救生"。

具体步骤是大家先在房间等待，什么时候听到"六短一长"的汽笛声，就马上到甲板集合。然后由船方宣布乘客名字，分配救生船。我们竖起耳朵，带着跃跃欲试的心态，焦急地等待着危难的降临。当"六短一长"的汽笛声真的响起时，我马上钻到床底下，抽出橘红色救生衣，穿戴起来。披挂好到走廊，狭窄的楼道已经挤满了人。游客们穿着救生衣，体积膨胀。每个人胸前正方形暴起，好像做了骇人的隆胸手术。背后如乌篷船凸挺，似最严重的驼背。每个人都变成了巨无霸，防水化纤布料相互摩擦时，发出似水鸟鸣叫的异声。摩肩接踵，好不容易会集到甲板，船方开始念名字，进行逃难时的分组。我们耐心倾听等待，不料直到所有名字念完，也没听到呼唤我等。我悄问翻译，是不是日本人念到我们名字时，发出的声调和原来的读音完全不搭界？即使点到名字，我们也全然不知？翻译说不是啊，中国人的名字是用英文拼写的，念出来就算有点洋腔怪调，基本也能对得上号。

看着名花有主的其他逃难乘客，6 位中国客人有点紧张。当然了，这只是演习。目所能及之处，太平洋闪着绸缎一样柔和的光泽，看不到一点风暴迹象。

后来得知是因为中国客人报来的资料较晚，因此没有进入救生系统的统计名单中。这个说法可能有一定道理，但其中所蕴含的风险，自是不言而喻。如果船刚一开动就发生海难,需要弃船逃生,那么中国人就完全没有被列入逃生计划。也许我们尚未登上救生艇,但在官方名单中,却已是搜救完毕,所有客人都已到位,小艇就走了。我们就要和沉船一起共生死了。

那一瞬,橘红色的救生衣,给我以强烈的悲凉之感。

整个航程中,每逢汽笛响起,都令人紧张莫名。我会焦急地数着汽笛声,生怕遗漏了"六短一长"。在大西洋牛奶一样的浓雾中,"和平号"每隔几分钟就要拉响汽笛,昭示自己的航线,以免来船碰撞。

汽笛是海轮的语言,它们借此打招呼和说话,并展示独特的表情。

下面恕我列出轮船汽笛声的数量和长短含义。"和平号"是家,我们要听得懂它的话。

一短声——我正在向右转向;当和其他船舶对驶相遇时,表示"要求从我左舷会船"。

两短声——我正在向左转向;当和其他船舶对驶相遇时,表示"要求从我右舷会船"。

三短声——我正在倒船或者有后退倾向。

四短声——不同意你的要求。

五短声——怀疑对方是否已经采取充分避让行动,并警告对方注意。

一长声——警告来船或引起附近船只注意。

三长声——有人落水。

一长一短声——掉头时,表示"我向右掉头";进出干、支流或者汊河口时,表示"我将要或者正在向右转弯"。

一长两短声——掉头时,表示"我向左掉头";进出干、支流或者汊河口时,表示"我将要或者正在向左转弯"。

一长三短声——拖轮通知被拖船舶、排筏注意。

两长一短声——追越船要求从前船右舷通过。

两长两短声——追越船要求从前船左舷通过。

一长一短一长声——我希望和你联系。

一长一短一长一短声——同意你的要求。

一长两短一长声——要求来船同意我通过。

一短一长一短声——要求他船减速或者停船。

一短一长声——我已减速或者停船。

两短一长声——能见度不良时，表示"我是客渡轮"。

两长声——我要靠泊或者我要求通过船闸。

　　上面所提到的"短声"是指笛声历时约 1 秒钟。"长声"指历时 4~6 秒钟的笛声。一组声号内各笛声的间隔时间约为 1 秒钟，组与组声号的间隔时间约为 6 秒钟。

　　有点复杂，是不是？请原谅我不厌其烦地描述汽笛声。在海上，它是游轮在向大家说话。

　　我趴在甲板栏杆上眺望大海时，曾想，如果不慎落水，游轮会发出三声长鸣吗？游轮以每小时十几海里（1 海里 =1.852 公里）的速度向前，就算是发出了"有人落水"的告白，我恐怕也已经骑了鲸鱼背。

　　"六短一长"是最不愿听到的啊，它代表弃船！

　　幸好，在大海中，除了演习，我从没有真正听到六短一长的笛声。如果真是听到了，如果最后不能化险为夷，我也没资格在此啰唆了。

# 8 触摸地球素颜

关于环球游，很喜欢"和平号"的一句广告语——"触摸地球素颜之旅"。

素颜，顾名思义，就是没有化过妆的地球吧。城市，就是地球浓妆艳抹脂粉气甚浓的大瘩子。污染的河流，是地球浑浊的泪水。失去绿色的大地，是地球的累累伤痕。让我们凝视地球干净的眼眸，让我们触摸地球冷汗涔涔的额头，听听它日渐式微的心跳。

作为亚洲人，最佳的环球航行路线，是从亚洲出发，以亚洲文明的眼光来看地球，较为适宜。

说实话，此次航行前，我很少把"亚洲人"当成自己的一个定位。我可以很自豪地说，我是中国人，但我除了知道自己的肤色和其他亚洲人近似，对"亚洲人"这个称谓，没有特别专注的感觉。也许因为亚洲太大了，太芜杂纷繁了。既有日本这样的发达国家，也有若干最不发达的国家和地区，意识形态和历史背景又五花八门，很难用一个标准的字眼概括它。不像北美，想起来就是富裕的代名词，又或者是北欧，有很多共同点。亚洲充满了变数，五味杂陈，难以让人有统一的概括感。

中国是一个亚洲大国，但那时没有远洋客轮环球游项目。2008年的环球旅行，只有搭乘日本游轮，这也是那时整个亚洲唯一举办这种旅游项目的国家。带上眼睛和心灵，当然，还有全身无数触觉细胞，再加上整条舌头的味蕾。后来，我陆地发现，味蕾还是安放家中为好。它的灵敏，徒增饮食不适时的烦扰。

劝君一句话。在经济情况和身体状态允许的情况下，尽可能多地去游览这个世界的犄角旮旯，切莫迟疑。有人可能想，日子还长，那些角落也跑不了，以后再去不也一样嘛！

不，不一样！在人生尽早时刻，能更多体察到旅游对一个人心智的滋养，受益良多。

环球游于我，有个深刻到涉及哲学层面的警示，那就是——全局大于局部之和。心理学里有一个重要流派——格式塔学派，也是以这个观点为基石夯实铺就的。

当我开始这次环球游时，始料未及它会同哲学和心理学有如此密切关系。如果你在不同的时间单独游览一个个国家，我想，也许你会看得更仔细，对局部的了解更充分。如果你在同一时间段，连续走访不同国家，将世界连成一个不规则的圆环……飞快地从寒带到热带又到寒带，见识不同的人种和文化，在广袤的地理环境中渐次演变相互晕染，那种沉醉和迷离的感觉，初识令人心旌摇曳，继而山呼海啸、身心震撼。

全局不等于局部的简单相加，全局必定大于整体。

祝福你有一天能去环球游！请充分利用这个时间段，尽可能多走一些国家和地区，不怕走马观花，不畏舟车劳顿。充分打开你所有的感官，必定所获甚丰。

关于航海环球游，船上的客人们也是众说纷纭。有人主张，必要一步不落地坐在船上，除了最简单的港口一日游，哪里的陆地活动也不参加，这样才有资格说自己像爬一样一寸寸捋过海疆，完完整整、踏踏实实地临摹了地球圆周，才是名副其实的环球游。如果你半路到别处周游，等你再回船时，已经错过了一段航海行程，有个万难弥补的缺口，你就没资格说自己彻头彻尾航海走过地球一圈。将来和友人聊天时，舌头要短一截。

有没有道理？我觉得有。我尊重这种想法，但我想，环球游，并不是为了破一个纪录或者得到一种证明，它只是了解和读解地球的一种方式。在这个地球上，曾生活过那么多壮丽多彩的生命，留下可歌可泣的遗址，时空在一些角落里凝固，挂满蛛网，蛛网上有些一触即破的露珠，等待着我们轻轻触摸。目光所到之处，露珠簌簌落下，坠到记忆中，化作你的稀世珍宝。

有人更注重完满结局，我更喜爱斑驳过程。

我至今都为自己没有报名去加拉帕戈斯群岛的旅游线路，深悔不已。这个群岛的名字说起来很拗口，让人感觉十分陌生。我要是换一种说法，你就会觉得亲近很多。

加拉帕戈斯群岛，是达尔文发现进化论的那组岛屿，为他的伟大著作《物种起源》提供了最重要根据。

加拉帕戈斯群岛属于厄瓜多尔，我们对这个国家的印象，好像就是超市里那些又大又黄，完美如塑料玩具的香蕉。它由13座主岛和许多座小岛、岩礁和暗礁组成。它是4股主要洋流的汇合场所，岛屿本身则是由巨大海底火山的山顶构成，至今仍在缓慢平稳地移动。它地貌罕见，类乎一间具备各种复杂进化环境的实验室。达尔文形容它是一个"自我世界"，人们又称这里为"小宇宙"。

无数生物为何选择了如此险恶的地区生长繁衍？主要是厄瓜多尔的小气候和海拔形成了各不相同的地理环境，成为多个生物群的理想栖息地，比如海鬣蜥、蓝脚鲣鸟、象龟等。

加拉帕戈斯群岛是脆弱而又狂暴的动物独立王国，令人无比神往。

看完船上关于此线路的游览介绍，我心跳加快，摩拳擦掌。

然而，终未成行。

"和平号"上参加了此团的游人说，好玩极了，美妙极了。一位台湾女客人对我描述海狗生育孩子的全过程，包括它们如何把产下的胎盘，一口口吃掉。

我说，是用望远镜看到的吗？

她说，哪里啊，肉眼。亲见啊，那么多的血，骇死人的。

我说，你距离它们多远？

她说，最多也就20米。

我觉得她吹牛。想那海狗也是比较高级的哺乳动物，灵敏得很，如何能在生子的时候如此大意，让一干人等聚在不远处参观呢？于是回答，不可能吧？它怎么会不怕人呢？

那女人道，我也这样想啊。就算女人生孩子，要是有不认识的人围观，也会受影响，没准就生不出来了。我后来向当地船工打听，他们说因为这里的动物，从来没有见过人，也没有人打扰它们，所以它们也就把人都当成了石头，并不在乎你看不看它。哎哟，我们还看到了大陆龟啊，好大啊，好老啊，听说那里的陆龟少说也活了200多年。当年达尔文就是在这个岛上受了启发，回到家里写出了进化论。这些陆龟，没准当年也看到过达尔文的……

她一边说一边指着自己和陆龟的合影，我羡慕得差点口吐鲜血。

加拉帕戈斯之行破碎成镜花水月，最主要的障碍是金钱。6天旅行，需缴纳40000块钱。我心中，总存留着年少时所受的勤俭教育，说某一笔开销，够普通劳动人民吃多少餐的饭……几万元，够一个普通人吃10年的粮食钱（按照当时的物价，若是快速涨价，也许就不够吃那么多年了），我油然升起了犯罪感。

　　我知道这是心理障碍，不过，也没有很强烈的动机要改变它。也许，所有的人都有自己特定的心理障碍，积重难返。这个障碍可能会在我的骨灰盒里熠熠闪光。因为我对家人说过，身后请选择最便宜的骨灰盒。

# 9 水先案内人

先录一段博客文章。

2008 年 7 月 31 日　水先案内人

我算是佩服了自己的内耳平衡功能。在陆地上待了几天，一上船，就又开始像重感冒似的迷迷糊糊。航船向中美洲行进，气候变得炎热而潮湿，空气也沉重起来。海水是无可比拟的蓝，让人觉得如果用钢笔抽取一点，肯定如同灌了纯蓝墨水，提笔就能写出蓝色字迹。

"水先案内人"，是一句日本语。这其中的每一个字，你都认识，可它们合在一处，就让人很难猜出含义了。刚上船时，听到这句话，莫名其妙。比如你要去听讲座，打听主讲人情况，主办方答复说，这是一个水先案内人。

后来才搞明白，"水先案内人"的本意，是指海洋中船舶进港时的领水员，引申义是某些方面有特殊研究的人，担当对公众进行专业入门指导一类工作。我也不知阐释是否准确，说错了恳请指正。目前暂按以上含义，说一说"和平号"请来的"水先案内人"（简称"水先"）。

首先在遴选"水先案内人"时，采取了十分开放的态度。来人中不但包括政治家、艺术家、文学家，还有演员、登山家、歌唱家……从纽约上来的"水先"，居然是两位魔术师。

有位冰岛作家，也是"水先"之一。"水先"魔术师的表演，人山人海，大厅里根本挤不进去。由于广受欢迎，船方不得不采取分场次的方法。好不容易轮到我们这拨观看了，第一个节目是"大变现金"。中间夹有很多插科打诨的话，可能很有趣吧，日本人笑成一团。我完全不得要领，坚信所有变出来的钱，都是提前准备好藏下的，不可能无中生有。加之人一多，我的晕船感越发作乱，只得退出。

今天主讲的"水先"是位美国黑人爵士乐女歌手，名字叫安辛克莱（从日文译出，可能不准，祈谅）。该女身材高大，嗓音颇富有穿透力。据说她是美国一家很有名的俱乐部的职业歌手，演讲颇具激情。她说她本人是歌的俘虏，因为她凭借歌声和大家联结，和人们一道分享喜悦和悲伤，所以，她把自己献给了歌唱。

我最佩服的是安辛克莱当场组织大家唱歌一事。说句实在话，她不通日语，基本上也不用翻译，只是凭借着歌声和丰富的肢体语言与面部表情，就把大家调动起来和她一道放声高歌，发动群众的本事不小。

她称此形式为"唱歌作坊"。先让场内男女性分区域坐好，把男女声部区分开。然后又让众人根据自己的音高分坐不同位置，完成了声部的安排。人们站起身分头寻找合适的位置，这个环节让我有点为难。鄙人五音不全，实在不明了自己该算哪一拨的。退场吧，又对后续进程好奇，于是僵坐着没动。结果我的座位区域，成了女中音部。惭愧啊，滥竽充数。

安辛克莱有教无类，满会场老老少少乌合之众，被她组织起来。按说日本民族在公众场合通常比较拘谨，但安辛克莱调动有方，大家很快引吭高歌，让我目瞪口呆。心想这位黑人歌唱"水先"，魔杖一指，"和平号"就在加勒比海歌声震天。

她说，音乐在很多时候，比语言更能表达内心的苦闷和快乐。语言是要经过大脑的，但很多东西其实在我们身体里。它们淤积着，影响着大脑，大脑却无可奈何。音乐将这些情绪从肚腹直接升起，驻守我们的胸膛，然后流淌到我们的肩膀，从肩膀再到手掌，最后是手指。它们更猛烈更有力量地传达情感，让我们更好地达到身体和心灵的统一。也许人们用语言和肢体还有表情难以传递的东西，却能在歌声的帮助下，完美地输送出去，到达另外一个心灵码头。这是神秘时刻，让我们坐在歌声的翅膀上，飞起来吧！

这个"水先"是不是很棒？

船上空间狭小，进行锻炼的方式有限。打球吧，语言不通，哪里组织得起球队？

再说，轮船摇摇晃晃，打乒乓球准头很差。乒乓球桌晃动，脚下地板晃动，球本身也在晃动，再加上船行时还有不规则的浪花袭扰，更让球迹诡异。这么多不规则晃动纠结在一起，就使得寻常运动项目，变得陌生和不可捉摸。有一位号称从来不晕船的人，打了 20 分钟乒乓球之后，大叫一声"晕死我了！"球拍一扔，跌坐在一旁的椅子上，从此再也不敢问津这项运动。还有一次，船上预报说某日某时举办运动比赛。到时辰了，我们兴致勃勃地赶去参观，却被告知比赛临时取消。问原因？船方答，此刻风浪已超过 4 级，并且还在继续增大，比赛有可能会伤及身体，故改期。

你看，船上诸运动对于训练有素的年轻人，都不容易，对我来说，更不敢贸然行事。

不过，也不能一直拒绝运动。我到健身房练习，那里常常人满为患，需要排队。我怕争抢，赶紧退避三舍。再加上那里空气不甚流通，令人不爽。去了一次之后，再未入内。思来想去，我制定了最简单易行、风雨无阻（太大的风雨也不行，船方会把舱门锁了，让人上不去甲板）、不用花钱、空气新鲜、老少咸宜、丰俭由人的锻炼方式。

你可能好奇，这是怎样的锻炼方式？谜底令你失望，就是每日三餐之后，沿着"和平号"的甲板散步。绕一圈大概 200 米，走 5 圈就是 1000 米。眼前是翻滚的海浪，船头是翱飞的海鸟，呼吸的是最新鲜的空气，看到的是最神奇的云朵……这难道不是极好的运动方式吗？

如果尚有余力，不妨多走。如果乏了，5 圈也差不多了。贵在坚持，每天坚持3000 米漫步，大体过得去。日本人也多用此方式锻炼，通常走得比我快。天天一起散步，彼此也熟悉了，他们会示意我也走快一点，不然达不到锻炼目的。我总是微笑着致谢并拒绝。船时有颠簸，万一风浪骤起，地动山摇之前，也不会向你报警，一个趔趄滑倒伤了筋骨，美事秒变祸事。再说了，为什么要脚步匆匆？周遭美景，值得慢慢咀嚼欣赏。若把注意力都放到气喘吁吁地走路上，岂不辜负了天地间的至灵。

每天走路的人基本都是同一拨，彼此半熟脸。某天，突然多了一个瘦小女人疾走不歇。游轮是开放系统，时不时有人上船下船，本不值惊奇。但这个女子走得不同凡响，虽不是很快，但有板有眼，目光炯炯，脚下弹性甚好，身手不凡。

终于有一天，我在"水先案内人"的讲座上看到了她。

她叫田部井淳子，是日本登山运动员。1975 年 5 月 16 日，她从东南山脊路线登上了海拔 8848 米的珠穆朗玛峰，成为世界登山运动史上第一个踏上地球之巅的女性。我们熟知的中国女子登山队队员潘多，非常遗憾地比她晚了 11 天，于 1975 年 5 月 27 日首次从东北山脊路线登上珠穆朗玛峰。历史的记忆不留情面，在世界登山史上，这个身高只有 1.50 米的弱小日本女子，永远被人铭记，第二位就有所不同。至于第三个登上珠峰的女子是谁，我遍查资料而不得。胜者通吃。

田部井淳子至今保持着骄人纪录。她是世界上第一个完成七大陆最高峰攀登的女性，迄今为止攀登了不包括日本在内的世界级山峰 141 座。她的梦想和目标，是登遍世界所有国家的最高峰，现已圆了 49 个国家的最高峰。她的脚步不停，纪录还在不断刷新中。

她貌不惊人，干枯瘦小，和想象中的登山健将大相径庭。

"我在山上看到了雪豹，它正在冰岩上奋力攀登。"

这是我在"水先"会场上，听到她说的第一句话。我们稍晚了片刻，田部井淳子已经开讲，马上将人们带到了人迹罕至的雪线之上，不由自主屏住气息。

田部井淳子 1938 年 9 月 22 日出生于日本福岛县三春町，父亲是印刷工人。10 岁那年，学校组织了一次登山活动。她说："记得小学 4 年级放暑假的时候，随班主任一起攀登的是那须高原 2658 米的茶臼岳。印象中披在大山身上的应是绿色的草木、烂漫的山花。山谷里流淌的应是清澈冰凉的小溪，夏天山顶上也应是酷暑当头。真实情况是茶臼岳的山体被砂石和火山岩覆盖，山谷流淌的是热水（温泉），夏天的山顶寒冷刺骨……这种学校课堂和教科书无法给我的体验，让我兴奋着迷。老师带我感知了这'未知的世界'，这种对'未知世界'的憧憬深深地影响了我的一生，感受'未知世界'带给我的冲击和喜悦，成了我爱上攀登高山的真正理由。"

哈！原来田部井淳子是个受童年经验影响很深的人，学校老师无意间组织的一次活动，造就了这女子一生的传奇。她明白这个世界有许多事她一无所知之后，开始向往登山。1962 年，她从昭和女子大学英语专业毕业，同年加入成人山岳会，开始了漫长的登山生涯。

田部井淳子不仅自己乐此不疲地登山，还是个组织家。1969 年，她发起成立了以"女子海外远征"为宗旨的"女子攀登俱乐部"。1970 年，她作为第一支日本喜马拉雅女子登山队成员，登上了海拔 7577 米的安纳布尔纳 IV 峰，实现了女性首登、日本人首登。1975 年，她作为日本女子珠峰登山队副队长，成功登上珠峰，成了世界上首位登顶世界第一高峰的女子登山家。

说起这个"世界第一"，真是她九死一生换来的。准备工作从 1974 年开始，田部井淳子把女儿交给姐姐照顾，离开东京前往加德满都。作为这次探险队的负责人，她花了两个月的时间，督运 15 吨重的食物和器材上山，靠的是牛车跋涉。到了牛车也无法行进时，田部井淳子雇了 600 个搬运工，才把这些物品运抵珠峰大本营。

1975 年 3 月中旬，探险队全体成员在达库姆布冰峰大本营集结，15 名日本妇女组成了日本女子珠峰登山队，队长是久野英子，田部井淳子任副队长。其后两个月，日本女子探险队，向珠峰顶点进军。

她们经历了千辛万苦。5 月 3 日至 4 日夜间，海拔 6450 米的营地，突然发生大雪崩，7 名女队员和 23 名尼泊尔向导遭受雪崩袭击，整个营地被雪崩吞没，情况非常危险。幸好抢救及时，全体人员平安脱险。田部井淳子也被雪埋没，失去知觉达 6 分钟。醒来后她在雪里一点也不敢动，3 岁女儿的形象浮现在她眼前。她想，我死了，她怎么办？必须活着，为了女儿，为了我自己，为了所有人。后来总算获救。

最后冲顶到来了。越接近顶峰，路段越险峻陡峭。田部井淳子负重超过 20 公斤，包括氧气、照相机、水和食品等。1975 年 5 月 16 日中午，当地时间 12 时 30 分，田部井淳子和尼泊尔向导安则林（当年 27 岁，男性）一起，沿南坡传统路线登上珠峰顶端。她在上面待了 50 分钟。

吃苦甚多，惊吓连连，田部井淳子登顶后表示："以后再也不参与登山这种活动了！"大家为之遗憾，好在这只是片刻的退缩，之后的田部井淳子依旧登上了一座又一座高峰。

她的登山履历中，并不在乎高度，只在乎那山是不是该国的最高峰。所以她会登上海拔只有 294 米的立陶宛最高峰，312 米的拉脱维亚最高峰，318 米的爱沙尼亚最高峰，173 米的丹麦最高峰……大小通吃，苍蝇蚊子都是肉。

有一点令我感动。2000 年，田部井淳子完成了日本九州大学的研究生学业，获得硕士学位。她的毕业论文题目是《喜马拉雅山的垃圾问题》。

算一下，田部井淳子 1938 年出生，2000 年的时候，她已经 62 岁了。这个年纪，在每年出征 7~8 次到国外去爬山的情况下，还完成了学业，真不简单。

她登上"和平号"的 2008 年，整整 70 岁了。

70 岁的田部井淳子依旧矫健有力，走起路来虎虎生风。她说，作为一名女性，她一生的所作所为，曾经引起过很多非议。某次，她为女子攀登俱乐部寻求一笔资金（类似于赞助吧），求助于日本社团基金会。基金会的人不屑地说，女人就应该待在家里，照顾好自己的丈夫和孩子，为什么要去登山？田部井淳子说，待在家里对一个想要攀登珠穆朗玛峰的妇女来说，无法忍受。

田部井淳子，把登山当成了她荷尔蒙分泌的础石。只要山在那里，她就忍不住磨刀霍霍要去攀登。这种爱好锻炼了她的意志，让她青春勃发、斗志昂扬。谈到近况，她说，我现在每周都要去爬一次山。

说起"和平号"上的日子，她说上船以来，每天都锻炼。先是每天走 10 圈，适应之后就每天走 20 圈。

和她相比，惭愧至极。

惭愧也是一种收获，知道了这世界上还有这样的奇女子，还有不断攀登的生涯！

# 10 海中央

连续航海，海浪如同一页又一页连续打开的书。深夜，走上甲板，突如其来有种想跳入海中的冲动。我不恐慌，但对自己的念头好奇。刚开始以为只是我的个人幻觉，后来问了好些人，居然都有这种百思不得其解的危险时刻。想啊想，终于明白。生命来自海洋，在每一个细胞里，都储存着对于海洋的眷恋和记忆。在某些特定场合，它魔咒般复活，押解我们的身心如同人质——随它回到远古。

黄昏黎明时分，在海中央看海。大海苍天，只有你一人夹在其中，天人合一之感，醍醐灌顶。船是特殊的载体，当它蹒跚于大海之腹，远离陆地，放眼四野，围绕眼帘的都是圆滑到无可挑剔的海平线，凡俗的世界悄然遁没。

所有曾经的烦恼、芜杂的人际关系、不堪回首的悲苦，还有层出不穷的愿望，都像被船桨切断的海草，漂浮而去。只有让人灵魂出窍的蔚蓝色，由于深达几公里的摞叠，化作近乎黑色的铁幕，褓褓一样包裹着生灵孤寂的肉体和灵魂。

当什么都不存在的时候，关于存在的思维就会活跃。

夜幕下的海，纯净剔透的黑与蓝，天幕是银光烁烁的星。你只想爬上星辰，让尖锐的星芒直抵掌心，感受冰冷的刺痛。任何认为星辰是不可以爬上去的常识，此刻都是谬说。你无比孤独，而且绝望地发现，它是不能战胜的。

人生真是太短暂了，和时间相比、和夜色相比、和海洋相比……哪怕是一朵浪花，也比人更长久。它永不疲倦地涌动着，没有死，也没有生。或者说它无时无刻不在死亡之内，也无时无刻不在涅槃当中。你不能说一朵浪花死去，就像你不能说一朵浪花在何处诞生一样。

必先确立了人生的虚无，然后才能确立人生的意义啊。

海在海中。风在风中。

你想知道什么是彻头彻尾的虚无吗？你想死心塌地灰心丧气吗？你想就此归去，把人生来一个总结，有一个新的开始吗？你想从此不惧死亡，兴致勃勃地走到人生的终点吗？如果你的回答是"是"，那我向你推荐一个地方，帮助你解决上述问题，那就是——海洋深处。当然了，我这个深处，说的不是大海的底层，那不是我们寻常人等去得了的地方。深处，是海的胸膛之上，在渺无人烟的苍茫波涛之内，思索。

是的，波涛之内，而不是波涛之上。有人说，我常常到海边散步，看到过海的各种表情，比如海上日出，比如海的朝霞、晚霞，比如海上的暴风雨，比如各式各样的船……的确，这都是海，可都不是我说的海。这是海之表层，不是海之脏腑。

法国17世纪最具天赋的数学家、物理学家、哲学家帕斯卡尔，曾将人定义为："无穷大和无穷小之间的一个中项。"不，在理论科学和实验科学两方面都做出了巨大贡献的帕斯卡尔，这一次说错了。没有中项。人只是无穷小，海洋才是无穷大。

作为巨大的偶然，我们降生人间。我们所具有的唯一能量，就是有目的地向着一个既定方向前进。这个方向，在哪里呢？

航行中，辽阔水面尽收眼底，澎湃海浪不停肆虐，你无可逃遁地要得出一个关于方向的答案。在海洋上，人会变得极其单纯，完全丧失了思索的能力。这并不是悲哀，海洋以它无与伦比的壮阔，已经给出了答案，不必渺小生灵再来费劲儿地思考了。

一朵浪花，若离开海洋，片刻之间就会萎缩。时间之短，我相信任何一种陆地上的短命花卉，都会比它开得长久。太阳会晒干它，烈风会吹飞它，鱼会把它吞入腹中，云会把它吸走，雾会把它裹挟而去，雨会把它当作阵营中遗失的一滴，蚌会把它摩挲成珍珠的雏形，人会把它当作坠落的眼泪，咸而且苦……身为浪花，能让自己永不枯萎的秘诀只有一个，那就是汇入丰饶无迹的集体中。无数浪花聚集一处，成就波峰浪谷，托起巨轮，掀动风暴。它们永不止息地歌唱，没有开端也没有结尾地飞来荡去，在1000次毁灭后获得1001次重生。

人的生命也是一样的。就个体来说，多么惨淡啊！连一朵浪花也比不上。浪花们互相紧密连接，你无法将一朵浪花和另外一朵浪花分离，它们从本质上密不可分。先天的属性，让它们从不孤独。但是，我们不行。人有皮肤，在皮肤之里，是自我的界限，在皮肤之外，是他人和自然的范围。人必须有意识地走出自己的皮肤，和同伴们找寻精神上的依存。这不单单是互相帮助，而是本质上使自己一生不再渺小、不再脆弱的唯一法宝。

这种连接，有一个看起来很普通的名字，叫作——关系。关系分为很多种，疏离和密切是最基本的分野。密切关系是有魔力的，成也萧何，败也萧何。如果没学会处理关系，处理失当，你就无法享受人生的乐趣，你会时时被各式各样的烦恼所袭扰。你头痛医头脚痛医脚吧，你天天疲于奔命四面楚歌吧，你按倒葫芦浮起瓢吧，你屋漏偏逢连阴雨吧，你破船偏遇顶头风吧……总之，如果你不断地倒霉，如果你时不时地在被厄运抽了一个嘴巴之后，又是一连串的嘴巴，如果你百思不得其解，不知自己得罪了何方神圣，为什么诸事不顺，永远是一个超级倒霉蛋，那么，恕我像女巫一样直言——是你的关系上出了问题。

看看大海，看看浪花们。它们如此平等，如此团结。没有高低贵贱之分，没有东西南北的区别，天下浪花结成一家，遇风则啸，遇雨则飞。风平浪静的时候，缀成一块硕大无朋的蓝缎，大智若愚微微抖动，与天公比试碧蓝和寂寥。大海养育了多少生灵啊，地球上最大的动物——蓝鲸，就生活在海洋中。我在美国的博物馆见过蓝鲸标本，浮游半空，孤悬于万千海洋生物之上，如乌云蔽日，体积大到难以想象。仰望蓝鲸巨大而美丽的流线型身体，我不由得想，它活着的时候，每天要吃多少食物啊？需要多大疆域才能养活它，才能让它活动开身体腾挪扭转？需要多大的浮力，才能让它保持优雅游势，不至于一个跟头沉没？它怎么长到这么大体量？那是怎样一段进化的漫漫长征，需要一个多么丰饶诡谲、无拘无束的舞台啊！

是海洋托举了它。海洋是蓝鲸的摇篮。

海洋中物种的丰富，远远超出了我们的想象。特别是深海，更是一个远远没有叩开大门的宝库。

这种荡涤灵魂的经验，可以从大海的涟漪、风暴的吼声、海鸟的奏鸣和海豚的跃动中习得。倾心体会大自然的旋律，待身心与自然融为一体，光明自然体现。

关于海洋，我们知道得太少太少。然而仅仅已知的这一点点，已让我们倒头拜叩，肃然起敬。这一生，如有机会到大海的核心部分走一走，请千万不要错失。如果没有机会，请千方百计地创造一个机会，你一定所获甚丰大呼过瘾。

也许有人会说，我常常到海边去。哦哦，海边和海中央，是不一样的，就像树叶和树根的不同。树叶青翠可爱，但你看到树根的时候，会感觉到深邃的力量和不可预知的神圣。这时再来看树叶，你只会觉得精致和稍纵即逝的脆弱。

万万不要满足于在海洋馆、水族馆这类地方的浏览。国外的超豪华饭店，已经把鲸鱼圈养起来了，真是悲哀！我在迪拜亚特兰蒂斯酒店，看到玻璃幕后假装自由自在的鱼，悲哀顿生。充其量它算海洋的藏书票，海洋干涸的微缩版。如果曾膜拜过真正的海洋，在亚特兰蒂斯你会有哭泣的冲动。这还不是最悲惨的，如果一个人从来没有亲近过大海，首先是在海洋馆里看到了海水，由那里得来印象去想象海洋，他就陷入了猥琐的幻觉，人为的陷阱。

听我一句劝。一辈子都没有机会深入真正的海洋，并不遗憾。因为你还可以想象。人的想象力，是世界上最汹涌澎湃扶摇万里的疆域，可以掀起飓风，可以托举起几十万吨的巨轮。千万不要让别人出于营利的目的，在你的脑海里信手涂鸦，荼毒世界上最雄壮的景致。

海洋是一所大学，教会我们生命的感悟。浪花就是教授了，无数位，虽无职称，但日夜授课，永不言倦。

海洋带着永恒的苍凉，把你关于这个世界的所有表浅认识，都颠簸着飞扬起来，发生碰撞和杂糅，而后扫荡一空。举目四望，你是如此孤独，天空和水永远在目光的尽头缝缀在一起，包围着你，呈现出博大的哀伤。你知道自己是一定要灭亡的，而大海则永远存在。

在这颗蓝色星球上如跳蚤一样生活的我们，能看到多远？美国环境学家罗德瑞克·纳什有一个科学理论，认为从过去到现在以至未来，人们遵循着如下范围，逐步扩大着自己的视野和爱心疆域。首先是自我，然后波及家庭。这当然不难理解，原始人就是这样走过的。再之后是部落，然后是国家。国家是扩大了的部落，是很多部落的联结。在国家的更远处，就是人类。当我们有了更多的余力之时，就会更多地关注动物，之后的顺序便是植物—生命—岩石（无机物）—生态系统—星球。

在大海上，充沛爱意会像卓越的三级跳远，快步腾挪而去。从"一己"跨越到"星球"。我们只有这一个地球，千真万确。

绕地球一圈走过来，深刻感觉到，地球人，都是住在一套单元房里的亲戚。有些人富一点，有些人穷一点，但大家从骨子里来说，大同小异。平等不是一个谁赐予谁的施舍和空话，而是一种生物进化的必然。

祸害了中南美洲的森林，就是糟蹋了自家的后院。掠夺了亚洲的财富，就是亲手把船凿下一块板。喷出越来越多的二氧化碳，就是在自家放火，屋顶已经烧出了一个洞……

大自然大智若愚，它什么也不说，只是把人们紧紧地联结在了一起。有难同当，有福同享。它公正并且——冷酷，如果不觉醒，等待的就是灭绝。地球上的人类，只有自己救自己。那种以为靠着掠夺他国人民就能维持自家超级繁荣的美梦，有些人已经酣然不觉地做了好多个世纪。如今，21世纪刺眼的光照，不客气地把他们唤醒。

地球绝非我们想象得那样广大和坚强，在某种意义上讲，它脆弱到不堪一击。

所有的海水都是相连的，在广阔的洋面上，我们无法区分这一滴水来自大西洋还是印度洋。海鸟是没有国界的，海豚是没有国界的，海草是没有国界的，污染也是没有国界的。最后买单的是全地球的生灵，无论是发展中国家还是发达国家，在污染面前，人人平等。

喜欢海上的风将云彩搅散的声音，还有海豚跳起的噗噗声。光的温暖远在乌云之上，你感受不到，但仍坚信它的存在。亲身体验能使人确立世界观并因此改变行为。人类已融合在一起，悍然难分，像海在海中，风在风中。

# *11* 自主企划必有我师

全球航海旅行100多天，人们易生疑惑：那么长的时间，你每天都在干什么呀？

对此，本人倒安之若素。年轻时，我在藏北高原待过，冬季大雪封山时，道路闭锁，一连四五个月和外界没有丝毫联系。吃不到青菜，看不到报纸，不通电话，更没有今天可享用的电视。广播也因为山高路远，基本收不到。它是群山苍莽中的银白孤岛。

一群十七八岁的少女，面对亘古洪荒的枯寂，能采用的应对措施，就是发呆或谈恋爱。那时我们还是战士，纪律严禁谈恋爱。多年以后，当我和当年的女战友们都成了白发苍苍的老媪（稍有夸张，白发虽有，尚不曾苍苍），忆旧闲谈，我方知道，女战友中的大多数人，用谈恋爱的方式，排遣了无穷寂寞。不知我是晚熟，还是执行纪律的乖乖女，总之愚笨至极，完全没动过此念。收到暧昧书信，看也不看。第一时间，找块干净雪地，用防风火柴点燃信封一角，看着它探头探脑地蔓延开来，让热烈的仰慕话语直接化成轻袅腾挪的火焰。

于是孤寂的我，只剩下发呆。日望冰山夜看苍穹，疏忽了时间流逝。今日忆起，我对当年那个孤独的小女兵，由衷感佩。此人没有因此得抑郁症，终是活了下来，实在幸运。

经历了年轻时代的操练，我对面朝某种单调景色一言不发，自信有持久的抵抗力，甚至还形成了一种嗜好。对于漫漫航海之途，暗忖：不过把白色换成蓝色，静止转成轻移，有甚了不起？我已不再年轻，想来耐性这厮，和体力的羸弱恰好相反，该是更好而不是衰减。

胸有成竹地上了船。上船之后，才发现远洋客轮并非枯寂的藏北雪原，而是人声鼎沸恍若闹市，充满甚嚣尘上的杂事。

船上举行大规模晚会和集体节目之外，还有层出不穷的"自主企划"。

"自主企划"四个字，虽然长了副中国汉字模样，却是按照日文方式组合起来的。

"企划"是缩略语，意为企业策划。

记得参加过一个会议，听企划名家聊成功者的故事。参与者多已成名，所以聊起从前的职业时，充满衣锦还乡的傲然，争相回忆当初的贫贱：勤杂工、业务员、记者、个体户……殊途同归投身企划，一步登天了。听完辉煌发家史，我第一印象就是如果一个人穷困潦倒走投无路，可以试试企划，起死回生。第二印象是，别看说得天花乱坠，一言以蔽之，策划就是类似古代谋士向帝王献计时所说的"上策""中策""下策"，是合纵和连横，是田忌赛马，是围魏救赵……三十六计囊括。

可能有人会说，你这感受式不靠谱。恕我引经据典，来一段学术定义："企划就是在考虑现有资源的情况下，激发创意，制定出有目标的、可实现的、解决问题的一套策略规划。"

恕我再摘抄一段船书。

✎ 船报上的自主企划

船上是什么都可为的空间和什么也不为的时间的融合。在船上有各式各样的活动让您参与，既有交谊舞晚会，又有世界各地的专家的讲座及探讨会。参加者还可以自主策划活动，尽情施展您的才华。您可以发挥您的才能，带上需要的道具，在船上搞自己策划的活动。演奏乐器啊，表演节目，教授技能，分享平凡生活中的小常识，在这个自由的舞台上，自由地发挥吧……

在"和平号"上，你可以自己发起组织活动，这就叫"自主企划"。具体实施步骤：旅客自己确定一个方案，然后到船上自主企划部提出申请，登记方案。包括企划名称、需要的场地规模、是否有道具、要不要画面和音响师……总之种种细节都要考虑周全。登记完了以后，请耐心等待。"和平号"上1000多号旅客，遍地珠玑。踊跃策动积极参与"自主企划"的大有人在，船方须统筹安排。

我也曾搭乘过欧美和意大利的游轮，都无此类项目。它们均设赌场，但无自主企划。"和平号"是把本船上的赌场所在，改造成了自主企划的主会场。

这是"和平号"上的一大亮点。让我用"和平号"的自我介绍，来说说它和普通游轮的显著不同。

和平之船是日本的非营利、非政府的组织。它的宗旨是让我们每个人都成为船的主人，共同进行环球大航海，乘船到世界各地进行国际交流。通过和各国各地区人们的交流建立一个不同于国与国利害关系的草根阶层的友好平台，建立地球市民网络。和平之船自1983年开始第一次游轮航海，至2008年已经进行了62次航行，参加人数近4万人。

任何活动的第一次，都是值得纪念的。和平之船的首航航线，是1983年9月2日从横滨出港，经小笠原群岛、关岛、塞班岛等岛屿，是一次主要环绕亚洲国家的航程。

这个以船为载体的非政府组织的诞生，和当时的大背景密不可分。那就是亚洲人民至今抗议之声连绵不绝的日本教科书事件。日本把20世纪对亚洲各国的侵略，改写成了"进入"，激起了亚洲各国人民的强烈愤慨。当时还在日本大学上学的一群热血青年，开始产生怀疑：他们从小所学习到的历史是真实的吗，历史的真相究竟是怎样的？教科书说的不可信，那么我们是否可以迈开自己的双腿，到当地去，用我们自己的眼睛去看去验证？从这个朴素的愿望出发，他们升起了和平之船的风帆。

和平之船的目标不同于国与国的利害关系，而在于一般市民、学生和孩子们之间进行面对面的友好交流。这种交流需要一个平台，这就是和平之船的意义所在。在这个自由的空间里感受着世界的变化，化解着各种矛盾，同时为建立更美好的地球家园做出贡献。

和平之船是一个独特的空间，在这个空间和时间里，它组织了各种活动和项目。有运送国际物资的"UPA 国际援助活动"，还有"送一个足球国际交流"，等等。各式各样的活动丰富多彩，不胜枚举。和平之船终年活跃、忙碌在世界四大洋五大洲。

可以这样说，和平之船是一所以地球为校园的大学。它航行在世界各地，走访各式各样的人群，与不同肤色不同种族的人们进行平等而愉快的交流，在当地进行历史的验证。船上也有各种专家，旅客可以和专家们进行研讨和分析，把实践和理论结合着学习，在实践中体察"和平"的宏远意义。


看了和平之船的自我介绍，你就明了它为何热火朝天地搞自主企划了吧？发起者要把和平之船办成一所流动大学。学生是船上所有的客人，教授除了"水先案内人"，也来自所有旅客。

我对此类活动生出好奇，从中可以看到旅客们的原生态。大伙儿脑袋瓜里有怎样的历史和创意呢？择定的题目有趣吗？上台后紧张吗？要是不精彩，有人退场，主讲人会不会沮丧？这种企划完全是公益性质的，没有丝毫报酬，大家为什么还趋之若鹜呢？

凡此种种汇成问号折磨着我，看来若不是亲自参加各种自主企划活动，难以得到第一手资料。

语言是个问题。船上游客大部分为日本人，自主企划主要讲日语。我须和翻译达成默契，我要去参加某自主企划，他得抽出时间帮助我。中国游客并不只我一人，翻译也非我的专职助手。这让我在决定参加何种自主企划时，颇费心思。我要先问好翻译何时有空，还要兼顾题目于他是否也有一点补益。如果翻译毫无兴趣，我就须掂量。人家的主要工作是协助我等客人们的衣食住行，这类个人杂事，未必在范畴内。

感谢翻译小唐无私地不辞劳苦地帮助我，使我得以参加了很多有趣的自主企划。我把船上所写博客，录在下面，可能有更多的现场感。

2008 年 8 月 1 日

先要介绍一下自主企划。

在"和平号"上，有一个光荣传统，就是不管你是什么人，只要是船上的客人，就可以到一个名叫"自主企划部"的部门去登记，然后由那个部门分派给你一个时间，还有相应的地点，由你自己发起一个活动。可以是表演、讲座、讨论……也可以是小活动、交流、集贸市场等。总之是不拘一格，你把你的一技之长拿出来和大家分享。至于有没有人对你的自主企划感兴趣，有没有人参加，这就完全是你的事了。有一次我在饭厅看到一个日本女孩，如同《女起解》中的苏三一样，背后、胸前都戴着纸板做成的"枷"，大惊，不知道这唱的是哪一出？以为她家里出了祸事或是有什么要求助于大家的，便很关心地询问发生了何事？翻译漫不经心地告诉我，那上边写的是：某日某时她将在某地开一个自主企划，内容是什么，期望大家都能来参加，欢迎赏光云云……

船上"自主企划部"的征召令如下。

"大家在船上的时间都可以做些什么呢？

"可以做自己一直想做却没有时间做的事情，比如写书、摄影、享受大海……除此以外，还可以进行宝贵的交流。这里提供各种形式的活动，包括你自己发起的。无论年龄、性别、国籍、职业和背景，任何人都可以加入和平之船的队伍，只要带着勇气和激情，这里对每一个人来说，都是一个广阔而迷人的平台。"

我甚至觉得很多人就是冲着这"自主企划"的舞台，踊跃登上和平之船的。

为什么这样说？"信"就是例子。

我不知道他的真名，只知道他已经绕地球走了 7 圈。他在"和平之船"上经常开办自主企划，把他在世界各国拍摄的录像放映给大家看。"信"的拍摄技术不是很好，设备也不精良，看的时候非常吃力，画面晃动很厉害。我原本晕船，常常看完"信"的自主企划后，须赶快跑回舱房平卧许久，才能让翻滚的脑浆平复下来。以至于有一次，我忍不住问"信"，你这样老在海上跑来跑去，晕船吗？

"信"很奇怪地看着我（估计从来没有人问过他这个问题，也许日本是个岛国，国民基因中晕船的比例极低。中国是一个内陆国家，晕船比例要高很多）。答，从来不晕船。

"信"制作的自主企划之多，几乎到了"每日一划"的地步，我思忖"信"就是为了这种在人前表现的时刻，而做了这么多趟环球旅行。由此可见，这个活动在"人人参加人人有份"方面，具有强大而独到的魅力。

因为晕船，我有一阵子淡漠了"信"的自主企划，不过仍关注着船报上"信"的动态。有一天，"信"登出的企划预告内容是"乘坐世界上最豪华的游轮畅游加勒比海"。"信"讲的是他在3年前，参加美国豪华游轮的短期旅行。游轮有16万吨级，在当时算是大的。他说马上就要有一艘26万吨级的游轮投入运营了。

参加者马上做了一番心算："和平号"是2万吨级，人家是本船的13倍，该多么平稳啊！

还是"信"一贯的风格，镜头摇摇晃晃的，解说也很随意，我看了一会儿，就走了。但我仍锲而不舍地关注着"信"的动向，由此可见这个活动的强大魅力。

看到这里，读者可能要问：你准备了什么自主企划？

说来惭愧，我啥也没准备。出发前，虽大致知道有此类活动安排，但各种出国手续十分繁杂，事务性的工作缠绕身上，根本顾不上细细思考此事。加之语言不通，太繁复了怕对方不易懂，太简单又自觉拿不出手，迟迟没有确定下来。时间一晃而过，两手空空上船了。

开航之后，看到如火如荼的自主企划，总觉自己不参与其中，有点不合时宜。船上邀请我讲讲中国文化，主要涉及中国民族团结和妇女问题。可能是因为知道我在西藏当过兵，当时达赖"藏独"等阻挠奥运火炬传递，外界很想听到更多中国民间的声音，我答应下来。

这时通过卫星电话，得知国内汶川地震情形惨烈，抗震救灾全面展开。我们把自主企划，改成了对中国地震灾情的介绍，收到了很好的效果。

小建议：如果以后谁登上"和平号"，请提前做好准备，无论吹拉弹唱，还是琴棋书画，抑或其他绝活儿，都请尽情展示。漫长旅程，每个人都贡献一点学识和力量，汇拢在一起，就是丰富大学堂。古语说：三人行，必有我师焉。我以前的理解是每三个人当中，就有一个人能充当自己的老师。现在特别注意到——这求师过程，必须发生在"行"走当中。要不然，为什么不说"三人坐，必有我师焉"呢？可见"行"是"我师"的必要条件。一条大船，1000多个人，在海上行走百余天，最起码有300个人可以成为我们的老师。有300位老师的大讲堂，可算是大学府了。

小叮嘱：如果你策划自主企划，请在出海前预备好必要的特色道具。大海之中，无处补给。特别是有中国特色的器材，想在海外搜寻置办，近乎缘木求鱼。

# *12* 为祖国募捐

此次环球旅行出发前一天，2008 年 5 月 12 日傍晚，我正在家中最后整理行李，突闻四川汶川大地震的消息，心中凛然惊惧。我以前当过军医，知道这种时刻，抗震救灾多么需要人手，然而自己却要出国旅行，心中充满难堪的负罪感。然而，箭在弦上，不得不发了。13 日清晨到达首都机场，中午抵达东京。因受台风影响，当地凄风苦雨，气温只有 10℃左右，天气和心境一般黯然。

第二天，横滨依然风雨凄迷，我们一行抵达出港大厅，大厅里熙熙攘攘，挤满乘客和送行的人。日本是个岛国，以前出海，生死未卜，这一次万里迢迢，历时 3 月有余，要穿越太平洋、印度洋和大西洋，掠过北冰洋边缘，格外难舍难分、肝肠寸断。

船开动之后，我拖着行李找到自己的舱房。因是靠近海平面的底层房，颠簸较重。晕船，胃里翻江倒海，只好到卫生间大吐一番。好在早已有思想准备，知道晕船并不是病，是内耳半规管太敏感了，只要坚持住，就会逼迫它渐渐麻木，最终适应波涛起伏的节律。对着马桶放肆地大吐特吐，真乃爽快事。

理论上的正确认识，抵挡不住生理上的强烈反抗。我僵尸般一动不动地躺在床上，随着船舷的每一次颠动，都会灵敏觉察到体内所有液体——血液、胃液、肠液、脑脊液，甚至关节腔的液体，上蹿下跳随之共舞。加倍服下抗晕动药，昏昏沉沉睡了 3 天。眩晕中，就想借孙悟空的金箍棒一用。记起这件无敌兵器在龙宫时的原名——"定海神针"，扔将出去，一把将海死死锁住，风浪即会止息吧。

到了第 4 天，反动的半规管终于投降，早上起来，第一次感到不再天旋地转，可以进行比较正常的思维了。船上很多设备尚未就绪，一卷卷的地毯正在铺设，电视里没有任何信号，电梯不能开动，网络无法使用……人高马大的欧洲工人们，正在各处马不停蹄地调试安装着，整个船体到处叮叮当当。

我说，这不大像是日本人的风格啊，有点"边设计边施工"的味道。

后来才得知，租赁这条船的谈判几经波折，一锤定音时，留给后期装修的时间已非常紧张。欧洲工人不肯赶工，出海的日期又早已定死，便带着未完工的装修材料仓促远航。

日方原来准备由我讲一堂中国文化课，说日本民众非常感兴趣。此次完全是我自己出资的私人旅行，不想带着任务的压力，刚开始很想推托。后来想到这是中国人首次搭乘外轮环球旅行，尽管我们是普通的中国人，此刻却和国家形象有所联系。位卑未敢忘忧国，我的演讲主题改为为汶川大地震募捐。同行朋友们全力帮忙，嘱咐我一定要讲好，给中国加油。

讨论细节。如何入场？要有中国音乐，最好是民乐，充满民族特色。大家开了好几次会，群策群力。日方也十分重视，专门派出联络员，和我们商讨细节。

心情却越来越不安。

船上的服务设备处在尴尬中。地毯没有铺好，这不要紧，走路时多加小心，不被翘起的地毯边沿绊倒就是。电视没有信号，电梯无法工作，尚可忍耐。没有网络，却让人万分心焦，大洋之上，根本得不到国内信息。

同行中国客人有一部海事卫星电话，因话费昂贵，我们都不好意思借用。从他那里得知国内不断攀升的地震伤亡数字，悲伤和思念也越发浓重。深夜时分，我在甲板上仰望阴霾密布的苍天，心想在震后废墟中，是否如此黑暗？恍惚中好像有人呼救，凝神倾听，才知是飞鱼刺穿水面的拍击声。

没有网络，资料匮乏。所有印象都停留在 13 日的记忆，除了不断飞跃的伤亡数字，我们对于灾难细节了解甚少，募捐如何进行？

乘船的上千客人中，我们不到 1%。到达东京时看到的报纸标题，说中国遭遇的是"人祸"，更让人愤慨万分。在和平之船负责人吉冈达也先生的大力倡导下，为中国募捐的大会，商定为到达越南岘港之后的第二天下午，地点在船上最大的会议厅。

船上网络依然一片死寂，希望寄托在能在越南岘港找到网吧，下载由国内传来的第一手资料。报告会上，希望全面报告中国灾情，表达出中国人民的坚忍和勇气。我们期望得到国际社会的援助，但更要有自己的铮铮铁骨。

岘港是获得祖国信息的最后机会。我用卫星电话向新浪呼唤援助，希望将图片和国内有关震灾的消息发到我信箱里。我们在岘港登陆后，可以下载珍贵资料了。

感谢新浪博客频道的同志们，最短时间内，将所需资料发了过来。

我从来没有如此期待过一个城市，眼巴巴地盼着岘港。我对芦淼说，船上原有的岘港安排是参观越南古寨，古寨根本不可能有网络。我们须离团活动，找到岘港网吧。请带上笔记本电脑和所有应急装备，都要两套，万无一失。只有这一个机会，只能成功。

到达岘港。说起来它是相当大的城市，但那时各种设施很不发达。我等背着电脑，徒步走出货港，看到一群摩托车私下揽活儿，连出租车都没有。

我们几经辗转，方到达岘港市内。

5月，岘港已非常炎热。岘港基本上无人通英语，让寻找网吧变得很困难。我们在马路上急匆匆赶路，却是漫无目的地乱走。酷似中国南方小城镇的街道上，杂货摊林立，却找不到国内非常普遍的网吧。气馁的时候，看到远方有一座高楼，应该是岘港标志性的建筑物了。我说，朝那儿进发吧。

芦淼背着电脑汗流浃背，怕跑冤枉路，说，你怎么能肯定那里有网吧？

我说，我一点都不能肯定。越南是一个发展中国家，它新建的高大建筑，理论上应该是饭店。如果要和国际接轨，就应该有现代化设备。既然一路都找不到网吧，只有误打误撞了。

芦淼说，真热啊！

我说，一个人报效祖国的方式，可能有很多种。咱们现在能为祖国做的事，就是在酷暑中赶路。

我们跋涉到高楼之下，才知道真是一家大饭店，若修建好之后，也是有网络配置的，但现在正内部装修，只有底层开张。可惜不是大堂，而是一家超市。希望又一次落空，不过总算找到了略通英文的人。我们问网吧的具体地址，他说不知道，让到邮局看看。想来这也是个法子，我们就问最近的邮局在哪里？他含义复杂地看了我们一眼说，全市只有一家邮局。

岘港的规模由此可见一斑。不过，这倒让我们有了方向，向着唯一的邮局进发。据说不很远，但我们连续走了几个街区，也没有找到。几近绝望之时，突然在街道拐角处看到一个网吧，让人有梦幻般的不真实感。

芦淼一头扎进网吧和国内联系。我就坐在网吧门口的台阶上等消息。近正午，又饥又渴，也不敢喝街上售卖的冰水，怕不干净或是水土不服，闹坏了肚子，如何完成后面的任务？也不敢吃街头的米饭团子和米粉，上面糊满了苍蝇。地面的热浪一团团地蒸腾而起，好像要把人炙出油来。

芦淼一会儿跑出来一趟看看我，说网速太慢了，又很容易掉线，你不能着急。我说，我不着急。我们只要在下午四点"和平号"起程之前，完成这个工作即可。

芦淼说，我已经下载了一些图片，非常悲惨。你要不要先看一看？

我说，我先不看，等你录完了，再统一看。记住，除了悲惨的，还一定要有众志成城抗震救灾的场面。

芦淼说，损失惨重的图像，会更激起人们的募捐感情，要是日本人不肯募捐，或是捐得很少，咱们会比较尴尬。

我说，募捐成功与否，并不完全取决于咱们的资料和图片是否足够打动人。当然，我们一定要以微薄之力报效祖国，也是为了那些还掩埋在废墟中的兄弟姐妹的呼吁救援。但这不是乞怜，是对人类良知的一种信任。如果日本人不募捐，或是捐得很少，那不是我们的耻辱，而是说明了他们在这种巨大天灾面前的冷漠麻木。再说，咱中国有句古话，叫作"千里送鹅毛，礼轻情意重"。不要用捐款的多少来衡量人类的爱心，那也是一种狭隘的"向钱看"。咱们是在为祖国尽忠尽孝，别的就不要想那么多了。

芦淼又跑进充满了酸腐汗气、闷热无比的网吧，继续下载资料。我呆坐在网吧门前，无目的地东张西望。网吧一侧是个小餐馆，不知为什么今天没有开张。不一会儿，来了一辆汽车，车上装满了汁水淋漓的塑料桌椅，还有一摞摞油浸浸的盆盆碗碗……原来是有人结婚，将这馆子连锅端了去烹喜筵，怪不得门脸冷清。斜对过，有家卖纸花的小店，也不知是喜庆的花还是治丧的花。在我眼中，一派凄楚。

身处蒸笼，然心中发冷。如果要说这环游世界的旅程中，何时最伤感和悲戚，何时最惶然和心酸，就在这岘港网吧和餐馆门前。

我不知道我将看到怎样惨绝人寰的景象，我不知道即将开始的募捐在异国他乡的大洋之上，会是怎样的结局。几个毫无章法，没有组织，出海之前也素不相识的普通游客，此刻被祖国的巨大灾难焊接在一起。千万里之外的灾区人民，正在残酷煎熬之中，我们能做的却如此之少！

两小时后，终于下载完资料。

这时，离预定返回时间已很紧迫。来不及吃饭，空着肚子火速打车回港口。那个越南出租车司机非常狡猾，假装不认识路，绕道乱走（岘港多么小，港口又是那么明显）。结账时完全推翻了事先说好的车价，加倍收钱，狠狠宰一刀。看着那张黝黑而贪婪的脸，想起当年的抗美援越，此刻我一句话也不想多说，按他说的付完钱，只求不再见他嘴脸。

同去的年轻人说我这样做，纵容了坏人。我承认软弱，但当时心中极度哀凉，对人性幽暗，再也不想多瞄一眼，只求闪避。

落闸之前，终回到"和平号"。晚上，几乎彻夜未眠，整理资料。每一幅图片的解说，都要事先准备好，翻译好。图片资料的前后顺序，也颇费思量。关于人选，大家都信任我，觉得这副担子非我莫属。不过我考虑到翻译已经是一位女士，如果再由我——一个半老太太主讲，在音色和力度搭配上，都会单调。我建议由芦淼来主讲。一是换青年男子声音，会让关于灾难和抗争的解说更具变化与力度，二是"和平号"上日本年轻人很多，我们也派出同等年轻的阵容，更富感染与号召力。人们总和自己相仿的人有较多认同。最重要的是抗震情况报告和募捐演讲，有大量电脑操作技术。我面对日文操作台，恐老眼昏花、手脚不利。万一失误，会影响整体效果。如果由芦淼执行，安全系数要大很多。

我没有征询芦淼意见，便在同胞讨论会上径直提出看法。我说，不是我推诿责任，害怕重担。如果是从容谈论中国传统文化，我当无二话。非常时刻，"内举不避亲，外举不避仇"。国难当头，我们面向外国人讲述灾难，芦淼外语好，操控计算机熟练，所有图片和资料又都是他下载的，心中有数。所以，他是比我更合适的人选。如果担忧他在语言表述方面有所欠缺，我会在今天晚上和他一道，一张张研究怎样的语言表达，才能达到最强烈的情感和最适当的分寸感。请大家放心，我当竭尽全力。我绝不是惧怕担当，请想想看，如果放映资料正在关键处，台下人们泪眼婆娑，我突然操作失灵，只得马上找技术人员调整，这番过程还要经过翻译协调，听众便会分心，整体效果必然受影响。如果让芦淼出马，只有一个语言表述为弱项，经过今夜马不停蹄的准备，弱项可以得到很大弥补。倘若我主讲，仪器操作方面的劣势，无法弥补。万一出现纰漏，我手忙脚乱乱摁按钮，技术人员忙不迭上台救火，会场的庄严肃穆气氛就会变味道……

我刚开始提出改由芦淼主讲的建议时，大家听都不要听，异口同声反对。待我一一陈述后，人们沉默许久，最后表示同意。

同胞会之后，分头开始准备。芦淼阴沉着脸，不搭理我。我能体会到他本来以为在岘港奔波一天，饥渴之中下载完资料，任务就完成了，不想面临更大挑战。

我说，你不要怨我让你担这样重的担子，这是从大局出发目前最好的选择。

他说，我紧张。要是讲不好，给祖国丢脸。

我说，紧张是必然的，没什么了不起。适度的紧张，会让人有更大的能量迸发。你想不想为灾区人民做点事？

芦淼道，那还用说吗？！

我说，是啊。隔着那么远，我们不能用手刨土，不能搬开水泥板，不能送去干净的饮水和方便面，不能伸出胳膊献血……我们能做的只是在这滔滔太平洋上，向"和平号"的乘客们，报告灾情和中国人民目前所做的奋斗，以此表达我们的拳拳之心。你不用考虑自己的形象是否最佳，也不用考虑下面听众的反应，按照我们的意愿来讲，尽力而为，竭尽所能。目前，这便是一切。

我虽鼓励芦淼，但我深知面对一船外国客人，主讲人责任重大。不过，这是此刻他能为也是必须要为祖国和人民做的事情，别人无法分担。

第二天上午，我们全体到了预定会场，进行了演练。我们要确保每一个环节都无闪失，要用实际行动贡献绵薄之力。

下午，船上最大的会议厅，坐满了日本人。站在台上，面对着陌生的面孔，我有一段很短暂的时间，突然深深疑惑——向这些素不相识的外国人（他们之中有些人的亲属，还曾侵略过中国），呼吁救援灾难中的我的祖国和人民，会获得怎样的回应？

吉冈先生亲任主持人，先是让我们各自做了简短的自我介绍，然后进入了赈灾环节。全场默哀一分钟，那一瞬，容纳数百人的会议厅安静得如同旷野，听得见舷窗外太平洋永不消失的涛声。

然后，中方开始演示和宣讲。

芦淼和中国旅行社的王莹女士，站在惨白的光环中，以一种低沉而缓慢清醒的语调，描述着我们那远在千万里之外的祖国发生的惨绝人寰的天灾，描述着英勇的人民如何在灾难中相濡以沫奋起救灾……

我听见周围此起彼伏的唏嘘之声，我看到晶莹的泪珠从一张张酷似我们的同胞，然而却是异国之人的面庞上缓缓滑下……在这一瞬，我确切相信了人类的良知和慈悲，有着超越种族和国界的光芒。

结尾的那张图片，是一个中国孩子从塌垮的废墟之中伸出的一只小手。经过屏幕的放大，那只伤痕累累布满尘埃的手显得格外触目惊心。芦淼走过去，把自己的手放在那只手上。芦淼身高 1.8 米以上，他的手掌比一般人显得厚实，但在这只渴望援助的手面前，仍然单薄微小。

所有的期待，都在这手与手的相叠中传达。

会后，开始了紧张的募捐策划。决定由我从新加坡飞回北京，将"和平号"捐出的善款以最快速度转交中国红十字总会。船上的有效捐赠时间，就只有一天。日本是使用信用卡非常普遍的国家，尤其"和平号"禁用现金，人手一卡。买张明信片或一支牙膏，都要刷卡。此刻捐款限用现金，很多人遇到难题。游客们说如果能容他们在新加坡 ATM 机上提取现金，便可以多捐一些了。

我们重申"礼轻情意重"。捐款不在多少，重在情谊。

日本的志愿者连夜找纸箱子做捐款箱，同胞们一大早背上募捐箱，站在饭厅门口，向每一个走过的人，解说灾情，呼吁捐款。吉冈达也先生身体力行，和志愿者们站成一排，大声呼吁捐款。他郑重地说，谁要是一点款都不捐，要想通过我们这道人墙，恐怕不容易……

有一位老人家，已经70多岁了。她说，我也要为中国的灾民们贡献力量。我老了，别的事情干不成了，我就背上一个捐款箱，见到人就去募捐吧。有人把她募捐的照片拍下来，真是非常可亲的老人，仁慈使人美丽。

紧张的一天过去了，晚上，吉冈达也先生兴奋地告诉我们，他们从来没有取得过这样好的募捐纪录，款项比以往任何一次募捐都要丰厚。

第二天——5月23日，吉冈先生把封好的捐款交到我手上，周围的人们都滴下热泪。吉冈先生还说，希望我能向中国红十字总会表达他们的心意，他们很想知道中国灾区目前最需要怎样的专业帮助，可以立即组织救援队伍赶赴灾区。


24 日凌晨，我从新加坡机场起飞，6 个多小时后，到达北京机场。红眼班机，让人昏昏欲睡，我却一分钟也不敢大意。眼睛一眨不眨地盯着我的包，包内装有巨款。这是"和平号"上千名乘客的心意，万一出了差池，担待不起。7 点多出了机场，我顾不得满身疲惫，冷水激脸，直奔中国红十字总会。

清晨的北京，既熟悉又陌生。熟悉的是街道，一点变化也没有，陌生的是空气。海上的空气无比新鲜，带着薄荷的清凉，城市的空气，则有浓郁的汽油味，令人的

我郑重地接过"和平号"上全体乘客
和水手们为中国四川大地震的捐款

肺叶不敢舒展。

外币捐款，要到红十字会二楼清点。有日元、美元、欧元，还有人民币，清点起来很费时间（人民币不是我们中国旅客捐的，我们都捐的是外币。船员中有中国水手，都在工作区，我们无法进入，平时也未曾见过他们。他们也竭力贡献心意）。

清点结果基本相符。只是在近万美元捐款中，比日方交给我的数字多出了 10 美元。我请红十字会工作人员在清单更改上盖了专用章，稍稍松了一口气。幸亏多出来 10 美元，若是少了 10 美元，我心中会长久不安。

走出红十字总会的大门，我仰面朝天，深深吐了一口气。灾区的父老兄弟们啊，但愿这一点点捐助，能化为几顶遮风挡雨的帐篷、几碗果腹充饥的干粮、几粒纾解疼痛的药丸、几条温暖的被褥、几件柔软的衣裳……

# 13 世界上最缓慢的微笑

送捐款回北京后，时间突然空出来。"和平号"此刻正航行在阿拉伯海，我想追赶也是望洋兴叹。一来，我没有阿曼和约旦这些阿拉伯国家的签证，现办也来不及。二来，到底还要不要追赶这条船，我也没有最后拿定主意。大震之后，到处都缺人手，我做过生理上的医生和心理医生，应该到灾区去。

正在这时，北京一家医院接治了四川大地震被救出的孩子。他们已被截肢，生理和心理上都饱受创伤，院方希望我能去看望他们。

义不容辞。我说，马上就要过"六一"了，要去看孩子们，我该带些什么礼物呢？

院方答，说实话，他们什么都不缺。从营养品到学习用品，书籍笔记本堆满病房，孩子们快被各式各样的慰问物品埋起来了。您只要带上问候和心理帮助就成。

这后两样东西当然要带，可是，马上就是儿童节了，孩子们盼了很久的节日。我不能空着手去见孩子们啊！

院方说，那您就随意带点小礼物吧。

难题绕了一圈又回来。什么礼物好呢？

思谋着，原本想带上鲜花。一转念，天这么热，鲜花很容易枯萎。身心受伤的孩子们，眼睁睁看着五彩缤纷的花瓣凋零，也许会引起连绵的凄楚。人并不会因为年幼，就不知伤感，成人们一定要多加小心。再说，天南地北纷繁盛开的花束，花粉混杂，容易引起过敏，于孩子们的康复不利。

／ 地震遗址上修建的纪念馆

鲜花被否。

食物和营养品呢？想起那句"物多埋人"的话，我别床上架屋。

先生见我发愁，出主意道，要不，你送上几本自己的书吧，签了名留给他们做纪念。

我说，有个孩子才5岁，还没上学，这不是强人所难嘛。大些的孩子虽然上中学了，可手臂被截，一时半会儿的，哪能学会用一只手翻书？仅剩的一只手上还有伤，这不是引人劳累吗？！毁眼睛。馊主意。

先生说，这也送不得，那也送不得，到底怎么办？

我说，若是咱们现在变小，不断小下去，直到缩成一个小小孩童，你最希望干什么？

先生说，当然是可着劲儿玩了。只可惜，他们没法玩了。

我反驳，谁说躺在床上就不能玩？现在，我有主意了，买玩具。

我和先生跑遍北京商场。芦淼已长大成人，这些年来，我们再没有瞄过一眼玩具市场。如今像两个老顽童，在玩具柜台拥来挤去，指手画脚地让人家拿了这个拿那个，挑拣不停。

太大的玩具，病房里耍起来，医生会埋怨。太复杂的玩具，失却了手脚的孩子恐怕摆弄不了，会心生沮丧。太需用力的玩具，他们羸弱的身体难以承受。太没个性的玩具，又怕孩子们了无兴趣……唉，难啊。

东问问西打听，我们把自己修炼成了玩具专家。功夫不负苦心人啊，沙里淘金，终于找到了一款又安全、又有趣、又个性化、又有丰富变化的玩具。

它们是绒布做成的小动物，摸上去，绵软温暖，亲切安稳。想这些孩子，曾在如山的砖瓦水泥砸压下苦等待援，一定怕极了冰冷坚硬。这种反其道而行之的茸茸质感，该是他们喜欢的。记得我以前看过一则报道，说是人们给失去母亲的小猴子两个代用妈妈，一个是塑料做的，一个是棉花做的。其余的部分都一样，都有奶瓶可以喂养幼崽。结果小猴子们天天围在棉花妈妈周围，不理睬硬邦邦的塑料养母。

玩偶后背有一拉锁，内藏电池。好在此机关通常看不到，它让玩具有了会说话的本领。

只要轻按一下玩偶的左手，就可以开始录音，时间约1分钟。若你说得快，可录下三四句话。录好音后，捏捏玩偶的右手，机关触发，玩偶就会把刚才录下的声音复播出来，好像忠实的鹦鹉。

简言之，这是个微型录音装置，录下短暂留言后，能重复播放出来。

这玩具让我们如获至宝。我说，要这个，再要那个，对了，还要远处的……

售货员是个爱说话的姑娘，问，您这是给孙子买啊？

我和先生相视一笑，说，是啊，快过"六一"了。

售货员说，你们好福气啊，孙子多啊。

我说，是啊是啊。买少了，分不过来，会打架喽。

回到家来，我对先生说，一会儿我在房间里自说自话，你不要大惊小怪。

我关上房门，对着一个个玩偶，配置录音。直到这时，我才发现有个大疏忽——我不知这几位地震截肢孩童的名字。想打电话去问，一看表，时间已夜半，负责联系的同志很可能已经休息。

于是我决定先录下一般问候，例如："北川中学的小朋友，你好！北京欢迎你。祝你'六一'儿童节快乐开心！"

我要做好两手准备。如果到了医院，没有时间问清孩子们的具体姓名，不能重新录制，就这样播出。

我抱着玩偶们，不断地录，不断地听。刚开始没经验，话说得太多了，满腔关切还没倾诉完，嘀嘀声就毫不留情地掐断了我的问候。不料下一次矫枉过正，又说得太短了，时间上留有空白。一番周折之后，时间控制上大致没毛病了，我又悲哀地发觉自己声音太老迈了，完全不具备少年们喜爱的欢愉和活泼。

我决定改换风格，尽量把嗓音卡通化，走欢蹦乱跳的青春路线。不多时先生破门而入，惊愕地问：毕淑敏，你没犯什么毛病吧？

我吓了一跳，恼火道，不是跟你打过招呼了吗？听到某种异常动静不要大惊小怪。

先生说，太令人惊奇了。我认识你几十年了，从没听你用这种语调说过话。

我不理他，专心干自己的活儿。半夜三更之时，总算把玩偶配音这事完工。

5月28日，我早早赶到医院，问清了孩子们的姓名。趁大家没来，我还有时间完成预定计划。我把孩子们的名字写在手上，以防一紧张说错。我躲到医院会议室，把玩偶从精心购买的礼品袋里掏出来，再次替它们说话。

对着黑白相间的大熊猫玩偶，我说："×××小朋友！你好！我也是从四川来的，从此咱们是好朋友！'六一'节快乐！"

"×××"，是这个截肢小朋友的名字。

呼唤一个人的名字，有一种特别重要的意义。那是执拗地提醒一个响亮的存在，强烈地标明一种人格的独立。象征一种至高无上的尊严，表达一份如火如荼的期盼。即使对非常幼小的孩子来说，名字也意味着这个世界上独属于他的精神财富。在古老传统里，受了惊的孩子，要被父母反复呼唤名字，以找回魂灵。

这一刻，我恨自己嘴笨，不会说四川话。若是小朋友们听到乡音，一定倍感亲近。

当我走进病房，第一眼看到这些孩子的时候，尽管我当过军医，是总计医龄20年的资深大夫；尽管我对即将到来的残酷，已经做了最大可能的思想准备；尽管我不停地对自己说，毕淑敏，你不可以哭，为了孩子们的福祉，你必须要保持镇定。他们需要从我们成年人身上看到力量，看到希望，所有的惊慌失措都不可饶恕……可我还是错愕惊惧、肝肠寸断！拼命调动起全部精神，以维持最基本的平静。

有一瞬间，我觉得躺在病床上的不是真实孩童，而是白绸折叠起的布娃娃。只有在摔碎的玩具身上，才能看到这样的断壁残垣。

可他们静静地凝视着我们。轻轻地呼吸，证明着生命的顽强存在。

这是被苦难之咽凶残嚼碎过的天使，又被仁爱之手拼缀起来残缺羽毛。

那黑若点漆的眸子，曾见识过最暗无天日的深渊。

那宣纸般柔弱的身躯，曾背负过天崩地裂的塌陷。

那已永远离去的肢体，曾忍受过锥心刺骨的碾磨。

那跳动着的小小心脏，还要黏合多少次才能修复完好如初？

…………

我把玩偶拿给他们，托起小手，让他们撬动机关，那手指细弱得像一截断筷。当他们听到从玩偶肚子里发出的响亮声音时，嘴唇微微上翘了。当玩偶说出他们的名字时，孩子们无比惊奇地睁大了眼睛。当玩偶说出祝福的话语时，孩子们终于静悄悄无声息地微笑了。

近在咫尺。这是我一生所看到的最为缓慢的笑容，无比脆弱，像一枚企鹅蛋在冰天雪地经过长久孵化，终于探出小小额头。这微笑又如此强韧，一经绽放，它就动人心魄地灿烂起来，携带着抵挡不住的芬芳。

我匆匆走出了病房，再也控制不了滚滚而下的泪水。不是因为他们的悲惨，而是因为他们的坚强。

负责对孩子们进行心理治疗的协和医学院的杨霞研究员说，孩子们正在不断康复中。她讲：一个小姑娘说，马上就要到"六一"儿童节了，我们少年儿童要……

送给孩子们的玩具

说到这里，小姑娘突然改口了，说：我们残疾少年儿童要……

感人至深的修正，她业已接受了惨痛的现状并决意自强不息！

从 5 月 12 日 14 时 28 分被埋入废墟，黑暗中的煎熬，肉体的断裂，目睹同学在眼前死去，饥寒交迫，截肢，感染，创伤，高烧，颠簸……无尽苦难，铺成一条尸横遍野血肉模糊的路！小姑娘用没有腿脚的"下肢"走过来了，留下一串串透明的小小脚印。她完成了从震惊、恐惧、否认、愤怒、孤独、抑郁到"接受现实"的阶段，她走得多么快啊，像一缕旷野中的清风，其速度是成年人都难以追赶的。

她的一生，还会有很多反复、很多磨难……但是，她的微笑告诉我们，这一切都会一寸寸翻过去，新的篇章翩然展开。

原谅我只能提供我在医院给孩子们的留言簿上写一句话的图片。我不能让那些孩子的影像出现，为了保护他们的隐私。

杨霞约我一道到四川灾区参加救灾。我说，好啊！我很愿意贡献一点微薄力量。

杨霞医生说，北川中学知道毕淑敏要到他们那里去，很高兴。希望我能为初中二年级的孩子们讲一课。我一听，就有点着急，说我没有当过老师，给寻常安宁时期的孩子们讲课都摸不着头脑，更不要说给大灾之后的孩子们讲课了，我完全无法胜任这一艰巨任务。

对方说，这个课，您是一定可以讲的。

我说，你太武断。

对方说，因为这课文是您自己写的啊。

原来是这样！我的一篇散文《提醒幸福》，被编入了全国统编教材的初中二年级卷，他们让我来讲自己的文章。

在想象之中这应该不是什么难事，但我仍然很没底气。我说，大灾之后的孩子，跟他们说幸福什么的，这不是太牵强、太刺激人了吗？

对方说，毕老师，你一定要答应。你知道，在这次灾难中，这所学校死了1000 多名学生，40 名老师。现在，虽然救灾物资源源不断运抵，但老师的缺口仍然很大。有些班级死难的孩子太多，已经把几个班合并成一个班，但师资还是不够。此刻，如果能邀请到一位教材课文中的作者，亲自给孩子上一课，你讲什么也许并不是最重要的，重要的是孩子所受到的鼓舞和激励，他们会感到大家都在关心他们，他们会因此而快乐……

最后一句话打动了我。能在这种非常时刻，让大难不死的孩子们感受到快乐，哪怕是芝麻大的一丁点，我也没有任何理由拒绝。

我答应了，挑灯夜战，把自己的文章翻出来反复读。这真是一件有点尴尬的事情。我很想从中总结出主题思想、修辞手法等比较像一堂正规语文课的教案来，但事倍功半。

先生说，绵阳是一座危城。余震，堰塞湖。如果发生了溃堤，你是第一批还是第二批撤离呢?

我说，你不用担心。我想和你说的只有一句话，万一发生了什么事，比如我死了(本来我想用"牺牲"这样庄严的字眼，又一想，一介草民，没那么高尚，还是老老实实说"死"吧，简单明了)，不管死相多么惨，这可不是我的责任，我也管不了那么多了。就算警匪电影中常说的那句"让你死得很难看"出现在我身上，我也鞭长莫及无能为力。我要告诉你的就是——请你坚信我在最后时分一定很安详，因为这是我愿意做的事。

# 14 在巴塞罗那
## 哥伦布雕像下会合

关于我的北川之行，因和本书的旅行内容稍有不同，我把它略去。北川中学的孩子们，帮我下了最后的决心，去追赶"和平号"。我在课堂上做了民意测验，请孩子们帮我决定，是留下与他们一起抗震救灾，还是继续我的旅行。在那一刻，我真的不知道该怎样选择。我决定全权按照他们的意愿办，他们小小年纪经历生死考验，他们的意见对我如此宝贵，一锤定音。最后，绝大多数孩子表示希望我继续出海，带上他们的眼睛，代他们去看看这个世界，回来写本书，把这个世界的情形告诉他们。我接受了他们的委托，决定追赶"和平号"。

因为没有某些途径国家的签证，要赶上船，只有当"和平号"驶入欧盟区，我才能登船。如此说来，我的最快一站，是在西班牙的巴塞罗那港口与"和平号"会合。

择日从北京飞往荷兰阿姆斯特丹，再转机西班牙。我在巴塞罗那住了一晚，第二天早上去港口相逢。

这套计划说起来简单，具体实施时，险象环生。一个是在大洋上风雨兼程的游船，另一个是在天空辗转飞行的飞机。无论气候条件还是人为因素，这两个时刻移动着的庞然大物，都充满变数。只要出一点岔子，就有可能接不上头。一旦从国内出发，我和芦淼便失去联络。船在海上电话没有信号，我在飞机上又不能用电子邮件。盲人瞎马，听天由命。

总算一切顺利。我和芦淼约定在港口的哥伦布雕像下会合，相逢一瞬，百感交集。重新登上"和平号"舷梯，恍若隔世。

向船方汇报了回国交与善款的始终，呈上了中国红十字会的票据，工作完成。

我们在西班牙驾车自由行。

我坐在一座古旧城堡的露台上，眺望远方。

远方有一座金色的城池，阳光下干燥而明亮。

西班牙的安达卢西亚省，格拉纳达市。那座城堡，就是欧洲境内最大的穆斯林遗址——阿尔罕布拉宫。名称本意是"红色城堡"，直译为"赭城"。此时此刻，在我的眼中，它盛满阳光，吸收并反射阳光，是彻头彻尾的足赤金色。

同伴们四散，找绝佳的角度照相。旅游手册中说，这个时间、这个角度，是拍摄阿尔罕布拉宫最好的时辰和地方。

我坐着，脑中空洞无物。年轻时，在西藏守防，工作之余，最常见的姿态便是发呆。或许因为高寒缺氧，让我的大脑严重受损，无法进行精密思考，只能以发呆打发时光。多少年后，我与当年战友都已老迈，谈论男欢女爱，宠辱不惊。说起过往岁月，我才知道，在我呆若木鸡凝望雪岭冰峰，头脑一片冷酷垩白之时，我的女战友们，都在如火如荼地谈着玫瑰色的恋爱。这些发轫于世界最高兵营的爱情萌芽，有的结成正果，有的以悲剧谢幕，我则遗留下了发呆的毛病。

安达卢西亚，像一个女子芳名。多年前某天，我在家中洗碗，为了打发无聊时光，开了电视。有人说着话，哪怕是不相关的废话，乏味也变得较好忍耐，好像有人斜着眼看到了自家烦苦。

外国人制作的旅游节目。哪里是世界上最美丽的地方？像竞技体育颁奖一般，从第10名倒着往前说，第9，第8，第7……

我了无兴趣，认为美丽不能比较。因手上沾了水和洗洁精，没法按动遥控器，只得由着他们卖关子，缓慢向前移动着"美丽"坐标系。

终于到了第一名。

那一刻，我突然有了一个渴望，希冀这最美丽的地方属于中国。前9名当中，没中国什么事，我觉得这个西方人主导的排名不公正。属于中国的哪块地方呢？第一个涌上我脑海的，是阿里，是冈底斯山，是冈仁波齐。

那是埋葬我青春的地方，世界上最壮美的景观。

还没容我厘清思绪，人家的结果已经出炉：世界上最美丽的地方——西班牙的安达卢西亚。

带着几分不服气，我恨恨地记住了这个名字。

这几天我一直在安达卢西亚的范畴内转悠，要说美丽，真名不虚传。不过，要说它是世界上最美丽的地方，我猜有表决权的人，没有去过阿里。

时间一点点逝去，阿尔罕布拉宫继续像早年间八一电影制片厂的厂标似的，放射着金光。一个肥满的黑衣老女人，无声走近我，神秘地眨眨眼睛，算是打了招呼。不由分说地抖搂出她的宝贝，开始做生意。一卷鼓鼓囊囊的污藏白布铺在草地上，好像里面裹着埃及艳后。内里宝贝随着白布抖开，依次显露真容。

许多"耳朵"并排摆在布上，似一种奇怪生灵留下的遗物。耳朵们大小不一，基本上比人的巴掌心略小，深棕色居多，好似海中鲍鱼壳。每块壳上，都凿有小孔，穿着细绳。两两捆在一起，像是原配夫妻。

老女人约有70岁了吧？或者，更多。由于缺钙，身形伛偻，肥大而皱缩的长裙，把她整个身体罩住，像枝叶落尽的短粗木桩。她笨拙行动时，在破旧长裙的中部，可见一道很明显的分界线，上下各是一方肉身，不协调地扭动。随着她的转体，这线显出断裂般的印痕，此为老女人的腰部所在。

这是响板。看出我对"耳朵"的疑惑，她说完将之拿起，熟练地将绳子套在拇指上，然后打出响亮的撞击音。她卖弄地连续击打，木头与木头相撞，清脆、利索，带着隐隐的急躁。

响板是流传于西班牙民间的打击乐器。主要用于歌舞伴奏，几乎是弗拉明戈舞的专用道具。老女人是专门出售响板的小贩，安静地守株待兔。我拿起响板仔细端详，做工精致，乌黑发亮，应该是上等木头吧。若是很糠的木头，撞击时会发出空洞的噗噗声，无法配合弗拉明戈舞的压抑奋争之感。

我虽然对响板感兴趣，却并不打算购买，所以也不敢放肆翻看，怕万一看得太久，最终又不买，反倒惹老人家不高兴。

老女人用锐利的目光看看我，说，你知道响板有公母之分吗？

该老大娘出手不凡，第一个问题就把我唬住了。

不知如何作答。响板被细绳拴成一对对，我本以为是怕失散了一片，闹得没法卖，实不知这物件原是有家庭的。

看到我的不知所措，老女人很高兴，她把另外一对响板拆开，绑在拇指和中指上，撞击。一方响板发出坚硬的嗒嗒声，活泼而清脆，富有活力。另一方响板的音高则更铿锵一些，有一点点尖细之感。

响板起源于哪里？比较一致的说法就是眼前的西班牙。最早的"响板"是由两块小木块，或是两块海贝壳，或两块扁平石头组成，街头的舞者把它们夹在指间和掌中，用于敲打伴奏。响板的尺寸、形状、装饰等，根据地区也有所区别。最初，"响板"是拴在4根指头上，晃动手腕演奏。为西班牙民间舞蹈伴奏时，也可固定在中指上。最终让响板跳向全世界的灵魂，是弗拉明戈舞蹈矫健的舞步。

我于舞蹈，完全外行。在异国山顶，面对售卖舞蹈用品的老人，稍有尴尬。反正也无客人，她耐心细致地给我讲解这工具的诀窍。我在获得知识的同时，愈加不安。

在世界各地行走，总和舞者不期而遇。高棉人的舞蹈，温暾和蔼，无端地扭着"S"形，一如吴哥的微笑，慈静而缓慢。尼泊尔人的舞蹈，丰富到莫名其妙，他们的神祇如此之多，天上国度或许比地上人烟还要拥挤。格陵兰岛人的舞蹈，和蒙古舞有太多的血缘之亲。恍然觉得内蒙古自治区若是派出一个歌舞团到格陵兰岛，一定会受到空前的热烈欢迎。阿拉伯人的舞蹈，旋转到令人晕眩，他们一定个个内耳平衡机能甚好……林林总总的舞蹈，印象最深刻的有两种。

一是脚下这西班牙土地上生长的传统舞蹈——弗拉明戈，一是风行于南美的探戈。

不知是不是因为我太外行，总觉得这两种舞蹈，尽管舞步有很大差异，但骨子里却是大而化之的孪生。我原以为因为西班牙是弗拉明戈的故乡，当他们作为殖民者到达南美大陆，也捎带着把家乡的舞蹈动作输出到那里，和当地舞混血，才有了探戈和弗拉明戈的神似。

歌剧《卡门》所使用的就是弗拉明戈舞。探戈现在则是国际标准舞蹈的一种，多了一点贵族气。两种舞蹈都是足尖技巧繁复，需要出色的力度支撑。最重要的是，都在表面热情似火的背后，有点隐晦和不可告人的鬼祟感。

"弗拉明戈"一词，据说源自阿拉伯语"流浪的农民"。有关它的起源众说纷纭，几方争功。比较获得认可的说法是吉卜赛人从北印度出发，几经跋涉，来到西班牙南部，带来了一种复合乐舞。它融合了印度、阿拉伯、犹太，乃至古拜占庭元素，在当地又吸收了西班牙南部养料。总之，一锅大杂烩，说好听点是博采众长。15世纪时，这些因素终于并蓄杂糅，完成这一舞蹈定型的功臣，就是安达卢西亚人。底层人民以自由和流浪为生命常态，借着酒精和即兴创造的舞步，抒发生活中的挣扎、快乐、忧伤和寻找……因为最初跳这种舞蹈的吉卜赛人，被称为"弗拉明戈"人，此舞故得此名。

通常，弗拉明戈男舞者，穿紧身黑裤，长袖衬衣，有时还加一件饰花背心，显出尊贵和力量，充满阳刚力度。女舞者则把头发向后梳成光滑发髻，穿的服装明艳，多为紧身胸衣和多层饰边的大裙子。在相对较舒缓的音乐伴奏下，二人起舞。轻柔扭动胯部，配合着肩膀、手臂、手的灵活动作，头部微微倾斜，面部表情聚精会神，显出若有所思的神态。女性常常用力到指尖，颇为强烈地摇动裙的下摆，好像和那大裙子有仇。

男女舞伴一开始似漫不经心，动作舒缓，彼此伴动和试探。随着音乐紧烈，动作渐渐急骤和猛烈，变得越来越迅捷刚硬，最后索性闪电般跺脚旋转，直奔高潮。

一位高超的女舞者说，她认为弗拉明戈舞可以释放情欲和激情，表达出纵欲、激情、欲望、情感等复杂因素。

有些话，外行人纵是看出，也轻易不敢说，怕露怯和亵渎。内行人有免死金牌，能放肆说出本质。她道出别人无法吐露的真谛，此舞是表现得情欲偾张。据说观看弗拉明戈舞蹈最好的地方，不是巍峨辉煌、珠光宝气的剧场，而是充满了世俗气息的小酒馆。

弗拉明戈舞中的女子，不像中国舞蹈中的女人那样柔曼和温柔，经常闪了同伴，独自狂舞，我行我素，带着一点杀气。就算和男人结伴而舞时，也不大像古典芭蕾舞或拉丁舞中的样子：女子紧紧依附于男子，随他的舞步亦步亦趋，被高大舞伴操纵着，指挥得团团转。弗拉明戈舞中的女子，自得其乐。她紧紧盘绕着不留一丝飘动云丝的发髻，我总觉得她在强烈表明她的已婚身份。她不像芭蕾舞女主角总是纯洁端庄，时刻要飞升到空中去、不食人间烟火的样子，也不似国标舞中的女子矜持典雅，目不斜视。在大多数双人舞中，弗拉明戈女主角和男主角，总是忽远忽近，若即若离。她舞时的表情，通常冷漠甚至可说是痛苦状，肢体动作却充满了动感，频频显示手腕、手臂和躯干的灵动及妖娆之美。在表演的过程中，嘴巴也不闲着，率性打出名为"哈列奥"的组合拳——拍手、捻指、激动喊叫。当然，重头戏是响板。

1492 年，卡斯蒂利亚女王伊莎贝拉一世和阿拉贡的斐迪南军队，征服了摩尔人在西班牙的最后一个堡垒——格拉纳达之后，宣布采取宗教宽容政策，摩尔人和犹太人得以和平归顺。可惜好景不长，异端裁判所说服了伊莎贝拉和斐迪南背信弃义，强迫摩尔人和犹太人要么皈依基督教，要么迁到非洲去。1499 年，50,000 个摩尔人被迫接受洗礼。更多的摩尔人、犹太人、罗姆人逃往他乡，在山中隐居。他们把心中埋藏的悲愤、抗争、希望和挣扎，一股脑儿地倾泻在了舞步中，性感中掺入了反抗，延续了占人口极少数的民族面对极端生活困境的创造性。它是弗拉明戈舞动人的核心所在。

闹了半天，这是少数派忍气吞声和不屈挣扎的舞蹈，是对多数人的抗议和宣言。从本质上，把一种舞蹈上升到了历史革命的高度。

老女人和我交谈了一会儿，安静下来。我依然对着金色城堡发呆，老女人安闲地守着她的货色，微合着眼，似入假寐。

天渐热，围拢来的客人也多了些。世界各地女游客，聚在满地"耳朵"周围，翻看淘选。老女人警觉地睁开眼睛，默不作声地把一对木质响板，套在了自己手指上。人越聚越多，她站起来，整理了一下裙子。我先惊后喜，看来老人家要现场说法。

丛林鸟鸣中，响板清脆地击打起来，异军突起，音色峻烈，节奏似马蹄嗒嗒。这一次，近在咫尺的我终于听出来——她左右手的响板，发出的声音的确大不相同。左手边低沉，就是她所说的代表雄性。右手边较为清脆，应该是雌性了。她不停地击打着，想来表达男人与女人的对话，循环往复。把男人和女人的争执，演绎得百折千回。

周遭的人都听呆了，想不到简单两块木板，在貌似昏聩的老女人手中，居然如有神助，直击人心。看她娴熟击打响板的动作，人们明白遇到了弗拉明戈舞的高手。

围观的人，要求老女人跳一曲完整的弗拉明戈。我本以为她会拒绝，以她的年纪和身形，实在不像一个舞者。没想到老妇人慨然允诺，提溜着裙子站起来，口中发出声响，代表节拍，在林间土地上载歌载舞起来。她先是摆出了弗拉明戈舞女子出场时的标准神态，耸肩抬头，眼神落寞，四处搜寻，好像打算捡拾失物。紧接着，慢慢旋转，像黑色的老孔雀寂寞开屏。那条肮脏的黑裙子，内藏乾坤，真是一条大摆裙，无数皱褶随着她的舞步调动起来。腰间那圈明显赘肉，随着舞步上下抖动，让人在刚开始的时候，有一点替她难堪。但这只是极短一瞬间，很快你就被她流畅的舞步俘获和感动，对所有身材上的缺憾视而不见，只剩下她沧桑的舞姿牵动心扉。

她放浪形骸地舞着，面对着千年废墟和清晨阳光。她目中无人肆意挥洒复杂情绪，好像一生在此凝结和展开。她似乎完全不需要舞伴，自得其乐地舞着，骄傲得不可一世。偶尔，她也会悲切地急促巡视，似在表达掩藏的爱恨情仇。她排山倒海地舞蹈，强健粗壮的脚掌全力在地面上旋转奔突，雨点般敲击着土地，像要给土地打上一系列印章。尘烟一道道卷起，仿佛有看不见的绳索束缚着她，而她要完全不借助外力独自挣脱……她的目光没有焦点，既不看天空，也不看大地，当然更不把我等匆匆过客放在眼中。目光缥缈，如云如烟，只和上苍与灵魂对视，又仿佛看穿前世今生，万般无奈，自暴自弃。她嘴角紧抿，嘴唇上纵起了一排细密的竖形纹路，鼻孔张大，不时耸动一下，似乎在嗅着危险即将潜近的气味。所有这一切，在她满布岁月鞭痕的面庞上，化作了略带玩世不恭的孤寂冷笑。

天啊！

我说过，我完全不通舞蹈，但在此刻，深深地被这个又老又丑的女人躯壳中绽放出的如醉如痴的花朵所打动。我听懂了她用生命同大自然、同废墟、同历史、同五颜六色素不相识的人的交流，她用一种不属于自己的魔力，轻易就将所有人打翻在地。距离太近了，我甚至看到她的手指很干净，没有涂指甲油，也没有戴戒指。响板套在其上，嗒嗒作响风情万种。每个指甲端沿，有一圈透明的玉色，修了圆润的边……

地上经年的尘土，被老女人的舞步，搅得沸沸扬扬。我们大气也不敢出，半张着嘴，看她目中无人舞动雄伟身躯。在看似毫无章法没有伴奏的舞步中，被她胸有成竹的情绪，铁索般地牵引着，直到海角天涯……

不知过了多久，她停下舞步，黑色的大摆裙哗地收敛成破烂布桶，再无一丝波澜。几乎在一秒钟内，舞者恢复了平庸老迈的本色，烁目光环瞬间褪去，江河安稳，岁月如常。要不是她的呼吸还未平稳，胸口还在起伏，你简直不敢相信刚才飞扬跋扈的雀灵和此刻垂垂老矣的妇人，竟是同一肉身。

围观的人许久作不得声。无意中遭遇一位弗拉明戈圣手，没花一文钱，欣赏到精妙绝伦的西班牙国舞。

老妇人不再说话，只是用昏黄的眼珠盯着我们，炯炯有神，那意思再明显不过了——买响板！无以回报，所有的人都买了一对响板，那是这段美好记忆的门票。

世界上的舞蹈，当进行表演时，几乎都是年轻貌美、身材窈窕者的专利。唯有这弗拉明戈，鼓励成熟和年老的女性跳舞。甚至越是饱经沧桑的老者，越能舞出深重底蕴。而且它并不把双人舞的协作，视为最高境界，而是男女各自为战。女性永不从属男性，自成一体。

西班牙政府十分重视这项艺术，弗拉明戈舞由市井江湖的演出，一跃成为登上国家舞台的艺术名片。当一种舞蹈，成为地域象征，代表一种文化，它就脱离了动作，成了精神符号。

想我中华民族，好像没有这样确定的舞蹈符号。荷花舞吗？秧歌舞吗？千手观音吗？似尚不能担当此责。

这个西班牙舞蹈，到底象征着什么？

西班牙人，是让人疑惑的群体。比如，你可在此地，看到最丰富多彩的头发。从黑色、浅黑色，到驼色、咖啡色，到金色、红色，到灰色、银白……活像天地间一不小心打翻了的调色板，跌染到西班牙人头顶，从此斑斓多姿。

我曾学医，按照遗传学规律，如此繁复的头发颜色，只能出于一个原因，那就是高度混血。

亚洲人是黑色直发。欧洲人特别是北欧人，头发为金色。非洲人的头发黑而鬈……这当然是很粗糙的分类，不过也可现出端倪。只有人种之间的杂交，才派生出许多中间颜色的头发。

看到过一个小故事。当初，北非的摩尔人占领了西班牙。他们在安达卢西亚的格拉纳达，统治了 800 年。这期间，摩尔王的后宫，纳了无数金发王妃，生出若干金发王子。摩尔人的头发原本为黑色，金发后代便从很小时候开始把头发染成黑色，以表明是摩尔王的血亲嫡传……

翻开西班牙历史，太多的征服，太多的更迭，太多的混淆，太多的服从……以至于他们都不觉得这是不幸，反而升华为一种独特的历史。

然而，此地真的会把所有的匍匐在地、一次又一次的臣服，溶解得烟消云散吗？屈辱就真的不留一丝痕迹地灭失在记忆深处，成为稍纵即逝的泡沫吗？

我不知道，我不相信。我在今世的尘埃中，看到若隐若现的爪痕。如果这里真的蛰伏过一只猛虎，滴落过猩红的热血，就不会渺无踪迹。

绵延至今的某些东西，顽强地述说着今天的人们忽略忘却的东西。

一直很奇怪，西班牙人为什么那么热衷斗牛？多么血腥狡猾的游戏！如果一个人或一群人，和一头野牛赤手空拳地打斗，我虽觉残忍，总还认可多少有点远古遗风。可惜，斗牛场的喧嚣、斗牛士的美艳，表演的程式化和胜利后作秀的招摇，都令人觉得这场面和真正的搏杀相差太远。为了让牛衰弱，那些骑着披了盔甲的马的长矛手，居高临下地刺伤一头牛，简直是在力量装备完全不对等的情况下，开始了谋杀的第一步。这还不算，紧接着出场的花镖手，更是向一头流血的牛发动屠戮前的暗算。无辜的牛终于在集体的诡计下，血流成河，虚弱地开始兜圈子。这时候，花枝招展的斗牛士，姗姗莅临。

当然，不能苛求一种民俗。不过为什么形成了这样的民俗，却值得思索。我以为它是压抑的愤怒乔装打扮，把一种搏斗和抗争，变形成了杂耍。如同弗拉明戈在世界舞林中的独树一帜，正因了它的不拘一格放浪形骸。不在乎舞者的年纪和容貌，不要求身材的秀美和不可改变的程式化，只需表达真挚的压抑和暴躁的情感即可。人的情感有很多种，通常展示给大家的，都是喜悦和欢愉，都是节日和庆典，都是感恩和激动，都是求偶的成功和嫁娶的盛大。然而，人生并不总是阳光，情绪也并不都是金色。

那么，有哪个民族敢于把自己的哀伤和幽愤，化成带血的舞步呢？

只有饱经战乱和欺侮最终同化的地区。

各种民族、宗教和势力，如同最细密的篦子，反复梳理过这片土地，连一点渣滓都不肯放过。南欧有最复杂的血缘和最斑斓的文化。它在成为世界上最美丽地方的同时，也迈出了世界上最悲怆的舞步。

我听一位朋友说，他看到过的一场最精彩的弗拉明戈舞蹈，是在小酒馆里。他一直等到后半夜，因为顶级的高手，像幽灵，只有在最深的黑暗降临时才会现身。前面出场的演员，功夫还嫩，目的是热热场子烘托气氛。等啊等，高手终于闪现。

怎么样呢？我问。觉得讲述中埋伏着一个意外。

充满生命力的弗拉明戈舞

当然，很好，没白等。他说。

后来呢？我问。

后来表演完了。他说。

噢。我说。我以为对话就此结束，得到的建议就是以后去小酒馆欣赏弗拉明戈，一定要等到半夜三更鬼魅出没时分。

那是一场最精彩的弗拉明戈。他意犹未尽，沉浸在回忆中。

我无以作答。有一些记忆如此私密，无论怎样描述，别人都插不进去，无缘分享。

那位高手的表演有一个细节，我一直不知道这是一个弗拉明戈的传统，还是他的即兴创造。不过，就是因为有了这样一个动作，我才对弗拉明戈的内涵，有了更深刻的了解。朋友说。

那是一个怎样的动作？特别夸张？惊险？还是……暧昧？不登大雅之堂？我好奇猜测。

不是，都不是。我可以告诉你，但是，你不能因此就不喜欢弗拉明戈，它本来就是来自底层的舞蹈。朋友一个劲儿地给我打预防针。

我越发好奇了。这顶级的弗拉明戈舞者，究竟表演了一个怎样的动作？难道是公开的色情？看着朋友的郑重神色，我不敢说出这个揣测。

朋友说，那男舞者是位老汉，有70岁或是更老了吧。外国人的岁数，我们总是难以推测。他演完最后一个动作，急风暴雨般回旋，稳稳地定住了，高傲地昂起了头，好像一尊铜雕像。全场鸦雀无声，这时候，他狠狠地吸了一口气，然后，啪地吐出了一口痰，声音又响又脆，那口痰像银子，闪着光，飞出去老远，在无人处准确落下了……半个场子都笼罩在他的唾沫星子里。观众始愕，后是铺天盖地的掌声。这口痰和整个弗拉明戈的氛围结合得如此之好，我终于懂得了弗拉明戈的魂灵……他沉思着说。

是什么？我着急问。

是——轻蔑……轻蔑所有的东西，没有什么东西能够压倒一个人内心的力量。朋友道。

我不知弗拉明戈的力量是不是来自这里。我更愿意将它说成傲视，傲视所有的苦难和压迫，傲视一切的侮辱和打击。如果这是弗拉明戈舞的精髓，它注定不朽。

想起另一种类似的舞——探戈。

它起源于非洲中西部的民间舞蹈——探戈诺舞，两个名字很相似，但有所不同。

15 世纪末 16 世纪初，探戈诺舞传到美洲大陆，融会了拉美一些民间舞蹈风格，形成墨西哥式和阿根廷式两大流派。后来，探戈舞传入欧洲，因其刚劲挺拔、潇洒豪放的风格特点，享有"舞中之王"的美称。

探戈舞步斜行横进，步步为营，俗称"蟹行猫步"。欲进又退，欲退还前，动静快慢，错落有致，沉稳中见奔放，闪烁中显顿挫。音乐则气氛肃穆，令人警醒。

中国人常常爱说探戈是多么贵族、多么神秘，复习以上历史，可知它源于苦难的非洲下层贫民。最负盛名的发源地是在阿根廷首都布宜诺斯艾利斯的南郊，一个叫博卡（BOCA）的小镇。博卡是河口之意，早先那里是个船坞，现在还是轮船林立，港口繁忙。

当年西班牙船员从这里登上南美大陆。19 世纪中叶，此地汇聚非洲黑人、意大利移民、潘帕斯草原的高卓人以及加勒比的穆拉托人……充当码头劳工和轮船水手。19 世纪末，旅店、酒吧、咖啡馆、舞厅和红灯区在博卡镇鳞次栉比，探戈舞在下层贫民窟呱呱落地。初始时这舞十分简陋，充满调情和刺激。在下层酒吧昏暗的灯光下，疲惫的苦工们，在倦怠、颓废和荒芜中取乐。

那年，我走在博卡镇卡米尼多街，看到五彩缤纷的小房子，以为当年旧物。导游说，当年差不多是这个样子，不过这些房屋都是后来仿建的。你想啊，百多年前，建筑多么潦草，不堪一击，早就朽坏了。

说起阿根廷探戈舞的体态，有个小小传说。先来说说"高卓人"，它来自西班牙语 Guacho，意思是"孤儿、私生子"。15—16 世纪，西班牙人征服南美后，没有实行北美英格兰清教徒禁止与印第安人通婚的制度，允许甚至鼓励本国殖民者、移民与当地土著女子成家，也允许不同种族间通婚。此政策使得南美原住民——印第安人，成了世界上最大的种族混合大熔炉，诞生了各种混血人种。

抵达南美的移民中，有贫穷的白人，没有土地，四处流浪，以打猎为生。他们与土著印第安女人结合，产下混血后代，自己拍拍屁股走了，这些孩子就成了不知父亲的孤儿，有时母亲也遗弃了他们，于是特称为高卓人，就是"私生子、孤儿"的意思。由于基因遗传关系，他们外貌高大粗犷，皮肤酷似白人，性格放荡不羁。高卓人出生后，根本无法弄清父亲是何许人也，也不知晓故乡在何处，孤独流浪，内心没有归属感。

18—19 世纪，西班牙殖民者在阿根廷发展畜牧业。那时都是野外放养，牛马在大草原上自由自在地游荡和繁殖。高卓人无处可去，索性放牧，成为熟练牧工。

在草原上，他们看到繁殖期的马群追逐婚配，成熟期的公马在对母马求爱时，腿部动作矫健，百媚千柔，千变万化，显出一种活泼、奔放、轻快、灵活的美感……寂寞的高卓人，将动物间美妙的求偶动作，模仿成一种独特的舞蹈，当时为男子专利。

高卓人将驯化好的成群牛马，赶运到博卡港口，运往欧洲。候船时间往往很长，高卓人就在港口娱乐场所大跳其舞。这种带有挑逗和情色意味但又生机勃勃的仿生舞蹈，在贫民滞留的各个场所，野火般流传开来。民间舞者，又将具有各自特色的文化元素渗透进去，令舞蹈更趋强劲和健美。

当人货混装远赴欧洲的轮船起航后，高卓人既是护送牛马的畜牧工，又是船舶的水手，身兼数任，负担着繁重的体力劳动。那时从阿根廷漂洋过海到欧洲，需要整整3个月时间。枯燥无味的航海生活中，高卓人经常在船上甲板、餐厅等地方，表演这种奇特的舞蹈，自娱自乐，打发无聊的时间。同船的贫民妇女好奇，一拍即合，踊跃参加。高卓人就渐渐把这种舞蹈，改编成了男女对跳的形式。

高卓男子的习惯装束是皮绔，那是一种为了保护腿而设计的只有裤腿却没有臀部的皮裤。马身上的汗水流淌下来，浸透了皮绔，它便十分坚硬。高卓人行走的时候，膝盖便会保持弯曲（类似罗圈腿的样子）。探戈男性舞步中，舞者总是弯着腿跳。男女舞者四腿纠缠环绕，是不是在学马的样子呢？估计是吧。

两人对跳时，贴脸靠肩，身段部分始终保持扭曲。据说这是因为高卓人伺候完马匹，来不及沐浴，在人满为患的夜总会请舞女跳舞时，体味熏人。舞女在他的右臂弯中，不愿面对他的气味，所以会扭过头去，构成特殊身姿。舞女的右手假装自然地放在高卓男子的左侧臀部，靠近他的裤兜口袋，是在试探他的钱包厚薄，估摸此人能掏出多少小费。男人们之所以总沿着弯曲轨迹跳动，是因为当年酒馆和轮船上范围狭小，又摆满圆形桌子，他们只能穿梭于缝隙之间，拐来拐去跳舞。

20世纪20年代，有人将探戈舞带到巴黎。一夜之间，这饱含市井气息的鲜活舞蹈，征服了萎靡不振的欧洲。其后十几年间，探戈舞如急风暴雨，席卷了欧洲和美国大陆，迅速进入上流社会，被招了安。经过改造，它摇身一变加入了高雅艺术麾下。

我在阿根廷上了一节探戈舞培训班。担当教练的是一对英俊男女，姑且称呼他们为师傅和师娘吧。

二人笑容可掬地对大家说，探戈没什么可神秘的，是最容易掌握的舞蹈。你只要跟着节奏自然起舞就是了。

这当然是让人振奋的话，同伴们跃跃欲试，排成相应的队列，开始了学习。导游看我孤独坐在一边，笑嘻嘻地说，你不妨也下到场里试一试，并不难的。况且大家都是初学，也不会笑话你。我看过大陆的春节晚会，有个慈眉善目很搞笑的老太太说，探戈就是趟着走。

导游是位中年男子，中国台湾人，来阿根廷多年，居然还知道赵丽蓉的名言。

我说，我是舞盲。

师傅和师娘跳得十分投入，特别是他们甩头的动作，煞是生猛，让人印象深刻，似乎听得到颈椎软骨板错动的咔吧声。

我问导游，探戈为什么要这样凶狠地扭头呢？我当过医生，觉得这与颈椎保健十分不相宜。我还在报上看到，有刚学探戈的人，急于求成，居然把颈椎甩得脱位了……

导游倒吸了一口气，追问，那会怎样？

我说，高位截瘫吧。

导游吓得面无血色，道，我还真不知道跳探戈会引出这样的悲剧，看来以后让旅游的人到这里来学跳舞，也要当心。

我说，学员们似乎不是太投入、太努力，估计没有太大危险。不过，这帮人似乎成绩不算好，学得也不很像啊。

导游道，你知道初学者为什么跳得不像吗？

我说，不知道。想来一是没有师傅师娘那样的好身板、好模样、好功底，二是初学乍练的，心里没底，一招一式还都生疏呢。

导游道，你说得都对。最主要的是他们没抓住探戈的真谛。

我说，真谛是什么？

导游道，是警觉，高度的警觉。你看舞者，不管一举手一投足，都显出很不安全的样子，似乎处在包围和追杀之中。一男一女两个人，不是夫妻，既要彼此调情求欢，又要防着突如其来的变故，不敢有一时一刻的大意。不放松，绷着，总是东张西望，眼神里要透出极度不安全感，随时准备一拍两散，逃跑，这才抓住了精髓。不过呢，也不能太慌张，还要时不时地享受厮守偷情的快意，要有忘记一切纵情江湖的样子……

看起来很内敛的台湾导游，一番话绵里藏针力透纸背，说得我对他刮目相看。

正好师傅和师娘跳起大段的双人舞，果然有若即若离欲说还休的警醒神气，既相辅相成地交叉着腿脚共进退，又频繁地张望和窥探，风声鹤唳草木皆兵的模样。

甩头就是集复杂情绪于大成的动作，猝不及防地甩，风驰电掣地甩，周而复始地甩啊甩……

我对导游说，您说得这样字字见血，想来一定是探戈高手吧？

导游笑笑道，我和您一样，根本就不会跳舞。只不过总陪着客人看探戈，各式各样的舞蹈家都见识了，总结出一点小心得。跳探戈，如果没有这种惊弓之鸟的感觉，是跳不好的。探戈最初起源于偷情，起源于萍水相逢。但人又是有感情的，在试探和防备中，渐渐地默契……

把男人和女人的恐惧和警觉、亲密和协调熔炼成一种舞蹈，这果然要比纯粹的柔情蜜意，更让人感叹和着迷，别有一番克敌制胜的狠劲儿和相辅相成的韧性。这也许是探戈风靡世界的原因之一吧。尝够了风花雪月的黏腻，多一点辛辣的刺探和清凉的警觉，是探戈独树一帜的诀窍。

经过两小时的紧张学习，同伴们的探戈入门初见成效，旋转腾挪已有点模样。英俊师傅和冷艳师娘，让大家把自己的名字用英文拼出来写给他们。众人不知何意，但既然有了师徒名分，自然遵旨照办。歇息片刻之后，师傅师娘笑盈盈走来，为大家颁发探戈舞学习班毕业证明。

我在一旁忙着给探戈毕业生照相，让他们把证书举在胸前，巧笑倩兮地说"茄子"。

下一个节目，是从此地出发，到剧场里看探戈演出。导游走过我身边，把一张硬纸板，悄悄递给我。

我纳闷，什么？

他说，证书。

我说，什么证书？

他说，探戈舞的。

我说，谁的？

他说，你的呀。

凑着走廊里的昏暗灯光，我仔细看了看，证书挺精美的，果然写着我的名字，英文花体——BISHUMIN，不知是师娘还是师傅的笔迹。我说，惭愧。我不会跳舞，刚才也没学习，受之有愧。

导游说，留个纪念吧。记住阿根廷，记住探戈。

这张探戈舞的毕业证，至今保留在我的书柜里。过年时打扫卫生，先生看到证书，说，这是你获得的唯一一张外国文凭，要不要我到街上给你裱起来？

# 15 世界上 最芬芳的工作

　　瑞士花钟，是由不同花卉组成的一个绚烂表盘。每种花卉盛开的时辰不同，于是成为钟表指针，昭示时间。据说，早年的花钟完全不设指针，花卉盛开那一刻，就蕴含了时间信息。我们抵达时所看到的钟表盘，已经设有时针。估计创立美丽花卉钟的年代，人们对于时间的精准度要求还不是很高，大概其就行了。现代人则不同，精益求精。在大自然的指示之外，只好另加了人类的注脚，花钟左右开弓双管齐下。

　　荷兰首都阿姆斯特丹，有世界上最大的花卉拍卖市场，我们起了个大早，乘公车向郊外赶去。公车闷头开了好半天，已超出郊外范畴，进入另外一个省。

　　拍卖市场门票，每人4欧元。挺佩服欧洲人这个设计，当初建造花卉市场之时，就设计到这里将成为一个旅游景点。在建筑风格上，既照顾了拍卖市场的实际需求——庞大的库房、四通八达的道路、大大小小的拍卖厅、检测花卉质量的研究所……又在所有这些生产经营性场所之外，修建了长达数百米贯穿整个花卉市场的甬道。它类似高架桥，周围都有栏杆，可供游客们漫步花卉市场，从上向下鸟瞰整个市场的经营活动。关键的花卉拍卖厅部分，则以透明玻璃窗分隔，类似烤鸭店烘烤填鸭的对外操作间，过程清澈透明。整个花卉拍卖程序历历在目，游客们一饱眼福。

　　从花卉甬道向下看，首先映入眼帘的是巨大花库。一个个车厢满载各色花卉，如同芬芳的彩色立体小房子，逶迤而来。我们忙着识别自己认识的花卉，惊呼着玫瑰、火鹤、菊花、百合、蝴蝶兰、满天星、非洲菊、大丽花……的名字，像在召唤老熟人。不过，很快黔驴技穷，变成了哑巴。有限的花卉知识已然穷尽，五颜六色的花卉游行大军，还在兴高采烈源源不断地驶入，我们却再也叫不出它们的名字。

向花卉们致歉！

据说在我们目所不及之处，还建有更大的阿姆斯特丹花卉库房。世界各地的草木佳丽们，半夜时分悄然潜进，在鲜花库小憩。稍事休息后，鲜花市场开张的时间就到了。鲜花就像待嫁的新娘，风姿绰约地来到这里，请众多买家过目。

此地不兴隔山买牛电子商务什么的，一切秉承古老原则，眼见为实。每一车待售鲜花，都要按部就班地驶入拍卖大厅，让买主一睹真颜后定夺。

鲜花市场的组织者，同步把鲜花的倩影，即时传送到拍卖大厅的屏幕上。决定鲜花们命运的关键时刻真正来临，你是盛开在北京，还是怒放在纽约，抑或含苞在巴黎，凋零在开罗，都在大厅里一锤定音。

这里的一切都在寂静中进行。没有锤，只有频频闪动的屏幕。

屏幕由以下几部分组成。一是此刻经过大厅的那车花卉实景照片，配以文字，标明花的名称、数量、产地、供应商等资料。再有一个巨大圆钟，一根指针剧烈晃动。先是反向旋转，数字由大到小，转到"0"起点后，开始正向旋转，数字由小到大。钟面不是传统12格，是10格。随着指针移动，一旁的屏幕飞快地闪现数字，呈不断消减状态。你还未彻底看明白，钟面指针就猛地归了零。一旁的大屏幕同步也归零。之后，新的一张花卉艳照出现，一切周而复始地轮回……

大屏幕对面，是拍卖现场，如同半圆形会场，约有几百席。同型号的拍卖厅，遍布漫长的甬道两侧，估计有几十个。

同行的小王是留学生，对花卉市场很了解，说，交易过程非常透明，只是一般人闹不清其中奥秘。我是花了80欧元，专请了一位深谙此道的导游引导我一天，才把程序基本弄明白。你看到那些椅子了吗？每张椅子代表一个席位，只有花卉协会的人出资才可以享有这个席位。每张椅子上端坐着一个男人，叫花卉操盘手。在这里，世界顶级的鲜花市场，买卖鲜花的都是男人。你闻闻空气的味道，香氛很浓。这可能是世界上最芬芳的工作。不过这个活儿可不好干，劳动强度特别大，非常紧张，且需当机立断，对人的压力极大。几乎所有的花卉交易员都是男人，起码，我没在此座位见过一个女人。不是谁想来买花就能买的，在这个交易厅里，中国一定也有专用交易号，只是现在不知道具体哪一个席位代表中国。每辆花车开过来，大屏幕上会显示出相应资料。操盘手们便清楚了这些花的来历并知晓了每车花的质量评估，你看，这车花是"A"级，说明花的品质达到了某种保证。

正说着，屏幕上的大钟面开始晃动了，从正中点的位置迅速后撤。此花钟 10 为大，钟面上依次出现 9 点……8 点……7 点……

小王说，正中那个 10 点，代表 1 欧元。出现的数字，比如"9"，代表 0.9 欧元……指每枝花的单价。指针下滑到操盘手认为可以接受的价位，就要手疾眼快地按下手中按钮，表示你愿意在此价位购买此花。当然了，你还要敲入你打算购买的支数。比如 10 万支、20 万支……就在你敲下这些数字的同时，那边的总控制中心，如果认可了这笔交易，你在银行的保证金，便会在几秒钟内划归花农账户。之后你订购下的那些鲜花，会被很快包扎好，运送到你指定的地方，也许是悉尼，也许是耶路撒冷……

我点点头，说，明白啦！

小王补充道，如果事情仅仅这样进行，的确不太复杂。不过，花价瞬息万变。有时，你可以用非常便宜的价钱买到好花。有时，你却买在了最高点上。这都取决于花卉操盘手片刻间的判断。

我在小王的悉心指教下，果然看到了他所说的杀伐景象。

推过来了一车花。这花我认识，艳丽夺目、雍容华贵，红得像滴血猩唇。它就是大名鼎鼎的玫瑰"红衣主教"。

这车花的质量很好，笃定"A"级。每一朵花儿亭亭玉立，花蕾硕大饱满，枝叶挺拔……说实话，我在花店里从未见过如此精神抖擞的"红衣主教"，好像刚刚获得擢升。

标价指针开始转动。

我悄悄问小王，没有比 1 欧元 1 枝更贵的花吗？

小王说，这里是批发市场，价钱比你在城市花店看到的便宜很多。起码我来过很多次，至今没有看到批发价超过 1 欧元的花。

"红衣主教"从大约 0.3 欧元开始，有人购买。代表花枝数量的数字，在迅速滑动中消减。

片刻，指针居然断崖式下滑，掉到 0.1 欧元以下，还是无人接盘……

我惊讶道，已经这么便宜了，怎么还没人买呢？

小王说，这些操盘手，代表世界各地买家在下单。比如英国需要 1 万支"红衣主教"，他们能够接受的最高价格是 0.4 欧元。受此委托的交易员，要在确保给人家买到"红衣主教"的情况下，尽量节省费用。如果省下费用，估计操盘手应有提成。但如果丧失了时机，没买到"红衣主教"，让买家那边的重要场合插花受到影响，操盘手就惹麻烦了。所以，手中握有需要供货的单子，风格稳健的操盘手，也不敢太求低价。看到差不多了，有得赚，马上求购，先定下来心里踏实。这就是你在最初的屏幕上看到的那一波踊跃买家。而比较敢冒险的操盘手，愿意赌一赌，有可能在更低价位买到同样优质的花……

说时迟那时快，美丽的"红衣主教"，在钟面上的价位一路下滑，居然掉到了每支 0.05 欧元，也就是 5 分钱。合成人民币，只有几毛钱。

突然蹿出来一个买家，大刀阔斧地把所有剩余的"红衣主教"一股脑包圆儿了，表示花卉存量一栏，赫然出现了"0"。我看到一个报价"0.07"欧元的单子，孤零零地在屏幕上停留了一瞬，委屈地消失。估摸着这位也想兜底买下剩余的光彩照人的"红衣主教"的人，只因下手晚了也许千分之一秒，虽报的价钱还略高一些，因他人业已成交，就竹篮打水一场空了。

片刻之间，同样的花，卖出的价钱便有 6 倍之差，的确够刺激。隔着玻璃，我看到有的操盘手的桌子上，摆着咖啡和热狗。他们在紧张下单的同时，还抽空往嘴巴里填塞食物。我看看表，已是上午 10 点多。我纳闷问，这到底是早饭还是午饭呢？

小王道，操盘手经常从半夜开始工作，难顾饥饱。下单间隙，实在扛不住了，就随便吃点，你无法准确地说这究竟是哪一顿饭，太辛苦了。

哦！原来我们看到的每一支从荷兰花卉拍卖市场出发，袅袅婷婷走过来的鲜花，在理论上，都被某个男人的手指碾过。

我还是觉得女人和花的关系更密切。她们更能看出花朵的美丽，她们更能闻到花瓣的芳香。她们也更能体会花农的辛劳，应该让花儿有更公平的价钱，现在这法子，波光诡谲。

也许，这正是花卉市场的魅力？同花不同酬。

不知那些喷薄欲出的玫瑰花，今晚将在何处绽开？又将于何时在何方凋落？花开得灿烂，并不是为了花落的凄楚，而是为了果实的金黄。可是，从花卉市场经过的花，再也不会有果实了。做一朵花，是在这绚烂的世上风雨飘摇地走过，还是在山野里完整地结婚生子，在绿叶下酣然？

# 16 在荷兰
## 观看另类表演

　　傍晚，我们和导游在阿姆斯特丹"二战"纪念碑广场闲逛。不知不觉，走入一条中间是运河的街道，两侧建筑虽算不上豪华，却一律流光溢彩，粉红色的霓虹灯闪闪烁烁，仿佛乜斜的媚眼，向行人暧昧。铺面是一个个漂亮橱窗，正面是落地大玻璃，内有拉帘，将原本不大的空间分隔成内外两部分，帘后若隐若现一张床，帘外的展示品却是大活人，为穿三点式的女郎。原来，我们误入的是阿姆斯特丹红灯区著名的"橱窗女郎"街。

　　经过时，天已擦黑，女郎们大多已经到岗，准备开始营业。橱窗内灯火通明，女郎们在各自的橱窗里，或坐在高脚椅上跷着二郎腿，或倚墙而立，或来回走动，像动物园里关在笼子中寂寞而烦躁的兽。没有客人的时候，她们落寞而焦灼。偶尔某个橱窗灭了灯或灯光灰暗，橱窗里看不见人，或许来了生意吧。

　　在这条街上，到处标有"请勿拍照，请勿用手指点"的禁令布告。我仍不时看到有男人指指画画，不晓得这是调情，还是在进行手语交易。也有橱窗内的女郎向我们（同行之中有男士）打手势或眼波电光四射。每当遇到这种信号，我们受到惊吓，立马紧张地收回视线，回敬以呆若木鸡的漠然。橱窗女郎的嘴角现出似有似无的嘲笑。

　　阿姆斯特丹色情场所远不只这一条街。在老城区内，东至海堤、新市场及克罗文尼堡运河，西至瓦摩西街，南到水坝街、旧达伦街、旧胡格街，一大片区域都被纳入政府规范管理的红灯区。红灯区所在地原本是阿姆斯特丹最古老的码头，被称为"水手公寓"。早年间，在海上漂泊了数月的水手们，踏上陆地后的第一件事情，就是找女人和酒，码头两岸做这类生意的店铺应运而生。14 世纪始，这里成为闻名遐迩的性开放区。北海、地中海地区从事海上运输和贸易的商人，在此流连忘返、醉生梦死、挥金如土。那时的色情交易，深埋于暗巷中难以数计的小旅馆内，不似今日登堂入室干脆辟出橱窗。那时的双方也多少有些遮掩，现在则明火执仗。从这一点看，不知今日规则，是进步了呢，还是不如古人顾及颜面？

红灯区里，除了橱窗女郎公开展示招客，还给色情从业人员兴建了许多表演舞台，都在室内，观众要买票入场。性表演场所的外表，不像橱窗女郎那么袒露招摇，但也并不隐晦。表演厅门口除明码标价，还有夸张的人体雕塑和色情海报，足以让路人瞩目。假如你目不斜视匆匆前行，让挑逗性的雕塑和海报无法进入你的视野，这里的"工作人员"也不会善罢甘休放过你。每个光怪陆离的门口，都有人不遗余力地连拉带扯，向路人推销门票。他们如吸盘般游走，贴身缠绕，眉飞色舞喷喷咂舌地向你鼓吹屋内正在上演的好戏。

我等被推销员拦截时，红着脸疾步走开，有点抱头鼠窜的样子。之所以红着脸，并不全因为不好意思，红灯闪烁，将河水映得血红，反射到一行人头颈，个个面若桃花。

听说当地导游会征询游客意见，要不要看这类情色表演？价格不菲，不好公然煽动。客人们多有尴尬，不看吧，好奇，想象不出是怎样的情景。看吧，容易让人以为自己是好色之徒。幸亏我乃一老妪，但愿人家不会那样想吧。

预想中的尴尬，以最简单的方式化解。导游根本就没征询我等好恶，径直将一干人等领到情色表演场。据说是阿姆斯特丹红灯区最著名的一家，每张门票是 30欧元，门口还排着长队。

一座类似小型剧场的建筑，约有 200 个座位。进得门来，服务生问我们，愿意坐楼上还是楼下？台上已有两位赤裸男女正在进行表演，简言之就是当台性交。于是，我们忙不迭地说坐楼上，距离远点，心理上的承受烈度或稍许缓和。以我当医生的洁癖，甚觉离得太近，会闻到猥亵气味。

我好几次说到这场"节目"时，都称其为"色情表演"，旋即被向导纠正为"情色表演"。不过依我实地观看的感觉来说，还是彻头彻尾的色情表演。

所谓表演就是几组不同的男女当众性交。装出很兴奋的样子，其实没多少激情，没有任何美感，只觉得是动物性措施。

大约半小时后，估计演员们处心积虑、搜肠刮肚也就是这几下子，我悄然起身退场，身后留下如醉如痴的看客。以我几十年医务体验并当过临床妇产科医生的经历，无法对这些生理场景久观。

倒是其后的交谈，令我有些意外。

我们沿着运河缓缓地行走，星星点点的灯光从水面反射到我们的脸上，一干人等如同水妖。导游是位精干小伙，自曝多年前曾在情色场所打过工，和一些进行这类表演的演员还是好友，颇了解一些内情。

我不看他的脸，不知是怕他感到难堪，还是因为将要进行的谈话，令我不好意思。总之，我问话和小伙子答话，彼此都看着河水，好像我们在谈论钓鱼。

我说，他们，一般，一天，要进行几场表演？

小伙子答，他们的工作量还是挺大的，像您刚才看到的那种表演，大约每天要进行 7 场。

我皱皱眉，估计他没看到，因为都目不斜视。我说，我当医生出身，对人体机能有一些了解。比如胃的排空需要 3~4 小时，这就规定了每天吃 3 顿饭，间隔 4 小时最相宜，而不能像老鼠似的总吃个不停。性行为这件事，对女性来说，不管她有没有性欲或是否达到性兴奋、性高潮，身体基本可以承受多次性交。也就是说，此类表演对女性来说，只要不真正进入激情状态，一天内数次出台表演，对身体尚不会造成很大伤害。但对男性来说，就有点麻烦了。我们刚才已经看到，他们出现了真正的勃起反应，这是不能造假的。如此推演，每天 7 场下来，吃得消吗？如果当众不发生勃起反应，岂不是要砸了饭碗？

是的。小伙子答。您说得不错，正是这样。如果观看的客人不满意，觉得表演不到位，情况很严重。唔，用"严重"来说还是太轻了，简直是糟糕透顶。

我望着河中一丛被霓虹灯染成绛紫色的水草说，那怎么办呢？毕竟生理反应，不能强求。他们也是人，没法逃脱这个规律。

小伙子答，是的。男性表演者都知道这一点，不能当台砸锅。所以有些人为了保证演出效果，他们会吃药。

我叹了一口气问，长期吃药？很危险的啊。

他说，是的。伟哥。

我说，这样竭泽而渔，会带来生理机能衰竭。

我们停了下来。那丛水草在灯光变幻下，已变成姜黄色。这让我的对话者面容反射出铁锈一样的斑块。他叹了一口气说，所以除了万不得已，他们也不吃药。特别是打算以此为职业，想要干得长久一点的人，基本都不吃药。他们要学会克制，学会均衡地使用气力，维持长流水不断线，才能保住饭碗。不然，很短的时间，干这活儿就能把人给废了。如果得其技巧，也有长盛不衰的。我认识的一个人，每天演出 7 场，每次上场大约 5 分钟，已经坚持了 7 年。

那丛水草此刻变成了莹白色。我说，这男人自我控制能力挺强的。

沉默了半晌。我知道这样的谈话，对这小伙子来说，很不轻松。但是，请原谅，本着探讨精神，我还要追问下去。我说，在大庭广众之下日复一日做性表演，不断更换性伙伴，在健康上，很不安全。他们为什么要将自己置于这种危险中？

和以往略示沉吟才回答不同，小伙子这一次马上反驳道，他们并不是不断更换性伙伴。据我所知，同台表演的都是固定搭档，要么是夫妻，要么是情人关系，并不是乱来。这就是情色和色情的不同。

我说，哦，原来是这样。

决定转换一下话题。问，白天，他们不上班的时候，做什么呢？

我的对话者难得地笑了起来，说，他们并不是怪物啊。当他们不上班的时候，和普通人是一样的。当然了，由于他们的工作性质，基本上都是在夜间干活儿，收工时，差不多已是凌晨。他们先去洗澡，不单洗掉身上的污垢，也洗去人们的目光。你知道，剧场内的目光也是一种能量，邪恶窥探的能量。然后睡觉，睡到下午才起床。他们个人生活的清晨，是从下午开始。再然后就是该干什么干什么。你可能在街上遇到他们，和一般人没什么两样。买菜、烧饭、洗衣……情色，只是他们的职业而已。

运河里的水草已经变得黑黝黝的了。灯火疲累，不那么频繁地变换色彩了。我说，最后一个国人爱问的问题。干这个职业，一个月收入有多少？

谈伴轻轻笑起来，说，这个职业，不是按月来发工资。它按照场次和天数，一般来说，一天演出 7 场，大致可收入 100 欧元。

我不解道，他们应该收入不菲。

谈伴说，表演者每天 7 场，共 100 欧，一个月 3000 欧。老板对他们进行了很重的盘剥。

我粗略算了算，每张门票 30 欧，满场 200 张票，毛收入就是 6000 欧元，一天 7 场，

4万多欧啊！一个月……

心算之后，我说，不好意思，我又想起了一个问题，这次真的是最后的问题了。我想知道，这些演员是如何招聘来的？

小伙子答，人们都有自己的联系网络，这个行当也一样，总有信息在人们之间流传。有一些穷苦夫妻到了走投无路的时候，就说，反正在家里咱俩睡觉也是睡，到台上当众睡觉也是睡，为什么不去赚点钱呢？他们就到情色演出场所应聘，说我们愿意当众表演。剧场老板会说，那好，先演一下让我们看看吧。于是叫来相关人员，大家围拢在一起，看他们表演，评头品足。如果各方面条件都不错，正好剧场这方面"人才"又比较缺乏，就会留用他们。如果没有多少绝招，只是一般睡一睡，身材呀相貌呀也不出众，就不录用。如果老板答应录用了，接下来就是商量工钱，也就是表演费用，和一般聘用职员差不多的程序。

我恨自己穷凶极恶，可为了把事情搞清楚，我不得不说，这次真的是最后一个问题了。他们表演时，有没有自己的乡亲或是亲戚朋友看到呢？这实在太难为情了。因为，你并不知道谁会买票，而且他们也不戴面罩什么的。如果是熟人，一眼就能认出来。

谈伴难得地思虑了一下，说，这我可真没问过他们。也许，会有吧？不过，他们既然做了这一行，就有心理准备。再说了，人到了无以谋生的时候，肚子饿得咕咕叫，又没有更好的换饭吃的本领，面子上的事也顾不了太多了。他们大多是东欧人，境况困窘。他们肤色比较白，基本上是白色人种。到情色场所来的人，不知为什么，都爱看欧洲相貌的人表演，剧场老板也就投其所好，招募这种相貌的人。真正西欧人，愿意做这行的比较少。

我说，可是他们的形体并不美啊。我觉得既然在这路江湖行走，总要有些资本。

谈伴说，您是指他们不够美丽和雄壮吧？如果自然条件真是非常出众，也不会在这等场合混饭吃了。

以上这些话，都是我们在红灯区运河旁边走边说的。橱窗里，浓妆艳抹的妓女，摆出职业性的笑容。我后来想，这些话题，若是换了另外的场合，似乎也不容易对答。有些话，我可能也问不出口。最后，这位年轻导游正色道，情色表演家们，觉得自己和橱窗女郎是不一样的。他们是在表演，虽然算不上艺术，但也是凭本事吃饭。而橱窗女郎，纯粹是卖肉。

荷兰是极其开放的国家，同性恋可以结婚、妓女合法、允许安乐死、可吸食大麻……阿姆斯特丹的古老街巷里，有近 800 家小馆子，借着卖咖啡而合法贩卖各种大麻制品。瘾君子们挺胸凸肚地走进烟雾缭绕的咖啡馆里，点大麻如同点饮料。

开始我动过心思想尝尝含有微量大麻的蛋糕，看着咖啡馆里那些摇摇晃晃的身影和诡异的味道，终是罢手。我知道吃一块这样的蛋糕，不过相当于患阻塞性鼻炎时吃了半片麻黄素，尚不致成瘾，最后还是理智战胜了好奇心，放弃此念。

当谈到人为什么要旅行的时候，人们常常说，是为了看那些未曾见过的风景。我们很容易对这种说法笃信不疑，以为这便是旅行真谛。当我航行在一望无际的大西洋、印度洋和太平洋以至北冰洋的时候，我对这句话产生了怀疑。这些大洋并没有什么显著的不同，风景大同小异。起码在我这个外行人眼里，除了北冰洋有冰山，海水都差不多。那么，旅行中最吸引我们的是什么呢？

我想，是人。形形色色不同于我们日常所见的人。比如我在荷兰阿姆斯特丹所看到的情色演员。如果没有这个特定的国度和场合，我不会知道有这一番光景，想象不出这番光景后面的逻辑。

动物的性行为不遮蔽，是因为它们没有羞耻之心。人是有的，越是现代人，越强调隐私。把隐私拿来卖钱，倘若目标是对准他人，是狗仔的行径。假如是瞄准了自我，便是亵渎了。

1995 年，我在北京参加第四届世界妇女大会，面对密密麻麻的论坛名录，不知到底参加哪些论坛好。

记得选择听过一个妓女组织的会议论坛。一个接一个妓女代表登台发言，慷慨激昂。我原本对妓女的印象，停留在杜十娘和李香君，属于艺术创造层面，觉得人要美，修养要好，才能抛头露面。真正亲眼看到庞大的性工作者群体集中在一起，第一个印象是相貌平平，甚至可说沧桑丑陋。原本以为妓女要向大家控诉万恶的腐朽制度对她们的逼迫，类乎倾诉血泪家史的路数，没想到她们理直气壮地说，既然这个世界上可以卖肾卖血，为什么我们出卖自己的一个器官的使用权，就要受到不公平的待遇呢？

瞠目结舌！

其中一位非洲妓女的话，让我印象深刻。她说，有罪的不是我们，是贫穷。因为穷，为了整个身体能活下来，我们不得不牺牲一个器官。因为，生命大于器官啊！

在阿姆斯特丹的运河河畔，回想起这句话和那疲惫苍老的非洲妓女的面庞，我默然。面对贫穷，人可以有各种选择。这些选择了情色表演的人，有他们的难言之隐，也有他们的怯懦和懒惰。

后来，我看到了一篇报道，名字叫——《阿姆斯特丹"红灯区"变脸》。

2008 年 9 月 19 日，在荷兰首都阿姆斯特丹市中心的"红灯区"，阿姆斯特丹副市长格雷尔斯女士，为一个由妓女橱窗改成的珠宝首饰橱窗，举行了揭幕仪式，然后试买首饰。从图片上看，她买了一枚戒指。据说当局为了清理这一地区，把20 多个原来的"女郎橱窗"，变身成荷兰珠宝首饰设计师展示作品的窗口。根据2007 年年底阿姆斯特丹市政府宣布的改造红灯区计划，许多当地的色情场所将被关闭，改建成商业和文化活动场所。

在我记忆中，那个区域的女郎橱窗，绝对大于"20"这个数字。也就是说，改造循序渐进，至今还有一些女郎在夜风中眉飞色舞地站立。

荷兰人也要反思和改变一下他们的形象。

# 17 冰山和海盗们的诗

一早起来，天终于放晴。一眼见舷窗外出现了逶迤的地平线。天啊，在几天灰色波涛中麻痹了的神经，突然像被银针刺中穴位，马上蹦起来。这些天来，航行于大洋胸腹，海平线就像一个灰暗盘子，不弃不离地包绕着"和平号"，让人把航行和静止混淆起来。现在，海平线出现了曲折，被地平线代替，让人感到变化之魅。

刚开始，我以为这是一个小岛。后来，岛屿连绵不断出现，我便自我更正为这是一个群岛。当我终于明白这就是排名世界第一、大名鼎鼎的格陵兰岛时，只好狠狠笑话自己有眼无珠。

大约在早 7 点时，看到了第一座漂浮的冰山。

这冰山的形状有点像天鹅，露出水面的部分约有 10 米高，冰体淡蓝，反射着不真实的梦幻色彩。我不由得想起那句海明威的名言——冰山还有 7/8 在海面以下。那是他对小说写作方式的描述，但我此时想的是——水面下的冰山到底有多大？

随着"和平号"不断向北，周围漂浮的冰山越来越多。最多的时候，我数了一下，它两侧共有 21 座冰山。颜色从水晶绿到深空蓝各具千秋。

不过它们似乎都没有像"泰坦尼克"号遇到的冰山那么大，最多也不过像一座四五层高的楼房。"和平号"开得很慢，很谨慎地避开它们，并无险情。

大约下午 2 点，经过一个冰川。从海上看，它像一架巨大无比的冰滑梯，从陆地倾斜着插入海洋。它呈簸箕状，越到入海口处，越宽广晶莹，最终与海水融为一体。船上的广播平日里很是负责，如果出现鲸鱼喷水等奇观，会招呼大家到甲板上去观看。这时恰到好处地响起来，介绍此冰川概况，长多少公里我没听清，宽度好像达几十公里。总之，巨幅冰川让我整个人都变得透心凉。

据说格陵兰海域最为著名的冰川是雅各布港冰川。它位于格陵兰岛西岸，成名的原因除了它最大，还因为它所属的冰山，一举撞沉了"泰坦尼克"号。随着气候变暖，此冰川的脚步越走越快，从 1992 年到 2003 年，运动速度从每年 5.63 公里加快到 12.55 公里。它的脚步轻健可不是什么好事，那意味着更多的冰融化并注入大海，同时中心冰盖也变得越来越薄。

还有很多小块的浮冰，随着海浪在波峰浪谷中起伏，好像不屈不挠的奶油鸭子。它们本是大冰山的一部分，随着气候变暖和洋流的漂移，渐渐地从母体脱落下来，成了冰雪孤儿。在湛蓝的海水中，没心没肺地四处游荡，越变越小，也许在某一个瞬间就隐没在浪花中，从此不知所终。冰山本身是透明的，但冰的周围弥漫着小气泡，气泡反射白光，令大多数冰山看起来是莹白色的。而非常纯净且没有任何气泡的冰川看上去是蓝色的，和天空是蓝色的原理一样。至于那些绿色的冰川是怎么回事，我也说不清楚。我不知道如果北极融化了，人们是不是在这片海域上就再也看不到冰山了？到那时候，真不知道世界将炎热到何种地步。

想起前两年到冰岛时，听导游讲过一段话。他说，冰岛和格陵兰岛的名字应该换一换。我们很奇怪，说此话怎讲？

他说，格陵兰的意思是"绿色的草地"，其实它是终年被冰雪覆盖的冻土。想当年征服者登陆时，恰逢最暖时日，有一丁点绿色，他们命名这里为"绿色的草地"，根本名不副实。而"冰岛"呢，由于有丰富的地热资源，到处热气腾腾地冒着烟，反倒是绿色草地随处可见。

这段公案，不知是否有人来翻。

看得见陆地了。陆地意味着文明，但此地是个例外，荒无人烟。大家都裹着棉衣或羽绒服上到甲板，拿着相机不停拍摄。冰山不动声色地漂移着，让人想象它们的故乡。

当人们谈论灾难性的气候变暖之时，总会提到格陵兰。没有环球游之前，我对这一点很不解，觉得那个僻远地方，和我们隔着十万八千里，如何能影响到我们呢？！

经过一路上的科普教育，我知道了地球上的每一角落，都彼此密切相关，大自然是一个整体，不可能被国境线所束缚，也不可能被人为地彻底阻隔。格陵兰的确遥远，但那里发生的事，和整个人类息息相关。科学家现在把格陵兰岛叫作地球命运的"转折点"，说 21 世纪人类的走向，将很大程度上取决于这个岛上的冰。如果这些冰完全融化，那么全球的海平面就会上升 7 米。冰盖消失，是人类首先要面对的潜在气候灾害。

格陵兰冰盖的加速融化已毫无疑问。冰川就像下水管道中的老鼠一般涌向大海，带走大量冰山。变暖让冰川表面形成漏斗状的湖泊，融水通过冰的缝隙注入冰盖内部，加速了冰川滑入海洋的速度。在过去的四个夏季中，格陵兰平均每年流失 3800 亿吨到 4900 亿吨的冰。当然，它在冬天还会得到一些冰，但入不敷出，冰赤字每年是 1500 亿吨，这些数字委实巨大。我们平日对冰的体积是以冰棍和冰激凌来衡量的，这惊天动地的冰体量，让人丧失了反应能力。全球变暖的效应在两极地区会被放大，全球温度平均升高 2.5℃，格陵兰即升温 5℃。

为了以最佳的角度来审视格陵兰的融化，科学家们开始使用卫星监测。2007 年夏季，格陵兰表面温度达到了 4℃~6℃，高于往年的平均温度，直接导致了 5000 亿吨冰的融化，这个值比 2006 年大了 30%。科学家说，2007 年是令人震惊的一年，有 4 万座中型和大型的冰山从格陵兰岛脱落，被冰冷的拉布拉多海流带走。

当我最终踏上格陵兰岛的土地时，阳光和煦。在一年当中难得的温暖日子中，当地土著孩子把赤裸的小脚探到海水中嬉戏，笑靥动人。也许，不断暖和起来，对冰天雪地的格陵兰来说，是福音。可怕的是它代表着一个趋势，越来越快地向地球扑来，人们不知道将会发生什么。

"冰岛"这名字让人很易产生错觉，好像万古不化的永冻之地。实际上，冰岛是火山在冰川下爆发后凝聚的岛国，地热丰富。全岛有 3/4 为海拔 400 米以上的高原，1/8 为冰川。70,000 平方公里的面积上，分布着 200 多座火山，其中有几十座为活火山。还有大量热泉、间歇泉、冰帽、苔原、冰原、雪峰、火山岩荒漠、瀑布及火山口，是世界上独一无二的地域环境。放眼看去，大地被狰狞的火山熔岩覆盖，仿佛到了月亮背面。

我以前去过冰岛，告别时，我琢磨是一辈子都不会再来这地老天荒之处了。谁承想，才几年工夫，便故地重游。记得上次从冰岛回国之后，想多了解冰岛，特地到图书大厦买书。电脑运行一番之后，售书小姐告诉我有关冰岛的书籍只有小说集《冰岛渔夫》，还有一些冰岛建筑图片，收在北欧建筑的合集中。关闭查询系统时，小姐很好心地补充了一句：《冰岛渔夫》只剩下两本了，您赶快吧。

我当即把一位"冰岛渔夫"请回了家，一口气看完。书不错，关于海洋的描写堪称一绝，只可惜这书既不是冰岛人写的，写的也不是冰岛人。所谓的"冰岛渔夫"，指的不过是在靠近北极海面打鱼的法国人。

我固执地以为，要想真正熟悉一个民族和地域，就要去读本土人所写的小说和诗。比如我们要想了解18、19世纪的俄国和法国，你是看当时的国民生产总值的数字，还是读托尔斯泰和巴尔扎克呢？想必除了专门的研究家和学者，都会选择后者。

我不是专家，只能走俗人这条路。

百般失望之后，终于有一个朋友告诉我说，她的朋友有一本繁体字本的冰岛诗集，据说这是冰岛古诗唯一的中文译本。我欣喜若狂地借来，一口气读完。真正的诗人会笑我这种不求甚解的方法，但我此刻饥不择食先睹为快。

为什么对冰岛文字这般感兴趣？因为冰岛是海盗们开辟的疆土。

在心理学里，将那种喜好冒险勇猛顽强冲动和不计后果的类型，简称为"T"型性格，也叫海盗性格。据弗兰克·法利的研究，这一类型的人体内有较高的激素存在，造就了强大的生物力量，也对心理能量起到了急切神秘的呼唤。它使人表现出3种强烈的行为倾向：第一，攻击性与控制欲望。第二，强烈的冒险欲望。第三，渴望反复体验短期的紧张——释放循环。

那么，由这种性格造就的海盗们，写下了怎样的诗歌？想象中，是横刀跃马、劈风斩浪、虎啸龙吟。

北欧的古代文学经典，据说汗牛充栋。为什么用"据说"这个词，好像不很肯定似的。不是怀疑人家有没有那么多的经典，而是我看到的实在太少，译成中文的更寥若晨星。

为什么北欧古代的文学经典，译成中文的那样少？概因它们都是用非常艰涩难懂的古文字写成的。

现代冰岛文字系北欧挪威、瑞典、丹麦的古文，也近似许多西欧国家的古代文字，比如古德文、古英文、古荷兰文等。一千多年以来，北欧和西欧许多国家的语言和文字，都发生了翻天覆地的改变，唯冰岛文像苍老的恐龙，仍在火山岩堆积的大地上穿行。

我手中这部著名诗集，冰岛文名是《高者之言》。高者是谁呢？是北欧神话中

雷克雅未克观景台雕像

的主神奥丁，相当于希腊神话中的宙斯或是罗马神话中的朱庇特，也约略相当于咱们神话中的玉皇大帝。诗集的中译名叫作《海寇诗经》。

海寇就是海盗。

什么是海盗呢？一提到"盗"，我们会非常鄙夷，但在古希腊那个遥远的年代，欧洲人通常把下海寻求生计的男子称为"海盗"，并把当海盗同从事游牧、农作、捕鱼、狩猎并列为五种基本谋生手段。"海盗"一词在当时并无贬义，海盗活动也不被认为可耻，《荷马史诗》中对此有十分明确的记载。

《海寇诗经》起源于公元 700 年至 900 年之间，相当于我们的唐朝。是当年北欧海盗在漫长而艰险的大海航行中，奉为座右铭的精神食粮。在漫漫无际的大海上，正是这些箴言教导给海盗带来了勇气和智慧，鼓舞着他们冲破重重险阻、层层骇浪，去寻求一个又一个的新大陆。

浅薄受人讥，
智慧得人敬。

居家万事易，

出门知重轻。

相处世人中，

多智多光明。

这首诗的名字就叫作《见世面》，当时的海盗们把见世面当成人生的必修课。

嘉宾若进门，

排座不可轻。

位置偏而远，

不乐怀闷情。

上座促膝谈，

主雅客来勤。

这首诗的名字叫作《如何待客》。本以为海盗们是不懂礼貌的窃匪，不想乃是如此注重礼节的雅盗。或许海盗们在实践中执行起来会走样，但起码在教育中一丝不苟。

再如：

《求知诗》

知识是海洋，

宴席亦课堂。

用耳细听取，

用眼学榜样。

君子慎言语，

聆教乃有方。

智者天下行，

钱财存脑中。

愚者行囊重，

困时无所用。

穷汉有头脑，

力量胜富翁。

海盗们非常尊重知识并且热爱学习，做优异海盗不是一件容易事。在许多国家，把"维京人"称作"海盗"的代名词。一千多年前，体格高大英俊、满面虬髯、胆识过人的维京人，驾驶着龙头船，手持矛、剑、战斧等武器，以山呼海啸之势，攻略从英格兰到苏格兰、爱尔兰、比利时、荷兰、意大利、西班牙、葡萄牙、法国、俄罗斯直至君士坦丁堡的广大地域。他们常年漂流在海上，波涛汹涌、气候恶劣、险象环生，如果没有广博的关于天文、地理、气候人文等方面的知识，大海就成了最天然的坟场。所以，在贪财、勇猛、喜欢冒险的天性之外，维京人在血液里非常强烈的征服嗜好之中，也必然注入了对科学和知识滚烫的渴求。

《独立》

人生幸福事，

受人宠与赞。

人生不幸事，

处处得依赖。

为人不独立，

沦为小奴才。

有一首诗名叫作《不良之举》：

赴宴总唠叨，

话多头脑贫。

瞪眼呈傻态，

说话语不清。

酒盈蠢相露，

枉做文明人。

窃以为将不良之举为原材料入诗较少见，北欧海盗大大方方咏叹起来，透露出他们原本就是不拘常态自成体系的人。特别是被翻译成五言绝句，看着有趣。

《永恒的友谊》录在这里，和大家共享。

宝剑酬壮士，

霓裳赠佳人。

华服显友谊，

乡里美言频。

礼尚来而往，

至情万年春。

有一首诗名字叫作《知道命运》：

天才多早夭，

聪明适中好。

命运顺自然，

强求是徒劳。

内心明事理，

安然到老耄。

还有一首诗实在聪慧，叫作《三人知，全民知》：

巧妙应答问，

人视为聪明。

秘密若分享，

最多只一人。

泄露三人知，

绝密传全民。

此诗高明处——通常强调保密时，一般是主张"一个都不告诉"。这在理论上当然是保守秘密的最佳上策，可惜极少有人做得到。秘密在适宜的温度下，会像不断膨胀的发酵面团，如果找不到适当的出口，会把盛面的盆子掀翻，流淌一地。秘密力量之大，超乎想象。所以，尽管有那么多指天盟誓，还是差不多有同样数目的泄露和背叛。寻找一个情感出口，告知一个朋友，就不会把享有重大秘密的人憋炸了，这方法别有策略。

《人各有所长》

瘸子善骑马，

独臂能牧羊。

聋子勇于战，

眼盲有思想。

身死悲无用，

残者却无妨。


《名誉》

人死万事空，

唯名传四方。

万灵谁无死，

长生求无望。

存世流美誉，

不朽万年长。

好，我暂且引用到这里。也许朋友们会问，这些古诗为什么都是五言六句啊？有没有其他格式呢？据翻译者王超先生在冰岛首都雷克亚未克所述，《海寇诗经》的韵律，是按照北欧古代诗歌韵律完成的。每节诗由 6 行组成，前两行诗以押头韵的方式连在一起。

什么叫押头韵？就是指后一行诗重复前一行诗中重音节的元音或辅音。若大声念起来，诗句余音袅袅，像有回音似的。译者特别指出，北欧古诗的韵律，朗诵方能更好体会它的奥妙。押头韵，音色跌宕起伏，重音节和非押韵的重音节，形成抑扬顿挫的效果。

可惜咱不懂古冰岛原文，也未曾有幸听到谁吟诵《海寇诗经》，只能以文字揣摩海寇们的智慧和风采了。

最后，以海盗吟咏智慧的诗来做本文结尾。

《论智慧》

以火点他火，

两柴共燃烧。

以智启人智，

相磋出高招。

顾步知识浅，

谦虚心智昭。

想不到吧？海盗们的诗竟然是这般温文尔雅、笑容可掬，既不像英雄史诗，也不像神话传奇，反而充满了谆谆教诲，甚至有些仿处世格言。也许，由于他们攻城略地在行动上自有取之不尽的剽悍与残酷，轮到诉诸文字流传千古的时候，反倒是波澜不惊的从容和安宁了。这在心理学上，叫作"补偿"。温和的民族诗歌中多愤懑和幽怨，刀光剑影的斗士们反倒全力彰显柔和。

不同国度和时空的智慧共同燃烧，行路和读书杂糅一处，就是旅游和阅读的快意。旅游使我们虚心，阅读使我们安静。

# 18 冰岛蓝湖
## 本是工业废水

冰岛是北大西洋岛国，位于格陵兰岛和英国中间，首都是雷克雅未克。

如果你没有亲身抵达过某个国家，哪怕看再多图片，读再多优美文字，那个国家也是枯燥的数字叠加，即便美丽也是没有生气的枯燥符号。只有当你亲手亲脚抚摸踩踏了那里的土地山川，接触了那里的人民，记忆才可能色香味俱全。

今天提起冰岛，第一个印象是国家资不抵债，已经破产了。第二个印象是冰岛火山爆发，遮天蔽日的火山灰。冰岛是一个高度发达的国家，面积 10.3 万平方公里，人口约 30 万人，以"极圈火岛"著称。它共有火山 200 多座，其中有几十座是活火山。冰岛经济主要依靠海洋渔业。2009 年，欧洲爆发经济危机，冰岛受创最深，积欠英国大量公债。英国向冰岛讨债不成，冰岛克朗大幅贬值。不过，2009 年的统计表明，冰岛依然拥有世界排名第五的人均国内生产总值，以及世界排名第三的人类发展指数。

"和平号"抵达冰岛时，经济危机和火山尚在蛰伏期，一切花好月圆、欢歌笑语。但那一天，我经历了整个旅程中最惊心动魄的时段。

很想开着车，一直向北行驶，最大限度地接近北极圈。不过从冰岛的首都雷克雅未克，并没有一条笔直向北的通路，冰岛人口不多，南边气候条件比北面好得多，为什么要向北呢？没理由啊。

对于我们想挺进北极圈的想法，格陵兰岛旅游局曾回复了幽默而饱含杀伤力的邮件。他们说，北极圈，唔——那只是人们想象中画出来的一条线而已，其实那儿什么也没有。你除了能得到曾经抵达北极的说法，什么也不会看到。有那个工夫，不如去看看鲸鱼吧！

睥睨北极圈的说法，恐怕只有生活在北极附近的人，才能没心没肺地吐出口。对于常年生存在北温带的我们，北极圈仍旧神秘莫测充满魅惑。我们一致决定，租车向北。预留出返程时间，能走到哪里算哪里。

冰岛朋友告诫，请尽量不要向北深入太远，虽然是非常壮观的行程，但冰岛路况很复杂。凡个位数字的公路，比如1号、5号公路，就表示路况良好，普通车辆可以放心行驶。标号两位数字的公路，比如30号、45号公路，你要小心一点，基本上都是泥土路，走起来很颠簸。到了3位数字的公路，比如123号公路，那就更次一等，全是沙石路，只有四轮驱动车才能行进。如果3位数前再加F，路况更差更难走，几乎不可通行。

我们从雷克雅未克出发，向东南方驱车行驶了大约一小时。风景一言以蔽之，酷似月球表面。地面铁灰，由布满了细密孔隙的火山岩组成，坑坑洼洼隆起在寸草不生的大地上。因为年代久远，火山灰风化瓦解成铁渣似的粉末，在某些低洼背风处，积聚成一坨坨网状物质。向阳部分，顽强地生长出一层苔藓，毛茸茸的，似有生命的小动物，脚踩上去有轻微弹性，软绵绵的边缘在重力下，忙不迭地向一边躲闪，好像在说：我长出来多不容易啊，请不要践踏。据说阿波罗飞船登月前，美国曾利用这里的地貌模拟月球环境，让宇航员体验月球景象。

冰岛景色超绝美丽。我走过世界上很多地方，若让我说哪里的景色最让我留恋，那么除了阿里的冈仁波齐，就是冰岛了。我不知道是不是因为两地都同样荒凉、同样纯净、同样人烟稀少，大地保留着我们这个星球刚刚凝固时的模样？

我问一个走南闯北、到过世界上百余国家的旅行者，哪里是他认为最美丽的地方？他毫不犹豫地说"冰岛"。那一刻，我吃惊。我确认他没有我那种独居冰天雪地的青年时代，基本上是在繁花似锦的城市长大。

我追问为什么。他回答，不知道。你一问，我脑子里第一个蹦出来的画面，就是冰岛。

当一丛丛烟岚环绕的蓝湖路标出现时，第一次来的人简直不敢相信在这片狰狞锐利的黑色熔岩间，会有传说中的美丽湖泊。

蓝湖出现，首先骇你一跳的是它那魔鬼才能调出的颜色。亲见之前，你可能会想，蓝湖嘛，无非是深蓝的湖，可能格外清澈，映照着蓝天，故此得名。其实，完全不对。蓝湖浑浊，还不是一般浑浊，简直就是伸手不见五指的蓝白浆液。对不起，伸手不见五指这个词，通常用来形容黑暗。我觉得你把手放在眼前，一臂距离，只要看不见自己的手了，就可以使用该词。第二个让人惊讶的是蓝湖在冒烟。"烟"，就是热腾腾的水汽。冰岛气温低，水汽格外腾云驾雾。众多泡温泉的人，在一锅浑了吧唧的蓝色浆汁里扑腾，完全看不见他们的躯体，只见一堆湿淋淋略带青色的脸庞浮动在黏稠的蓝浆之上，是不是惊骇莫名？

蓝湖不是精致泳池的模样，四壁和地面绝不光滑，带着火山岩疙里疙瘩的粗糙感。虽不致把人的脚底板划伤，但若太莽撞，深一脚浅一脚的，磕磕碰碰总是难免。它的温度也不恒定。介绍说湖中的水温保持在29℃~45℃之间，但人只要身入其中，就会感到冷热不均。靠近更衣室的池温尚好，30℃左右吧。随着步履深入，慢慢靠近出水眼，水温渐渐高到难以忍受，估计超过了40℃。勉强待片刻尚可，不可久留。

蓝湖由一连串露天的大小水泊组成，因含丰富的矿物质而出名。人们通常以为泉水是拜火山地热烘烤，才能在瑞雪纷飞中，泡在温暖的水里，享受得天独厚的乐趣。人们通常会把脚底下的白色淤泥抠出来，敷在身上，据说有医治多种疾病之功效。

蓝湖的形成让人百思不得其解，大地直接喷出如同蓝色染料加淀粉样物质的水浆？不大可能吧。即使这里地老天荒不按常理出牌，也让人充满质疑。经过打探，才知道严格讲起来，蓝湖是工业废水。

这个废水，并不是垃圾产物。蓝湖不是自在天成，而是利用雷克雅未克半岛西南郊的地热资源，形成的人造咸水湖。冰岛人先是从地下2000多米处钻孔抽取地热水，由于离海太近，海水渗透到地下水中，汲取上来的地热水源居然是咸的。因矿物质含量太高，无法直接用来集中供热。只有二次加工，把新鲜的泉水，也就是淡水，混入从地下抽出来的咸热水中。这一步骤的实质，是用地下的热咸水，加工升温另一种水，也就是清凉的山泉淡水。以水治水，形成适宜的温度和纯净的混合水。由于咸水和泉水比重不同，这种水很容易被分离。分离后没有盐分的温热山泉水，流入管道，给城市集中供热，不会损坏设备。剩下的来自地下的咸热水，由于承担了"加热炉"的角色，本身温度有所下降，但还保有70℃高温，含盐量则和海水差不多。聪明的冰岛人，就把它们排放到周围被熔岩包围的低洼地，形成了绝无仅有的蓝湖。天造地设加上人工修缮的特殊系统中，高含量的白色二氧化硅泥、其他矿物质和蓝绿色藻类，在湖底形成松软的自然沉淀物。几大因素

叠加，物华天宝的蓝湖盛装出席。冰岛医学家研究证实，蓝湖水含有许多化学与矿物结晶，能舒缓精神压力，具有某些特殊疗效。据说很多欧洲人会特地飞临冰岛，只为到蓝湖泡澡。万籁静寂的冬夜，沉浸在热气腾腾的蓝色水雾中，仰头眺望无垠星空，乃人间极乐。

从蓝湖出来，我们在公路上驰骋。除了脚下建造精良的公路，让人确信这里曾经有过现代化的建设外，极目远眺，你会觉得这就是盘古开天地时的世界尽头。没有建筑，没有人，只有高天白云，一望无际的火山岩，森冷的雪山，还有滚滚狼烟。当然，那不是任何人点燃的，而是不甘寂寞的大地，在固执地小声嘟囔着，表达它沸腾的心声。冰岛可说是免费的地质博物馆，冰融、冰蚀和冰碛等地貌遍布各地，你可饱览冰川、热泉、间歇泉、冰帽、苔原、冰原、雪峰、火山岩荒漠、瀑布及火山口等令人大开眼界的自然奇观。

一个精致的火山口，当年曾有过猛烈喷发，现在则储满了绿幽幽的天然水，好像凝视苍天的独眼。说它精致，是它不很大，直径只有100~200米的样子吧（可能不大准。我没有找到具体资料，只凭肉眼估算），一个完美的倒插圆锥体。

上次到冰岛，导游告诉我这里曾经举办过冰岛歌手的音乐会。

我说，舞台在哪里？

他回答，就在火山口的湖面上。

我说，搭了一个台子吗？

他说，是啊，演出完，拆掉了。

我说，观众坐哪里呢？

导游说，咱们脚下。就是这个逐渐倾斜的火山壁，你看，多么像古罗马剧场座席啊。人们席地而坐，在星空之下倾听歌声。

我说，音响效果如何？

导游说，火山口简直就是天然的音乐厅，再加上相应的音响设计，非常棒。

由于火山的存在，冰岛地下热流滚滚，仅天然温泉就有800多处，水温大多在75℃左右，最高温度可达180℃以上。那些时不时就怒发冲冠喷涌而出的间歇泉，更是一绝。英文中的Geysir(间歇泉)一词，即来源于冰岛最著名的"盖锡尔"间歇泉。

间歇泉在不喷发的时刻，并不是碌碌无为，而是做工不止，绝不安歇。它也并不孤独，四周都是大大小小的泉眼，看上去像一口煮棒子面粥的沸锅，咕嘟咕嘟不停冒泡。我为什么不说它是沸水锅呢？因为这些泡泡并不像清水泡那样不费吹灰之力就能鼓噪起来，而是带着挣扎，好像在看不见的暗处，积蓄了万千力量，然后才艰难地很有弹性地凸鼓出来，像熬棒子面糊糊时的情形。

我们看到的这组喷泉，每8到10分钟喷发一次，伴有轰鸣。它劲道大的时候，高度可达30多米，不高兴的时候，比较怠工，喷发高度相差一半。不管高或低，炙热的水柱在半天空翻飞成无数热雨点，飘飘洒洒而下，伴着热气腾腾的雾海，翩然落地。此后便大智若愚地沉默着，好像刚才的壮怀激烈和它毫无干系。

冰岛适宜的地质构造和充足的地下水源，是形成众多间歇泉的关键。此外，还有几个小要素，例如间歇泉必须具有能源，这一点毫无疑问。要把粗大水柱送至几十米高空，需要怎样持之以恒的动力！也不知这些孜孜不倦的间歇泉，兴致勃勃地喷发了多少年？按照每小时6次(就以我们看到的这注间歇泉为例)，一天有近150次喷发，一年就是5万多次喷发，若是100万年，就是500多亿次喷发，骇人的伟大能量！

几年前旅游曾到冰岛，第一次见间歇泉，赶紧掏相机，想拍下这壮观景色。冰岛商店售卖间歇泉喷发时形成炫目彩虹的明信片，很希望自己也能抢拍到这等镜头。

导游大泼冷水，说那样的图片，你根本拍不到。

我不服气，为什么？

导游说，你看啊，要形成间歇泉彩虹，必须要有太阳。按照这个间歇泉喷发的角度，只有在朝阳下才能拍得到。那些拍彩虹的人，都要住在附近，起个大早守在这里。像咱们这种不端不正的时间，没法如愿。

既然拍不到带彩虹的间歇泉，就拍一个蹿得最高的间歇泉吧。我们耐心地等待着，不料这间歇泉的喷发虽有大致规律，但像个爱折磨约会男生的任性女孩，基本上不守时，脾气也怪。等了半天，这次喷起来的高度比上次还低。

没辙，继续等吧。

导游对我说，其实拍空中跳跃着的间歇泉，并不是最有趣的。

我说，不会吧？看到热水喷上天空那一瞬，惊心动魄啊。

导游说，最有趣的拍摄是——当间歇泉中的水涌出地面，马上就要喷发而起的那一瞬，如果你有幸拍到，会看见一个形态非常完美的半球状巨大水珠，覆盖在泉眼之上。波光粼粼颤抖着，闪烁着微蓝光泽。半球体中心透明，里面藏着缭绕变形的蒸汽。大约在百分之一秒，或许更短的时间之后，那些蒸汽就挟带着巨大能量、如烟水汽，还有沸腾热浪拔地蹿起……你拍摄下的，是间歇泉喷发前蓄势待发的那个霎时，极其美丽神奇。这种景色，旷世难寻。

我被说得神往，摩拳擦掌道，好，我来试试。

继续等待，不停尝试，这一次不成，就下一次，再下一次……N 次失败后，以我彻底放弃告终。我的惨痛教训是：喷薄欲出的完美瞬间，在理论上固然存在，但在实践中极难操作。第一，间歇泉喷发时刻本身就不固定，你基本上无法摸准一个来自地心的热情约会之准确时间。对一般游客来说，这不是什么大不了的问题，哪怕错过了最初的涌动，从听到震耳欲聋的响声到喷泉直上九天的景色，中间的反应时间还是有的，你基本上不会错过这道美景。喷薄欲出这一特定时刻，短到不可思议。第二，间歇泉喷发前，没有丝毫预兆。你一直目不转睛地盯着它，眼睛酸痛地瞅了十几分钟，泉眼丝毫不动声色。你实在忍不住了，眨了一下眼睛……完蛋了！电光石火的瞬间，爆发业已完成，你只能看着高高在上的水柱在空中辗转腾挪，仰天长叹。第三，我的相机太烂。这个卡片机无法担当此任，反应速度太慢。某次，我分明看到了那个水汪汪的蓝色半球体，这厢急忙按下快门，满以为八九不离十地摄下了旷世美图。不料从眼睛看到再向大脑报告，大脑将指令传达到手指，手指做出按下动作……这一连串的神经反射效率再快，也远被地球的敏捷身手嗤之以鼻。相机里留下的图像，只是一幅极为普通的间歇泉水柱上蹿初期的存照。

以后有去冰岛的朋友，备个好相机，留出充裕的时间，守株待兔间歇泉。祝大家拍下间歇泉华灯初上的玄妙景象。

我们驾着租来的车，在冰岛大地上奔驰。很长一段时间，看不到一人一车，让人顿生不可置信的奇异之感，好像世界上的人都灭绝了，只有我们和这陌生的山川大地存在。远远地，我们看到草地上有两个黑点，以为是人，欢呼雀跃。离得近了，才看出是马。

这是野马吗？

芦淼问。

我说，不是。这些马是有主人的。它们在此地散养，到了秋天，主人会到草原上，把马匹带回家。

我不是信口胡说，上次到冰岛时，导游介绍过。

冰岛的马匹无拘无束。快过冬时，如何把各家的马赶回去圈养呢？靠一家一户的单打独斗实在难办。地广人稀，马儿四处乱跑，要归拢它们，需集体作战。人们约好时间，全体出动。先是在苔原上将一众马匹赶进圆形的木栏建筑中，各家各户再认领自己家的马，顺着放射形木栏通道，将自家马儿赶进周边的小圈中，关上小门，马匹们认祖归宗，人们就可以顺顺当当地把自家马领走了。

芦淼拍下了两匹自由自在的冰岛马。后来，他用这幅图片，参加了"和平号"上的摄影展览。关于给这张照片起个什么名字，我们还颇费了一番周折。本来想叫《伴侣》，但不是相马的专家，无法判断这两匹马的雌雄，想了半天，就叫《好友》吧。

按照预定方针，要留出充分的返程时间。比如我们往前开了 4 小时，就要留 4 小时的时间回到雷克雅未克港口。在返回途中，突然一抬头，在似乎不很远的天际，有一座旷世孑遗的冰川巍然耸立。阳光下，巨大的冰舌烁烁闪光，舔着苍凉的大地，冰冷的诱惑动人心弦。

你说，咱们能开到那里吗？芦淼问我。

不成。这个似乎叫朗格冰川，它是冰岛第二大冰川，距离雷克雅未克有 3 小时的车程。我们现在的位置虽然说不准，但开到那里，在时间上完全不可能了。你听过"望山跑死马"这话吗？我们无法抵达那里。赶快按照原计划往回走吧。我说。

因为留有余地，我们手里还有一小时机动时间。

芦淼说，那我们能不能向冰川方向再开一段呢？比如我们向前开 30 分钟，然后返回目前我们所在位置。这样按时回到"和平号"，应该没问题。

冰川的确让人神往，似乎近在咫尺。我在好奇心和同情心面前，败下阵来。我说，那咱们就往前开一开，能看多少是多少，不可恋战。30 分钟之后，必须原路返回。

车子向冰川飞驰而去，恰是和港口相反方向。

冰岛一共有五大冰川，朗格冰川面积 1021 平方公里，位于冰岛中西部。虽说不是最大冰川，却是五大冰川中最美丽和迷人的。特别是它有独特的"熔岩瀑布"，瀑布之水从熔岩中流出，而不是惯常从河流中流出。这种瀑布形成的冰川，浩瀚壮观。它还有世界上流量最大的温泉——代乐达通加温泉……据说在冰川底下还有个梦幻冰洞，可惜的是，由于地球变暖的影响，冰洞已经坍塌……

距离预定返回时间，还有最后 5 分钟。经过 25 分钟的高速行驶，冰川蜿蜒的舌端，就要舔到我们的鼻子尖了，已经可以清楚地看到冰川最前端的部分和戈壁混为一体，洁白而半透明的本色不再纯粹，染上了淡黄的橘子色调。

没走正规公路，此时脚下已经无路可走。芦淼为了最后再靠近冰川一点，猛地踩了一脚油门，驱动汽车轰鸣着奔上山头。我想他的本意是觉得山头上居高临下，观察冰川更清晰，留在脑海中的冰川画面一定更壮美。

此处地貌是坚硬的石块戈壁，渐升的平坦缓坡看起来很安全，加之汽车性能优良，一切顺畅。我感觉，这辆马力强大的越野车，好似山地小伙子，几个箭步就登了顶，然后戛然停住。就在我们高兴地下车最后欣赏冰川胜景之时，才发现祸事已然酿成。汽车前轮驶过时，将一大块石头碾得站立起来，卡在了汽车前后轮底盘之间。此刻这车既不能前行，也不能后退，在高山之巅抛锚了。

形势险恶。在这异国他乡的荒郊野地，不要说有没有救援，我们能不能联系得到，就算联系上了，我们连具体在什么方位也说不清。那厢港口"和平号"蓄势待发，马上就要开船，我们进退维谷。

我下了车，听山风呼啸，万籁寂静。看远处夕阳西下，心想若耽在此地，误船要算小事了，今晚可能冻死于冰岛山巅。

我告诫自己要冷静。现在，时间已经非常有限，第一步是能否将车修好。

芦淼一次又一次发动车，引擎声嘶力竭轰鸣着，然而车子却纹丝不动。

我说，还有什么法子？别慌，慢慢想想。

芦淼说，车子应该没大问题，只是这块石头卡在这里。

我说，那我们把车子抬起来，将石头重新放倒，或是干脆搬走，是不是就可绝地逢生？

芦淼说，我们没有法子徒手将这么重的车子抬起来。

我说，有没有可利用的工具？

芦淼说，让我看一看，车上应该配有工具箱。

谢天谢地，车上有超级完备的工具箱，芦淼找出千斤顶，把它支好，一点点将车顶起来。

这段时间里，我再也没说什么话。帮不上忙，别添乱，索性走到一边，专心凝望冰川。山顶风大，加上紧张，刚才出的汗，黏在身上，贴身铁甲般，陡起森冷寒意。脚边不远处有一朵小花，好像是雏菊，花朵只有一分钱硬币大小，已近傍晚，冰冷袭人，它今夜必将凋零。淡蓝色花瓣的边缘已然皱缩，一秒秒变得更小，但它还在随风摇曳，好像在同世界殷殷告别。我也在反思，也许，我不该动恻隐之心，在时间如此紧张的情况下，同意来看冰川，从发轫之初就奠定了悲剧。人生地不熟，要学会约束自己的欲望。天下的瑰丽风光是看不完的，不可贪得无厌。我们已看到了地老天荒的景致，不该得陇望蜀，不该竭泽而渔。远处，太阳不遗余力地斜射着，打在荒原的野草石块上，拉出颀长身影。间隙处，星星点点金光闪烁，仿佛无数只极小的金色松鼠上蹿下跳，制造着寂寞中的生机。

15分钟后，芦淼临危不乱，将车子底盘顶到人可以钻进去的高度。他伏身爬入，将那块屹立不倒的大石头搬走……然后放下车子，收起千斤顶。重新将车发动，我们终于离开了这块让人心惊肉跳的冰岛无名高地。

现在，剩下的时间极为有限了。芦淼在高速路上，开得风驰电掣。我说，不要开那么快。他说，我们用最高速度往回赶，或许能赶上船。

我说，能，自然是好。不过，安全第一。就算赶不上"和平号"，我们身上有护照和信用卡，可以在雷克雅未克住下。购买机票飞往下一站，在美国和游轮会合，继续航行。如果为了赶时间，出了车祸，那可真遇到大麻烦了。

我不断提醒芦淼安全第一。还好，他开得快而稳妥。所幸冰岛道路优质，加上冰岛的确人口稀少，路上车也不多，我们狂飙200多公里，在最后一刻赶回了雷克雅未克。给车加满油，到租车行还车……当一切料理完，在最后一刻登上已经点火准备起锚的"和平号"，听船闸在身后砰然落下，冷汗如浆。

# 19 乌兰的 15 万次 鞠躬和跳蚤市场

　　"和平号"上的工作人员比例，女人比男人少一些。估计因为航海主要是男人的事业，水手主要由男子来担当。环游世界这个念头，比较雄性化，女人的愿望没有男人来得那般强烈。

　　"和平号"据说有几十个国家的公民乘坐，依我个人的观察，主要是日本人，还有一些韩国人和几个中国人。除此之外，很少有其他国别的游客。不过要说这艘轮船集中了很多国家的公民，也有根据。这些外国人多是船上的志愿者、水手及服务人员。

　　工作人员身上都别有代表他所来自国家的国旗。我经常会死盯着一个人的胸前目不转睛，原因是我不认识那旗帜。不懂就问、就学，一趟走下来，对国旗的知识有了长进。

　　我印象最深刻的一个女子，是餐厅服务员。她胸前佩戴的国旗标志非常好记，旗面均分两等份，上蓝下黄。

　　考考你，这是哪一国国旗？刚开始，我真不认识，向别人打听，方知这是乌克兰国旗。我没问过她姓名，就称她乌兰吧。

　　乌兰的工作是每天候在餐厅门口，向每一个准备进餐的人，分发筷子、叉子和食盘。

　　这不复杂，却需要极端的耐心和始终如一的热情。她向每一个客人鞠躬，问好。

客人主要来自日本，按照习俗，这个躬鞠得深而郑重其事，不能浅尝辄止。我初步算了一下，每天3餐，1000多名游客，进餐人数累计3000人次。因为餐厅有两个门，兵分两路，还有一队人马负责分发餐具。正常情况下，乌兰每天鞠躬1500次，问候1500次。她还要拿1500次盘子、叉子、筷子，最重要的是她要微笑1500次。一路过来，剔除休息日，就按100天工作日计算，她共计鞠躬15万次，问好15万次，微笑15万次，发筷子和勺子、叉子15万次……

这还不是她工作的全部。在9层甲板，有一个小酒馆，名叫"居酒屋"。我有时会在居酒屋看到她在服务，我不知道这是她分内的工作，还是替人上班，我只知道居酒屋收摊，最早也到半夜12点之后。然后她早上7点就要以灿烂的微笑迎接一天中第一位吃饭的客人了。

菜肴是日餐与西餐并行，乌兰递给客人的餐具也分筷子和刀叉两份。我刚开始照单全收，后来发现等到吃完了饭，刀仍干净。为节约淡水，我决定用一双和式筷子包打天下。某天，当乌兰微笑着把刀叉和筷子同时递给我时，我微笑着摆手，表示一双筷子即可。

从那以后，每逢我经过乌兰，她都会把原来已经准备好的刀叉收起来，只递筷子给我。我想，这不仅来自她的好记性，也和她的环保意识有关。最起码，这可让后厨少洗一套刀叉，虽然那不是她的工作。

当"和平号"驶入纽约港的时候，听说有几个船上的工作人员借上岸的机会，人间蒸发了。也就是说，潜入美国后，他们选择了非法入境。我突然惦记起乌兰，不知道她是不是选择了不声不响地离开。

我知道这船上有不少东欧船员和工作人员，经济不景气，东欧人多到海外打工。我的朋友，在甲板上打电话时，某位东欧工人走过来，用结结巴巴的英语说："你能不能把电话借给我用一下？我会给你钱。我只用一分钟，我已经离开家两个多月了。没有找到工作的时候，我不想跟家里人说话，怕他们担心。后来，这艘船招水手，我去报名。没想到录取后的第二天就出海了，我没能跟家里人告别。这船一直在公海上航行，我也没手机，就和家中断了联系……"

东欧水手一口气讲了这么多话，朋友说其实他只听了一句，就把手机递了过去。但水手还是不停地说下去，看来这些话在他肚里憋了很久。

后来呢，顺利吗，他和家里接通电话了吗？我忍不住问。

朋友说，你知道，在海上，卫星电话很不稳定。我从来没有这么希望电话一下子就能接通，也许是期盼起了作用，真的立马通了。东欧水手激动得眼泪直流，我猜他一定听到了亲人的声音。我打算走开，让人家说说知心话。没想到东欧水手立刻挂断了电话，说，不用了，谢谢你！只要家中听到我的声音，知道我还活着，他们不再担心，这就足够了。说完，他拿出早就准备好的几美元，说，给你，不知道够不够。

东欧某个地方，有一家人因此像过年一样。我没有要他的钱。朋友结束了他的述说。

我不知道乌兰的家乡究竟怎样。但这一圈走下来，乌兰明显消瘦了。她家人看到她，会心疼的。

后来，我特地查了乌克兰的相关资料，好像一下子和那个遥远的国度有了某种牵挂。我原来一直以为咱们国家有 56 个民族就属于非常多了，看了资料才知道乌克兰有 100 多个民族，比咱们多出一倍。不知道乌兰是哪个民族？

我再来说说"和平号"上的"跳蚤"。

千万不要以为船上真的滋生了跳蚤，我说的是跳蚤市场。

船上小报预告，说某天上午，在"和室"有跳蚤市场，请把你不用的东西拿出来，和别人交换，以物易物。

对此形式，听说过，但从未亲身参加过。我自知这不属于工作范畴，便和翻译小唐商量：能否和我一道参加？因是私人爱好，底气不足。我说，婆婆妈妈的事，你完全可以拒绝我，不必不好意思。

感谢小唐，答应陪我到跳蚤市场走一遭。

紧接着实际问题是我有什么"跳蚤"可与人交换？

我本是个因陋就简之人，私人物品很少。出门在外，更尽量轻车简从，除必需之物，可带可不带的，一律不带。加之每次都要带一些书，纸最压分量，更不能带其他琐碎杂物了。书这种东西，读完之后，对自己的用处打了折，有可能算作"用不着"的物品，但在语言不通的异国游轮上，有多少人对其他国家文字的书籍感兴趣呢？

百般无奈，打开箱子，检索有何宝物，能够拿出去"跳一跳"？用过的衣物，虽然从理论上讲，可拿出去交换，但我是医生出身，对旧衣这种个人化物品，总觉不相宜。其他的日用品：牙膏只剩半管、毛巾已板结……真是没有新东西，发愁啊发愁。后来总算在旅行箱的夹层里，发现了一样东西。这要感谢南方航空公司发的眼罩，黑红双色尼龙绸缝制，质量不错，这物件是全新的。我们目前在北欧高纬度海域航行，几乎没有完全黑暗时分，天空彻夜光亮，让人睡觉时有一种犯罪感，觉得自己很懒惰，太阳还没下山就进入梦乡。对有良心常反省的客人，眼罩正派得上用场。把箱子翻个底儿朝天，又搜寻到几个钥匙链，有机玻璃坠子里，镶着京剧花脸图案，颇具中国特色。

两只"跳蚤"备好，我又发现一条丝绸围巾，全新，把它加进去。现在，我的"跳蚤"队伍稍具规模，可到市场上驰骋一番了。

"和室"是船上的一个小型会议室，纯日本风格装修，檀色木推拉门，室内通体裱糊白色和纸，纸上隐隐有稻草羽毛纹路，清幽素雅。门口需脱鞋，地上铺米色草席，人们席地而坐。在榻榻米中间，摆张素桌，这就是"跳蚤"们起舞的场地。

因为我参加了另一场活动，错过了开场时间。进得屋来，桌上物品已被挑挑拣拣取走了不少。好比一桌宴席，迎接晚到食客的已是残羹剩饭。参与者主要为女性，只有一名男子参与，缩在角落里，略显腼腆，理不直气不壮的模样。好在我也并不打算交换多少物件，重在感受气氛。

我把自家宝贝摊到素桌上，立马围拢过来一拨人，把我的"跳蚤"捉起来反复端详。印有花脸图案的钥匙链非常受欢迎，第一时间被一窝蜂拿走。有位日籍老太太摩挲着那副南航发的眼罩，十分喜爱。我暗想，她一定被黑白无道的极昼折磨得疲惫不堪。她惴惴不安地问，她能提供的"跳蚤"是一些5号电池，不知我是否需要？

我飞快想了想：电脑？照相机？手机？可惜我没任何一件电器用5号电池，遗憾地摇摇头。老太太拉住小唐，很恳切急迫地说了一番话，一边说一边眼巴巴地看着我。小唐翻译说，老太太实在太想得到眼罩了，问我能不能让她先把眼罩拿走，等下次跳蚤市场举办的时候，她尝试多带一些物品来，让我也能选到合适的东西，大家都满意。我赶紧说，拿走吧拿走吧，这东西对您有用，我很高兴。

我说的是真心话。老人家把眼罩当成了拯救她拔出极昼苦海的救生圈。若这物件能帮她一个小忙，我非常高兴。

人们三下五除二把我的东西统统拿走，可我还什么都没有呢！我有点不甘心，还不知所措，搞不清这程序究竟是怎么回事。可能见我不得要领，市场组织者指指桌上，示意我可以挑选东西了。我兴高采烈地扫描桌上的残余物资，准备大开杀戒。可惜只剩下一些小食品，还有几件化妆品，我不感冒。为了不至空手而归，我从中挑了一只小饭碗。白色，有黯淡花纹，若零落竹枝。小碗的主人很开心我喜欢她的碗，连连点头示意，表明很高兴我把碗领走。我百思不解，大老远的，她从日本带只饭碗干什么？预备在船上吃小锅饭吗？

不管怎么说，这饭碗已跟随我们漂洋过海走过了半个地球，从这一点来说，这碗就值得保存。现在需要注意的是，我在其后行程中不要把它打碎。那相当于我的跳蚤被人一掌扪死，血本无归。

可能觉得我带来的东西较多，只取走一只小碗，主办方不落忍，微笑示意我还可以再淘选几件喜爱的东西。我本来准备有礼貌地告辞，一来是没什么东西入我眼了，二来不想给人留下贪得无厌的印象。突然见一位年过七旬的老太太，掏出一个铅笔盒。

我认出了她就是每天清晨在船尾画朝阳的老人，这盒铅笔是她的武器。

我马上把这盒铅笔拿在手里，非常高兴。因为笔，不管是毛笔、钢笔、圆珠笔还是铅笔，只要带个"笔"字，就是我的朋友。笔是我钟爱的农具。

打开铁盒，所有的笔都已削过。该老者削的技术着实不咋样，刀法歪斜，笔芯又比较软，伤痕累累。用得最狠的是灰色，想来画朝阳时，常常涂抹厚重的铅灰色乌云吧。其他用得狠的颜色，是赭和黄，老人除了画朝阳，也画梦想中的土地吧？

用得最少的是银色，几乎和新笔长短无二致。

我非常欢喜"跳"到手的这两只"跳蚤"。从兆头来说，大吉啊。有饭碗，有饭吃。有笔，能写作。

跳蚤市场是如何得名的呢？我原来以为是个昵称，透着戏弄感。一查资料，不得了，还真和跳蚤有关。

跳蚤市场是欧美国家对旧货地摊市场的别称，由一个个地摊摊位组成，市场规模大小不等。出售的商品多是旧货，最开始的时候，以旧衣物为主。那时候人们的卫生条件很差，旧衣服一抖搂没准儿蹦出个把跳蚤，故而得名。它的起源地，一般认为是法国巴黎近郊的圣－图安市场，一个规模庞大、历史悠久的户外市集。1884 年，巴黎政府为维护市容，命令 3 万多名靠捡破烂为生的贫民，将市区废弃物搬运到一处废弃的军营，贫民们自行分类后将有用物品就地出售。后来，"跳蚤"不断扩大势力范围，人们把多余的物品及未曾用过但已过时的衣物等，小到衣服上的装饰物，大到完整的旧汽车、录像机、电视机、洗衣机，一应俱全，都搬到空地上来"跳"一下。主要的优势是价格低廉，仅为新货价格的 10%~30%。船上的跳蚤市场更为彻底，连钞票都不让使用，只许以物易物，简直是原始部落复活了。

我还参加过一场交换钱币的"跳蚤市场"，只是这次我是纯粹的看客。"和平号"途经几十个国家，大家手里都积攒了一些硬币，开辟这个市场专供钱币爱好者交换彼此收藏。特别声明不按面值交换，也不得用现金购买他国硬币。我这个人好逸恶劳，最怕沉甸甸的硬币压口袋，每当离开一国之时，早早把硬币处理干净，不是买个小玩意，就是吃了零食。不用翻箱倒柜清点就知道自己"一贫如洗"，眼巴巴地观看了一会儿，满足了好奇心之后，悄然离去。

# 20 小报和小杉
## 文晴画笔

"和平号"办的小报，颜色缤纷多彩：桃粉、蟹黄、春草绿、北极蓝……每日
用纸不同。好处是你可以很容易把昨天与今天的报纸区分开来。

小时候读《红岩》印象深刻，我对所有非正式出版物，第一个联想起的词就是
"挺进报"。请允许我称船上的小报为《和平挺进报》。

由于船只远离陆地，在大洋深处航行，根本收不到报纸，小报就成了最重要的
新闻来源。船上组织的各种活动，更是全靠小报刊出的安民告示。小报是每日行动
安排的指针。

船在航行中不断倒时差，每天开饭时间也随之变化。如果没有小报及时提醒，
按照往日开饭时间到了餐厅门口，等待你的很可能是一把大锁。此类生活信息颇有
实用价值。

每天傍晚，是《和平挺进报》新鲜出炉的时刻，常有一大群人守候在服务台，
抢第一时间先睹为快。我原觉小题大做，虽说为了节省纸张，小报印刷量并不很大，
但乘客人手一张还是有保证的。就算取报较晚，也还有份。后来才发现另有原因。
小报在印刷过程中，由于机器失误，会有未印刷的纸张夹杂其。如果你碰巧拿到，
就捡来一张彩色纸头。

你可能要惊奇，至于吗？人们为了一张纸处心积虑？说实话，真到了船上，会
发现陆地上微不足道的东西，摇身一变成了宝物。如果你想给某人留一个条子，很

可能找不到一张可用之纸。

有次我去跳蚤市场交换物品，翻箱倒柜找不到适宜交换的物品。翻译小唐伸出友谊之手，给了我几个丝织小礼品袋，大小可装入手机，说是他赞助我的"跳蚤"。我说，你给了我得以以物易物的交换基础，你想要什么，我给你交换回来，说吧。

小唐先是不肯，说毕老师您想换点什么就换点什么。我道，你若宁死不说，你的"跳蚤"我就不要了。

见我如此坚决，小唐说您给我换回几支笔吧。

我说，具体要什么笔？就凭这几个小袋子，想换个派克和犀飞利什么的，估计悬。

小唐说，我只要能写得出字的圆珠笔就行。出海的时候，我带了几支笔，用完的用完，丢的丢，现在没得用了，抓瞎。

看，连最普通的文具，在船上都稀罕起来。

那一次，很可惜，我出师未捷，一支笔也没换来。不是我做生意不努力，是根本就没人带笔来交换，估计随航久远，最基本的东西也变得紧俏起来。我把自己的笔拿给小唐，说，我给你换来的，保证挺好用。

船上有个小卖部，卖日常用品，但并无大张纸。所以，说来惭愧，如果没其他事，我也会早早聚到服务处，希望在众多报纸当中发现一张没有印字的纸。找到了，就欢天喜地，找不到，拿上有字的报纸，回去细细研究。

《和平挺进报》有个重头栏目，叫"舵轮"，大致相当于人物专访，每天推出一名船上客人的简介。轮到介绍我的那一天，说我是中国畅销小说家，还说我对中国妇女和儿童及民族问题有研究。我赶紧向大家声明自己的小说并不能算畅销，平平而已。有位堪称"中国通"的日本朋友说，在日本，提到某作家的小说畅销，是很大的褒奖之意，并不像中国，如果哪位作家的小说畅销了，就好像不是纯文学了。中国的文学评论家们一定要显示出自己口味和大众不一样并以此为荣。我说，我非觉得畅销不好。我始终认为，作家写作，如果没人读他的作品，他还要不断声称自己的东西是给下世纪的人看的，那是悲剧。我当医生出身，只求作品对大家有益，畅销不畅销的，并不在意。

小报还会登出一些文学作品。当然主要是日本风格的。我鼓励小唐也写几段去投稿。能在大洋上发表自己的作品，很有趣啊。小唐因为工作忙，一直也没顾上。

一天，小报上登出今天有香蕉吃，我大喜过望，赶紧往下细瞧，原来是几点几分在某个会议厅供应香蕉，我马上记录下来，决定到时准时出席。看到这里，你一定笑话我是个馋鬼，为了一根香蕉摩拳擦掌。主要是在中南美洲航行多日，几次上岸，看到橙黄的香蕉馋涎欲滴，可就是没机缘吃到嘴中。现在《和平挺进报》登出了消息，证明大家都想大快朵颐啊。

你可能要问，这《和平挺进报》使用何种文字？答案是日文。还有英文版，不过比日文版要晚几小时，需留出翻译的时间。你一定又要说，既然是日文，你又如何能看懂这张报纸呢？问得好。我不通日文，只能连猜带蒙。

到了规定时间，我来到报纸上登载的地点，生怕到晚了，香蕉被人一扫而空。进了大门，傻了眼。根本没有香蕉可吃，只有一伙子乐手，在那里吹拉弹唱。我有点疑惑，心想不能这么隆重吧？吃个香蕉，还要乐队伴奏吗？又一想，或许这是中南美洲的风俗呢？此地有个香蕉节也说不定。

归港前的最后一期船报

因为语言不通，我也不好问别人，呆呆地等了半天，连香蕉影子也没看到，百思不得其解，只好悻悻退场。走到门口，正好看到小唐，我说，小报上登的这里有香蕉，我来了，可什么也没有。真奇怪。

小唐说，找那张小报我看看。要是他们登错了，那可要赔礼道歉。

我赶紧回到宿舍，把昨天的报纸找出来。说起来，我也够没出息的，在"香蕉"二字下面，画了重重曲线，提醒自己一定不要错过。

小唐细细看了报纸，说，毕老师，您刚才在那间房子里看到了什么？

我说，一伙姑娘小伙子在摆弄乐器。

小唐说，这就对了。他们就是香蕉。

我的眼珠瞪得如同热带的火龙果。不单是形状不规则增大，而且发出不祥的粉红。我说，他们怎么能是香蕉呢？明明是人嘛！

小唐笑起来，说报纸上登的是在这个时间，香蕉乐队开始排练。你只看到了日文和汉字相同的"香蕉"二字，没注意到这是乐队名称。

我恍然大悟，马上又疑窦丛生。我说，以前没听说船上有什么香蕉乐队啊！

小唐说，以前是没有，香蕉乐队刚刚成立。

我说，记得船上原本有支乐队，现在变成两支乐队，真是人才济济，可以打擂台赛了。

小唐说，船上没有两支乐队，只有香蕉乐队。

我不解，原来那支乐队呢？

小唐说，解散了。前几天小报上，登过解散消息。理由是大家对音乐的理解不同，所以不再是同道了。估计您对这条消息不感兴趣，我也就没给您读。

从这个小片段里，你可以知道这个《和平挺进报》，多么包罗万象了吧。

我同小唐约好，假如他能抽出时间，每日匀出半小时为我读报。非常感谢小唐在漫长的航海旅程中，为我付出的诸多辛劳。也要感谢"和平号"上的工作人员，小报成了旅行者的良师益友。

我本来想把船上的100多份小报都积攒起来，带回家，作为环球旅行的珍贵纪念。却不料纸张沉重，我面临一个选择：若是把小报都带回家，就要把衣服都扔了。虽说衣服不值钱，但破家值万贯，再说这些衣服陪着我跋山涉水历尽风霜雨雪，实在是不忍心将它们抛在异国他乡。

一位名叫小杉文晴的日本老人倡议，号召大家每天清晨到甲板上去，面对东方，在明信片上描绘出你所看到的太阳。到达港口后，把画作交寄回国。

富有想象力又具有可操作性的活动，它叫——"把世界各地的日出寄回日本"。

于是，每一个黎明，在太阳还未升起的时候，就有很多人聚集在甲板上，伸长脖子仰望天穹，用手中的彩笔肆意挥洒……

你可能要问，谁能准确知道明朝太阳何时升起？

这个不犯难。船上小报，每日都报告第二天日出、日落的时间，精确到分钟。

我很想参加这个活动。一是游轮的航向一直向西，要想看日出，就要守在船尾。船尾正好是图书馆的所在地，那是我最喜爱的地方。再者与落日相比，我更喜欢日出。一轮朝日从大海的波涛中娩出，海面上泻满鲜血一样的霞光，人会被神圣感、庄严感和畏惧感织就的袈裟包裹，内心涌动着不可抑制的轻微战栗。这种综合感受，如同精神之钙，是人生必不可少的情感营养。如果长久地丧失了这些感觉，人也就离行尸走肉不远了。

想归想，我可没真的挥笔画过一张海上日出。我像个口头革命派，说了这么多画日出的好处，自己却未曾亲身实践。

主要原因有两点。一是没笔。要知道人家是有备而来，上船时带足了装备。无论是编织绘画还是乐器抑或运动，都需要有器械和工具。"和平号"在日本已有盛大口碑，人们熟悉它的运作方式，很多人更是多次上船，胸中有数。中国大陆公民首次环球旅行，对怎么打发在船上的日子，并无详尽周密的计划。直到临出发前几天，我都无法相信真的能踏上这条漫长海路，充满了不真实感。除了笔记本电脑，我未做更多准备。到了船上，发现很多好玩和有趣活动时，因无自备工具，只能临渊羡鱼。

第二点，我基本是个画盲。也不知有没有"画盲"这个词，我对这个词的定义是——既不能欣赏画，也不会画画。有人自谦时说，我就是儿童简笔画那种水准。非常惭愧，我连这个水平也没有。幼年上图画课，总是我非常苦恼的时光。因为完全不得要领，勉强混个 4 分，便欢天喜地。记得有数的几次好成绩，一次是画绿叶子，老师很开通，说任何叶子都可以临摹。我干脆偷偷捡了张丁香树叶，铺在画纸上，把轮廓描了下来，然后把叶脉依样画葫芦地拓上去，浓浓淡淡地抹了些绿，交了差。居然得了 5 分，让我至今疑惑不解的是——老师是没有发现我的鱼目混珠还是特意放了我一马呢？还有一次是画手掌。我的拿手好戏就是把自己的手扣在画纸上，沿着轮廓描下来，居然也得了 5 分。

记得读到毛主席讲述少年时代的故事。印象最深刻的是毛主席说自己图画不好，画日出，先是描了一条线，代表大地，然后画了一个圆，表示太阳……方知原来伟人也不会画画啊！

总而言之，自暴自弃的心理，让我在绘画方面从小到大一无是处，不敢参加小杉文晴先生组织的画太阳活动。

老先生号召力非同小可。我每天早上绕甲板晨练，也会到图书馆感受书的氛围，这就必然要穿过"描绘朝阳"的团队。每一次，我都会放慢脚步，假装无意识地摇头晃脑，借机看人们笔下的图画。

小杉文晴不单是振臂一呼的组织者，而且身体力行，不停地挥舞画笔，留下各种速写。要画画就必然要用纸，不言而喻。前面说了，在船上要找到一张纸，并不是容易的事情。小杉文晴先生准备的画纸再多，和他老人家旺盛的创作欲相比，也有用尽的一天。于是老人家找到一种免费画纸，就是"和平号"的明信片。

明信片放在服务台上，厚厚一沓，谁都可取。不过大家都很谦让，每次只取一两张。我估计服务台的工作人员，一定记牢了小杉文晴。他给大家做速写都用这种明信片，几位中国客人，都得到过他的亲笔画。这不单说明他的友善，也说明他的创作量实在不是个小数目。

那天，我在格陵兰岛首府努克镇的海边闲坐，芦淼搭乘小船到海峡沟去看鲸鱼。我乘坐了那么多天船，终于有机会踏上陆地，实在不愿再一头扎进海沟，等候不知什么时辰才有兴致一露真颜的鲸鱼。我们兵分两路，芦淼不放心，说这么长时间（看鲸鱼要碰运气，可能要花几小时的时间，没准头），你干什么？

我说，海水这样蓝，我就在岸边看海水。

芦淼说，一路上不断地看海水，你还没有看够吗？

我说，海是看不够的。况且，在海上看海，总有一种晃动感。在陆地上看海，出发点平稳，这就是不同啊。

芦淼出海了，我呆坐在岸边的礁石上，一动不动地看海。不知过了多长时间，小杉文晴先生走过来，笑眯眯地递给我一张纸，是他为我所作的速写。

感谢！

之后我到努克镇里去逛。我真是不可救药的懒人，乱走了一阵后，看到一处暖洋洋的台阶，又坐下来。

我和几位因纽特老太太照了相，她们对我极为友善。

我非常感谢小杉文晴先生为我留下的这幅珍贵写生。不是从绘画的角度来评价，因为我没有发言权。我异常珍爱这张明信片，它跋涉了万水千山，走过了几万海里路程。

回到清晨时面向东方的甲板。以我偷窥者的眼光看，画朝阳的人，水平都不高。参与者主要是老头老太，均老眼昏花。年轻人爱熬夜，每天晚上在居酒屋载歌载舞，早上起不来。要知道，在高纬度海域航行，早上3点多太阳就出来了。日日晨起，颇需毅力。

海上朝阳，原则上讲当然每天都不一样。连两片树叶都不相同，更何况气象万千喷薄欲出的骄阳！但你每天都画太阳，对一个绘画水平不是很高，又没有扎实基本功训练的人来说，就容易重复。记得我在跳蚤市场里提到，我换到了一套画笔，就是一位"朝阳画者"的财产。

早年间，有一次朋友告诉我，说吴冠中先生在答记者问中说，在当代中国作家中，他很喜欢一位叫毕淑敏的作家的作品。朋友问我，你认识他老人家吗？

我说，不认识。

朋友说，你知道他对记者曾这样讲过吗？

我说，也不知道。

朋友说，现在知道了，如何想法？

我说，非常高兴。自己的作品能被别人读到并喜欢，是多么令人鼓舞的事情。别说他是位德高望重的长者，就是一个年纪轻轻的小孩子，说爱读我的文字，我都会快乐无比。人活着，就是要做让自己快乐也让别人快乐的事情。很感谢你告诉我这个好消息啊。

朋友说，那你就继续感谢我吧。我要把这张报纸寄给你，让你留个纪念。

后来，有一家艺术类的刊物，请吴冠中老先生谈绘画。老人说，希望和画家以外的人交流看法。杂志社找到我，问我是否愿意和吴冠中先生谈谈艺术？我吓了一大跳，说我完全不懂艺术，哪里能谈专门的学问。杂志社的同志做我的思想工作，说通过谈话你也可以多了解一些艺术家的思维啊。要不然，我们这个策划很可能要泡汤。请支持我们工作啊。

拗不过编辑们的热情和信任，在北京一个落雪的冬天，我第一次见到了吴冠中先生。

那天聊得很有趣，我记得有一个细节，我说，您最想见到画家的什么作品？吴冠中先生答，他最想见到画家用过的颜料盘。

我对艺术的一无所知，再一次暴露无遗。我说为什么呢，什么意思？

在一旁听我们交流的编辑不由得插嘴道，你看一个画家用过的颜料盘，就如同看到他创作的过程，你就会了解很多不为人知的细节，体会到这个画家最隐秘的创作习惯。这和看成品的画作很不同。

旁边的吴老颔首表示这是内行话。

在太平洋上，此情形如此鲜明地浮现在脑海中，我看到了一位日本老妇人画完无数次朝阳的铅笔盒。尽管她不是有名画家，可能只是一个爱好涂涂抹抹的初级画图者（要不然她也不能在航程还没有结束的时候，就把赖以作画的工具给"跳蚤"了啊），但我依然从中看出端倪。

灰色用得最多。虽然我对绘画一窍不通，但任何人一想就会明白：自我们出海以来，天空碧蓝如洗一尘不染的时候，非常有限，绝大多数时间都是满天云霞。当太阳升起以后，这些云霞就会披上五颜六色的霓裳，灿烂耀眼。但在日出之前，它们可都是没穿上水晶鞋的灰姑娘，千篇一律地暗沉着，所以只能用灰色来表达。铅笔盒里的绿色几乎一点没有用过。一想，是啊，我们在海上，根本看不到绿色之物，当然用不到绿色铅笔了。用得第二狠的颜色是红色，这也很好理解，日出嘛，当然要用红色了。同理，用得第三狠的是金黄色，它们在画纸上成就了万道光芒。蓝色用得也不算少，画了波涛起伏的海浪……赭色，也用去不少。老人家是画了梦幻中的陆地吧。

通过这盒彩色铅笔，让我恍然大悟了多年前的疑惑。用过的颜料盘，如同考古学完整的遗址，它让一个艺术家的创作过程可触可感，站立起来栩栩如生。

# 21 粉红色的玫瑰城

"无花果包裹着远逝的繁华，洞窟里的虹色（就是这'虹'字，藏有五颜六色之意），闪闪发光。高地曲线的回廊，铁树正在开花。看亮起的灯光，如同青蛙的眼。"

这是到过佩特拉城的"和平号"上的客人发表在船报上的创作。按说听了去过某地的人的描述，对那儿多少会有一些了解。我见了此类日本俳句的绮丽词语之后，对佩特拉越发不得要领。

"和平号"经过中东之时，我下船回国送为汶川地震募集的捐款去了。客人们游览佩特拉古城时，我正在北川中学做代课语文老师。

与佩特拉擦肩错过。

一个人能为国为他人所做之事，各式各样。有人顶天立地力挽狂澜，有人沧海一粟微不足道。于我，只是放下了一段蜿蜒旅程。

航海回来一年多后，我去了约旦、叙利亚，把这一段旅程补上。

走近佩特拉，才明白语言为什么会在这粉红色岩石上，碰得粉身碎骨，腾起莫名其妙的烟雾。

佩特拉沉睡在约旦沙漠峡谷中，荒诞一觉，长达千多年。

它距约旦首都安曼约 260 公里，隐没于死海和阿克巴湾之间的山峡中，以岩石的色彩闻名于世，常常被称为"玫瑰红城市"。实际上，这里的岩石不只呈红色，还有淡蓝、橘红、黄色、紫色和绿色等，百怪千奇。

"Petra"一词，源于希腊文"岩石"。石头是嶙峋骨骼，也是筋脉和血肉。此城始建于公元前6世纪，那时我们中原地带，正处在春秋晚期。它是纳巴泰人的首都，鼎盛时期，帝国疆域从大马士革一直延伸到红海岸边。佩特拉如同帝国生机勃勃的强健心脏，在群山围绕易守难攻的古堡中跳动。

此地得天独厚，位于亚洲和阿拉伯半岛赴欧洲的主商道附近。来自世界各地的商人们，押运满载货物的骆驼队，都要从佩特拉门前经过。阿拉伯人满载的印度香料，来自埃及的灿烂黄金制品，自中国远道而来的华美丝绸和醇香茶叶，如接受佩特拉检阅般一一走过，再运往世界各地。扼守商道生命线的纳巴泰人，做向导，提供食物和水，收取过路费和保护费，提供古代的有偿服务，财源滚滚，好一个车水马龙、喧哗繁盛的巨型客栈。

公元1世纪，罗马人控制了佩特拉周边地区。106年，罗马人夺取了佩特拉城。此后，这里创造的经济效益，占罗马帝国经济生产收入的1/4。

遗憾的是，佩特拉的贸易之便，渐渐发生了令人悲哀的变化。亚历山大城抢走了佩特拉的大多数生意，罗马人又在佩特拉以北兴建了一条大路，打通了叙利亚的大马士革与美索不达米亚的联系，商队改走新路，不再途径佩特拉。到了公元3世纪，佩特拉"人老珠黄"，实力和财富急剧缩水。人祸之外，再罹天灾。大地震让佩特拉伤筋动骨，从此黯淡与萧条。"十字军"东征期间，佩特拉再次短暂兴旺，公元12世纪后，佩特拉又一次被遗弃，从此渐渐湮灭于黄沙中。只有游牧的贝都因人，放牧牛羊时，将宫殿和墓地的遗址，当作自己和牲畜们遮风避雨之所。

既然历史辉煌，贝都因人坚定相信，城池中一定藏有巨大宝藏。16世纪大航海时代到来，西方探险家的脚步，开始在全世界游荡。他们灵敏的鼻子，刺探和搜索着感兴趣的任何地方。游牧的贝都因人，警惕性极高，他们怀疑每一个涉足佩特拉的西方人。所有试图接近这里的外人，都可能为他们招致杀身之祸。

佩特拉被废墟掩埋的日历，在1806年轻轻抖动了一下。

德国考古学家尤尔里奇·西特仁，从当地居民口中得知有一座神秘古城存在，奋不顾身地试图溜进去。伪装被识破，贝都因人毫不留情地让他陈尸大漠。

探险者前赴后继、锲而不舍的传统，让他们不会善罢甘休。1812年，名叫约翰·路德维格·贝克哈特的瑞士探险者，又一次悄然靠近佩特拉。此人非常聪明，改变战略，隐没身份，说流利的阿拉伯语，化装成阿拉伯人惟妙惟肖。他对当地向导说，想到峡谷里看一看，没有什么其他意思，希望能在某座墓前敬献一头山羊。向导被说服了，带着贝克哈特，沿着西克峡谷前进。那如同肠子一样曲折的小径，走得人头晕目眩。突然之间，在阳光照射下一座巨大宫殿的正面赫然显现，鬼斧神工、惊世骇俗。贝克哈特是个老练的探险家，掩饰住内心奔涌的激动，面无表情，不动声色。他知道，如果对神殿露出非同寻常的注意，脑袋瓜就有可能不保。他匆匆巡看了被称为"法老宝库"的卡兹尼神殿后，心中已断定这里是传说中的佩特拉古城。他不敢久留，只待了一天，赶紧离开。贝克哈特先生不单是近代第一个证实了佩特拉古城真实存在的人，而且是在证明之后还存活的西方人。

贝克哈特目睹了佩特拉的壮美，回国后写下他的见闻，引起了来巨大轰动和络绎不绝的观光客。佩特拉的大门，终于被强硬敲开。

"令我震惊的唯有东方大地，玫瑰红墙见证了整个历史。"这是英国诗人约翰·威廉·贝根在《致佩特拉》中的著名诗句。其实他写这句诗的时候，并没有到过佩特拉古城，只是听说过而已。有点像范仲淹写《岳阳楼记》，写时老范并没有见过岳阳楼。

历史斑驳沧桑，唯可安慰的是——今天进入佩特拉古城所走的道路，还同当年被杀的德国考古学家尤尔里奇·西特仁和活着出来的瑞士学者贝克哈特走过时，一模一样。古城不但依旧掩藏在峡谷里，也凝冻在历史缝隙中。


从售票亭到峡谷入口处约 1000 米，道路尚宽，之后就到了闻名于世的西克小道。陷于深峡的小道，还有个耸人听闻的名字——蛇道，并不是说有毒蛇出没，而是形容它的险峻弯曲，如毒蛇般蜿蜒，易守难攻。它长约 1500 米，最宽处不过 7 米，最窄处仅 2 米，高度却有 100 米左右，形成峭壁高耸、幽暗曲折的细胡同。很多地方，你仰望苍穹时，脑后勺基本上要打到后背。两侧岩壁不单峭拔险峻，颜色也千奇百怪，匪夷所思。它的主色调是玫瑰粉色的，其中还夹杂着黄、白、青、紫各种色彩，斑斓若蛇。这些色彩只应属于花朵，而不应出现于石头。石头因此显出了丝绸般嫩滑的光泽，忍不住想用指尖戳它一下，蹭磨一番，以触觉证明它确实是石头，而不是其他什么东西伪装的。岩石天然形成的条纹，五色杂糅，仿佛它们曾被煮化过、沸腾过，在尚未凝固之时，被一双巨手拧成了麻花，无规则地掺和在一起。这双手还不甘心，又在天地间将这石头阵铺排成瀑布，肆无忌惮地抖，石料便成了五光十色的锦缎。其后便悠然撒手，让七彩波浪盘旋上升，直到被猎猎风沙吹凉，凝固成现在这副模样。

蛇道峭壁为何如此形态？

同伴说，当然是水磨出来的。你看那花纹，多细腻和光滑！简直像人的口腔黏膜。

我大笑，深感这比喻神似。除了温柔的水日复一日、年复一年地打磨，任何力量，也无法让岩石形成如此柔美的图纹。

可是，这是什么水呢？我自言自语。

当然是河水了。朋友道。

我说，西克峡谷，高约百米，最窄处只有两米。你见过这样的河流吗？河床的冲刷，似不是这等模样。

朋友疑惑说，那你的意思，难道是用球磨机打磨出来的？光滑程度倒可以解释，可谁又是这倒海翻江的工人呢？

我觉得这像冰川遗址。远古时期可能存有巨大冰川，覆盖在西克峡谷高山之上。它慢慢融化，水滴石穿，才雕刻出如此惊人杰作（很可能是谬论）。

在蛇道上东张西望久了，容易产生某种错觉，好像这不是人间景色，而是通往天堂的小径。正想着，眼前豁然开朗，人们不约而同地惊叫了一声，然后万籁俱静。

一面巨大的石刻，宽约30米，高约43米，从峻峭的、暗玫红色的岩石上，威严而绚丽地凸现出来，带着铺天盖地的压迫力量，扑面砸来，正向你倾塌。周围所有的东西，天空、树木、骆驼和马车，当然还有我们，都在这宏大辉煌的建筑面前，草芥般萎缩。

这是使人惊畏的体验。无论你之前看到过多少摄影作品和图画，做了多少思想准备，当玫瑰红宝库凌空一炸，你必战栗到膝盖发软。

它叫哈兹纳，雕凿在一块完整的巨大石壁上，仿佛天成。它上下垂直陡峭，共分两层，横梁和门檐上都雕有天使以及带有雄健翅膀的武士像。

人们鸦雀无声，一时都说不出话来，惊讶于它整体的不可一世和局部的精巧秀美，也惊讶于它在风沙和岁月中屹立了这么多年，依然完好簇新。

门口有哨兵把守，我探头张望，一窥内里。如刚才巨大的惊喜一样，巨大的失落接踵而来。外表华美的宫殿内部，竟山洞一般狭小粗糙，石壁暗淡，毫无装饰。

导游说，这是法老的坟墓。我心中暗想，把陵墓外面装点得如此不可一世，内里却因陋就简到极致，不知是法老特立独行的风格还是后来财力不济草草收兵？真应了中国一句古话"金玉其外，败絮其中"。又一想，也许在古时信仰中，死亡只是通往来世的一处栈道，法老在此打个转身就走，马上回到人间再次繁华。此小憩歇脚处，用不着大动干戈。

时间有限的客人，走到哈兹纳官就往回返了。当年，"和平号"的旅行者们，正是从这里打道回府，写下了莫名其妙的诗句。他们所受震惊真切，只是稍嫌浅尝辄止。我继续前行，完成了剩下的旅程之后，深深感到仅仅到哈兹纳，粉红色的城郭刚刚撩起盖头。

如果把西克峡谷比作佩特拉的咽喉和食道，哈兹纳可说是佩特拉的胃。之后，佩特拉一下子变得大腹便便，开阔且平坦。

哈兹纳之远，是约 1500 米宽的大峡谷，悬崖绝壁拱形环抱，仿佛天然城墙。四周山壁上凿有无数建筑物。有些很简陋，不及通常一居室大，是卫士或是穷苦人住的吧，相当于那时的经济适用房？有一些延续着哈兹纳官外表的奢靡风格，巍峨精致，有台梯、塑像和多层柱式前廊，内里若何，未能深入不得而知。无论是达官贵人的豪宅，还是贫苦人的简屋，都雕筑于红粉色的岩壁间，经过岁月冲刷，已和山壁黏合，浑然不分，仿佛佩特拉的山峦，生来就带着雕琢建筑，体面地从地壳里爬出。

据说，这也都是墓地和庙宇。我纳闷，佩特拉到处是坟，活人住哪儿？只是亡灵国度？

路边不时出现水池遗骸，收集泉水和雨水的破碎陶管残骸随处可见，相传，摩西曾经用手杖敲击峡谷，泉水便喷涌而出。此地水系像蛛网似的四通八达，水渠上甚至还装有过滤装置，足见那时的人们多么精致地生活并尽情享乐。

凡罗马风格的建筑，只要保存完好，必有列柱大道。由列柱大道的长短，可约略估计此地当年的繁华程度。佩特拉现存的列柱大道，长近 800 米。路的左边，是古罗马剧场遗迹，依山凿成。我约略数数，30 多排座位，大约可坐 6000 人。

古罗马人爱修建规模宏大的剧场。原以为他们对歌剧和斗兽，到了成瘾的地步。你可以说他们懂得艺术和享受，但也可有另外一种解释，就是百无聊赖。剧场是寻求刺激和彰显权势的舞台，所以人们才如此如醉如痴地建造剧场，且越造越大。以上是我自以为是的想法，却被佩特拉击碎。半圆的剧场空地，可见捆绑牲畜的凹洞，凹洞里原本栽着木桩或石柱，用以拴牢动物。还有类似祭坛的石堆。当地人说这是举行祭典，宰杀献祭的地方，非一般剧场。那么，在这里举行的活动，并非娱乐，而是盛典。它是与人与上天对话的平台，是传达意志和期望的圣地。剧场担当如此使命，当然是无论在哪里，都唯此为大。

在世界各地行走，经常看废墟。同行旅伴说，几乎到处都是废墟。古罗马废墟、古希腊废墟、土耳其废墟、叙利亚废墟、印度废墟、柬埔寨废墟，当然还有圆明园废墟……

是，观看废墟，是旅行的必修课。废墟初看是混乱衰败的，很可能产生一种压榨感，四周麇集着生的荒芜和死的稠密。忍不住想逃离。不过，请千万别走开。你要盯着废墟，看到泪眼模糊。真相就像海的女儿从月亮照耀的海面浮起，废墟之上有原生态重现。当你了解有关历史后，时间和往事就会在你面前栩栩如生地活跃起来，如同一丛干菜在泉水浸泡之下，舒展枝叶。哈！古代的幻象从草莽走来，时间在停留千载之后眉飞色舞，向凝然不动的你一诉衷肠。

为登佩特拉古山，和赶驴马的当地人，商讨诸事。

山上可看见什么？我问牵骆驼的贝都因人。

有佩特拉最大的宫殿——德伊神庙。小伙子龇着雪白的牙回答，报以自豪且带诱惑的微笑。

通往山顶的小路，似乎从没正经修整过。天然巨石，交错成陡直的台阶，至少有 1000 级吧。

如果时间充裕，自此古道攀缘，会和年迈的神灵擦身而过吧？可惜我等匆匆，只能像攻打山寨的丁勇，慌不择路地向上。本着穷家富路和抓紧时间的策略，我们每人都雇了头毛驴。

等我骑上毛驴，才发现它是一匹小型马。我问牵马的小伙子，马叫什么名字？

祖祖。他说罢吆喝着祖祖上路了。

我本应该问"祖祖是什么意思"，我琢磨这是贝都因语。

可惜，没有时间容我发问。不但那一刻没来得及，在整个登山过程中，我都没有机会问出一句话。路途险象环生，不单我须高度集中精力，贝都因小伙也根本就没工夫搭理我。他目不转睛地盯着祖祖，指挥着祖祖，在狭窄的山道上艰难行进。

我后来方才醒悟，这条路堆满成心设计的苦难。攀登的辛劳和坠落的危险，也是修行的一部分。你要抵达圣洁所在，必须经历刻骨铭心的艰辛和危难。

一边是犬牙獠齿的山崖，另一边是深不见底的渊薮。下山的客人很多，估计是黎明登山的人，现在返程。不管上行下行，人们并不遵守靠右或是靠左的规矩，而是一律尽量贴着内侧走。给祖祖留下的路面十分狭窄。祖祖聪敏，它在所有可能坠崖之地，都耐心等下山的人错开后，再小心攀登，绝不冒险。它紧靠里侧岩石，以避免跌落山崖的悲惨遭遇。可惜祖祖并不是光滑的汽车外壳，在它身上还驮着我，双腿耷拉在它身体两侧。祖祖毕竟是牲畜，它只了解自己的身体有多宽，没有达到把我的体积也算在内的机谋。便出现如下惨状：越是陡峭山崖和狭窄路面，祖祖就越谨慎和畏缩，越把身体贴近内侧山崖。结果我的腿会在毫无预警的情况下，毫无商榷地擦碰岩石，被锋利的山石撞得鲜血淋淋。

剧痛，隐忍。陡峭山路，若高声号叫，惊了祖祖坠下山崖，我就成了佩特拉烈士，不宜。

周围景色不错，被祖祖吓出的一身身冷汗，瞬忽被山风吹干，然后再湿再干，九蒸九晒。巡视四周，并未看到比哈兹纳更雄丽的殿宇。

贝都因小伙子停下脚步说，山势太陡峭了，祖祖爬不上去了。如果你想看那座神殿，只能爬上去，我在此处等你。

我只得告别祖祖，手脚并用，终于到达山顶宫殿。它仍是那种仿佛是从山岩上长出来的风格，室内空空。门前有一片辽阔空地，万分萧索。我坐下，身体中充盈着来自远古的安宁，无一丝瑕疵扰动。

山景带洪荒韵调，不真实的杏黄色彩和空洞氛围，在渐渐西沉的落日映照下，每一刻变幻着风景。极目远眺，峰峦起伏，万物寂寥，更觉出自身的渺小单薄。西边天际线临近约旦和巴勒斯坦疆界，东南面是何珥山，山顶上的白色标示，是亚伦的墓。远处还有摩西泉。据说许多跋涉者，专程到这里朝圣。没想到旧约里的宗教故事，竟在这里一一对应。

沉思让人感知生命是万分真实的存在，它在一分分流逝和久远传承。听到祖先模糊不清的呼唤，觉得自己是链条上的精致小环。闭上眼睛，中东的夕阳照在面庞上，好像温暖的披肩簇拥脖颈。金彤彤的光亮，随波逐流地晃动着。我知道这是上眼睑微细血管中的红细胞，在摩肩接踵地移动，好像还看到一个个扁圆的细胞，由于兴奋而轻轻颤抖，又由于微风吹拂，渐渐安静下来，手拉手排队缓行。

依依不舍地离开山顶，半途中的祖祖经过休息，抖擞精神，等着送我下山。

听同伴说，她的牵马人告诫她，要她向我学习，说我很有技巧地把身体后仰，重心后移，有利于马匹下山。最可贵的是我一路上无论怎么受惊，从不发出任何声音。殊不知这种姿势让我的骶骨处磨破，在几日后的死海漂浮中，剧烈吃苦。

下山的路颇冷清，所有的人都走光了。在山顶时金光灿烂的太阳，由于我们背道而驰，也消失了。山谷暗淡，幽深到恐怖。

看到一怀抱孩子的贝都因妇女，在兜售石头和类似仙人掌的植物。她的货物并不便宜，一块橡皮大小的石头，要价1欧元，合人民币10块钱。没想买，钱尚在其次，主要是石头重，难携带。但最后我还是买了她的石头，看到那么小的孩子在荒郊野外陪妈妈谋生，心中怆然。刚要离开，那女人突然高声叫住我。她说的是贝都因语，我一时弄不懂意思，愣在那里。

看着她急切的眼神，我说，她要再送我们一块石头。

同伴半信半疑，说，你怎么懂了她的话？

我说，猜的。

正巧来了位会说英语的贝都因人，把她的话翻译出来，果然正是送石头的意思。为了不拂她好意，我们连声谢谢，又在她摊子上挑了一块最小的石头，带走了。

此刻，那块石头就在我的电脑桌旁。它并无蛇道的光彩和美丽，带着生涩和拘谨的锐角，远不圆融。每逢我的眼神和它相遇，就有一种微尘样的感动，撩拨眼睑。

其实，修道院漫山遍野的石头，都和贝都因女人出售的石头一模一样。可能是她随手从岩石上砸下来的吧。不过，这一块已足够好。不仅因它来自那个神奇山谷和古老城寰，更因它来自贫苦母亲和她可爱的孩子，来自心意和劳作。

凡来过佩特拉的人，都会对贝都因人留下深刻印象。之前，我以为贝都因是一个特别种族，如同印第安人、因纽特人等。到了中东才知道，贝都因，是对一种生活方式的描述。此称谓最早来自约旦南部，阿拉伯语 "搭帐篷的人"之意。他们至今保留着阿拉伯民族最纯正的语言和最传统的生活方式，在沙漠里赶着羊群奔走，找到有水和草的地方，就搭帐篷休养生息。过一段时间，又继续出发，寻找水草肥美的地方。逐水草而居，开始新生活。

贝都因人这个名称，像一滴靛青色染料，遇到蓬松棉纱，一圈圈从约旦扩散开来，漫延到利比亚、埃及、阿拉伯半岛和整个撒哈拉区域。不过，随着社会发展，贝都因人数开始缩减。有人定居了，用汽车取代骆驼。为了让子女就学，有些贝都因人放弃过去的生活，转而选择在学校附近落脚、安居、就业。现在，只剩不到10%的贝都因人，过着传统的游牧生活。

等我们来到山下，祖祖的主人和我们告别。我们说，愿意继续出费用，请他把我们送到大门口。祖祖主人说，不可能。我们以为是钱出得不够多，表示可以商量。祖祖主人说，不是钱的问题。当地人把峡谷分成几段，每段的人都只能挣自己应挣的钱，不能到别人地盘上抢生意。所以，很遗憾了，只能送你们到这里，剩下的路，你们自己想办法吧。

目送祖祖和它的主人走远，我遗憾没有问明白"祖祖"到底是什么意思。此刻，目所能及的幽暗峡谷中，只剩下我们几个人。凡是进入佩特拉城的游客，必须在傍晚之前离开，否则城中遭遇的一切危险自负。悠远的亡魂，不喜欢在白天被打扰之后，晚上也不得安宁，它们会惩罚贪玩的游客。

为了尽快赶到集合地，我们一路狂奔。先是换乘另外马匹，在古老的佩特拉街道上疾驰。我以当年在西藏阿里骑兵支队服役的经验，夹紧马肚，用脚镫轻叩马腹，阿拉伯骏马一路疾跑，寂静的峡谷中回响着清脆的马蹄声。头上裹着头巾的贝都因男子，骑马与我等迎面而过，他们已将最后的客人送出了西克峡谷，正在返程。道路曲折，很多急遽转弯处，某些特定角度，真是"前不见古人，后不见来者"，只有你一人和一马，在百米深峡谷底挺进。想那 2000 年前的某天，也有人这般策马经过吧？时光僵凝，屈从历史。

独自骑马奔跑，让人遐思。猛然明白了佩特拉的奥妙，正是在此处扼守伟大丝绸之路的咽喉，尽享了千年尊荣。历经又一个千年磨难之后，万千建筑依然栩栩如生。佩特拉自我保护有三大法宝。第一，便是脚下既美丽又险恶的西克峡谷，形成了易守难攻的格局。第二，佩特拉周边在远古时代，资源丰富。环抱城市的高地平原，曾经生长繁茂森林，物产丰富，牧草肥沃，能够供给庞大的佩特拉城衣食住行之需。第三，佩特拉有良好的供水灌溉系统。包括摩西泉在内的诸水源，水量充沛。再加上高超的供水系统，让佩特拉人安居乐业。

然而，佩特拉还是无可救药地衰敝了。

很多史学家，都把佩特拉的凋零归结为"丝绸之路"的改道。可这还是让人疑惑。纵使佩特拉失去了对商道的控制权，存在下来应该不成问题。规模缩小点，也能苟延残喘啊。

有人说，导致佩特拉城彻底废弃的原因是天灾。公元 363 年，一场地震重创佩特拉城，许多建筑被夷为废墟。绝望之际，人们放弃了濒死的佩特拉。

天灾固然可怕，但某些火山爆发后，居民还会毫不惧怕地在火山脚下再把故乡建设起来，怎么轮到玫瑰城佩特拉，这一震，就万劫不复了呢？

1991 年，美国亚利桑那的科学家们写了一本书，名叫《贝冢》。这批科学家另辟蹊径，不辞劳苦地在佩特拉研究了鼠、兔和啮齿类动物的巢穴。要知道这一类动物，都惯于收集棍子、植物、骨头以及粪便等东西，藏在自己的巢穴中。这还不算，它们是窝里吃窝里拉，久而久之，它们的巢穴被自己的尿水所浸透，结成一个大疙瘩。尿这种东西，是一种复杂的有机混合物，其中的化学物质遇到空气硬化后，形成胶状物，近似天然防腐剂，可防止穴中物质腐烂。从这种意义上说，这些动物生前的寝洞，成了特殊坟墓——"贝冢"。

研究这种遗存，可以了解过往时代的地质和文化变迁等。

在佩特拉发现的贝冢，有的时间已距今天 40,000 年之久，盛满了那个年代的植物和花粉标本。从这个角度说，每一个贝冢，都是奸细，出卖着关于它形成年代的生物和气候机密。如果嫌奸细这个词不好听，咱们就打一个文雅的比方——每一个贝冢，都是夹在史书巨著中的时间书签。

科学家们从佩特拉贝冢中发现，早期纳巴泰人时代，橡树林和阿月浑子林，遍布佩特拉四周的山地。

橡树林，熟悉。这阿月浑子树，到底是什么植物？

阿月浑子的小名是咱老熟人，就是开心果啊！

今天佩特拉满目疮痍，如今干燥的山麓，那时候青翠欲滴、绿意盎然，高大的橡树和羽叶纷披的阿月浑子小乔木，满山遍野。田鼠和野兔，吃得肥头大耳，巢里也填个盆满钵满。

到了罗马时代，环境就不那么令人乐观了。茂盛的森林消失了，人们为了建筑房屋和引火做饭取暖，大量砍伐树木。围绕佩特拉这一带的林区，退化成了灌木林和草坡带。

到公元 900 年，环境衰退恶化的势头愈演愈烈，大量放牧的羊群干脆把灌木和草地也吞噬得一干二净。佩特拉四周，逐渐沦为不毛之地。

科学家们终于痛苦地认定：环境恶化是导致佩特拉衰亡的主要因素。当贫瘠的山野再也承载不了庞大人口的吃喝拉撒之消耗，当足够的食物和燃料成为一种奢侈，人们只有逃离佩特拉。佩特拉从此了无生气，成为死寂荒漠。

这是简单到残酷的结论。周围环境不堪重负，再也养活不了佩特拉，精美的石刻不能吃，宏大的陵墓不能住，曾经缔造的灿烂辉煌，在脆弱的现实面前不堪一击。佩特拉只有低下高昂的头，在黄沙中销声匿迹。

一位阿拉伯学者说，传说中，佩特拉遁去，是因为上天收回了佩特拉的水。他道，干旱的中东，没有水，就没有了生命。因为佩特拉的雄伟和美丽，佩特拉人自

巴塞罗那哥伦布雕像

阿姆斯特丹红灯区

世界最大的荷兰花卉市场拍卖大厅

庞大的花卉库房

／ 冰岛蓝湖

／ 蓝湖路标

／ 冰岛雷克雅未克大教堂

蛇道

沙漠中的哈兹纳宫殿

巨大石壁上的哈兹纳宫殿

约旦玫瑰城佩特拉

高自大，看不起别人，不尊敬商旅。上天要惩戒佩特拉，就让佩特拉的泉眼干涸了，佩特拉从此走向灭失。

上天发怒，收回了佩特拉赖以生存的水，玫瑰城从此失去活力。神的答案，和科学家们的研究结果，异曲同工。人为因素，使佩特拉的环境变得不适合人居住了，佩特拉陨落于历史的星空。

它一睡不起，因为人类的攫取太过分了。佩特拉的悲剧，但愿不要重演。

赶到集合点时，夕阳马上就要沉没。夕阳是被放了血的太阳，如同佩特拉周围贫瘠的山岭。太阳用鲜血濡养了天堂，要休息了。

告别佩特拉，繁星满天。走出去没多远，一切都隐没在黑幕之中，好像刚才的所见所闻，皆是梦幻。

# 22 每日"一偷"与 "倒时差"

　　关于船上的饮食，我一直没搞清主厨是何风格，你说他是西餐吧，连个漂亮的奶油汤都烧不出来，疑似基本功不怎么样。若是正经日本料理师傅，客串西餐，烧不好也可理解，人不可能都是多面手。有道是"一招鲜，吃遍天"，没人说两招鲜嘛！不过我在船上，似乎也没吃到过正宗的日本菜——黑咕隆咚的大酱汤，馊泔水的味道。

　　有一点需要声明：由于本人一直处于难以挣脱的晕船状态，胃总伺机谋反，所以我对饮食负面评价较多，恳请不必信以为真。

　　某天，一位日本籍中国台湾客人对我说，不知你们对这伙食感觉如何？

　　我反问，中国美食天下第一。你说我们感觉能如何？

　　台湾客人皱眉说，客人们都对伙食有很大意见呢。

　　我得遇知音感觉之外有些不解，说，这难道不是按日本口味做的吗？

　　客人撇嘴道，你要知道，这船上的日本女人，都是在家中烧得一手好菜的主妇，现在天天吃走了味的和餐，苦不堪言。

　　我体谅船上厨师的苦衷。一是众口难调，客人千八百，国籍不同，口味多变，哪里能人人都说好。再者，海浪颠簸，胃不好好工作，消化功能起码打 8 折。最重要的是原料新鲜做不到，船一走就是三五天甚至十天八天，青菜在冷库里保存，无法保持风味。最要命的是船上的水，储存很久再加上净水剂的味道，哪里做得出佳肴。

味道乖张，人的食欲低落。常常没到吃饭时间就觉肚子饿，一到餐厅门口，闻到千篇一律的黄油加漂白粉的味道，口舌发燥肠道闭锁，了无兴致。

有天半夜，我腿开始抽筋。来势凶猛，半天没扳过劲儿来，早上起床，走路一瘸一拐。因为摄入营养和维生素不足加之缺钙，引起反应。

早年航海，常因人体缺乏诸种必需物质，导致船员病死在大洋上，活着的人把尸身抛入大海，名曰海葬。波涛深处就成了海上营养缺乏症者最后的眠床。

当然，我坚信不会沦落到这番境况，可从此后每天抽筋不止，也需要认真对待。

首先加强供给，我仔细分析了就餐形式。早饭自助，分别在甲板和餐厅进行。午餐也是自助，因我不爱吃肉，人家又不是餐餐都有鱼虾，很多时候就吃全素。就算某顿虾兵蟹将现身，能增加营养的余地也并不大。晚餐，典型的形式大于内容，刀叉盆碗摆得那叫齐全，好似欧洲 18 世纪的贵族之家大宴宾客，却是一日三餐里最乏善可陈的一顿饭。一颗话梅充当了餐前开胃菜，一块比五分硬币略大的糕饼成了饭后甜点。至于主菜，往往只是一块牛排，配的青菜也很袖珍，只有几片叶子和一小撮豆芽。这种分量的晚餐，我一个日薄西山的半老太太有时都吃不饱，更不消说芦淼这类大小伙子。芦淼的应对措施就是跟侍者再要一份饭，可要求常常被拒绝。

男士们郑重其事地把吃不饱这个问题向船方提出，中国旅行社也从国内向"和平号"做了反映。王莹说，这是游轮，也不是非洲难民营，总要让人吃饱饭吧。吉冈先生答复，餐厅已承包给了别人，他们只有建议权，无法直接制定食谱。他开玩笑地说，大家如果实在吃不饱，可以到 9 层甲板上的居酒屋吃夜宵，所有开销都算在他的账上好了。

芦淼真是个实诚人，给了棒槌就当针纫。有一天，晚饭之后饿得不行，他在居酒屋要了一碗面，快吃完的时候，他说，咱们真记在吉冈先生账上一次如何？

我说，自己付账。

终于一次也没有在吉冈先生账上挂单。

现在，不仅仅是腹饥，直接奔了缺钙。它是前奏，如果不积极应对，可能还要缺失更多种类的维生素。

船上饥饿感最甚是晚上。我们被安排在五点半吃晚饭，这样到第二天早上的七点半吃早饭，有 14 小时的间隔。有天，翻译小唐告诉我，头天晚上半夜，饿得实在受不了，吃了泡面。

顺便说一句，为了对付船上半饥半饱的日子，每到港口，我们的重要任务就是寻找唐人街店铺，大买方便面。"手中有面，心里不慌"。

我说，半夜时分，没有热水，你如何泡开方便面？

船上怕引发火灾，不得使用任何电炉。每天开饭时间，餐厅门口备有一罐热水。罐子前都聚集着一伙老人，等着统一供应的热水。想喝热水要赶早，迟了就无货。舱房里不配暖水瓶，就算你眼疾手快打回热水，半夜时分也早已凉透。我肯定小唐不会有能泡开方便面的热水。

有热水，而且还很多。小唐嘻嘻笑，很肯定地回答。

哪儿来的热水？我百思不得其解。

小唐说，我把洗澡龙头打开了，用洗澡水泡了一包面。

昏倒！

洗澡水是温的，里面繁殖了很多细菌。再加上那套管道不是为饮用水准备，重金属也超标。你不能用这种水泡面啊！我心疼地大叫。

小唐说，饿得实在受不了，也管不了那些了。

我断定芦淼也曾有过这种经历，只是他怕我担心，从未和我说过。既然他不想让我知道，我就成全他的好意吧。

不过，我一定要在现有情况下寻找对策，让大家的营养境况有些许好转。

思谋了半天，按照食谱和进餐方式，午饭和晚饭，都无计可施。唯一可以做些文章的，是早饭。

早饭有鸡蛋和牛奶。这两样东西，都含有丰富的营养物质，若能足量摄入，应对身体大有裨益。

从此，我早饭时会带上杯子。喝完牛奶，再灌上一杯，饮入总量达到 500 毫升以上，基本可以满足需要。鸡蛋也多拿一个。人们老说胆固醇高什么的，真正到忍饥挨饿的时候，你就会发现鸡蛋有多么可口了！它是完全蛋白质。鸡蛋里能蹦出活蹦乱跳的小鸡，营养还能不全面吗？

最重要的是——每餐带出来面包。芦淼他们饿的时候，可用面包充饥，不必吃洗澡水泡出的方便面了。

要把食物带出餐厅，有风险。

吃完了饭，不得把食品带出餐厅，船上严格执行这个制度。同伴中有一位拿了一枚书签大小的海苔，被门口服务生看到，立逼她放回原处。想想，也不甚合理。食品不许带出餐厅的规矩，通常是怕食客外的人也顺水推舟地摄入，占了餐厅便宜。

可此船在茫茫大海中行驶，乘客不可能将食物送给任何人吃，里里外外都在客人肚子里，何必那么森严。

前车之鉴，让我的夹带格外小心。被人逮住，这么大岁数了，脸往哪里搁？

我每天早上作案一次。作案要有设备，在我，就是一件黄色风衣。按说黄色很张扬，不利于隐蔽的，我反其道而行之，索性大大方方。最主要是这风衣有两个大兜，装上两个面包，不显山不露水，天然销赃地。

主要作案地点在甲板餐厅。为何？盖因在此进餐的人，通常比较散漫，眼睛都盯着大海，无人注意身边的人吃了多少东西。楼下正式餐厅则不同，人多眼杂，10人一张大桌，偶尔作案可逃过，若惯犯累作，极易被人盯上。

甲板上餐巾纸自取，供应充裕。夹带食品需要好几张餐巾纸垫底，要不那些表面油浸浸的面包如何安置？楼下餐厅，每人手边只放一张薄薄的餐巾纸，无法将面包完整裹好，容易把衣服搞脏。

我的盗食步骤通常如下：先用盘子盛取比我食量多一倍的面包。不知有无侍者或食客注意到这个胖老太太，食量大得惊人，怀疑我正处于糖尿病多饮多食阶段。然后假装漫不经心步履蹒跚地走到座位上（甲板较晃，为防滑跌，我必小心翼翼）。座位多位于船尾处，狭窄颠簸，旁人不愿就座，相对清静，有利于作案。我在第一时间用餐巾纸将面包裹好，假装眺望大海，不动声色地把面包塞进外套口袋。一般只能带两个面包，再多过于臃肿，恐要露馅。最怕白色的餐巾纸像蝴蝶翅膀一样从风衣口袋中飞出，那就狼狈了。

为防万一被抓，我煞费苦心找了借口预备着。人家若问我为什么偷拿面包，我便答：喂海鸥啊！

说来惭愧，我一次也没喂过海鸥，偷拿的面包都进了人的肚子。美丽轻盈的海鸥们如同《红楼梦》里的倔强晴雯，白白担了干系，在此我向海鸥致歉。

自打知道了我这儿有存粮，常到我这里寻觅食品的"海鸥"计有：已经发生了低血糖的老G，早上起晚了赶不上早饭的小W，跑来跑去饿得前心贴了后脊梁的小T……当然，最大的一只"海鸥"是芦淼。

值得庆幸的是，我一次也没有被逮着，全须全尾保存了名节。

"和平号"上，频繁倒时差。

在国内待着，虽理论上知晓时差，总觉得跟自己没多少关系。出远门，常遇到时差问题。临出发前，问好了目的地和中国有几小时时差，在飞机上把表拨成当地时间，到达后入境随俗，作息时间听从新安排。太阳照常升起，每天忙忙碌碌，不知不觉也就适应了。绕地球一周，360 度旋转，要把所有时区都蹚一遍。

以本初子午线为标准，经度15°划一个时区，这样，东、西半球各划出12个时区，全球有 24 个时区。相邻两个时区的标准时，相差一小时。1884 年国际经度会议上，还规定了"国际日期变更线"。位于太平洋中的 180 度经线，作为地球上"今天"和"昨天"的分水岭。它并非笔直，有几个弯折，为的是避开岛屿，别让那里的人们无所适从。

由西向东周游世界，每跨越一个时区，要把你的表向前拨一小时。由西向东跨越国际日期变更线时，必须在计时系统中减去一天。反之，则加上一小时或一天。

上面这些话，经常在科普读物中读到。怎么能突然多出一天或减少一天？怎么能对黄金一般的时间这么不严肃？无所不在的时间，为什么碰到这条实际上并不存在的虚线，就变得如此弱不禁风、不堪一击？

"和平号"从日本横滨出发，大方向始终向西，相当于在不断地追赶太阳——这句话严格讲起来有语病，应该说"和平号"的航速，加快了地球围绕太阳自转的速度（还是不大准确，凑合着看）。这点速度当然微不足道，但架不住日积月累再接再厉地攒在一起，积少成多。当"和平号"绕地球一周，从阿拉斯加出发，重新接近日本横滨时，在太平洋上追过了这条国际日期变更线。那一天，要把日子加上一天。

刚开始无法接受这个事实。片刻间，你在虚拟变更线这边还是今天，转眼间到了那边，景色还是一样，气候还是一样，连海鸥扇动双翅的姿势都不变，时间却忽地从今天变到了明天。海还是那片海，云还是那朵云，日子无声无息地蒸发了，无缘无故地被偷走了 24 小时。生命遭掠夺和缩短，郁闷。你找不到仇人，只能抚胸长叹。埋怨谁呢，谁是时间窃贼？赋予这条线蛮横的权力，让人生如同没洗过的土布投入沸水，晒干后变短了。

几家欢乐几家愁。在那本著名科幻小说《80 天环游地球》中，主人公就因为从东向西穿越此线，反倒多出来一天，最后不但赢得了赌注，还抱回了美人。

站在海中央，第一次感到时间如手中的橡皮筋，可以变长也可以缩短。又想，生命多一天和少一天，也非特别重要。人的一生，不取决于一天，而取决于很多天。我们眼也不眨地浪费过很多天，何必对一天锱铢必较。

况且，严格说来，这一天，也未曾真正消失过。人的身体并没有在这条变更线之前变老，生命并没有真正缩短，不必因日历上的变动而哀伤。

　　说完了时差暴风骤雨般的变更，再来说说它慢条斯理的渐变。

　　"和平号"的餐桌上，除了刀叉盘碗，还有一个小小提示牌。上面什么字也没有，只是画着一块表盘。如果时差向前倒一小时，会在午夜12点标志上方，画逆向小箭头，指示你要把12点调成11点。反之也一样，在12点处标出顺时针小箭头，是要你把时间向前拨快一小时。太平洋上，我们不断地倒时差，有十几次之多。如果你吃饭的时候，没有注意到小小指示牌，而第二天正好倒了时差，就会遇到小小麻烦。

　　清晨，瑜伽训练班的学员们在甲板上跃跃欲试，可老师迟迟不来。为什么呢？原来这一天时差向前提了一小时，教练却忘了，还活在昨天的时间里。

　　我吃饭积极，一到饭点准时出现在餐厅。我顽固地热爱坐在干净的桌子前进餐，而不愿在别人遗漏的面包屑和菜汤痕迹前吞咽。"和平号"餐厅的桌子，每张都要接待几拨食客。要照顾洁癖，只有抢第一波吃饭。有好几次，大清早我兴冲冲地来到餐厅，迎接我的是一把铁锁。概因我昨日疏忽了小指示牌的提醒，不知早餐时间顺延一小时，吃了闭门羹。

　　频繁倒时差，对正常人来说，不过小小不便，但对需要每天定时打胰岛素的老G来说，增加了风险。胰岛素严格按照进食时间注射，翻来覆去地折腾，老G不是饿得头发昏眼发蓝，就是血糖飙高……老G平安地走下地球这一圈，不易啊。

　　和老G一道感到混乱的，还有每个人的生物钟。

　　人为什么会到了晚上就困倦，需要入睡呢？

　　都是褪黑素的功劳。人的中枢会定时释放褪黑素物质，提示人体应该休息了。它降低大脑神经兴奋度，减缓新陈代谢，促使人进入睡眠状态。褪黑素也会受到外界刺激的影响。当光线强烈时，褪黑素分泌得少。光线转暗时，褪黑素分泌比较旺盛，所以人在阴暗环境下容易产生睡意。

　　倒时差困难，很多时候是褪黑素分泌出了岔子。人能控制自己的骨骼肌，却无法操纵褪黑素。频频倒时差，让人们产生生理不适和心理上的不安感。萎靡情绪像一种慢性疾病，在船上蔓延。船上小报发起了"让我们一起倒时差"运动。

　　活动安排是在某天半夜12点差5分时，人群开始集结。大家走上甲板，面对浩瀚海洋，默不作声地僵立着，等待着。风很大，海浪在半夜时分，有一种撼人的魅惑之感。我不敢倚靠舷边栏杆，有一种吸力从目所不及的海水中升腾而出，用一种微醺的麻醉，呼唤着你："跳下来吧，这里无比安谧宏远……"

不敢看海洋，只好掉转方向抬头看夜空。空中有时有星光、月光，更多的时候，是无可比拟的黑暗。

没有人看表，但人们知道慢慢逼近了那个时刻。从脚下轮机的轻微震颤，你确知站立在钢铁庞然大物之上，可你仍觉一无所傍，宛若浮萍。你被一种透彻肺腑的苍凉所裹挟，虽然在群体中，每个人都托着自己的手表，目光炯炯，依然感到近在咫尺的孤独。

到了！有人发出指令。大家都在这一瞬间，把手表上的指针拨快或是拨慢一小时。在这种时刻，我更喜欢拨快的感觉。拨慢，会生出轻微的厌倦。拨快一小时，完全不同，好像施展了某种魔法，让狂放不羁的时间听从了自己的指令。

活动很简单。仪式完成后，大家星散。我绕着甲板走了两圈，看到刚才聚满人的地方，已是一片空袅，梦境逝去。下意识地看手中的表，的确是走快了一小时，才相信自己刚才硬是指挥了时间。有人说，聚在一起调时差，可以消除恐惧。参加了自发仪式，我才发觉，单独面对时间流逝，不是恐惧，而是虚妄。你突然对生命的某个时刻，丧失了察觉。

大海上，时间观念其实很模糊。没有人类之前，天地万物并无时间概念。对一个人来讲，人消失了，他的时间也就不存在了。

谁懂得一切不会永存，谁就能坦然承受命运，活在幸福平衡之中。总有一些事件，虽不喜欢，它却必然发生。总有一些技巧，我们不想掌握，却务必了解。总有一些人，我们万分眷恋，他们却必定离开。另有一些人，我们不愿相逢，他却一定蹲在命运拐角处耐心等你……风不会永远轻微撩人，星不会永远迸射光芒，然而我们却要兢兢业业地活下去。然后，从容不迫地接纳死亡。我们死亡，世界才得以更新，单一个体的悲剧，成为自然平衡之喜剧。

即使一个人在生物学意义上离去了，落地成埃，若有关的心灵物象遗留下来，变成无形的场和能量，也是造化。

人在海上，航行久了，时间观念就淡漠了。节奏缓慢，让人觉得人生大可不必如岸上那般慌张和间不容发。你何时何地都会看到大海，它多么懒散和无所事事啊，偶尔干的活儿就是发动风暴。它承载蕴含着无以计数的生灵，从上百吨重的巨鲸，到蝼蚁般的磷虾，在漫不经心的雪浪奔涌中，悄然完成各自的使命。

大海颇有耐心，不动声色地荡漾了亿万斯年，从雷电劈入海浪的一朵火焰中，扭出了最初的生命麻花 DNA，然后不慌不忙地拼装组合，孕育了复杂的万千生命雏形。潮汐涨落，斗转星移，有条不安分的鱼爬上了陆地，步履维艰地变成了今天的人……

时光宛如海洋，浩瀚无际。你的今生今世就是海豚跃起的光滑背脊，灵光一现酣畅淋漓。之后和之前，我们都沉没在蔚蓝海底，潜行着，时间的海水抚摸着我们，生生不息。浪花之上再生浪花，湮灭之后再现湮灭。天因此而湛蓝，人因此而珍贵。

# 23 阳历的七夕

每年农历七月七日是中国人的"情人节"——七夕。在日本，人们也庆祝七夕，但他们主要不是用来祈祷爱情，而是祈求姑娘们拥有一身好手艺。据说日本过去也和中国一样，过农历七夕。1873年修改历法后，七夕活动改在公历的7月7日举行。

一入7月，"和平号"酝酿过节气氛，先是在宴会厅和餐厅过道等公众场合，竖起人造翠竹。我纳闷，想不通七夕和翠竹有何关系。觉得非要搭建布景，也该是葡萄架或喜鹊窝才应景。后来才明白，节日主要是励志。主题不同，吉祥物也有所变革。

据说，七夕节由古代中国传入日本，经过多年演变，现已成为日本夏季最重要的传统节日。七夕原是日本贵族的祭祀活动，又称"乞巧奠"。从江户时代开始，逐渐走入民间。每年此时，大人和孩子都聚在一起，在五颜六色的长条诗笺上，写下愿望和诗歌，连同用纸做的装饰品，一起挂在自家院内的小竹子上，还要再摆上玉米、梨等供品，请求织女星保佑自家女孩的书法、裁衣等手艺有所进步。我暗想，中国神话传说中，织女没上过学吧，会写字吗？不详。我们在文化方面，信奉的是文曲星，读书写字这事，好像不在织女的工作范畴内。她织得一手好布，倒是千真万确。我幼时听家中保姆讲过，说每日朝霞和晚霞，都是织女辛辛苦苦织出来的。头一天半夜织完，天还没亮就被天兵天将拿去铺在东方。刚刚吃了早饭，又忙织黄昏要用的晚霞云朵，十分辛苦。那时幼稚的我，并不在乎牛郎和织女的分离，总是想，美丽的彩霞是织女的劳动成果，那下雨时的乌云又是谁织的呢？妖怪吗？天上还另有一个存满了黑色和灰色线团的作坊，专织丑陋的布吗？

船上有一日本女孩，来自仙台。她告诉我说，七夕节在仙台，有400年的历史了，是一年中最盛大的节日。每年约有200多万人参加七夕庆典游行。我想了想，牛郎织女的故事虽说在中国家喻户晓，但从来没听说过用游行来庆祝此节吧？仙台人把这个节日发扬光大了。

中国的许多传统节日在日本都可找到翻版。比如日本也有农历春节，曾相当隆重。日本明治维新后，大幅西化和"去中国化"，1873年废除了农历新年，把新年放在阳历一月，叫"正月"，顺理成章的，一月一日就是元旦，称为"正日"。1—3日为"三贺日"。正日那天，小辈先去父母处拜母问安，再到亲友家拜年。长辈也会给压岁钱。新年也重"吃"，不过吃的不是饺子，而是砂糖芋芳、荞麦面等。之后要连吃3天素食，以示虔诚，祈求来年大吉大利。过年前一天，就是咱的除夕日，日本叫作"大晦日"，这一天要做"大扫除"（中国从腊月二十三就开始扫了，比日本大扫除要早一个星期）。日本人也有贺年片，叫作"年贺状"。每年我收到日本友人寄来"状子"时，都觉有趣。

日本人在改造中国节日方面下了功夫，不仅仅善于模仿，而且"老瓶装新酒"，加入诸多民族特色，让这些传统节日，虽在时间上与中国相似，内涵已大不相同。

农历五月初五，中国民间的端午节，平安时代传入日本，主要是为了辟邪而吃粽子和柏叶饼，菖蒲则是因为叶子的形状像剑，被用来辟邪。端午节有刀兵之气，渐渐变成了男孩子的节日。

在中国，中秋节是非常重要的节日，主要与月亮和团圆有关。在日本，这个节和月亮的关系不大，八月被称为豆明月。正值大豆收获季节，这个节日主要寓意希冀大豆丰收。 中秋节已经作为日本敬老日被固定下来，似乎把重阳节的主题收纳进去了。

还是回到7月7日吧。七夕的传说在中国，基本上是一个歌颂纯真爱情的反封建故事，是自由恋爱的悲剧。无奈伤感中不乏坚持和期待。日本人把这个故事动了整容手术，说的是牛郎和织女在天帝撮合下结为夫妻，但婚后牛郎不勤于放牛，织女也懒于纺织，两人才被天帝分开。为了争取一年一次的相见机会，牛郎和织女从此努力工作。

换汤又换药后，日本的七夕，不再悲苦和情意绵绵，更多的是喜庆和祈福。祭神仪式是"重头戏"，从 7 月 7 日凌晨 1 时开始，此时群星升到天顶，是人们仰望牛郎星、织女星和璀璨银河的最佳时刻。

七夕还有个风俗——写纸笺许愿。日本的神社、商店等公共场所都辟出专门场所，移栽婆娑翠竹。人们在五色纸笺上写下心愿，用丝或线将纸笺挂到竹枝上，趁天还没亮，把写着自己心愿的纸笺扔到海里。

出门在外，思家心切，所有节日都让人格外在意。七夕之前，"和平号"翠竹上面开始悬挂缤纷彩饰。各色纸笺如蝴蝶般扑到翠竹上，绵绵密密遮挡着假竹叶，假竹子不堪重负。我本来也打算写点祝愿挂上去，后来一看爆棚，估计日本织女也顾不上看我这个外国老太太的心愿。本人老眼昏花，持针手抖，早已做不成女红了（年轻时的最高水平，就是在军裤膝盖上打一针脚粗大的补丁），就不祈了吧。至于字写得是否漂亮，也已定型，老大徒伤悲，认了吧。拉着芦淼在翠竹下照个相，留作纪念。

按照日本习俗，七夕庆典结束时，供品和竹子上的纸笺将被放到河里顺水漂走，象征心愿抵达天河。"和平号"提倡环保，虽然大海对区区几张彩纸可能也不在乎，但还是没把纸笺丢入大海，它们孤寂地在假竹上慢慢枯萎。好在，大海是和天空接触面积最大的地方，心愿可直达天庭。

也许你要说，和天空最接近的地方，应该是高山啊，比如珠穆朗玛峰！

接触这个事，不但决定于高度，还要有宽度。世界高峰之顶，多小的一块地方啊，至多能站几十个人吧？（没去过，可能不准。）大海，无边无际啊！半夜时分，假如没有风浪，你走上甲板，万籁俱寂万物轮廓俱失，世界上仅存两样永恒波动的物体，蓝得发黑的大海和黑得透蓝的天空，相互舐犊情深。这里有世界上最辽阔、最亲密、最生死与共的接触，风和雨、水和汽、古和今、生命和死亡……所有信息都毫无保留地交换着，包括你我的前世今生。

世界上有不同人种，不仅皮肤颜色不同，头发颜色也各异。东方人黄肤黑发、欧洲人白肤金发、非洲人黑肤黑发……为什么会有这种不同呢？

据研究，头发的颜色是因头发内部含有的色素种类不同，而存在着差异。

全世界走了一圈，我的感觉是黑颜色头发的人最多。亚洲人的头发基本都是黑色。非洲人也是黑发，此乃不争之事实。美洲土著人，如果不是和欧美人混血，绝大多数人也是黑颜色头发。因纽特人更不用说了，印第安人也是黑发。澳洲的毛利人是黑发。南欧的意大利人和西班牙人，也多黑发。

我对黑发生出浓厚的兴趣。因为是医生出身，所以对人的生理特征，有一种职业探究欲。查了资料，得知形成头发颜色差异的根本原因，在于人类进化和遗传因素，与肤色不同的道理一样。

黄种人长期生活在阳光充足的热带和亚热带地区，较强的紫外线照射使得祖先毛发中的黑色素含量增多，对自身进行保护。一代代遗传下来，头发就是黑色了。

欧洲人多生活在日光稀少的寒带地区，紫外线较少，皮肤和毛发内的黑色素含量较少，久而久之便形成了金黄色的头发。黑色素可以有效阻挡紫外线的摄入，所以气候炎热、日照强烈的热带非洲，无论肤色和头发的颜色，都尽可能黑化。

如果有人问，莎士比亚、哥伦布、哈里王子和妮可·基德曼的身体有什么共同之处？答案很简单，他们都有一头独特的淡黄色透着红色的头发。基因科学家声称，红发人的历史不会延续太久了。

美国《国家地理》杂志报道说，天生红发的人在全球人口中所占比例不足2%，红发是几千年前北欧人的一种基因突变"创造"出来的。全球化的发展，拓宽了择偶地理选择性，降低了红发人碰到一起的概率。红发人的后代中，就很难再现纯粹红发这一遗传体征了。

专家预测，到2060年，天然红发可能会消失。不过，基因也不会一点反抗都不做就悄悄隐退。它会无声无息隐匿于生殖系统中，数代人之后也许会猛然蹦出一两个红发后裔。《国家地理》杂志说，红发的由来估计是这样的——最初，红发基因对人体有益，可增大日照生成维生素D的能力。不过，携带这种基因的人更易患上皮肤癌，并且对热和与疼痛相关的敏感性更高，所以会被慢慢淘汰。

某年我在国外旅行，同行女子嗜好关注别人的头发。在地铁上，她会悄悄附耳细说，你看到边上那女子的头发了吗？

我说，看到了。怎么啦？

她说，你注意到她头发的颜色了吗？

我说，金发啊。

她说，你不要被蒙骗了。再仔细看看，往她发根上瞅。

我不明就里，佯装无意多瞟了几眼。老年人染发不及时，发根显出虮虱样的白色。这女子的发根为褐色，我一时找不到恰切的比喻。

又一次，在超市排队结账。同行女伴又向我眨眼睛，顺着她的目光，我看到前面有一位中年妇女，染着金发。因为在她背后，我得以不动声色地从容观察，见金发下约一寸处，露出的都是灰发。马上轮到我结账了，故没观察清楚，这女子是天生灰发，还是黑发变灰白了呢？总之，要从斑驳灰发染就灿烂金黄色，不是一个小工程。那女子染得不彻底，显出灰烬般的色彩。

没事老盯着别人的头发干吗？我腹诽女伴。

待走出他人视野，女伴说，你看美国金发的人多不多？

我说，当然多。这些天，我看到的女子，几乎都是金发。

她笑说，你被他们骗了。天生金发的人，在美国很少，绝大多数都是染的，这就是西方国家染发业为何如此发达的原因。因为染完没多久，发根就冒出本色，为了防止露馅，只好一再染发。

我说，中国老人也染发，染发会上瘾。

女伴说，中国的事情还简单一点，主要是老人把白发染黑。可是在美国不同，不同发色的人，都渴望把头发染成金色。这是从幼小时候就开始的工程，要染一辈子。

我说，染发剂有毒。长久用下去，有危险。

女伴说，他们也知晓。不过，金发有很多好处呢！你知道什么人才有最纯正的金发吗？

我说，不知道。

女伴说，盎格鲁·撒克逊人！金发就表明祖上是从欧洲来的，血统高贵。

科学家通过研究发现，直到 10,000 年前，地球上的原始人一律都是黑头发和黑眼睛，北欧女子是在冰河时期快要结束时，才开始出现"金发碧眼"的特征。那里气候恶劣，人类为了生存，必须进行更多的狩猎活动。由于狩猎活动多由男性进行，男性早夭，使得北欧地区男少女多。"物以稀为贵"，女性的性竞争就非常激烈。基因变异，一些女性头发渐渐变浅，呈金黄色，对男性配偶更具吸引力。当金发女郎和黑发男性发生性关系后，金发基因一代代遗传下来，导致欧洲大陆的金发男女从此越来越多。

加拿大人类学家彼得·弗洛斯特说："金发女郎的出现，是早期欧洲女性面临性选择压力的结果。面对很少的男性，原始女性必须进行竞争，才能获得潜在的丈夫。而金黄色的头发可能会刺激大脑中的性吸引因素，原始男子面对许多女子时，里面的金发女子最可能被他选出当配偶。"

英国中央兰开夏大学教授约翰·曼宁称，金发女郎之所以得到原始男性的喜爱，还因为可能拥有更高的雌激素水平和更高的生育能力。曼宁说："如果你在极端寒

在海边作画的女子

冷的气候和食物短缺的状态下只能养活一个妻子，如果你不得不走很远的距离去打猎，那么你必须确保娶来的女人拥有高生育能力，可以为你繁衍更多的后代。"

直到现代，金发女郎对人们依然充满了吸引力，美国影星玛丽莲·梦露和法国影星碧姬·芭铎更成为金发美女的象征。然而，携带金发基因的人种已越来越少。世界卫生组织科学家预言，地球上最后一个金发女郎可能在 2202 年出生于芬兰，在此之后，这个世界上就不会再有金发女子了。

哈，如果这些研究正确的话，金发的出现，说明那时欧洲果然穷山恶水，自然条件比其他的地方更险恶。所以其他地方的人，都可以保留黑发基因，欧洲女子却必须让自己"适者生存"。

把这些有关发色的小资料收集在这里，并不是说黑发就有什么可骄傲的，但同理，金发也没有什么可骄傲的。不过是大自然按生存法则发牌时的一个小伎俩，不必分出高低贵贱。这些年，国内女孩也有爱染金发的，可能不一定谙晓这其中的斗转星移。中华文化中"身体发肤，受之父母"的理念，我觉得很有道理。起码，不用受染发剂之荼毒，对健康有益处。以头发的颜色来寻找配偶，那是 10,000 年前穴居人的选择，现在要有新标准了。

这世界上，有些人肤色如雪，有些人黄白相间（注意啊，我说的是肤色介于黄色和白色之间，而不是格子布似的，一块黄一块白），有些人是黑色的，有些人是巧克力色的，有些人……有些人已经无法用一种颜色来形容了，他们身上流淌的血液汇集了各国各族的基因，成了一支强大的人体基因调色盘。

美国高尔夫球手泰格·伍兹，据说父亲分别有美国黑人和印第安人血统，母亲则分别有泰国人、中国人、荷兰人血统。如此推算，伍兹本人有 1/6 的中国人血统，1/6 的泰国人血统，1/4 的黑人血统，1/4 的印第安人血统，1/6 的荷兰人血统（我查找的资料不一定准确，如果错了，诚恳道歉）。

人类血统的大融合，是一个大趋势。没有哪一种肤色或是发色，比别人更高贵。我们都是大海的儿女。

喜欢一句禅语——说话时便说话，行走时便行走，死亡时便死亡。套用一下，该黑发时就黑发，该金发时就金发，该变白时就变白。皆是基因的戏法，不分贵贱。

# 24 同甘共苦，乃基本原则

录一段当时的博客。

2008 年 7 月 9 日　进入"立入禁止"

船上有很多地方挂有"立入禁止"的牌子，比如船头，比如最高的甲板。说明那些范围是操作重地或危险所在，寻常人等不得混入。常常望着船首高高的操作室生出遐想，那里是"和平号"的中枢所在，不知里面究竟是怎样的情形？

某日，我对"和平号"负责人日高先生说，有一个小小请求，您完全可以拒绝我，请千万不要为难。

日高船长说，您有什么想法呢？请讲。

我说，我很想看看这艘船是如何航行的，但我知道那里是要地，闲人免进。不知可不可以在方便的时候，让我参观一下？我保证，绝不乱动一下。

日高船长说，我来安排。

前天，翻译小唐说，日高船长的意思是到了纽约之后，再让我参观，征询我的意见。我想一定是船在航行中，尤其这一带时有冰山出没，散兵游勇闯入操作室，实在是给人家出难题。待到船入了港，引发的骚扰会小些。我赶忙说完全没意见，一切以船方方便为宜。

今天中午，日高船长突然让小唐转达——下午 2 点是否前去参观？我说当然没问题，十分感谢。

下午2点，我们进入了船首的操作室。引领我们的千花小姐一身制服，非常认真地为我们讲解船上各种仪器的功用。几个外籍船员在全神贯注地看着前方。我注意听着，但基本记不住。在所有的现代化仪器之外，我看到一个铁制的喇叭悬挂在操作室正上方，忙问这是什么？千花小姐说，在危急时刻，会有船员在船头瞭望，这个喇叭就是直接将观察员的声音传下来，不借用任何机械和电力，完全是人工口头表达，最古老也最直接。

类似的例子还有很多。千花小姐常常指着一些设备说，这个是完全手工的，在没有电的时候，可以用这个来控制船的方向。这个是在仪器失灵的情况下，以人工来调整船的动力……

我对此留下了深刻印象。"和平号"在所有现代化操作工具之外，还保存着一套完全人工的操作系统。比如，既有雷达，也有望远镜；有无人驾驶的自动操作台，也有纯手工的传统舵轮……我孤陋寡闻，觉得这法子很好。再先进的机械，再精密的设备，出故障的可能性也永远存在。所以，在密密麻麻的仪表之外，永远要有一套最朴素最简单的人工系统与之并行，这是我们最后的保险所在。

结束参观时，千花指着天花板处的两个装置问，谁能猜出这是干什么用的？

没猜出来。千花揭开谜底——这是本船的黑匣子。

在平时所不能到达之处照了几张相。

我问船长，像昨天那样的风浪以后还会有吗？

这基本上是废话，谁能做老天的主！船长回答，他希望再也不会遇到。

风雨过后，又起雾了。大雾弥天，"和平号"仿佛一脚跌进了牛奶锅。船速很慢，每隔几分钟就发出老牛哀鸣般的汽笛声。不知怎么回事，我觉得有点凄凉。晚上，船上放映了电影《泰坦尼克号》。我挺佩服船方的勇气，在昨天那样的恶劣天气之后，安之若素地放个灾难片给你看。放映者和观看者，都需要有点胆量。


7月8日，我们在大西洋上遭遇飓风。这就是我上文中所问"像昨天那样的风浪以后还会有吗"之依据，可见心有余悸。船长答复"希望再也不会遇到"，看来也吓得不轻。

其中有一个小细节，我们参观驾驶室仪表时，注意到一台仪器上有红灯不停闪动。虽然不是内行，但红灯代表警醒和危机，这一点，应是通识。我问，这是什么？

船方答，代表船内水密舱。

我心中疑惑，红灯亮了，不是说明有危险吗？但因我们是客人，这里又是无关人等不得入内的禁区，让你进来看看，已是破例，问来问去，岂不招烦？再说，也可能是个小小的问题，红灯就亮起来了。就像开车，有时，报警就是不停地响，搞得人心里紧张，但并不妨碍继续开行。

水密门是水密舱上的门，为不透水金属门。船体一旦破裂，水密舱进水，水密门顷刻就会关闭，以抵挡海水的继续侵入，亡羊补牢之意。即用最快速度将船体浸水部位封锁，将危险在局部锁住，以保证整个船体安全。船在大海上最怕什么？就是漏水，下沉。水密门相当于最后的安全阀，在漏水第一时间，以最快速度封堵隔离漏水空间，以维持船体稳定。在某种程度上，水密门是轮船的降落伞。所以，在每一艘船上，对于水密门的操作和控制，都是万分紧要之事。

以上这些知识，都是我回国之后查了资料才明确得知的。在 2008 年 7 月 9 日那天，我看着闪烁的红灯，以为是个小小不然的操作失控。我没有从操作人员脸上看出任何异常。我把这种沉默，当成专业态度。要是对来参观的每一个人的每一个问题，都谆谆回答，估计那就不是海员了，是尽责的幼儿园老师。

真实情况是——"和平号"在前一天经历的大西洋飓风中，左舷已被风浪击穿。海水涌了进来，水密门因此关闭。我们看到的就是一幅危机报警中的仪表图像。

风暴停息后，海面上非常平静。我之前和之后，都再也没有见到过这样宁静的海面，好像刚刚熨烫过的深蓝色锦缎。当然，你说一点波纹都没有，那是不确切的，大海永远不可能平静到僵直。绸缎抖动时，也有微乎其微的细碎纹路，如同睫毛眨动。极微弱的轻风袭来，好像对着翡翠淡淡地拍了一下手，海面依然不动声色的平静，却有波光荡漾。后来，我同一位海洋专家谈起这景象，他说，在出海渔民中有一个词，形容这种海景——水缸纹。

我说，怎么讲？

他说，你见过大水缸吧。缸里的水，本是一点纹路也没有的，非常平静，像镜子一样。

我说，哦。

专家说，渔民认为，海这样大，海里有鱼。哪能一点风浪都没有呢？你用手指轻轻弹一下缸沿，缸就微乎其微地颤一下，这时你再来看水面，就会像被人吹了一口气，水面抖起来，这就是水缸纹。

我说，有水缸纹的大海，多见吗？

专家说，不多见。一般是风暴之前，或是风暴之后，很短的时间，能看到这种海相。

我说，风平浪静的，多么好！

专家说，渔民讲，这种时候，不容易钓到鱼。一点风浪也没有，鱼会把一切都看得很清楚。

那次大西洋飓风之前的海面是什么模样，我没有特别留意。之后的海面，就出现了水缸纹。现在回想起来，那时的"和平号"，已带病航行。

我们对此一无所知。我至今仍然不能想象，如果当时就知道水密门的红灯所代表的严酷情形，我会怎么想，能做些什么？估计什么都做不成，听天由命吧。在目光不及之处，永远潜藏着比我们更森然的力量，对此只能安之若素。

扶病前行的"和平号"，总算平安到达了美国纽约港。大家上岸游玩，不亦乐乎。到了原定的出港时间，人们三步并作两步地赶回轮船，在本该听到出港汽笛的时候，船居然一动也不动。人们很奇怪，以为是出了什么小差池，耐心等待着。然而，几小时过去了，夜幕低垂，繁星闪烁，船却没有丝毫挪窝的意思。

人们纷纷紧张起来，觉得一定出了什么事。

到底是什么事呢？无人知晓。

这天傍晚，我和中国团队的某人有了如下一段谈话：

你对船不能出港，怎么看？他说。

我说，估计出了问题。

他说，你觉得是什么问题呢？

我说，应该是大问题吧。

他说，你根据什么这么说？

我说，这艘船上连客人带工作人员，总共2000多人。这么多人的安排，不是一个小工程。若没有极其强大的理由，船不能不发。

他再问，你觉得是什么问题？

我说，组成咱们这艘游轮的，就两个部分。

他说，哪两个部分呢？

我说，一个是死的，就是钢铁构成的这艘船。一个是活的，就是咱们这些人。姑且把船上的水手和工作人员也都包括在内。

他说，你这样分类，挺有意思。

我说，非常简单的分法。不是探讨到底哪里出了问题吗？不是船体，就是人，跑不出这个圈。

我有一搭没一搭地应着，觉得说的都是废话。

那人道，你估计是哪一方面出了问题？

在我们探讨之时，"和平号"上几乎所有人，都夜不能寐。是啊，太奇怪了！没交代任何理由，船就不走了。到底是不能走还是不让走呢？各种流言如同野火一样在船上蔓延。有人说"和平号"携带了武器，要运到委内瑞拉送给查韦斯。

我对此嗤之以鼻。真要带武器给查韦斯，为什么要送到美国这个查韦斯死对头眼皮子底下来？不是自找倒霉吗？直接从公海送到委内瑞拉好不好？顺畅且快捷！有人说，携带的并非常规武器，是原子弹，就挂在"和平号"肚子下面，一路上跟随我们漂洋过海经历风暴。我觉得好笑，甚至丧心病狂地渴望这事是真的。想想吧，我们在一颗原子弹之上住了将近两个月，是不是非常刺激？只是没人回答这颗原子弹是从日本起航时就搭载上"和平号"的，还是半路登船。还有人说是船上的东欧船员出逃至美国非法入境，美国人因此要彻查此船还会不会有偷渡者。还有的说是因为"和平号"反美，这是政治迫害……

某人接着问我，你对"和平号"停驶，究竟怎么看？

我充满困惑地说，真不知道，但我估计还是死的东西，出了问题。

这人说，根据呢？

我说，就算是有船员偷渡，不应该扣押整条船，不得滥杀无辜嘛！船员都是船务公司派来的，如何应对偷渡者，应该有一整套措施，并不应把整船人押为人质。再说了，如果害怕船上有人偷渡，应该赶快把这船打发走，才是治本。扣船不发，人们还有继续上岸的机会，时间越长麻烦岂不越多？如果说"和平号"与美国关系不好，送客为上策。一个你不喜欢的人，还一个劲儿地留它，等于给自己上眼药。船上的客人很多是专门请了假来环球游的，哪天返回去继续上班，丁是丁卯是卯，不得迟延。船方对此也十分清楚，冒着被客人投诉的危险不发船，一定有他们的大苦衷。相信不可能是自愿这样做的。

那人说，如果他们不自愿，谁又能扣住此船？

我说，如果船想走，此地也没有硬要留它的理由，那就只有一个解释——这船自己走不了了。

那人大吃一惊，问，你怎么知道的？

我说，我并不知道。听你这话，好像你知道什么？

他说，是的，我知道，可是我不能说。

我说，为什么不能说呢？

他说，因为我对他们承诺过，我绝不会说。你不能逼着我说。

我说，哦哦，那你就不要说了。我根本就没打算逼你。

他说，可是，我害怕。我怕船沉了。

我说，你不用怕。既然不让船走，就是发现了问题。此刻咱们是在美国纽约港内。这艘船，在大西洋风暴中都没沉没，难道会在万家灯火的纽约港内沉没吗？我不信。你也许知道到底是怎么回事，所以害怕。我根本就不知道是什么事，我不害怕。放心吧，事情总会解决，该干什么就干什么吧。

说完后，我就不再理睬他了。不是恼他同为中国人，却不告知我真相，而是实在困倦了，睡觉要紧。

第二天，越来越多的人提出质问——为什么还不走？"和平号"船方给出的解释是：美国海岸警卫队上船做例行检查，发现有一些设备不符合要求，比如人行通道上布置沙发，一旦发生火警或海难，会阻碍人员疏散速度。某些房间内的浴缸固定不够牢靠，风浪骤起时，可能会移动伤人……记得似乎有若干条，言之凿凿，都是船上确实存在的纰漏。于是，船方开始整改。餐厅附近的沙发被搬走了，浴缸在加固……

之后怎么办呢？船方的答复是要等美国海岸警备队再次上船检查。合格后，船方能起航。

按说这不是很复杂的事情，但"和平号"开始了漫长的等待。等待完全不透明，真相更加扑朔迷离。每天早上听到的指示都是——下午3时必须回到船上，船将准时出发。到了3点，船依然纹丝不动。大约3点半时，会有新一轮通知，说是晚上9点准时出发。大家乖乖地继续等待，到了晚上9点，"和平号"依然静止。

引而不发的状态，让猜测和混乱蔓延。每个人每天都绷紧神经，稀里糊涂一厢情愿地等待着。你知道一定出了什么事，而且这件事情和你息息相关，可你什么都不知道。

几天过去了，最后为大家解开谜底的是美国人。某天下午，我们按照船方指示——在下午3点之前返回"和平号"。走到码头，突然看到美国电视台的转播车停在岸上。车上的摄像头，对准了"和平号"。

怎么回事？大家挺惊讶。

一位记者模样的人走过来问，你们是这艘船上的乘员吗？

我们说，是啊，我们是游客。

记者耸肩皱眉，做出很夸张的表情说，难道你们不知道这艘船已经漏了吗？

我们大惊失色，船漏了？不可能吧？！我们坐着这条船渡过大西洋来纽约，它就停在那儿，怎么说漏就漏了呢！

记者继续把肩峰向头颅方向有节奏地升动，双手外翻，说，漏了，千真万确，我们得到的消息就是这样。你们作为船上的客人，对此竟一无所知，这太令人惊讶且不可思议了！

我们无言，赶快上船。3点就要到了，尽管船方每天都在规定时间内无法开船，我们仍然没有勇气延误时间，颇有一点"宁愿船负我，我不能负船"的悲哀与无奈。

在乘客的强烈要求下，"和平号"船方，终于对大家做了说明。

一艘有着38年历史的老船，虽然在出海前做了修补，但主要是外部装修，真正的机器及船体部分，依然老迈失修。出航不久，就坏了一个发动机，导致船速下降。更换发动机一波三折，机器太老，这个型号厂家已经不生产了，现定制一个，需要等待。船速因此下降，为了赶上预定航程（很多陆地旅行线路都是预定好的航班和酒店，一旦改动，损失巨大。还不一定能订得到后续航班和住宿，游轮客人基数太大），急追猛赶，把在阿曼的陆上活动时间，从原定的1天，压缩到几小时。

年迈的游轮尽显疲态，不但心脏有问题，皮肤和船舱也贯通了，汹涌的海水涌进船体，美国海岸警备队登船检查，大吃一惊，说就凭这样一艘船，也敢环球旅行吗？

这就是"和平号"滞留纽约港的真相。美国有关方面认为，这艘船不再具备远洋能力，必须靠近美国近海航行，马上到佛罗里达港口修船。

而且，船上的救生艇数目也不够。一旦发生海难，如同将近一个世纪之前沉没在大西洋的"泰坦尼克"号一样，必定有一部分乘客，无法登上救生艇。

听到这样的消息，一直蒙在鼓里的游客们都很震惊！

我基本上还算镇定，对美国人的认真深表钦佩。这是一艘外国游轮，按说他们只是例行检查，却深入到了船舱里面，发现了大漏洞，并且严格地按照规定，不让这艘船带病出海……从船方严密封锁消息并一再刻意隐瞒的情形来推测，我简直想象不出，如果不是美国人强令修船，船方下一步如何打算，将用怎样的说辞来解释，会告知大家真相吗？

不知道。而且，漏了的地方，是用水泥封堵起来的，这令人深深不安。水泥能堵得住海水吗？若是脱落，漏洞岂不是越来越大了？后来在船坞修船的左舷时，才发现危险的磨损区，在船的右舷也同样存在。船方在介绍到这一点的时候，带着自我表扬的口气，意思是说船的右舷并没有漏，是咱自个儿主动检查出来的，未雨绸缪地将它修好了，把事故消灭在了萌芽中。现在，船的左舷和右舷，都换了新钢板……这当然是值得高兴的事情。不然的话，反过来想一想，在风浪中，倘若船的左右舷一起漏了，更多的水密门就要启动了。

水密门的功能并不是无限的。当年"泰坦尼克"号的设计是可以经受 4 个水密舱进水的，并认为这种危险情况几乎不可能出现。有人说，就是上帝本人出手，也无法将"泰坦尼克"号弄沉。真实的情况是上帝本人倒是袖着手，只遣来一座冰山，就让"泰坦尼克"号的 5 个水密舱同时进了水，拉开了悲剧的大幕。

我尤为意外的是，时至今日，"和平号"上的救生艇数目，仍是不足。我不止一次注视过船上的救生艇，它们被漆成触目惊心的蜜橘黄色，悬挂在游轮船体外侧。救生艇体积不大，在我以为只能乘坐 40 个人的船舱里，按上面的标志却要乘坐 144 人。我们上船以后，进行过一次海难演习。船方手里有一张客人名单表，当客人们集结以后，开始点名。确信所有的客人都登上救生艇之后，才可弃船。这是理论上的做法，若是情况非常危急，半夜三更或是大风大浪中，这个步骤未必能完整实施。我在前面写过，此处再次重复并强调，因人命关天，我们 6 个中国大陆游客，挨到所有乘客都点完名之后，也未叫到我们。这就是说，如果海难真的发生，就算有充足时间认真查对乘员是否都已上艇，我们却不在此框架内。

从我们上船的那一刻，就发了特制的船卡，统计过准确数字，数据应该是唾手可得。我只能遗憾地认为——船上的急救措施是不完善的。

这些情况都令人震惊，一时间船上群情激昂。我以为我会气愤，但是，我很不争气的平静。从我决定出海的那一瞬，就做了最坏的思想准备，我可能为了我的理想，付出生命。人们不断思索和感悟，而所有参透中，明了死亡最为重要。人生有很多机会遭遇死亡，不过属于自己的只有一次。放心啦，死神精确负责，肯定无重复。无论你怎样辗转腾挪，死神总会收网，在我们的末路投下一束浑厚的光，代表你这一轮的谢幕。你悄然驶过尘世，灵魂离开肉体，赶赴早已达成的约定。那里有我的父母我的祖先，所以，我不害怕，一点也不。现在，事情比我预料的还要好很多，船并没有沉没在大西洋，还在纽约港漂浮。船上的救生艇不够用，可直到现在，我们还没有实枪荷弹地用上它。救生名单里没有我们，这个问题已经得到了纠正……

我看着灯火通明的纽约港。几年前，作为国际访问学者，我来过这里，没想到这一次，以略带惊险的方式与它重逢。

人们在了解实情后，互相询问他人是何时知道的，好像在比试灾难预警速度中，潜藏着关系网是否强大灵通、生命保险绳是否坚固。

同行的中国大陆游客，只有6个。他说，我早就知道了。

有人反问，那你为什么不告诉我们呢？

那人道，告诉我的人，说不要告诉别的中国人。我不能辜负他对我的这份信任。

面对这样的回答，我无话可说。瞬间想到了汉奸。

有华裔日本人问我，你是何时知道的？

我说，是美国人告诉我的。我既不是从船方管理者日本人那里知道的，也不是从与自己休戚与共的同胞那里知道的。是回船的路上，听采访的美国记者所说。

问话者说，你算是船上最晚知道这件事的一拨人了，只有毫无门路和地位的人，才属于这个阶层。消息早就一传十，十传百，日本人几乎人人都知道了。我确知你们6个中国人中，有人早就知道了这件事，我们以为他一定会告诉你们。

我说，我也知道有的中国人早就知道了。

那人问，那你怎么看这件事？

我说，如果我知道了，我会告诉自己的同胞。也许，我没有能力要求别人这样做，但我会坚守生命优先的原则。如果有什么人对我说，我告诉你一个消息，但仅限你自己知道，你千万不要告诉和你一道来的中国人。我会对他说，那就请你转身走开，不要告诉我了。我不可能不告诉我的同胞，我会和同胞们同甘苦，共患难。这也不是我的优良品质，只是做一个中国人的基本原则。

吉冈达也先生是"和平号"的日本方面负责人。

他们曾就此次事故询问船务公司。船务公司可能是想大事化小、小事化了，隐瞒了真实情况，轻描淡写地说安全上没有任何问题，务必请大家放心。"和平号"将船务公司的话，转述给游客们。美国媒体公开真相，船上出现了严重的信任危机。

引用一段当时报纸上登载的新闻，可以想见局势危难。

"星岛日报2008年7月17日大都会要闻版：

美联社报道：游轮船体发现漏水停留纽约港口修理"

正文：

"一艘开往委内瑞拉的游轮16日被迫留在纽约港口，因为海岸警备队检查人员发现，该游轮船体有严重损坏。

海岸警备队说，对 CLIPPER PACIFIC 号游轮的检查，是在13日至15日之间进行的，发现游轮船体漏水。检查中共发现了66个安全问题。海岸防卫命令这艘673英尺（约205米）长的游轮留在纽约市港口里，等待修理。

这艘游轮属于巴哈马，由迈阿密的国际航行伙伴公司营运。游轮从格陵兰开来纽约市，要接受海岸警备队的例行安全检查。该游轮的目的地是委内瑞拉。游轮修理期间，乘客们可以来去自由。该游轮上有1200名乘客。"


在这种情况下，船上流言纷起。

"和平号"的负责人吉冈先生召集我们开会，说出现了以上变故，他非常痛心。他绝不会让一艘不安全的船载着大家环游世界。"和平号"将开往美国佛罗里达的船坞修理，修好后继续航行。为了证明安全有保障，和大家同甘共苦，他已经让远在日本的妻子带着女儿赶过来，全家都上船，和乘客们一起继续完成后续旅程。

人们很吃惊，说，吉冈达也先生，您的女儿多大了？

吉冈答说，1岁4个月。

我们说，她叫什么名字？

吉冈说，叫索菲娅。

吉冈说，中国客人受惊了，他很不安，表示深深歉意。又说，索菲娅和她妈妈就要到美国佛罗里达的坦帕了。船继续航行，她们母女将留在船上。

我的心中充满了感动。1岁4个月的孩子，多么幼小啊！我后来看到吉冈达也先生抱着他的女儿，充满慈爱。我可以想见他是多么喜爱自己的孩子，但是为了众人的安全，为了他所投身的事业，他毅然决然地把自己最喜爱的孩子带上了船。那个活蹦乱跳的小姑娘，以自己天真的笑脸，给了人们莫大的安慰。大家都说，吉冈先生以身家性命和女儿，证明了修复之后的船是安全的。

# 25 巴拿马要塞

在佛罗里达花 9 天时间修好船后，"和平号"重新出发，沿加勒比海航行。

某日清晨，抵达巴拿马运河。我相信每个读过小学地理的人，都会铭记它。上年纪的人，会记得我们曾经为这条运河被巴拿马人民收归国有而欢欣鼓舞。对于多年以来熟识的地名，就像一个只闻其声未见其人的朋友，一旦有相见的机会，就充满了期待。

船停了。海面上，一艘……十艘……几十艘……从来没有看到过这么多船，静静等待。它们将按照排序，通过 81 公里的狭长人工河，从大西洋穿越到太平洋。

巴拿马运河的开凿非常困难，河面也很狭窄，闸门处只有 36 米宽。据说一天只能通过 48 艘船，我们要等到 8 月 2 日上午，才可获准通过运河。此之前，港口停泊。

翻译小唐去开了船方组织的到港地说明会，会后传达了有史以来最严格的离船规定。说巴拿马治安不良，有"砍手党"活动。我第一次听到这骇人的名称，不知何意。小唐解释，在巴拿马，如果抢劫时你硬拽着钱包不放，对方也不与你啰唆，干脆三下五除二把你的手掌剁下。据说有一女游客，正在人群中穿行，突然看到不远处，有个和自己同款的皮包正在晃晃荡荡地游走，很是奇怪。定睛一看，那个提包被一只手紧紧攥着。再凝神观察，原来那只手不是别人的，正是自己的。她低头一看，虽然一点都不曾感觉疼痛，却被人斩断了手骨筋脉……

这个故事的经典台词是：你看到你的手拎着你的包，在你前面走。

我对此传说嗤之以鼻。用电动骨锯干这个活儿，并非轻而易举。碎骨无声吗？断端不出血吗？起码一只手加上一只包的重量突然消失了，此人毫无察觉吗？

大家对我的吹毛求疵不置可否，急听后面传达。

要求：下船时必须三五成群，绝对不可单独行动。不要带大额钞票，不佩戴贵重首饰，耳环、戒指、手镯等一律取下，照相机也不要携带……晚上 7 点前必须回港口。要买当地特产，到港口小店铺就地解决。

下了船才知道，所谓的港口店铺，就是个钢骨大棚，里面摆有各种各样的摊位，仿佛乡下大集。

有卖布艺刺绣品的、卖草编土著面具的、卖巴拿马图案 T 恤的、卖各种明信片风景挂盘的……最吸引人眼球的是几个有棕褐色文身的女子的摊位，完全不着上装，神情自若地买卖交易。据说是当地土著人，习俗如此，不能以文明社会的标准强求。出 1 美元，可与裸女合影。

午饭后，我们决定到科隆市区看看。大棚子外，有出租车等候。几个日本人正在联络人员，以便凑够一车人，可以和车主讲价钱。

真佩服日本人的韧性。车主提出每人 50 美元，拉到巴拿马首都巴拿马城，往返需 7 小时。日本人说钱数远远超过了他们能接受的范畴。车主降到每人 40 美元，日本人还是不能接受，作罢。

经过大约 45 分钟的交涉，终于商定每人 25 美元，我们和日本人共同租了 10 座的面包车，出发了。一位看起来还算和善的大胡子，是司机兼导游，将拉我们到巴拿马运河的加顿闸门、国家公园、海滩、商店等处一看（商店是日本人力主的游览项目）。

不解日本人的游览风格。你说他们不喜欢奇异风光吧，刚才订车时，不辞劳苦地讨价还价，生生把游览地从 3 个增加到了 7 个，物超所值。我为耗费了近一小时而剧烈心疼。先到了 100 年前建造的巴拿马运河加顿闸门处，参观需要每人购买 5 美元的门票。日本客人们面无表情地坐在车上一动不动，对我热切的眼神，表现出冷若冰霜的漠然。摆出一副反正我们不看，你也不用想看的态势。整个加顿闸门的注水过程要一小时，不看则已，看则要统一行动。车上有 7 个日本人，只有我们 3 个中国人，少数派。只好恋恋不舍地看着加顿闸门而不得入，汽车绝尘而去。连那个拉我们来的黑人司机，都大惑不解地缩颈摇肩膀，说搞不懂老远让他把人拉来，又完全不进去瞅瞅，图什么。

什么也不看，连车都不下，这个景点不就白瞎了吗？早知如此，何必不辞劳苦地讨价还价呢？单是费的那些唾沫和时光，也值不少钱了，可叹日本人在所不惜。

国家公园里，猴子悬挂在树枝上，吊着胳膊，挺着肚子，目不转睛地看着大家。它们一点都不瘦，兴致勃勃。一只獾从容地走过公路，车因此停下来。这只獾钻进树林，又探出脑袋，瞪着眼睛，好像奇怪我们为什么还不赶快离开。天空飞过两只巨大的金刚鹦鹉，翠绿的尾翼仿佛两柄半撑开的绿油伞。织布鸟悬吊的窝，听当地人讲，窝里是有鸟蛋的，正在孵化。再过一些日子，小鸟孵出来，妈妈会把孩子们带到密林中……莽莽苍苍的热带雨林，肆无忌惮地盘绕着、生长着、摇曳着，一如远古洪荒……

在街头，孩子们正在练足球。我和他们照了一张相，四周安详，并不像人们描述的那般恐怖。

加勒比海大名鼎鼎，人们记得它，除了风光绮丽，更因盛产海盗。芦淼每天都问我，你觉得我们能遇上海盗吗？

我不置可否，或说置若罔闻。一路航海，最大的心得就是不做任何超出我们能力的预测。

海盗最猖獗的地方，是在亚丁湾。当时"和平号"坏了一个引擎，船速下降很多。如果海盗袭击，攀爬上船，易如反掌，幸而平安驶过。

加勒比海的水，蓝到令人昏眩。我所说的昏眩，不是一个形容词，而是真实感受。如果你久久地凝视着海水，就会断然生出潜入它怀抱的欲望。这欲望来得如此猛烈和祥和，让你无法克制，我觉得像是一种深度的催眠。所以，忠告朋友们，如果有一天你到加勒比海，无论海水多么美丽湛清，你也不能目不转睛地探身望着它。加勒比海是有魔力的，会温柔地吸附你入海。

"加勒比海"，是以印第安人的部族命名，意思是"勇敢者"。

在西半球，主要的陆地是南北美洲。在它们之间，有一片连接的土地，就是中美洲。中美洲本质上属于南美洲，但人们为了称呼方便，就不很严谨地提出这个名词。在地球各大洲的分野中，在严格的地理概念上，并没有这个洲。

它大体指墨西哥中部、南部以及与之毗邻的中美洲各国印第安文化高度发达地区。它和拉丁美洲的很多地方重合。说起拉丁美洲和中美洲，我们往往比较陌生。迄今为止和中国没有外交关系的国家，大部分集中在这里。

拉丁美洲是指美国以南的美洲地区，地处北纬32°42′和南纬56°54′之间，包括墨西哥、中美洲、西印度群岛和南美洲。因长期沦为拉丁语系的西班牙和葡萄牙的殖民地，现有国家绝大多数通行的语言属拉丁语，故被称为拉丁美洲。

拉丁美洲 3/4 的区域在热带。世界各大洲中，它的气候条件最优越。平均气温在 20℃以上，又暖又热，不像北美洲那样寒冷，也不像非洲那样干热。它很湿润，世界上最大的河流——亚马孙河，就流淌在这片土地上。

拉丁美洲因而气候适宜，雨水充足，土壤肥沃，农产丰富。主要粮食作物有稻米、小麦和玉米。经济作物以甘蔗、咖啡、香蕉、棉花为主。这里原是印第安人劳动生息的地方。自 1492 年西班牙、葡萄牙的冒险家踏上拉丁美洲以后，很快就全部沦为这两个国家的殖民地。

拉丁语原是意大利东南方拉提姆地区的方言，后因发源此地的古罗马帝国势力扩张，将拉丁文定为官方语言，它如火焰般流传于帝国的疆域。基督教盛行欧洲后，从中世纪至 20 世纪初叶，罗马天主教也将拉丁语定为公用语，学术论文大量以拉丁语写成。现在虽然只有梵蒂冈仍在使用拉丁语，但很多学术的词汇，例如生物分类法的命名规则，仍使用拉丁语。我当年学医时，专有一门拉丁语课。处方药都用拉丁语名，处方笺必须用拉丁语书写，学得辛苦。

罗马帝国时，皇帝和贵族使用的语言称为"古典拉丁语"，而民众所使用的白话文，则称为"通俗拉丁语"。"通俗拉丁语"在中世纪渐渐衍生出"罗曼语族"。什么东西一旦和民间联系起来，就有了蓬勃生命力。罗曼语族主要包括法语、意大利语、西班牙语、葡萄牙语、罗马尼亚语等。

哈，原来这拉丁语，是几乎所有欧洲语言的曾曾曾祖父啊！16 世纪后，西班牙与葡萄牙的势力扩张到整个中南美洲，把西部罗曼语带到了殖民地，故中南美洲又称为"拉丁美洲"。

16 世纪，加勒比海成为海盗的天堂，众多小岛为海盗们提供了良好的躲藏地，西班牙运送珠宝的舰队，则是主要被攻击对象。和想象中的海盗都是草莽英雄不同，加勒比海盗是由本国国王授权，持有执照——私掠通行证。

联想到"信"的旅游风格，我有点相信朋友们所说的——日本人到了外面，只需照两张相，证明自己来过了，就万事大吉。

万般无奈，只好频频回头，看着巴拿马运河著名的加顿闸门渐渐隐没。一路颠簸，四周是绿得瘆人的热带雨林，多只肥壮的猴子在我们头顶攀缘而过，路旁开着无数鹤望兰。这花在北京花店中要几十块钱一枝，在这里可实实在在是野花（当然并不能攀折）。半途路过一些没有窗户和门框的别墅，只剩了水泥框子，让人搞不清这到底是废墟还是烂尾楼。

原来这是美军基地的家属住宅。美国曾在巴拿马驻有重兵，当年设有十几座美军基地，还有加勒比海司令部、丛林作战训练中心等。当年的住宅人去楼空，剩下的是空壳，不知可有野兽安家？美军撤走后，房屋废弃，因在自然保护区内，别人也不能来住。现在只要出1000美元，就可以象征性地拥有一栋房屋。

大约行驶了40分钟后，总算看到了一处人烟。出来一个守门人，把拦路的横杆抬起来，让我们进到一所小房子里。司机说这里就是收费站，每人要3美元门票。"进去以后能看到些什么呢？"我们问。

"有一处非常好的海滩、古堡。"司机说。

日本人又统统做出无动于衷的样子，两眼不聚焦地看前方，以避免和你的眼神相对，面容冷峻、绝无商量的表情让我真的有点急了。总不能这样一下午在公路上行驶，来个车窗游，就算见识了这个国家吧？

日本人酷爱"车窗游"。隔着玻璃，安全、干净、省力，身不动膀不摇地就完成了一桩壮举。连他们在船上举行的摄影比赛，名字都叫"世界的车窗"，刚开始我以为是个比喻，后来才发现颇有写实味道，真是在车窗玻璃后面去看世界。

眼看局面危急，加顿闸门绝尘而去的悲剧又要重演，我只好站出来，信誓旦旦地强调：你们同胞"信"的录像里，有这个地方。里面不是单纯的海滩，而是有一个古堡。

"信"在船上，有一次自主企划的题目是"海滩上的要塞"。

也许是当过兵的缘故，我对要塞之类的词，一见之下热血偾张，早早地来到放映室。"信"永远是无动于衷的表情，有点"不以物喜不以己悲"的样子。准时开始，这也是"信"的风格。事先并无解说词，随意开讲。放到某一处，也许突然按下暂停键，毫无章法地说下去，口干舌燥到说不下去之时，就再播放画面。

"信"说到了巴拿马的克里斯托巴尔港口，下了船，进了科隆市内。我们在屏幕上看到科隆市内街景，肮脏混乱，破旧不堪。以我后来亲身抵入市区的直接观感说，"信"所传达的信息不够准确，起码是不完整的。科隆市中心的广场和雕塑很有特色，他完全没有表现，也许是他根本没走到。科隆始建于100年前历史悠久的老饭店，也没有入镜。"信"的优点是好动好奇，有闻必录。他说人家讲此地有一处海滩挺有意思，就雇了一辆车，花了15美元，直奔而去。破旧紊乱的吉普车，在密林缝

隙中颠颠簸簸地开着，终于跄跄跄跄地到了古堡。"信"旁白：据说这里有很多动物，但我没看到。

夕阳西下时分，古堡萧索。一个锅盖式的建筑，没有完整四壁，不知是坍塌了还是被火烧去，望去像个古怪荒亭。各式各样的残墙，看不出个所以然来。"信"拍摄了几门大炮，红锈炮筒架设在炮架上，威严残留。

不见还好，一看此炮，我心中的憧憬顿时消融了几分。"信"对古迹的年代语焉不详，从大炮身上，我推断出这个遗址也不过几百年历史吧。火炮的历史才多少年！

我也染有中国人到外国看古迹的通病——特别注意人家的年代。这当然没什么过错，不过因中国历史悠久，动辄就是数千年遗存，让年代并不是特别古老但很具人文特色的外国遗址，容易遭轻视。挑剔的目光也许应该改变，热带地区由于气候所限，当地能够保存下来的东西，年代不可能太久远。我们也应给以足够的尊重。

要塞的大炮，居然对准陆地，和常态实相悖。我很感兴趣，期望随着"信"的脚步继续向废墟深处挺进而获得解答。不料"信"心有余悸地说，这个地方看起来很令人可怕，也许有鬼神出没，我也不敢到里面看了，走吧。

下一个镜头，浅尝辄止的"信"爬上了吉普车，摇摇晃晃打道回府了。

不能苛求"信"，一个普通观光客，能用自己的小摄像机拍下这些资料，已难能可贵，别用文化历史类节目专业人员的水准要求他。

我还是对"信"有所不满。技术上固然可以有所欠缺，但总要把事情说得明白一点吧？就算当时不明白，无从打探，回去后也应该查找资料，把来龙去脉整清楚，不能以其昏昏使人也昏昏吧？比如，到底是谁家的海军要塞？炮口为何对内，居然不面对海防？看来这要塞的兵，防的不是来自海上的攻伐，而是岸上守军。要塞和巴拿马陆地上的人，到底是什么关系？

凡此种种，"信"一概不负责解释，虎头蛇尾地丢给观众，扬长而去。

这个令人一头雾水的古迹，似历史鸡肋，浸泡在夕阳海风中，重又睡去，我连它的确切名字都不知道。

"信"的录像里，从来没有出现过要塞的名称，路上的风景也没有特征，到处都是热带雨林，看上去千篇一律。我其实无法断定"信"所拍摄的那个要塞，是否就在其内。之所以使劲儿游说日本人，动机有二。一是"信"为他们国人，把"信"请出来，以期他们多一点认同感。二是留点悬念为好。我没有用"要塞"这个词，而特别强调了"古堡"。希望车上的日本 MM 们一下子想起哈姆雷特，或是王子与灰姑娘什么的。

终于，日本人出现了松动，眼神漂移，不再是毫无商榷余地的拒绝。黑人司机看这厢争执，也很无奈。他嘟嘟囔囔地说，这里很好的，真的很好……他很想尽一分力量促成此行，就同守门人商量。两人叽里咕噜地用当地话商讨一番后，司机喜滋滋地回来报告说，守门人已经同意，把我们 10 个人的门票，改成 8 个人的。

可能是我神色坚决，再加上门票又打了一个 8 折，每人只合 2.4 美元，日本人终于下了车，表示可以去古堡一览。

不知道是不是巴拿马人对这种遗址没多少好感，十分疏于管理。门票擅自打折不说，也没有任何介绍资料。没有人工导游、没有地标、没有纪念品店、没有多语种导游耳机……几张担当说明责任的纸张，像大字报似的贴在露天，风吹日晒，已然残缺。

终于知道了它的名字——圣洛伦索要塞。

这是一个极具视觉冲击力的地方，站在濒临海边的悬崖上，充盈的感受，用得着鲁迅先生早年的一个笔法：一棵是枣树，另一棵还是枣树。这里一边是海水，另外一边还是海水。不知道鲁迅家里的那两棵枣树是不是都为同一个品种，但圣洛伦索要塞两边的海水，是不一样的。这个不一样，不是你看起来它们有什么不同。恰恰相反，看起来它们是完全相同的，就是把这两侧海水用注射器抽取之后拿去化验，理化性质等，我想也都是完全相同的。唯一不同的是这两侧海水的名字，一侧是大西洋，另一侧是太平洋。

由此可见圣洛伦索要塞的重要性一目了然。就算没有任何解说员，就算你对军事一无所知，顷刻也会明白这是咽喉要地。

它是美洲最古老的西班牙军事要塞，16世纪由殖民者开始修建，由战壕、大型半月堡、防御工事和架在岩石上的十管排炮构成要塞主体。三面被繁茂的热带雨林环绕，有一面朝向广袤的加勒比海，战略地位极其重要。

目所能及之处，除了海水就是荒野废墟。半地下的巨大石窟，依然坚固冷酷地维持着方正的形状，它是金库。殖民者把财富储藏在这里，江山永固。400多年后的今天，依然以残垣断壁揭示着罪恶和贪婪。

城堡或曰要塞，只有一个入口，面向陆地。这就解答了我在观看"信"录像时的疑惑：炮口为何对内？西班牙是海上霸主，需要防御的，不是大海，而是内陆。当地人若是想把自己国家的财宝留下来，从陆地攻打要塞，大炮就要一显身手了。

金库每穴上百平方米，阴森冷寂，斜阳透过茂盛雨林，虚弱地映射入内，带来一派惨绿。据说从16世纪开始，殖民主义者掠夺中南美洲财富，60%以上的财宝，特别是秘鲁的金银，都是由这里运回西班牙。想殖民鼎盛时期，此地藏满黄金，连洞穴顶部的青苔，想必也金晃晃的吧？现在雨水积聚，杂草丛生，蜥蜴、青蛙漫游其中，深处不知有没有蛇？

据说殖民者当年开采金银矿，穷凶极恶。每50个或100个印第安人分列一队，铁链拴起，从星期一被赶下矿井，到星期六才允许走上地面。印第安人常年站在冰冷的水中超负荷劳作，有的矿井很深，矿工们在用皮条编成的软梯上爬行五六个小时，才能到达掌子面。因体力不支或软梯断裂坠入矿井的，不计其数。矿工的死亡率高达70%，那时如果哪个印第安人被征召去矿山，亲友们会事先给他举行葬礼。有的印第安妇女一生下男孩就把他弄死，免得他长大后进矿山，白养活一场。总共约有808万名印第安人葬身矿井，用他们生命换来的金银曾在此地汇聚。仇恨和辛酸，浸满了这洞窟的每一道缝隙。南美印加帝国的黄金白银运到这里卸船，再由船队运往西班牙。西班牙殖民者从美洲共榨取了250万公斤黄金和1亿公斤白银。我大着胆子，向草丛中探了几步，窸窸窣窣的声音敲击耳鼓，是金银当年坠地的袅袅回声还是冤魂不散的嘤嘤哭泣？

出了洞，在岌岌可危的石墙中穿行，无法想象它原来的奢华外表，映入眼帘的都是断壁残垣。我在靠近废墟照相时，先凝神评估一分钟，判断它会不会在揿动相机的那一瞬轰然倒塌？以致照片中睁着探寻目光的我，成了遗像。

我想，巴拿马人可以把这儿当成爱国主义教育基地。

回程的时候，我问那几个日本人："怎么样？"

他们说："很好。完全没有想到这么有意思。"

我不知道这是客气话还是肺腑之言。有一日本MM说："我看到了很大的织布鸟窝，据说里面还有好几个蛋！地上也有几个鸟窝，不过当地人说这都是织布鸟妈妈的废品。它们织好了窝，试一试，觉得不结实，就不要了，丢在树下。下一次来，也许会看到小织布鸟破壳而出呢……"

我们到达的是同一个地方，记忆里的吉光片羽竟如此不同。不管怎么说，我要深深感谢"信"，如果没有他的自主企划，我就会和这个沉重险恶的要塞失之交臂。起码我无法说服固若金汤的日本人下车。无论是两洋交汇还是织布鸟的杰作，一切无从谈起。

一位西方旅行者讲，从战略意义上说，圣洛伦索要塞的重要性完全消失了，你今天能看到的只是一个风景如画的废墟。如果没有事先做好功课，你完全不明白这一切是什么，只会以为这是一个可以俯瞰大海的悬崖旧堡垒。

但圣洛伦索要塞并没有消失，不仅仅指这些废墟尚未化成灰烬，而是它的存在，执拗地证明着这个世界上曾经存在的巨大不平等和剥削。警示着一部分人欺压掠夺另外一部分人的历史，再也不能重演。

# 26 穿行在危地马拉的密林中

　　喜欢半夜船到码头的感觉。突然间晃动停止，得到土地和波涛之间的均衡感。黎明时分探头一看，不再是海天难以分辨的蓝，而是赭色的土地和绿色的植物，还有与老朋友在地平线相见。

　　此次出海，旷日持久加山水迢迢，朋友们怕我出意外时没着落，便把各国有关人员的电话和通信方式给了我，以备不时之需。当我问在危地马拉找谁呢？朋友略顿一下，后来我知道他怕我不好意思，在斟酌回答方式。他悄声说，危地马拉和中国没有邦交。

　　我们在危地马拉，乘坐包机到密林深处的玛雅遗址"蒂卡尔"观光。

　　先是"包机"令人惊叹。想象中很气派，看了安排书才知道，总共70人，乘4架飞机，每架飞机十几人。游客分为两派，一派欢天喜地，觉得飞机越小越好玩，刺激。另一派觉得有风险，心中打鼓。据说危地马拉有过先例，所谓"包机"，就是派来一架军机，连驾驶员可坐4人。少年不识愁滋味的人很希望能碰上这等运气。我随遇而安，听招呼。

　　军用机场，完全没有候机室之类的劳什子，大家站在跑道旁边，看着飞机在身边降落，然后从舱门放下一架简易梯，类似家中从高层取书般的简铝梯子，登上飞机。

　　驾驶舱无门，机舱内可直见仪表盘。也无空姐，更别提水什么的。芦淼的行李无处放，驾驶员态度甚好，让他把行李放驾驶舱里了。朝着太阳飞，晃眼，驾驶员弄了块遮光板，把机头处的玻璃挡了一半。我刚开始有点吃惊，心想要是看不清对面飞机怎么办？后来一想，艺高人胆大，此国飞机也不多，空中撞机的概率很低吧。总之，安之若素听天由命。

在蒂卡尔住的宾馆远看像原始人的棚子，内里的装修却很现代化。听内行人说，此种用芭蕉叶做屋顶装饰材料的建筑，其实很靡费。叶腐易生虫，每三年就要彻底更换，表面上的返璞归真，反倒不环保。

热带雨林，酷热难耐。在湿滑的雨林中行走，对人的体力和意志力，都是强大考验。

密林中，除了古迹，就是动物了。想要看到动物，眼力非常重要。我等只顾看脚下，生怕滑倒，所见很有限，至多看到绿色蜥蜴什么的。偶尔抬头，看到的也只有红头啄木鸟。导游是玛雅人后裔，叫"本地多"（他说自己的名字是"神圣"之意）。本地多说他昨天看到了美洲豹。我们忙问，今天有希望看到吗？

本地多说，看美洲豹必须要夜里，白天这么多人，这么大的人类气味，早把美洲豹吓跑了。

我问，美洲豹吃人吗？

本地多答，美洲豹如果不是饿极了，不吃人。这里是危地马拉国家森林公园，动物种类很多，可吃的东西很丰富。美洲豹通常不吃人。

本地多非常热爱自己民族的文化，讲起历史来，充满感情。他说"蒂卡尔"是"声音之城"的意思。我问，声音怎么能成为城市呢？本地多说，蒂卡尔原本是有回声的，如果你站在城市的中央说上一声，四周的建筑会有多次声音折射，远处也可以听到回音，这与玛雅人的天文和数学计算知识有关。只是现在建筑残破了，奇迹般的效果已无法复现，空留地名。

我们说，在遥远的中国，我们也有这样的建筑，叫天坛回音壁。将来欢迎你去看看。

本地多答，他早就听说中华文化和玛雅文化之间有神秘关联，他将来一定要到中国去看看。

本地多真不愧是玛雅人的后代，经常在绿色密林中，一眼发现各种动物，指点给我们看。比如浣熊和一群猴子在快乐地嬉戏。

蒂卡尔，这个名字对大多数人来说，十分陌生。一是因为中南美洲距离我们太遥远了，不单分属东西半球，而且还隔着南北半球。二是因为危地马拉和我国至今没建交，处于隔膜状态。蒂卡尔的具体位置在危地马拉北部佩腾省东北部的丛林中，耸立在原始热带密林中，周围沼泽环绕丘陵密布。它是玛雅文化最重要、最大的城邦之一，也是迄今为止所发现的历史最悠久的玛雅古城。

蒂卡尔昌盛繁荣了 1000 多年，占地面积达 130 平方公里。从公元 300 年到公元 900 年，大约有 29 个君王在此定都。据研究，在它鼎盛时期，人口有 6 万人。依我个人的观察，觉得当地人数远比这个要多。比如说这一带现在还遗有 3000 多座建筑，总不能一座建筑里只住几十个人吧？虽说有的金字塔，并不是用来住的。但这么大体量，总要有人来修建吧？如果只有 6 万人，修得起来吗？由于我们所不知道的某种原因，蒂卡尔城如同魔术师遗弃的道具，在原始森林中销声匿迹，偃旗息鼓数百年。

1893 年，美国探险家约翰·斯蒂文斯，在热带丛林中艰难跋涉。密密的树枝和悬空的巨大藤条使他寸步难行，不得不常常在灌木丛中绕来绕去（这个感觉，就是现在在蒂卡尔的热带雨林中行走时，也依然感同身受，疲惫到几近绝望）。突然，斯蒂文斯脚下传来异样的感觉，好像踏上了一个石砌台阶。他欣喜地走下去，找到了台阶节奏，一步一步地随着台阶不断攀登。职业的敏感性使他马上意识到，这是人工雕琢而出的，可能是人类古文明遗址。果然，丛林中的阶梯，通向一座巨大的精美石像。这是玛雅神殿的遗址，千百年来被四周密林和巨藤遮挡得密不透风，人们离开它 100 米远，就难以发现。

说实话，我对这一类探险家自述的遗址发现过程，总是心存异议。在柬埔寨吴哥，也曾听到这种说法。

18 至 19 世纪时，柬埔寨遍布浓密原始森林。1861 年，法国生物学家亨利·穆奥为捕捉一种珍稀的蝴蝶踏上了这片土地。他先是沿着湄公河支流漂到了一个大湖中，就是今天所说的洞里萨湖。穆奥在湖岸登陆，带着 4 名柬埔寨随从人员，劈开热带灌木丛，向森林深处走去。走了一段路程之后，当地人宣布不再往里走了，他们乞求说，不敢进到森林深处，前面有很多魔鬼，魔鬼会使人迷失方向。居住在森林里的居民们也都陆陆续续搬走了，只剩下一座很大的古城，孤零零地耸立在那里。

穆奥很好奇，想：莽林之中怎么会有城市呢？他顿觉搞清楚这件事，比捕鸟捉蝴蝶重要万分。赶紧给 4 个随从加薪，说服他们继续上路。第 5 天，正当穆奥因为一无所获准备败兴而归时，突然发现在不远的森林里，显露出 5 座高大的石塔。

穆奥在《高棉诸王国旅行记》一书中是这样描写这个瞬间的："辽阔的森林中，圆形弧顶、五重塔的巨大廊柱遗址独自耸立于天际，孤寂地伸展于绿林之上，当目光触及这座美丽又端庄的建筑物时，仿佛拜访的是一个种族全族的族墓。"

这就是著名的吴哥窟。穆奥怀着极大的兴趣，沿着浮雕阶梯，步履蹒跚地登上了中间石塔顶部。它高达 75 米，在塔顶极目远眺，无尽林海山呼海啸般涌来。它的四周如同岛屿般耸立着无以计数的高大而优美的建筑。穆奥返回法国后，大肆渲染他的发现，却没人在意他的话。数月后，穆奥又一次到柬埔寨密林探险，不幸染上疟疾，离开人世。

后来，世人证实了穆奥的发现。定论——1861 年 1 月，法国生物学家亨利·穆奥为寻找热带动物，无意间在原始森林中发现了宏伟惊人的吴哥遗迹，并著书《暹罗、柬埔寨、老挝诸王国以及印度支那中部其他地区旅行记》，把奇迹介绍给全世界。

柬埔寨导游说，我们世世代代生活在这里，我们一直知道在密林中，有这些伟大建筑，有我们祖先的亡灵和我们的历史，怎么能说是被法国人发现的呢？吴哥一直存在着，我们都知道，只是他们不知道。为什么我们知道，就不算知道，只有他们知道了，才算知道，然后把这称为"发现"呢？

这话说得很有道理。假如我们孤陋寡闻，从不知道意大利的罗马，而当地的意大利人都知道。有一天，我们漂洋过海到了亚平宁半岛，突然看到了罗马凯旋门和斗兽场，大吃一惊。能说我们发现了罗马吗？

如果说，只有著书立说，让世人知道了此地，才算是"发现"，那么，比穆奥更早将吴哥写入书里的，是一个中国人，叫周达观。

这是至今还让中国人感到陌生的名字。周达观，元朝成宗元贞元年（1295 年），奉命随使团赴真腊访问，次年抵达柬埔寨，在那里逗留一年多，回国后，把所见所闻用游记形式写成了《真腊风土记》。周达观巨细无遗地记录了他所见到的吴哥，此记录，不但是最早记录吴哥窟的史料，也是吴哥化为废墟之前留下的唯一文字存照。1903 年，法国伯希和就将周达观所著的《真腊风土记》译成法文。也不知道穆奥读没读过这本书，我怀疑他读过。

当我们参观约旦的佩特拉古城时，也听导游说，此地是在 1812 年被瑞士旅行者约翰·路德维格·贝克哈特发现的。更不要说举世皆知的——意大利航海家哥伦布发现了美洲大陆、葡萄牙航海家麦哲伦发现麦哲伦海峡等一系列丰功伟绩。

什么叫作"发现"？字典上是这样解释的——经过研究、探索等，看到或找到前人没有看到或找到的事物或规律。

约旦的佩特拉古城，不是"前人没有看到或找到"，当地的贝都因人一直都知道并护卫着它的存在。吴哥窟也不是"前人没有看到或找到",当地的高棉人也一直知道它的存在。同理,危地马拉的蒂卡尔,也不是"前人没有看到或找到",当地的印第安人一直知道它的存在。那么,把这一切都命名为"发现",正义吗?

说到底,这是欧美发达国家的话语霸权,是一种以西方为世界中心来观察世界的偏仄视角。从 16 世纪欧洲文明率先进入大航海时代,由于技术突飞猛进,加上坚船利炮开疆拓土,使得殖民主义者们不断"发现"着,并通过战争与征服、好奇与猎奇,让"发现"演化成了居高临下的统治。紧随其后的欧美人文学者,虽然他们本人或许没有抢劫和杀戮,但并没有放下高高在上的身段,如入无人之境,完全无视当地人的权利。只要他们不知道的,就绝对空白。至于当地原住民,知不知道没有任何意义。我看到了、我来过了、我描述了、我定义了,这就是我的发现,全世界都要公认。

好比你从来没有看到过月亮,但无数的人都看到过月亮,只是你蒙住了双眼。有一天,你突然看到了,大叫一声,说,哈,我发现了月亮!从此,月亮就被你命名,月亮的研究从你看到它的那一天开始计算。这不极为可笑?

你至多可以说是你在那一刻"找到"了月亮。而且,这仅仅限于你的视角。这个世界上有很多视角,八面来风。

穆奥"找到"了金字塔和古代城市遗址,引起举世震惊。各国的考古学家和探险家蜂拥而至,足迹踏遍了危地马拉、洪都拉斯、墨西哥的玛雅人各处遗址。蒂卡尔城里,古代玛雅人用石头和石灰做建筑材料,一共建起了大小金字塔共有 300 多座。金字塔都以大方形地基为底,斜截锥形,陡直的线条,直插苍天,外观匀称挺拔(埃及的金字塔胖乎乎的)。危地马拉政府拨出专款在其周围 576 平方公里的土地上,开辟建造了蒂卡尔国家公园。

巨豹神庙是蒂卡尔城保存最完整的建筑物之一,它是台阶式金字塔,共有 9 级,单独有道台阶直通塔顶高达 47 米的神庙。与其遥遥相对的是 2 号金字塔,46 米高。与它相距半公里处是最高的 4 号金字塔,高 75 米,站在塔顶可眺望蒂卡尔古城全貌。5 号金字塔 57 米。此外还有一些规模较小的金字塔。说来令人惊奇,这座伟大城池当年自信满满,并不怕别人侵略,周围并没有任何防御设施或是堡垒,只在北面有条护城河。

公元 9 世纪,蒂卡尔开始衰落。大广场上树立着几十块纪念碑,被学者们称为"石碑仪仗"。它们像中国商代铜鼎,排列整齐,记载着当时的重大事件。最早的一块石碑建于公元 292 年，最晚的一块建于公元 869 年，此后就突然停止雕刻了。石碑像编年史，记载了蒂卡尔的兴盛，却没有留下它消亡的原因。曾经无比强大的蒂卡尔城邦，莫名其妙地被遗弃在丛林中。繁华都市沉沦荒芜，有着无数辉煌建筑物的古城，被逐出了历史。

蒂卡尔遗址离现代都市非常遥远，以前都是步行或骑骡马，披荆斩棘方能进入。

此次乘机时，我跟领队半开玩笑说，我可不可以和我儿子分乘两架小飞机？

那没有说出来的话是——如果飞机真的失事了，如果我和儿子一块儿殉了自己的爱好，我家还剩下的那一口人，日子太难过。分开来，两架飞机都失事的概率，会小一点。

航班都是事先排好的，我的要求未被允许。上了小飞机，机舱不密闭，没有恒压。幸好飞行高度不是很高，除个别人感到胸闷不适，基本尚好。不过，我和芦淼携带的水杯，因为无密闭扣，在急剧压力的变化下，猛然迸开，水洒了一挎包。相机和信用卡等被浸透，手忙脚乱地抢救，把周围几个人的纸巾都搜罗来蘸水。小小混乱。

本着节约原则，我们原本预订的是三星级酒店。事到临头，当地旅游公司发来信息，说此地治安不良，为了游客安全，强烈推荐五星级酒店。我们每天支出要增加 50 美金，虽说囊中羞涩，但客随主便，尊重人家安排，于是忍痛住进当地最好的酒店。

我住二楼，推开阳台门，满目莽莽苍苍的密林。住在一楼的人，干脆能直接从露台走到绿莹莹的草坪上，不远处湖水荡漾。

顺着草坪的另一方向是茂林，小湖风光绝美，据说是陨石砸出来的坑，自在天成。每天早上不少人凌晨即起，坐小船到湖尽头去欣赏日出。看完日出，雨林漫步。早上是猴子进餐时刻，黑猴在树冠上跳来跳去。我等眼神不济之人，多半只能听到声响，待循声音探寻而去，只见绿叶翻飞颤抖，肇事者早已消遁。巴掌大的蝴蝶，像一片片蓝色云母，闪着磷光翩翩起舞。

有一奇怪事。宾馆地面，洒有一簇簇药粉。刚开始我以为是药杀蟑螂，后来才知道，是为毒蛇而备。冰凉滑腻的冷血生物，密林中无所不在。半夜时分，会从人所不知的缝隙游进房间，此药是为保护客人安全。听罢，魂飞魄散。如半夜起来，朦胧中看到拖鞋里盘条五彩斑斓毒蛇，怕会吓得像许仙一样昏死过去。据说如果不主动招惹毒蛇，它们也不一定非要取你性命，也许会独自溜走。当地人说，这种粉末并非毒药，只是发出一种淡淡的刺鼻味道（人闻起来并不很难受，估计毒蛇和人

蒂卡尔的纪念品商店

嗅觉不同），毒蛇会退避三舍。

想要看到古代玛雅人最壮观的金字塔不容易，从蒂卡尔国家公园的门口开始须步行三四小时才能到大广场。赶上雨季，时间还要更长。小路两旁隐藏危险。有片水塘是鳄鱼天堂。还有某种树的叶子，简直是黄蜂的前世，一旦碰到它就会浑身瘙痒刺痛一整天。无所不在的蚊虫更是猖獗。丛林是它们的老巢，而人类是非法侵入者。蚊虫是集体主义典范，喜爱扎堆。万一遭遇蚊阵，黑压压的一团，围绕中心旋转，组成蚊虫银河系。一见之下慌不择路逃之夭夭，若被这种热带雨林中的大蚊子垂青，也许会成为丛林烈士。

感谢玛雅人向导一路引领，不必像当年探险家挥舞砍刀杀出一条血路。本地多不断郑重提醒我们，紧紧跟随他，万不可走偏，不可擅闯路旁树丛，谨防危险。在一棵树根旁，看到一个巨大的泥团，椭圆形，直径约60厘米，精致螺纹层层叠叠，构造细腻。芦淼好奇，想拿树枝去捅一下，被本地多一眼瞧见，厉声制止：那是白蚁窝！底下还串联着其他白蚁窝，里面白蚁数量超过地球上的人口总和……

所有的艰苦和怨言，都在看到丛林金字塔时冰释前嫌。外貌惊险、俊朗挺拔的金字塔，是蒂卡尔的地标性建筑。它不像埃及金字塔那样四平八稳，也不像墨西哥金字塔那样大讲排场，占地铺张。蒂卡尔金字塔最主要的特点是"锋利"，在金字塔里属最苗条身材。它的斜度达70度，因而有人称之为"丛林大教堂"（真是欧洲人癖好，把什么都用熟悉的东西来命名。我对天发誓，玛雅人的金字塔一点都不像教堂）。

想当年，沿着陡峻得令人眩晕的石阶，玛雅王一步步进入金字塔顶端，玉树临风修身屹立，万众匍匐。他高得仿佛升入天际，仰着头，与众神窃窃耳语。在令人惊骇的仪式中，获得超越世俗的力量。这种极高建筑，除了祭祀的宗教作用，也是科技大舞台。在金字塔顶端，玛雅人观测星象，制定历法，建造起非凡的文化体系。这里是天人合一的圣地，距人远，距神近。说来我辈凡俗人等，本不应僭越，是时间给了我们特权。金字塔现在允许游客攀爬，只是出于保护目的，建了木质栈道。

我一步步爬上，腿软心跳颇觉吃力。好不容易登上64米高的神殿顶端，百感交集。我并非任何一个教派的信徒，但眼前古文明的遗迹所带来的震撼，没有亲身经历过的人难以想象。天空如蓝宝石般澄明，巨风扫荡，冷汗涔涔。鸟瞰四周的原始森林，万物萧索。野鸟啼叫，树丛中不知隐藏了多少神灵的秘密，畏惧之感油然而生。又似在悬崖峭壁之上，有轻身而下之冲动。

玛雅人留下辉煌文明。他们创造的太阳历，迄今为止没有多少人能够看懂。高超的建筑工艺，孕育了历经时间洗刷依旧璀璨屹立的大金字塔。无人知晓，什么力量驱使他们堆砌如此宏大庄严的金字塔。

好在写下以上文字的时候，我约略猜到了起因，觉得在精神追索层面上，懂得了玛雅人的心。这个破译，让我万千感慨。世界上所有的金字塔，都在模拟一座伟大的山峰。至于玛雅人和那座山峰是什么关系，我不是专门的学者，还没有更多的研究。我相信沿着这个思路走下去，也许别有洞天，金字塔就不再是鬼神莫测的天书。

"玛雅"，究竟是什么意思呢？当我离开这片丛林时，我问本地多。

他想了想，说，在玛雅语里，这个词的意思是"我和你"。

本地多说，当年西班牙征服者第一次踏上玛雅人的土地，他们问一个玛雅人，这里是什么地方？玛雅人不懂他们的语言，以为问的是"还有谁？"就用本民族的语言回答他——"玛雅"，意思是这里只有"我和你"。西班牙人以为这个地方就叫"玛雅"，故得名。

我说，有些西方的研究者说玛雅古迹和历法，可能是外星人留下的。

玛雅人的历法和天文知识究竟精确到了什么程度呢？他们把一年分为18个月，测算出每个地球年为365.2420天，现代人测算为365.2422天，误差仅0.0002天。他们测算的金星年为584天，与现代人测算的误差极小。多么令人难以置信的数字！

我以为本地多很中意这种说法，起码也会持中立的研究态度，却不想本地多一下子愤然起来。对，愤然还不足以表达本地多的情绪爆炸，精准讲应是怒火冲天。

本地多说，西方人为什么这么说？因为他们看不起玛雅人，觉得自己未曾掌握的文明和技术，玛雅人就不配拥有。玛雅人就是有非常精确的天文历法，就是能建造出辉煌的金字塔。他们解释不了，又不想承认玛雅人的先进文明，就瞎编什么外星人，觉得只有靠外星人，玛雅人才能发明建造出这些东西。我要说，这都是玛雅人独立研究和建造的，和外星人没有丝毫关系！

我赶紧向本地多诚恳道歉，说自己不应该鹦鹉学舌，拾西方人的余唾。

玛雅人和中国人之间，隔着浩瀚的太平洋，但又有很多相似之处，特别是和三星堆出土文物，更有一种神韵相连。我不是这方面的专家，仅为普通游客。危地马拉因为当时与我国未建交，联系更十分稀少。翻译小唐后来给我发了资料，说玛雅语和汉语有很多相同之处，有专门学者曾进行过研究。材料十分专业，容我做点摘录。

玛雅语和汉语的共同词在100个基本词中，占26个，减去4个可能偶然相似的，还有22个两种语言共有的词。依据统计概率，两种语言的共同词，如果有22个，分开的时间是 5000 年，这也就是玛雅人和中国人分开的时间。这个时间与语言学、考古学、人类学和历史学的已有研究结果，非常一致。研究表明：

1. 原始玛雅语在 4600 年前开始分化为现在的各玛雅方言。

2. 在玛雅地区考古发现的最早陶器制造于 4500 年前，已相当成熟。

3. 玛雅古文献把历史、历法开始的时间定在公元前 3113 年，也就是大约 5000 年前。

4. 学术界认为，玛雅人是最晚从亚洲到美洲的。而古代亚洲人到美洲的最晚时间是 5000 年前。

5. 传说玛雅人远祖从西方来，或是从北方乘船来。从中国到美洲大方向是自西而东，如果乘船顺太平洋洋流沿日本、千岛群岛、阿留申群岛，再沿美洲海岸向南，到达中美洲，就是从北方乘船来。

玛雅人与中国人同种。美洲的印第安人是从亚洲去的，属蒙古利亚种，这已成为世界人类学家的共识。玛雅人也属蒙古利亚种，许多去过玛雅地区的人都能看出玛雅人酷似中国人（这一点实在是令人惊叹。你有的时候会觉得他们怎么可能是外国人呢？自己家的邻居就是长这个样子啊！真是讶异）。

我并不觉得如果两个国家的文化有所关联，或者是说某国的文化更为古老就是祖宗，后起之秀就是孙子，两者有长幼尊卑之分。不，并非如此。世界上的国家，无论大小，都是平等的。世界上的优美文化，无论古老与否，都值得尊重。搞清楚它们之间的联系，对于人类认识自己，对于这个世界更加和平和谐，是有趣且有利的。

我对本地多说，中国有个地方叫三星堆。

本地多兴奋地答，我知道。

我奇怪，说，你怎么知道？

本地多说，凡是到过危地马拉，看到过玛雅人文化的中国人，都会说起三星堆。说那里出土的文化，和我们玛雅人的文化，有很多相似之处。

我说，有一天，你能到中国去看看，看看三星堆，你会得出自己的结论。

本地多无比神往地说，我一定要到中国去，我一定要亲眼看看三星堆文化。

我们说，中国欢迎你！

# 27 如果我是 墨西哥城的卫士

晚上吃饭时，我们几个中国人商量好了，明天早上7点8分，也就是中国北京时间的2008年8月8日晚8点8分，是奥运开幕的日子，我们要齐聚"和平号"甲板之上，面向祖国，与祖国人民同庆！

早上5点我就醒了，天还墨黑，浮想联翩。"和平号"此刻航行在墨西哥附近海域，和北京相隔20,000公里，家里不知道多热闹啊！

时间到了，我们登临甲板，面向祖国方向，展开了国旗。这面旗帜，是我临出国时特地买的，不论我们身在哪里，心都和祖国在一起！

我们向船方要求，希望奥运期间，看到电视转播。船方挺重视，很快答复说能理解我们的心情，只是他们的收视频道都是提前买下的，现在无法增加。我们就在心中为祖国加油啦！

在墨西哥登陆后，我基本上就干了一件事——生病。

发烧，剧咳。

躺在墨西哥城旅店里，除了卧床吃药，只能在体力稍能坚持时翻翻书，对墨西哥历史多少有一点点了解。一日，芦淼到墨西哥国家人类学博物馆去参观（他想留下来照顾我，我说当过医生，能医得了自己的病。请他尽量去多看看墨西哥）。卧床久了，腰痛欲断，吃了强力的退烧药后，勉强下楼，在旅店厅堂的椅子上坐着发呆，走来一位东方面孔的老年男子问，日本人？

我摇头，回答，中国人。

他说，我也是。起码以前是，现在在美国。看你气色不好，特来问一下是不是需要帮助？我太太懂一点医的。

他用手指了一下，不远处一位面色和善的西方女性朝这边点头。

我说，谢谢。初到这里，身体不适。已经吃了药，好些了。

老先生问，来旅游的？

我说，是。您呢？

他说，我和太太是来邻国开一个有关海洋的学术会议。会开完了，我们就顺道来墨西哥旅游两天，明天就要返回了。

我本无精打采，有一搭没一搭地应和着，听到"有关海洋"的话，稍来了精神。这一路劈风斩浪，与海洋有关的都不敢怠慢。我竭力振作起来问，您是研究海洋科学的？

老人道，只是研究海洋的很小一部分。

我说，海洋的哪一部分呢？心想，也许是研究某种鱼的。

老人反问，你对海洋的了解如何？

说来，我还是中国海洋大学的客座教授呢，只是对海洋了解甚少，绝不敢班门弄斧。忙说，我只是坐船而已。

老人说，我所研究的是海洋表层温度变化领域。

我说，何谓海洋表层？

老人说，海洋表层，就是指海洋表面深度 100 米以内的区域。

我说，这一层面，有什么变化呢？

老人说，它的温度在最近几十年内，提高了。

我说，这和全球的温室效应有关吧（按照日文说法，叫作"全球温暖化"，"和平号"也在不断讨论这个问题）。

老人说，正是这样。这是全球化的问题。海水占地球表面积的 70% 以上，要是整个海洋变暖了，必将给人类的生存带来巨大的改变。

我说，海洋表层温度提高了多少？

老人神色冷峻起来，说，提高了半度。

我一下子松了一口气，说，我以为提高了多少呢，原来只有半度。

老人严肃地说，你不要以为半度是个小数目，其实很可怕。就像一个人经年累月地发低烧，这还是一件小事情吗？

我非常惭愧。是啊，如果整个大海沸腾，人类的末日就到了。

那日后，我的病不但未见减轻，反倒更重，高烧不止。也许，是对我轻慢海温升高的惩罚。人不能发烧，地球也不能。半度也可怕。

我是从墨西哥的阿卡普尔科上岸，进入这个神秘国度的。

1565 年，西班牙修道士安德烈斯·德乌达内塔，发现了太平洋黑潮。黑潮并不是潮汐，"潮"在这里指水流。在西北太平洋西部，浩瀚的水面上"漂浮"着一条墨水般的深蓝色水带，看去近似黑色，从台湾东部洋面开始，弯弯曲曲向北延伸，转向日本东部，渐渐融汇于北太平洋洋流之中。黑潮的海水流动速度很快，温度也比别处高。在科技尚不发达的古代，可以想见，如果能在黑潮之中顺势而为，可大大节省远航的时间。

那时候，闻名遐迩的中国之船运载东方货物起锚，巨大的船只乘着黑潮，经菲律宾马尼拉港横渡太平洋，最后抵达阿卡普尔科，这就是海上"丝绸之路"。货物林林总总：布匹、丝绸制品、首饰柜、珠宝盒、梳子、铃铛、屏风、瓷器、玉石、琥珀、宝石、珍珠母、铁、锡、铜铅、硫黄、火药等无所不包。

有去的，也有来的。大量物资从墨西哥漂洋过海，抵达东方。计有：银条或银圆、染料用的胭脂虫红、种子、甘薯、烟草、鹰嘴豆、巧克力和可可……船借助厄瓜多尔季风航行，在马尼安纳斯岛和关岛补给食物和水，继续航行至菲律宾群岛，然后进入中国。

晚清民国年间，外国银圆大量输入中国，用得最广泛，最获好评的是"鹰洋"，即墨西哥产。据清朝宣统二年（1910 年）调查统计，当时中国流通的外国银圆约有 11 亿枚，其中有 1/3 为墨西哥鹰洋。

墨西哥银储量居世界第一，所铸银圆正面图案是一只雄鹰，故得名"鹰洋"。鹰张着翅膀，嘴里叼一条蛇，伫立在一棵从湖水岩石长出来的仙人掌上。造型下方由橡树和月桂的枝叶环绕，象征着力量、忠诚及和平。鹰洋成色较其他外国银圆为佳，人们乐于使用，在中国南部、中部各省流通非常广泛，几乎成为主币。

我们从阿卡普尔科乘飞机到达了墨西哥城。晚上，当中国已经进入 2008 年 8 月 9 日的时候，我们还沉浸在当日奥运会开幕的喜悦当中。晚上当地人设宴招待我们。很长时间没吃到正宗的中国菜了，席间快乐无比。我急问，开幕点火仪式是怎样的？

当地华人领袖想了想说，我能理解你的心情，可我不告诉你。你还是亲眼看电视吧，太出乎意料，整个仪式非常震撼。我先说了，你此刻虽满足了好奇心，可从整体上会减弱美好印象。所以，您还是忍着点吧，我这是为了您好。

我接受了他们的好意。

在餐厅吃罢饭，走到街上。因为是单行道，车子要从另外的街区绕过来，我们大约等了5分钟。下雨了，墨西哥城是干旱地方，雨水是清凉和温润的代名词。

我轻轻咳嗽了一声。

当地华人领袖很警觉地问了一声，毕老师前几天就有咳嗽吗？

我说，没有啊。每天在海上航行，您知道海上空气非常新鲜，生活也很规律，一切都好，并无咳嗽。

那位先生又问，毕老师可患感冒？

我说，没有。

那位先生说，可我听你刚才的咳嗽，引发担心。墨西哥这里，有一种非常厉害的怪异感冒，刚开始的症状就是你这种音调的咳嗽，对当地人来讲，似乎不大要紧，但对外来的人，却非常厉害。咱们对此种感冒毫无抵抗力，一得上，病状就十分严重，几乎百药无治，最少要20多天才能好。我觉得您有点……可疑。回到酒店后，您赶快吃药吧。带着药吗？

我说，有药，谢谢！心想，就一声咳嗽，就能下此诊断吗？难道您是扁鹊再世？

半夜，猛地惊醒，浑身滚烫。伸手摸了一下额头，像一张正在翻烙的饼，干热无汗。数了数脉搏，约在每分钟140跳。估计体温当在39℃以上。最要命的是从骨髓里渗出无助感，莫名恐惧。

我很奇怪。我是有执业资格的内科主治医生，曾行医20多年。虽说这些年不开处方疗治别人了，但给自己治病还绰绰有余。我一向对身体很有把握，绵延数万里的航程中，都十分健康，哪能在到达墨西哥的第一天，就败下阵来？

我在高烧中困难地驱动脑筋做出判断：我觉得是一种高致病力的病毒侵入身体。记得在飞机上，我旁边的乘客是个墨西哥人，好像有感冒症状，不断打喷嚏。我当时略觉不安，但飞机空间狭小拥挤，没有任何方式躲避，只有听天由命。况且我相信自己没娇气到坐在感冒病人旁边，就一定中招。

现在，寻找发病理由并不重要，重要的是我该怎么办呢？先把药服下再说。

药力几乎无效，奇怪的无助和恐惧感，越发蔓延。

有点奇怪。我的身体是我的好朋友，它极为配合我，听我的话，任劳任怨。当它感觉不适的时候，会以顽强的方式向我报告它的意见。无论是对某个人的第一印象，还是对一件模棱两可的事的选择，它都会以自己的方式表达好恶。如果理智听取了它的意见之后，仍旧坚持初衷，它也会很识大体地转而全力支持我的理性选择。

　　可是，我不由自主地流泪了，宽大的枕头被浸湿。尽管我高烧得有点糊涂，还是对自己流泪深感好奇。不至于如此悲戚嘛！

　　面对大西洋飓风掀起的滔天巨浪时，我一点都不害怕。只是扶着墙，蹒跚走到楼梯口，隔着通往甲板的玻璃门，盯着风浪看了一会儿。那时所有通往外界的门，都被粗大的锁链缠住，严禁任何人走上甲板。船方怕旅客被冲上甲板的浪花席卷而去，生不见人死不见尸。那一瞬，我觉得自己应该害怕，怕到胆战心惊。今后我对旁人说当时害怕，没有人会嘲笑我。如果我说后悔，想来也是人之常情，大家都觉得可以理解。可是如果我说一点都不害怕，一点都不后悔，我猜一定有人齿寒冷笑。觉得我是打肿脸充胖子，反正最终也没有掉到海里喂鱼，没有死无葬身之地，就给自己打扮出一点英雄气概。所以，当我现在要告诉你，我在狂涛巨浪中，不害怕不后悔的时候，还真要有一点勇气。这是个嘲笑勇气的时代，把自己抹黑，说曾胆小如鼠，易博人同情，觉得你真实可信。反之，则很有虚伪和卖弄之嫌。

　　想来想去，我还是如实说吧。惊涛骇浪那一刻，我不害怕不后悔。看完风浪之后唯一所想的就是——风浪足够大，如果倾覆，死亡的过程不会超过几分钟，应该没有太大痛苦吧？我从决定出海的那一瞬，就做了最坏的思想准备，我可能为了我的理想，付出生命。

　　看了大西洋如同世界末日般的飓风景象后，我一寸寸扶着墙壁，慢慢挪回舱房。爱信不信，这是人们判断的自由。但我不能因为怯懦，就亵渎了曾经在风浪中镇定自若的我。我既不怕风浪，也不怕人们误解。不过在抵达墨西哥城的第一个夜晚，我真是慌了。而且，最糟糕的是我并不知道自己怕的究竟是什么。我相信我的身体，相信它的这种持续报警，一定是有原因的。它用这种非同小可的倔强态度，提醒我要高度注意。

　　可是，它到底要我注意什么呢？

　　这时，退烧药的药劲儿慢慢过了，汗不出了，高烧卷土重来，我觉得浑身像是一堆烧热了的桑拿浴石块，只要有一丝水溅到皮肤上，顷刻之间就会变成袅袅蒸汽。也许是身体的再次高度不适，启发了我。我终于明白身体递给我这封鸡毛信的含意了。

身体对这次感冒非常陌生，在它的记忆库里，找不到类似经验。对于这一次的入侵者，它毫无抵抗力，目前完全束手被擒。它一筹莫展，只能和疾病对峙，谈不到任何好转或战胜它的迹象。身体希望我千万不要掉以轻心，不要驱使它做更多的活动，它要全力以赴应对疾病来袭……

我明白这一次非同小可。我总算破解了身体的恐慌，我对它说，哦，明白了。我立刻取消今天的活动，在家休息。既然是病毒入侵，现代医学没有好方法可治，只能依靠抵抗力，所以，你也不用慌。我相信你基础很好，底子不错，病毒没有什么了不起，咱们能对付得了。不怕。

再次和身体交流之后，深深的恐慌感减轻了。身体不再吓得乱抖，稍感安定，重新定住神，尽管虚弱和痛楚依旧。

早上，我喝了大量的水。病毒感染，要加快血液流速，让身体释放出更多白细胞和抗体，到前线去战斗。我对芦淼说，我今天病了，不能去参观了。

芦淼嘘寒问暖之后说，你不是一直特别向往墨西哥吗，就这样放弃了？

我说，心有余而力不足啊。

总躺着也没意思。我有时会在吃药后到楼下看看街景，有时就倚靠着窗户，俯瞰这座巨大的城市。目所能及的墨西哥城，像一张巨大的现代化煎饼，铺排到遥远天边。历史上，在恢宏建筑的地基里，还曾有一座无比灿烂的城池存在过——阿兹特克人的首都特诺奇蒂特兰。

墨西哥阿兹特克和印加、玛雅文明，并称美洲三大古文明。阿兹特克是文明古国，土地面积相当于今天的意大利，人口大约 2500 万。15 世纪上半叶，阿兹特克人与附近的特斯科科和特拉科潘两个部落结盟，建立起中美洲当时最强大的部落联盟，国王是蒙特苏马大帝。

阿兹特克农业非常发达，主要作物有玉米、豆类、南瓜、马铃薯、棉花、龙舌兰等，还饲养火鸡、鸭、狗等禽畜，利用特斯科科等湖泊发展人工灌溉系统，有 1.5 万条人工渠道。它的富饶，引得欧洲殖民者高度垂涎。

1519 年年初，名叫埃尔南多·科尔特斯的西班牙人，自告奋勇前往墨西哥，为西班牙国王掠取新的财富。他率领 508 名步兵、107 名水手、200 名古巴印第安士兵和 16 匹战马，乘 11 艘帆船向墨西哥进发。西班牙士兵使用的火绳枪射速慢、准头差、装填烦琐，在瞬息万变的战场上往往只来得及开一枪，并无太大优势。

1520 年 6 月 30 日夜晚，阿兹特克人骁勇顽强地进行反攻，西班牙入侵者有的战死，有的溺水，一败涂地。这一战，西班牙人损失了 2/3 的兵力，科尔特斯带着 2 名翻译、1 个船工、23 名骑兵仓皇逃跑，侥幸摆脱了追击。科尔特斯后来称这一天为"悲痛之夜"。

墨西哥阿兹特克人却最终败落。当时，他们欢呼不止，自认取得了战争的决定性优势。悲剧隐藏在凯旋之中，他们俘获的西班牙战俘以及收获的战利品上，沾有天花病毒。天花当时在欧洲流行了上千年，欧洲人有抵抗力，但阿兹特克人对此病的抗体缺失，一片空白。他们被天花病毒感染，在半个月时间里，大批阿兹特克人因天花死去。

他们不知道天花为何物，也没有任何方法治疗。下层贫民感染，贵族也无法幸免。英明的库伊特拉华克国王，在登基仅 4 个月后也死于这种可怕的疾病。天花贵贱通吃踏血前行，毁灭了阿兹特克帝国几乎所有的军队和帝国 25% 的人口。当时的传教士莫托里尼亚写道："印第安人在天花面前不知所措……他们成堆地死去。在许多地方，屋子里的每个人其实都已经死了。我们没有这么多人手去埋葬他们，通常都是把房子摧毁了事，这样屋子也就成了他们的坟墓。"

西班牙殖民者乘人之危，重整旗鼓卷土重来。阿兹特克帝国军事指挥系统，因为天花爆发而濒临崩溃，就算没死从天花中侥幸活下来的士兵，也都无比虚弱，没有作战力。西班牙占领军宣称：几乎无法穿过街道，街上到处都是天花死难者的尸体。1521 年，被包围的阿兹特克首都，人口从原来的 30 万锐减到 15 万，活着的人也大多染病。同年 8 月，饱受天花折磨后，阿兹特克最后一任国王向征服者科尔特斯投降，辉煌的阿兹特克帝国就此覆灭。美国学者霍华德·马凯尔德在《瘟疫的故事》一书中，引用了征服者科尔特斯的话："除非你把靴子踩在一个红人（印第安人）的尸体上，否则你无法走路。"占领军在城中大肆屠杀并将该城彻底毁坏，在其废墟上建立墨西哥城。

关于阿兹特克人是怎么感染天花的，史书上的说法也各有不同。但天花是西班牙人带来的，这一点毫无疑问。我找到一个例子，或可举一反三。

1763 年，英国殖民者入侵加拿大，遭到当地印第安人的激烈反抗。一天，正在顽强抵抗侵略者的两名印第安人首领，忽然收到了英国人送来的"礼物"——毯子和手帕。难道英国人有意讲和了吗？没见过这类"西洋"织物的善良单纯的印第安人，不能拂了人家的面子，出于良好愿望，他们收下了这些礼物。然而没过多久，印第安人开始陆续发病。失去了战斗力，许多人甚至病亡。英国人捂着嘴巴窃笑不止，他们不战而胜。原来，1763年3月，英国驻北美总司令杰佛里·阿默斯特爵士，写信给当时在俄亥俄－宾夕法尼亚地区进攻印第安部落的亨利·博克特上校。信中他写道："能不能设法把天花病菌引入那些反叛的印第安部落中去？在这时候，我们必须用各种计策去征服他们。"博克特上校心领神会，命令部下，从医院里拿来了天花病人用过的毯子和手帕，上面沾染了天花病毒。于是就有了我前述的那个可怕故事。几个月后，在印第安人世代安居的土地上，一种从未见过的险恶疾病迅速流传，杀死了无以计数的印第安人。英国人用这种卑劣的"礼物"，迫使印第安人无条件投降了。

美国经济史学家贡德·弗兰克在《白银资本》一书中说，在殖民者到达美洲后的一个世纪，当地人口减少了95%。其中，中美洲玛雅文明区的印第安人口从约2500万减少到150万，印加文明区的印第安人口从约900万减少到60万，今天美国境内的印第安人口从500万减少到6万。

总之，美洲原住民在欧洲人及其后裔的殖民征服和统治下，人口减少了数千万甚至近亿，这是史学界公认的事实。人类历史上空前的屠戮，其规模远远超过了纳粹德国屠杀600万犹太人的暴行。清教徒继承的并非是上帝许诺给他们的空旷大陆，而是他们先自己动手，让这片大陆变得空旷，然后再趾高气扬地宣布自己为主人。

对传染病很有经验的欧洲人，一旦发现病人，马上就将他们隔离、遗弃或者处死。但是印第安人从来不会这样做，他们尽自己的所能照顾病人，直到最后一刻。1640年，一名耶稣会传教士这样写道："不管休伦人（加拿大土著居民）可能遭受什么瘟疫或者感染，他们依然居住在他们的病患中间，共同和疾病做斗争。"所有的印第安部落，都是如此同生死共患难，赴汤蹈火，损失便极其严重。

当瘟疫夺去成千上万名印第安人的生命时，新英格兰殖民地（今天美国东北部地区）的清教徒拍手称快，认为这是上帝对异教徒的惩罚。殖民者布拉德福德不无炫耀地说："印第安人像腐羊一样死于天花，凭着非凡的美德和上帝的保佑，没有一个英国人染上这种疾病。"圣多明戈岛的土著居民在屠杀和瘟疫之下，从100万减少到500人。当地的西班牙殖民者得意扬扬地说："上帝后悔创造了如此丑陋、卑鄙和罪恶累累的人。"

反过来，大批印第安人的死亡，让他们的族群发生了巨大恐慌，觉得这是上天的惩罚，人人自危，恐惧万分。这强烈地削弱以致瓦解了他们的抵抗意志，以为失败是命中注定。墨西哥南部玛雅文明区的尤卡坦国王的孙子阿拉纳这样写道："狗和秃鹫贪婪吞噬尸体……死亡率高得可怕……我们都成了孤儿……原来我们生来就是要死的。"

天花，究竟是一种怎样的疾病？

它是由天花病毒引起的一种烈性传染病。天花病毒外观呈砖形，约200纳米×300纳米，中心呈哑铃状。核心部分由一个双链DNA和两个侧体构成，外周包有一层脂蛋白的包膜。在体外抵抗力很强，能对抗干燥和低温。在患者痂皮、尘土和被服上，可生存数月至一年半之久，在低温环境下，甚至可生存长达数年。

天花这种叫法，来自古希腊人描述天花病人的外表——意思是火的女儿。

1977年，在索马里出现的天花，是世界上最后一例自然感染的天花。从此，由于疫苗大规模接种，天花终于被人类用科技的力量，封闭起来了。

自然界的天花是消失了，但殖民者对天花的利用，是一株精神天花，并没有完全消失。那种以科技的先知先觉控制世界的魔鬼心态，在这个世界上，依然蠢蠢欲动。

在墨西哥染上的感冒，给我以重创。美丽的导游小姐，实在想救我于苦海，特地买来了当地印第安人治病的药水，对我说，这个药劲道很大，也许土著人用的药更对症些。毕竟，他们几千年来就生活在这里。

我喝了药水，依然没有好，迁延不愈，旷日持久到两个月后，才算基本复原。

第二年，也就是2009年，墨西哥爆发了"猪流感"，我突然恍然大悟：我在墨西哥所得的感冒，是当地流行很久的一种变异型病毒。它变本加厉，最后成为让大家谈虎色变的"H5N1"。

回想我扶着窗户头晕眼花地俯瞰墨西哥城，万念俱灰毫无能量的状态，我想，那只是一次无关宏旨的小小感冒啊。如果我得的是天花，如果我是470多年前守卫阿兹特克帝国首都特诺奇蒂特兰城寰的一个卫兵，如果我生逢在1521年的8月，如果我像我在医学课上所看到的图片中那位天花病人一样，是一摊脓包和锥心痛楚的集合体，我还能拿起枪吗，我还能击退西班牙入侵者吗，我还能保卫我的疆土我的人民吗？！

我能做的只有一件事，就是死不瞑目了。或许连死不瞑目的期待也是痴心妄想，因为天花病毒会刺瞎人的双眼。

# 28

## 彩虹布和龙舌兰酒

　　墨西哥导游是个美丽的中国姑娘，称她妮妮，活泼可爱。

　　妮妮问，您从墨西哥买点什么特产带回国呢？

　　当时我正在病中，咳嗽得天昏地暗，脑浆成了一锅玉米糊。勉力说，听你的吧。你觉得墨西哥……有什么好东西……带回中国做纪念？

　　妮妮说，银制品吧，墨西哥是世界上最大的产银国之一，我给您讲讲鹰洋的故事。

　　1990年5月，时任中国国家主席杨尚昆要启程去墨西哥进行国事访问，带什么礼物给墨西哥主人呢？杨主席想到了19世纪在中国流通过的墨西哥银币"鹰洋"。有关方面开始找，在北京找了一大圈，一无所获。后来不知谁想到那时天津是通商口岸，就到那儿去找。嘿，还真在天津的银行金库里找到了这种银币。5月15日上午，杨主席在墨西哥国家官里与墨西哥总统萨利纳斯会谈时，首先把带去的5枚"鹰洋"送给墨西哥政府。大家传递着这几枚漂洋过海到中国去的墨西哥银币，看它们如今又回到故里，感慨万千。要知道，这是墨西哥造币厂1893年铸造的银币，距当时已经整整97年了。再往前说，1973年，当时的墨西哥总统埃切维利亚访华时，周恩来总理也曾向他赠送过"鹰洋"。

　　明代万历年间（1573—1620），墨西哥铸造的银币首次由商船带到中国作为支付手段，这是输入中国最早的外国货币。当时，墨西哥铸造的银币还带有西班牙国王的头像，中国民间称之为"本洋"或"佛头"币。

1521 年，西班牙殖民者占领了墨西哥，并于 1535 年在美洲设立了包括墨西哥与美国南部总共 450 万平方公里的第一个总督辖区，称之为"新西班牙总督区"。西班牙殖民者征服墨西哥后，曾试图使用西班牙银币。但是，他们很快发现，西班牙银币完全不能满足这个庞大殖民地的需求。同时，为了便于把殖民地的贵金属运往宗主国，西班牙王室决定在殖民地设立造币厂。1535 年，根据西班牙国王卡洛斯五世的旨令，在墨西哥城市中心宪法广场西侧，建立了美洲第一家造币厂。当时主要铸造银币，因此，开采和提炼的银子越来越多，铸币业一度成为当时最有活力的产业。古代印第安阿兹特加人受到部落神的启示，在雄鹰叼着蛇站在仙人掌上的地方建立家园。直到现在，墨西哥铸造的所有硬币上都刻有这种图案。中国 19 世纪铸造的"龙洋"（光绪通宝）和 1914 年铸造的"袁大头"（带有袁世凯头像的银币），都受到过"鹰洋"铸造工艺的影响。

　　到 16 世纪中期，墨西哥的白银使用量已占全世界耗银总量的 1/3。1536 年，墨西哥首次铸造、发行的银币命名为"卡洛斯与胡安娜"，与西班牙银币完全同质同价，印记也相似，只是略厚一些，并在币面上打上"M"的标记。这一标记是用榔头手工打上去的。1569 年，墨西哥城的造币厂搬到现今国家官的北侧。墨西哥铸造的金币，是最早的世界通货。18 世纪到 19 世纪，墨西哥铸造的银币大量流传到印度、日本、中国等远东国家以及北美英属殖民地。1823 年，独立战争结束两年以后，墨西哥铸造的币上开始刻上国徽上雄鹰的图案，进入中国市场成为流通货币。

鹰洋

我佩服道，妮妮啊，小小年纪，这么博学啊。

妮妮不好意思地说，我这也是从书上和资料里看到的，现学现卖啊。

我说，卖得好啊，要是你自己自产自销……我还不敢都信呢。

鹰洋重且贵。妮妮最后建议我买块彩虹布带回中国。

彩虹布是用龙舌兰纤维织成的布。龙舌兰是仙人掌科的亲戚，粗犷坚硬，想象一下——它织成的布，接触皮肤可能像砂纸吧？当年学医的时候，知道龙舌兰是有毒的植物，每天给小兔子喂几勺它的汁液，3天之后，兔子就中毒而亡。估摸着它的纤维也类似铁线，强韧有余，绵软不足。

所有的想象，都有局限。当我第一次摸到以龙舌兰纤维为主加少量棉纤维织成的布单子时，立刻被它浓艳的色彩和舒适的手感所折服。

我们来到一家纺织作坊，很多土法织机困倦而疲惫地蹲在那里，诉说无奈。有织了一半的布匹架在古老的织机上，经纬分明。我以为他们会让我们看织布，不想工人却先把我们引领到一株茂盛的龙舌兰面前。那人先是飞快地摘下一片龙舌兰的叶子，三下五除二撕开叶片外层，露出莹白内芯。接着变戏法似的把内层叶片揉搓两下，纤维就松散破开了，好像我们把玉米穗最贴身的包皮一缕缕扯裂，看到的结构便类似破衣烂衫的褴褛下摆。工人继续剥离龙舌兰的叶片，一直把纤维束捋到了龙舌兰的叶尖处。这时，奇迹出现了，龙舌兰叶尖有一枚坚硬的刺，长三四厘米，褐黑色，十分坚固。它的身下垂着刚才破开的龙舌兰叶脉纤维，像极了一根纫着长长麻线的钢针。

我刚开始只是惊叹这一柄绿色叶子，何以在片刻之间就变成了钢针穿着白线的造型，以为只是一个形似的把戏。那工人拿起龙舌兰针线，随手一刺，这枚植物针，就轻而易举地穿透了他的衣袖布料，可以想见针尖的锋利程度，绝不亚于真正的钢针。想想也是，你在野外被植物的利刺所伤，那份快捷和深入，都不比人工制造的利器逊色。

我想，这针的质量是没得说，但纤维的韧度如何呢？可能看出了我的疑惑，工人把手中的龙舌兰针线递给我，让我抻拉。我要如实报告，这种纤维的坚固性，简直堪比钢丝。当它们聚集成束的时候，单凭人力，根本没法子将它们揪断。

墨西哥工人很开心地看着我败下阵来，说，古代印第安人就是用这种针线来缝补衣裳、编织渔网、搓绳子……他们用龙舌兰纤维染上色，然后随心所欲地搭配线束，织成布，就叫"彩虹布"。因为是纯手工制作，并没有现成的图案，所以，几乎每一块布都是独一无二的，颜色鲜艳无比，绝不重复。

你想啊，在亲眼看见一片生机盎然的龙舌兰叶子，摇身一变就成了纺织品的雏形，又听了这声情并茂的解说之后，你难道还能抑制住买一块美丽彩虹布的渴望吗？

某天，妮妮拿来两袋奇怪吃食。装在塑料食品袋里的果实，有小马铃薯大小，个个剥了皮，汁液横流。一袋血红色，仿佛放大了的樱桃。还有一袋翡翠绿色，如同裸体猕猴桃。

我检索记忆，从来没见过这种水果。就问妮妮，这是什么？

妮妮说，图纳。

回答虽然很清晰，可我还是不知道它是什么东西。

妮妮说，这是仙人掌果。果子个头不大，水分却很大，又香又甜，很爽口。图纳籽有点像石榴籽，可以吐出来，也可以吞下去。刚来的时候，是吐出去，后来看到这里的人们都是连籽吃，据说可以强身健体，她也入境随俗了。

我从袋子里挤出一个仙人掌果，吞到嘴里，果然非常好吃，带有一种难以言表的清香。至于籽嘛，先是吐出了一半，后一半就都咽下去了。

我父亲曾经做过新疆吐鲁番军分区的政委，我在那里吃过世界上最美味的瓜果梨桃。瓜自然是哈密瓜，它的名字虽然叫哈密瓜，其实最甜的瓜出在鄯善，而鄯善是吐鲁番的一个县。果就是沙果，那叫一个沙啊，好像被蜜渍的粉红沙子，一粒粒饱满晶莹口感极佳。梨是库尔勒香梨，真是人间极品。桃就是葡萄了，吐鲁番的葡萄举世闻名，我就不在这里为它的甘美大肆煽情了（原谅我玩了一个偷天换日的小花招，把桃和萄通用了）。我曾经沧海的舌头无比挑剔，难得轻易向某种水果臣服。比如，人们都说莲雾这种热带水果好吃，但我觉得它徒有虚名，嚼开来，空洞无物，味道寡淡不说，果肉也虚囊松散，完全是个纸老虎（我在台湾吃到过最正宗最新鲜的莲雾，所以不要说我没吃过好莲雾，随口冤枉好人）。

墨西哥仙人掌果美味异常，像一颗颗大号红玛瑙。我乖张而挑剔的舌头，在此向图纳致敬。仙人掌果实如同它的花朵一样，艳丽清香。这话说得有一点毛病，仙人掌的花其实是非常娇媚的，有倾国倾城之貌。它的果实淳朴，貌不惊人，味道却不同凡响。证据之一是芦淼在大快朵颐之后，问妮妮，你干脆不要干导游了，就用集装箱把仙人掌果贩卖到中国。我在北京接应，开个小店卖图纳，一定大受欢迎。

世界上的仙人掌科植物有2000多种，半数以上都以墨西哥为家。更有200多种仙人掌是墨西哥独有的。这里到处都可以看到成片种植的高大仙人掌，如同牧草。

墨西哥人栽培的仙人掌叶子、果子都可以吃。在超级市场或普通的菜市场里都能买到。把仙人掌叶的刺和皮削去，切成块状或条状，不论凉拌、热炒、做汤，都很可口，且含有丰富的植物胶汁。墨西哥人常常用来凉拌，做成风味独特的色拉，配上辣酱、葱头，用来卷玉米面小饼吃。

不过，仙人掌果很难储藏，远方的人们难以一饱口福。这果子剥起来也不容易，浑身都是刺。芦淼在给仙人掌果实照相的时候，手上被扎了一根刺，回到北京两个月后还隐隐作痛，估计这刺有毒。小贩售卖图纳的时候，都很周到地替买家把皮剥掉，才能让人从容入口。

我问妮妮，为什么红色绿色图纳各买一袋？妮妮说，红色和绿色的仙人掌果实，味道略有不同。她个人喜欢绿色的，觉得它更甜一点。但她吃不准我们的口味，所以就都买来了。

多么善解人意的姑娘。

就我个人体验来说，妮妮说得不错，绿色的仙人掌果实，的确更美味。不过要论起美貌来，红色果实更胜一筹，像大号红珊瑚珠。

妮妮也是 1978 年生，和我儿子芦淼同年同月，比芦淼要小两天，我对她真是生出一种女儿般的亲近。我病倒墨西哥，妮妮对我照料十分周到。大家处得融洽，分手的时候，妮妮的丈夫——一位英俊的电脑工程师，特地送了一瓶龙舌兰酒给芦淼。

龙舌兰酒，是墨西哥的国酒。妮妮又给我们讲这酒的故事。

墨西哥的土著人是印第安人。在古代，印第安人已经会利用龙舌兰的纤维织衣、用块茎酿酒，取其汁液解渴。中国古代《梁书·扶桑国传》中写道："扶桑在大汉国东二万余里，地在中国之东，其土多扶桑木，故以为名。"

至今人们仍不能确认，扶桑国到底是指日本还是墨西哥？《山海经》中所谈到的神木"扶桑"，是否就是龙舌兰呢？

公元 5 世纪，中国和尚慧深就在《扶桑国记》中描述了"叶似桐，初生如笋。国人食之，实如梨而赤"的扶桑。

这种奇怪的植物究竟是什么东西呢？它强韧，耐腐的叶子纤维，可以制绳织衣。它"如梨而赤"的果茎可以酿酒……这些特征都与龙舌兰一拍即合。

龙舌兰是仙人掌科的植物，在咱北京，是精心养在花盆里的，弱不禁风的样子。如果对龙舌兰的印象来源于此，那你可就大错特错了。在墨西哥广袤的土地上，到处生长着灰绿以至翠绿甚至带点蓝色的龙舌兰，它们高大巍峨，肥厚多汁的叶子如巨兽的舌头，酣畅淋漓地伸展着、翻卷着，所向无敌睐向天地。如果碰到龙舌兰开花，就会从一条条龙舌聚集的中心部，挺拔出一株钻天的花葶，在高约10米以上的顶端，麋集浓密细碎的花朵。

不过，生长着的龙舌兰如何酿成了酒？

相传，很早以前，人们从野火燃烧后的地里，偶然发现龙舌兰的根茎被加热发酵后会产生一种奇特的滋味，于是，开始人工加热龙舌兰，得到了一种液体。这种酒，后来就被称作"特吉拉"。1997年9月15日，墨西哥驻香港总领事馆邀请回归后的特区首长董建华出席墨西哥独立节招待会。董建华特首在致答词后，提议为墨西哥人民的幸福干杯。然后礼貌地接过东道主递给他的酒杯一饮而尽。想不到，酒杯里不是通常在这种场合喝的香槟酒或葡萄酒，而是浓烈的特吉拉。董特首大吃一惊。他低声问左右："好家伙，这是什么酒，这么辣？"他私下里的话，却通过开着的扩音器，传遍会场，引起宾主一阵开心的笑声。原来，东道主事先没有告诉董建华杯子里装的是什么酒。这时，墨西哥东道主才得意地笑说："它叫特吉拉。"

在墨西哥有上千种龙舌兰。但是，只有哈利斯科州及其毗邻地区的龙舌兰，才可以酿出真正的"特吉拉"。这一带的龙舌兰很特别，颜色也不同，是一种特别深沉的蓝，墨西哥人称之为"蓝色的阿加维"。

用来酿酒的不是龙舌兰的叶子，而是那形状像菠萝，也被称作"菠萝"的主干。每棵龙舌兰的主干都有三四十公斤，要生长8至10年才能酿酒，而且只有一次收成。熟透的根茎呈深红色，含糖32度，闻来有股酸味。先要把"菠萝"切块，装进密封的炉窖里蒸熟，然后榨汁、自然发酵。不用任何添加剂，在常温下经过5至6天，有时要7天，榨出的汁就自然发酵了。装入橡木桶里窖藏一段时间，通常是8至10个月。陈酿要窖藏两年，然后才装瓶出厂。

我喝过龙舌兰酒，奇怪而辛辣的味道（或许因我当时在病中，感觉完全失灵）。据说要喝出龙舌兰酒的妙处，需将蘸着盐粉的手掌，面向着燃烧的火焰猛地击响。在盐末飞腾掠过火焰后的那一瞬，飞快地吸入口中，然后再缓缓饮下一口龙舌兰酒，其味绝佳。我没有看到过这样饮酒的场面，想来一定很富有表演性，要眼疾手快，嘴巴和舌头还要高度配合，有点技术含量。

这样的龙舌兰酒，你可曾喝过？

巴拿马要塞炮台

无上装的巴拿马女子，神态自若

危地马拉密林

仙人掌果实"图纳"

密林中的金字塔遗址

埃及金字塔

秘鲁卡拉尔金字塔

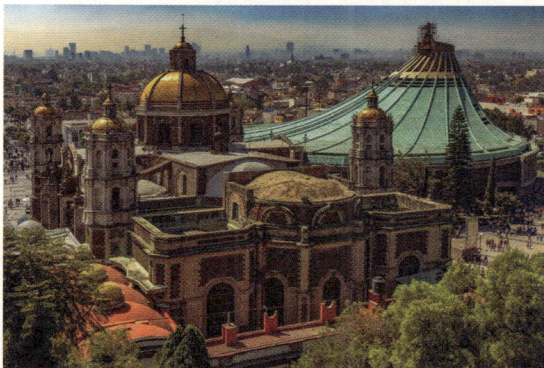

墨西哥国民宫

瓜达卢佩大教堂

黑脸圣母画像

墨西哥太阳金字塔

神山冈仁波齐

在哈瓦那到处可见切·格瓦拉

# 29
## 玉米神和黑脸圣母

我吃了药，抱病参观墨西哥国民宫，心慌腿软。

只要国民宫内没有举行什么特别的活动，外国人出示护照，就可免费入内参观。

国民宫门口警卫森严，连电脑都要打开，当着检查人员的面开机，证实这的确是一台可以正常使用的笔记本电脑，而不是伪装成电脑的爆炸器材。

入得宫来，我跟随队伍前行，走着走着，头晕目眩的感觉越来越浓，很想亦步亦趋不掉队，能听到讲解，更多了解一下这个神秘的国度。无奈脚下趔趄，只得跟芦淼说，你跟团走吧，我就坐在这处等你。

导游见我实在拖累，表示同意放弃我，嘱咐我万不要乱跑，就在原地等候，参观完了，他会回来接我。

我像战时被打断腿的伤兵，就地卧倒，等候救援。

国民宫很大，对游人开放的只是其中一部分。主要包括中央楼梯的回廊和二层左边的走廊、四方形的中央庭院和内花园。

我蹲踞之地，正好面对着国民宫中央楼梯回廊中由墨西哥壁画之父里维拉创作的巨幅壁画。既不敢也无力走动，只有反复欣赏里维拉大作。

壁画高6米，长数十米，整幅画如同山脉一般连绵不绝，描绘了从古代到20世纪40年代墨西哥的历史。按照顺序依次为古代玛雅，阿兹特克部族（就是太阳金字塔和月亮金字塔的主人们）的灿烂文化，西班牙殖民者的入侵，征服和殖民以及印第安人的英勇反抗，1810—1821年墨西哥争取独立的斗争，1847年反击美国军队入侵和保卫墨西哥的战斗，1862年战胜法国占领军和推翻外国强加的皇帝马克西米利亚诺的武装斗争，1910—1917年反对独裁统治和争取"土地和自由"的墨西哥革命以及20世纪40年代的人民斗争……简言之，就是一大本展开的巨型连环画。画中人物近千，突出人民群众和英雄人物如夸特莫克、伊达尔戈、胡亚雷斯和农民运动领袖萨帕塔、比利亚等的形象（以上这段是从资料里抄来的。因为当时没人指点告知，所以，我虽反复观看壁画，但并不能把上述姓名和壁画中的人物对上号）。

容我把里维拉介绍一下。

墨西哥是个崇尚壁画的国度，我不知道这是不是玛雅人的传统之一，总之，壁画很普及，绘画水平也很高。墨西哥壁画成就最高的艺术家有3人，里维拉的产量最高。里维拉1886年出生于瓜纳华托州，从小就酷爱画画，据说打从手指能抓住笔时起，就开始在墙上、门上、家具上、地上画画。10岁进入墨西哥城一所美术学院学习。经过了严格的学院式训练后潜心绘画，据说他一辈子画了3万平方米壁画。我家的房子是100平方米（算上公摊面积）。也就是说，里维拉一生把相当于300多个我家的面积（刨去公摊面积就是300多个了）一笔一画都画满了，惊人的创造力！

作为壁画大师，里维拉很好地平衡了壁画内容、形式与观念之间的关系，在形象刻画、色彩配置和空间处理方面都显示出高超功力。他还在此基础上进行个人化发展，将立体主义、原始风格和前哥伦比亚雕塑风格，融合为独特的个性化风格。国民宫这幅史诗般的壁画里，里维拉题材广博、色彩斑斓、笔触锋利，再现了墨西哥传奇般的壮丽历史，热情地讴歌了墨西哥人民斗争的胜利。以画为矛，刺中了外国侵略者和出卖祖国的叛徒嘴脸。

这幅壁画最吸引我的地方有两处。一是在壁画左上角，画了革命导师马克思和他的名著《资本论》。背景是一片蓝天，一轮喷薄而出的旭日。马克思的右手指向前方，他的左边站着一位士兵、一位农民和一位工人，他们全神贯注地倾听并注视前方。

这个壁画局部让我嗖地想起咱们"大跃进"和革命时期的某些标语画。我估计那时候中国的革命艺术家们，深刻地借鉴过里维拉的画风。

再一印象深刻处，是在描绘古代印第安人的生活、劳动、庆典的画面中，看到了玉米神的模样。

墨西哥是玉米的故乡，据考证，墨西哥的土著印第安人，早在公元前9000年就培育出了玉米。墨西哥博物馆里陈列着上万年前的玉米化石，就是证明。

玉米是印第安人最重要的粮食作物，保佑印第安人生长的玉米神因而地位显赫。我查了资料，说在古代印第安人图腾里，玉米神最受崇拜。他身材粗壮，像成熟饱满的玉米，头上的神冠干脆就是3根玉米棒。在印第安人聚居的南方瓦哈卡州，每年7月的最后一周，都要举行盛大的"玉米节"，人们相信，玉米神法力甚大，与植物和山神关系密切。他的后代也人丁兴旺统辖各个领域，从光焰万丈的夕阳到瞬息万变的雨和闪电……连小小蜜蜂，也是玉米神的后裔。

墨西哥人尊崇玉米，认为它是墨西哥文化的根基，是墨西哥的象征，是无穷无尽灵感的源泉。墨西哥人创造出了玉米，玉米又造就了墨西哥人。墨西哥人甚至说自己是玉米人。

也不知道是不是因为我年纪大了老眼昏花，还是发烧让脑浆开了锅，反正我在凝视里维拉画的玉米神的过程中，越看越觉得这位墨西哥籍神祇，在大师笔下，并不特别像一株玉米，而有点像中国古代的赵公元帅。我不知道里维拉当年写生时是从哪里看到的玉米神相貌，也不知是否完全来自他的创造与想象。本人才疏学浅，也不清楚墨西哥文化和古老的东方文化，有何血脉渊源。芦淼回来找我的时候，我还让他特地拍了一张玉米神特写。将感想写在这里，权当是发烧时的冥想：玉米神和赵公元帅可有亲缘？

食物这东西有点奇怪，好像在不同大洲，有不同的代言人。"和平号"宣传册里有个诱人说法——"你可以吃到日本三重县名张市农家的无农药大米……"所有看过册子的人，哪怕对航线一脑子糨糊，对这句话都一往情深。可见，亚洲人从骨子里嗜好大米。投其所好地告诉你一路上有好大米可吃，心就放下一多半。

小麦象征着欧洲文明。一说到欧洲和西餐，一定离不开烘烤的香喷喷的面包。谈到美洲文明，就非玉米莫属。看来我们要深深感谢这3种富含碳水化合物的植物，它们的种子哺育了苍生，孕育了不同的文明，使地球上的人类得以生存和发展。

感谢稻米神、小麦神和玉米神。

在墨西哥，还有一尊神祇，引起了我的高度兴趣。这就是——黑脸圣母。

我们排在瞻仰圣迹的队伍里。导游说这里永远人满为患，每年的12月12日是墨西哥圣母节，如果你那时来，更是人山人海。面前的瓜达卢佩教堂，参拜人数可达每日200多万。民众有坐长途汽车来的、有骑自行车跑60英里（约97公里）来的、有坐在运货卡车顶上来的……

墨西哥纸币上的里维拉头像

墨西哥圣母，并非和世界其他地方似的，同名同姓千篇一律叫玛利亚，她另有特别的名字，叫"瓜达卢佩"。"瓜达卢佩"是印第安语，意思是"踏碎蛇的头颅"。而且，她不是一位白人，而是一个淡红棕面孔（和当地人的肤色一样）的印第安女子模样。

据说科学家们做过一个测验，问世界各地受试者，你心中的上帝是什么模样？

几乎所有的人都回答，是一名白人老者。瘦削高大。站在云端。

科学家再接着问，你心中的耶稣是什么样子的？

几乎所有的人都回答，耶稣是上帝的儿子，也是白人。年轻，瘦削高大。

我看到的材料到此为止，似乎没人问：你心中的圣母是什么模样？

估计几乎所有的人都会回答，是一个美丽的白人女子。

我们在无数宗教题材的绘画中，看到的圣母都是这个模样。

也许你觉得这个问题没什么特别的，但是，如果我问，你认为上帝是一个中国人的样子吗？

估计所有的人都会说"NO！"那么，如果我继续问，你会想象圣母是一个东方女子的模样吗？估计答案也全都是"NO！"

如果这还不能说明问题，我问，你能想象上帝是一个黑人的样子，比如曼德拉那样？

估计答案也是否定。如果我问你，你能想象圣母是黑人妇女的样子，比如年轻时的奥普拉那样？想来也没有人会赞同。

从这个角度看黑脸圣母，就会联想到印第安人的悲怆与皈依多么苍凉，顽抗与反击多么隐晦。

摘录一段宗教故事。

1531 年 12 月 9 日，西班牙人征服了墨西哥后的第 10 个年头。他们强行推行天主教，一些当地人皈依了新的宗教，有些人顽强地坚持阿兹特克人的原始宗教。就在脚下的这座特佩亚克山上，一位 57 岁的名叫胡安·迭戈的印第安人，突然看到了显灵的圣母。圣母站在一弯月亮上，身后是太阳光，腰上束一条黑带子，表示已有身孕。她的肤色是第一代西班牙人和墨西哥土著混血后代的肤色。

她说，我可爱的孩子，我便是那创造天地万物、掌管人类生死祸福、无所不在的主宰的天主的母亲。我愿意你们在这里，给我建造一座圣堂。我要向本地居民和那些向我寻求援助的人，显示我的慈爱和怜悯。凡置身痛苦困境中投奔我、恳求我救援的人，我必擦干他们的眼泪，让他们得到安慰和平安。现在你要将你所看见和听到的一切，告诉苏玛拉加主教。

已经是天主教徒的胡安·迭戈不敢迟疑，马上到主教府去找主教。胡安地位卑微，空等了几小时，主教大人很忙，没来得及接见他。胡安只好又回到了特佩亚克山，没想到圣母还在原地等候他。胡安说明了情况，圣母说，孩子，你第二天再去吧。

第二天，就是1531年12月10日，是星期天，胡安·迭戈又等了数小时，终于见到主教。主教听胡安讲完这个经历之后，半信半疑。主教对胡安·迭戈说，你如再见到圣母，就请求圣母给你一件信物，作为圣母显灵的凭证。胡安·迭戈听完后，赶紧赶回特佩亚克山，圣母已在那里等候他。听完了主教的要求，圣母吩咐胡安明天再来。

1531年12月11日，本该是胡安·迭戈再到特佩亚克山求见圣母的日子。可胡安没能去成。他叔父病得很厉害，胡安要照顾患了重病的叔父。

时间到了1531年的12月12日，叔父病危，胡安要给垂死的叔父找神父忏悔。路过特佩亚克山时，又看到了黑脸圣母。圣母说，你不用去找做临终忏悔的神父了，因为你叔父的重病，从这一刻起将痊愈。圣母叫胡安·迭戈到山顶去，把那里的鲜花采摘下来，拿到她面前。胡安·迭戈照着吩咐爬上山，心里想12月大地都结了霜，山顶上怎么会有鲜花？到了山顶一看，四周盛开着芬芳的玫瑰和各式各样的花朵。胡安赶紧把鲜花采下来，用斗篷外衣盛着，献给圣母。圣母把花交给胡安，说你去把鲜花带给主教，这就是我要你们给我建造圣堂的凭证。

胡安·迭戈回到主教府，当他打开斗篷，露出裹在里面的鲜花时，主教和所有的人都万分惊奇，身不由己地下跪了。他们最惊叹的其实还不是冰天雪地中的鲜花，而是胡安斗篷上呈现出了圣像。黑脸圣母身披星星长袍，脚踏月亮，四周放射着光芒，正是胡安·迭戈所描述的圣母显灵模样。

苏玛拉加主教对此坚信不疑了，随即在特佩亚克山上，也就是圣母显灵的地方，修建了圣堂。消息很快传遍整个墨西哥的山山水水，在圣母显灵后7年内，就有800多万印第安人信奉了天主教。

我们现在要去参观的就是这个瓜达卢佩圣母堂。它并不是单独的建筑，而是建筑群。主教堂原是罗马风格，因地震倾斜，正在加固中。我们进去参观，教堂内部装饰，比起传统的罗马式、哥特式略显简朴，看起来也不很大。因正在修复中，到处都是脚手架，像个工地。圣坛上供奉着瓜达卢佩圣母像，还有圣品、圣物等。在门口处，有一位在花丛中静卧的圣母雕像，真人比例大小，身体的材质像是塑料，脸部看起来很精致，疑似硅胶做成。虔诚的跪拜者，从门前广场上很远的地方，就开始用双膝跪行，向圣母像致礼。很多人还抱着孩子，导游说这是祈请圣母让孩子恢复健康。看到一个被抱的小孩面相，扁平脸，表情呆滞，双眼眉距甚宽，口水像一条透明项链，一滴滴垂落到围嘴上……依我的医学知识，这应该是第21三体综合征，遗传性疾病，就是人们常说的先天愚型。从孩子鲜艳的衣着判断，是个女孩。她的父母紧紧抱着她，希望圣母能够赐福给女儿。我刚开始悲观地想，基因上的疾病，圣母也一筹莫展啊。转念一想，应是我狭隘。也许这女孩的父母，并不是祈求治愈，而只求孩子平顺安宁。从他们无比尊崇的目光中，可以看出瓜达卢佩圣母具有的强大精神力量。

在人群中排队慢走，我一直在想，可以摸一下圣母吗？想自己并不是教徒，摸圣母会不会是亵渎？我看到几乎所有排队的人，都可以抚摸圣母塑像，走近时也轻轻摸了摸圣母棕褐色的手。圣母全身的皮肤都是比咖啡略浅的红棕色，墨西哥人大多数都是这种肤色。

我基本断定，圣母像是塑料制品。

在老的圣母堂旁边，又修建了一座更为宏大的现代风格圣母堂，能容纳近20,000人。我们到达时，堂内刚举行完一场盛大弥撒，人极多。来教堂做礼拜的人，多数是有色人种。虽然少部分印第安人在服饰、饮食上坚守固有传统，在精神上，墨西哥人已彻底放弃了原始宗教，90%以上信奉天主教。

导游道，咱们挤到前面去吧。

我因病咳，呼吸不畅，对所有空气不流通的场所都惴惴不安，看着如蚁的人群，迟疑道，前面能看到什么？

导游说，看到那件神奇外衣，上有圣母像。

我们前行。导游介绍，前面提到的胡安·迭戈的外衣，悬放在大祭台约25英尺（约7.6米）之上，外面有防弹玻璃保护。经过400多年，外衣不显残破，衣服上面的圣母肖像依然鲜艳。那件衣服的料子是仙人掌纤维织成的，按说只能保存20年。布料看起来挺新的。外衣上的图像不是用颜料画上去的，更像采用了某种激光技术投影上去的。鉴于当时根本没有这样的科学技术，推断是有某种强烈的光投射在这块布上，印下了这幅画像。1997年，那件印有圣母画像的外衣再次经各种技术测试研究，谁也不能断定画像究竟是如何创造出来的。

人委实太多，始终挤不到最前面，未曾目睹更多的外套细节。导游说，关于这件衣服，还有很多传说，我念叨念叨。

据说在1951年，有人用放大镜检视圣母脸部。当放大镜移到圣母右眼时，惊奇地发现瞳孔里映出一个长着胡子的男子上半身。经过包括眼科专家的特别调查团研究，他们于1955年12月11日向大众公布，证实这人就是当年的胡安·迭戈。对圣母双眼做眼科学研究时发现，暴露在光线下时，眼睛的视网膜收缩，当光线移走时，它又回到扩大的状态，就像活人眼睛的反应一样。在圣母的眼睛（只有8.5毫米大）里，人们还发现了微小人形，这是任何艺术家都无法绘出的。使用数码技术，将圣母眼睛里的成像放大很多倍。两只眼睛均反射出印第安人胡安在苏玛拉加主教面前打开斗篷的场面。面积有多大呢？哈，1/4平方毫米！

分析斗篷的医生们把一个听诊器放在圣母黑腰带的下面，听到每分钟115次有节奏的跳动，与母体内胎儿的心律相同。从外套图像可以看出，圣母穿的衣服点缀着印第安传统图案，这些小花瓣图案在印第安文化里有重要象征意义，代表神的圆满，也代表着时间与空间的中心。圣母的头发是散开的，按印第安人的风俗，表示此妇人马上就要生育儿子了，圣母的身形也说明了这一点。周边的光环象征她是光的母亲，脚下有个月亮。要知道"墨西哥"的原意，就是"在月亮的中心"。画像最下端的天使，他的翅膀像鹰。雄鹰在墨西哥文化中，象征民族诞生。天使的色调让人想起当地人熟知的tzinitzan鸟，胡安在宣报圣母显现时，曾听到这种鸟的鸣叫。人们为圣像做了个复制品，色彩被绘在同样的龙舌兰衣料上，它在几十年后就风化了。

听完导游介绍，我啧啧称奇。我说，这传说有时间、有地点、有人物、有情节，细节多多，是真的吗？

导游道，故事里都这样说，信则有，不信则无。

我说，如果圣母显灵是在公元1531年的12月12日，那时她孕妇打扮，佩戴着表示有身孕的印第安妇女的黑腰带。那么，按照教义，在公元元年，耶稣基督降生。也有一种说法，说耶稣是在公元前6年至公元前2年时诞生的。不管怎么说，时间上大体相差不会太多。圣母怎么会在1500多年后，还怀有身孕呢？大家都知道圣诞是12月25日，12月12日，圣母就要临盆了，115次的胎心也证明这就是一个几乎成熟的九个半月的胎儿。那么，圣母的身形就不大对头。再有，为什么是一个57岁的将近老年的男子看到这件事情呢？如果换成一个青年、一个小孩子或一个女子……可信度都会打折扣。人们通常觉得历尽沧桑有很多经验的男子所说的话,最可信任,胡安恰好符合这个要求……

导游说,人们都喜欢听故事。通常我讲完了山顶玫瑰的故事,大家就不再问什么。像您这样刨根问底还说出胎心什么的,我是第一次遇到。关于这段历史,还有另外的说法,我会悄悄告诉您。不过,咱就不在瓜达卢佩圣母堂说这话了,别亵渎了神灵。对各国神灵,咱们都要尊重。

导游后来告诉我,听说瓜达卢佩圣母堂当年有一个退休神职人员曾亲口说,瓜达卢佩圣母的传说是不可信的,圣像和衣服也是伪造的。当然,他立刻被整个天主教界群起而攻之。

通过和导游交谈,加上读过一些资料,我找到了另外的瓜达卢佩圣母由来的版本。

西班牙人于1521年,征服了墨西哥的原住民阿兹特克人以后,由于文化不同,在当地遇到了极大抵触。一种文明取代另一种文明,从来不可能以和平方式完成。西班牙入侵者要求印第安人捣毁自己的神庙,改信天主教,同时对不服从的印第安人毫不留情大开杀戒,激起了当地民众的强烈反抗。

当时墨西哥城的特佩亚克山上,有印第安人部落供奉的托南津女神神庙。为了进行精神同化,西班牙殖民者强迫以圣母玛利亚代替托南津女神。印第安人继续顽强供奉本地宗教和神祇,把托南津女神像放在天主教堂的神龛里。表面上看起来拜的是圣母玛利亚,其实还是在拜本民族的神。

西班牙人拥有先进的武器装备,但是,面对着百倍、千倍、万倍于自己的印第安民众,杀戮显然不能解决问题。最有效的方法只能是攻心战,让印第安人从灵魂上彻底折服。面对反抗,当时两位天主教神父暗地里找人画了一张棕色圣母圣像,然后安排一名印第安男人谎称见到了圣母显圣,并得到了圣母像。这样做的目的不言而喻,一是为了缓和殖民者与原住民间的深刻矛盾,二是为了让印第安人皈依天主教。

保存在圣母大教堂里的图画,经科学家们用现代技术手段检测,的确是几百年前的旧物。可见,计谋在那个时代就已经产生并完成。

黑脸圣母现身的传说之后,原来信奉多神教的墨西哥土著,果然二话不说皈依了天主教,找到了新的精神归宿。对黑脸圣母的信奉程度,超过了对自己祖先神灵的崇拜。表面上看,这是西班牙殖民者的胜利,但同时也成了墨西哥原住民在征服者铁蹄下,谋求自身生存发展的方式。有了本土化的瓜达卢佩圣母,墨西哥人在皈依天主教的同时，也保存了阿兹特克的某些文化，按照自己的想法对外来的天主教进行改造，融入印第安文化元素，瓜达卢佩圣母成了两种文化融合的结果。殖民时期，西班牙派到墨西哥的总督，为了在墨西哥人当中获取好感，上任时都要到特佩亚克山上去朝拜瓜达卢佩圣母，离任时也要上山向瓜达卢佩圣母辞别。

在后来墨西哥建立民族国家的历程中，墨西哥革命者更是借助瓜达卢佩圣母的影响，开展独立运动。当时的领导人西达尔格，称瓜达卢佩圣母是墨西哥人的保护神，起义军甚至在他们的旗帜上绣上瓜达卢佩圣母的画像。墨西哥独立以后，第一任总统米盖尔·安东尼奥·菲南德斯，将圣母改名为瓜达卢佩·维多利亚，意思是瓜达卢佩圣母保佑墨西哥取得了胜利。1831年，墨西哥政府又宣布瓜达卢佩圣母被正式定为墨西哥的保护神，圣母显圣的日子12月12日被定为瓜达卢佩圣母节。圣母在墨西哥的意义已经超越了宗教的范畴，成为墨西哥民族团结的象征，产生着巨大的凝聚作用。

每年从12月1日开始，就有从全国各地赶来的墨西哥人到特佩亚克山过圣母节。人们穿着艳丽的民族服装，打着绣有圣母像的旗帜，在教堂前载歌载舞，欢庆节日。

他们主要跳阿兹特克舞，象征着墨西哥土著文化并没有被外人消灭。歌手登台献艺，所有表演的主题，都是歌颂黑脸圣母瓜达卢佩。这个通宵音乐会的名字叫"可爱的早晨"。

音乐会上必唱一首歌。歌词很美，大致的意思是："这个美妙的早晨，我们来这里歌唱。小鸟在欢歌笑语，天边已隐去月光。今天早晨多么美妙，我们欢天喜地而来，为的是祝贺你降生于世界的那天，花儿都为你开放。从那天上的群星，我要摘取两颗。一颗是表示问候，另一颗是表示别离。今天是你神圣的日子，我们来为你祝贺，我手里拿着花束，来为你唱歌。"

我不知道这种摇身一变成为土著人肤色的圣母，在这个世界上是否是孤本？不管说是西班牙人的阴谋也好，还是说这属于阿兹特克人的精神胜利法，总之在圣母改变肤色的过程中，暗含着印第安土著人是白人基督之母之意，这是一个精神层面的博弈成果。西班牙人可能得到了实惠，但瓜达卢佩圣母，使哀伤的印第安人得到了强有力的心理补偿。圣母飘飘的衣裙下，是独属于自己的精神领袖，不朽的旗帜。

# 30 世界上所有的金字塔，都与它有关

《参考消息》2000年6月9日转载俄罗斯《论据与事实》周报第18期报道称，俄罗斯科学家于1999年8~10月，在西藏冈仁波齐峰上发现了世界上最大的金字塔群。

1999年8月，一批俄罗斯科学家来到中国西藏，探寻传说中的"上帝之城"。上帝之城究竟什么样子，他们似乎没有得出结论，却在考察中意外发现了世界上最大的金字塔群。该考察组组长穆尔达舍夫宣布："我们确信在西藏有世界上最大的金字塔群。一种严格的数学规律将西藏的这个塔群与埃及金字塔、墨西哥金字塔以及复活节岛、索尔兹伯里史前巨石联系在一起。我们总共发现了100多座金字塔和各种古迹，它们分布在海拔6714米高的冈仁波齐峰圣山周围。金字塔形状各异和规模之大令人惊叹不已。据粗略统计，它们的高度有100米至1800米不等，而埃及最大的奇阿普斯金字塔为146米。整个金字塔群非常古老，因此损坏得很厉害。但经仔细观察可以弄清金字塔的轮廓，可以清楚地看到它们是石头结构的，有凹面或平面。我们还发现了巨大的石头人体雕塑。因此完全可以有根据地说："在西藏存在着主要由金字塔组成的古建筑群。"

对一般人来讲，冈仁波齐究竟在什么地方，可能并不很清楚。它在西藏北部，我16岁离开北京到那里当兵，直至28岁转业回京，在那里爬冰卧雪服役11年。冈仁波齐的峰峦，埋葬着我的青春残骸。那里的崇山峻岭中居然隐藏着无数金字塔？

我们日日夜夜巡逻，嚼吃那里的冰雪，匍匐寥廓旷野，原来都是徜徉在金字塔础石之上？无数次眺望雪山金顶，以为那是通往宇宙的天梯，其实不过是人工金字塔堆垒起的尖峰？我们多么迟钝麻木，居然对如此伟大的建筑一无所知？可谓熟视无睹，反倒由远路而来的俄罗斯科学家，在几个月的时间内，发现了潜伏在我们眼皮子底下的绝世奇迹，太匪夷所思了。

震惊之余，我想是否"不识庐山真面目，只缘身在此山中"？海拔太高，高寒缺氧容易让人心智淡漠。不过，就算我一个人心钝眼木，这么多年无数探险家和行走旅人，还有当地千百代原住民，都没有发现这神奇的庞然大物存在吗？

疑窦重重。

俄罗斯科学家也考虑到人们的质疑，先下手为强道："有人问我们会不会是把西藏的山当成了金字塔？说实在的，这正是我们所担心的。直到把所有的照片、图片和录像都研究完，这个念头都没有离开过我们。为了不弄错，我们采取了勾画山的轮廓的方法。为此我们向电脑中输入了金字塔和山的图片，然后将其主要轮廓勾画出来，这样就能够区分出哪个是山，哪个是金字塔。"

这些论点和论据一出，举世哗然。在海拔 5000 多米的藏北高原，突然发现了几百座金字塔，那庞大的体积和无与伦比的修建工作量，岂是常人可以完成的？如果真实，只有两个解释。一个是人类历史有着完全无法想象的辉煌和轮回，我们只是漫长跋涉中的一个脚印。另一个就是外星人曾经造访过地球，留下足以昭示他们丰功伟绩的铁证，等待着地球人顿悟……

中国著名地理学家杨逸畴教授，长时间深入青藏高原考察研究，论证了雅鲁藏布大峡谷是世界上最深、最长、最大的峡谷，对冈仁波齐峰周围的地形地貌也非常了解。俄罗斯科学家惊世骇俗的观点一出，记者对杨教授进行了访谈。

记者：您是如何得到消息的？当时感觉如何？

杨：我们觉得兹事体大，是一个重大的地理问题，中国科学家在那里考察过多次，没有发现什么金字塔；千百年来生活在高原上的藏族人民也那么熟视无睹？作为中国科学家，当然应该对此做出科学反应。

记者：就像消息中说的，"会不会是把西藏的山当成了金字塔"？

杨：完全可能。据我们的研究看来，他们就是把山当成了金字塔，其所以如此，如果不是别有用心，故意制造耸人听闻的消息的话，至少穆尔达舍夫和他的考察组成员也在科学上犯了大错。我们首先应该澄清两个基本概念，即金字塔与金字塔地形。《辞海》云：金字塔，古代埃及、美洲等地的一种方锥形建筑物，形似汉字"金"字，故称"金字塔"。显然，金字塔是有特定的历史文化内涵的、特定形态的古代建筑，是人文的东西，俄科学家在西藏认定的就是这种金字塔（群）。而金字塔地形，是指特定环境下形成的一种金字塔状的地貌类型，完全是自然的东西，如金字塔沙丘、金字塔山峰等。

记者：但俄科学家似乎是真的发现了金字塔群，而不是金字塔地形，那里的金字塔还有多种类型，他们甚至有经过电脑处理的图片可以印证。

杨：你说得对，似乎是这样。消息中说"总共发现了100多座金字塔和多种古迹，它们分布在海拔6714米高的冈仁波齐峰的周围……高度为100米至1800米不等，而埃及最大的奇阿普斯金字塔为146米"。但稍微动动脑子想一想，如果真有100多座如此高大的金字塔和众多的古迹出现在海拔5000米的冈仁波齐峰周围，为什么西藏的神话、故事中没有提到？为什么瑞士地质学家甘泽尔，瑞典地理学家、探险家斯文·海定在20世纪30年代没有发现？为什么我国搞了50年青藏高原研究的几代几十位科学家没有发现？现在回过头来，我要说消息里关于金字塔的形态和结构描述是没有错的，那张带雪的山地是真实的，把山地的轮廓勾画出来也是可以的。从科学意义上讲，其实山地轮廓线条都是近水平地层层面的线形影像，而竖形线条则是分割山地的沟谷、断层等线形影像。问题是，如果在电脑上根据山地轮廓，利用高科技的重叠技术，叠加上金字塔轮廓，会得到什么呢？当然是金字塔群！仔细观察他们所提供的电脑图片，就会发现所谓的金字塔建筑的正面门或窗，其实是因岩体水平地层块状剥落而使坡面凹下去的部分的黑色影像。

记者：那么，依您看来，这个"世界最大的金字塔群"究竟是什么呢？

杨：我认为这是一种具有金字塔形的山地造型地貌及其组合体。其实这在自然界并不稀奇，在西藏冈底斯山冈仁波齐峰周围，不要说金字塔形，就是锥形、方山形、桌状形的山地类型都有的是，这些我们在青藏地质地貌考察的专著中都曾论证过。

科学家的话，我如实转述，不敢增减。

忆起我第一次看到冈仁波齐时的情形。

我当时并不知它的传说和故事，也无先入为主的尊崇，但立即被它的壮美俘获。长空碧蓝，我之前没有，之后也没有在世界任何地方看到过这种催人泪下的蓝色。

天上一定有茂盛的靛草园和挤轧靛草的工坊，多少桶靛草浆汁才能染就这深不见底的幽蓝，饱含澄澈如水的纯洁！它特立独行，直插云霄，峰顶如同冰雪王冠。经过长期风化作用而形成的天然台阶，纵贯峰体中央，好像通往云端的悬梯，两侧悬崖绝壁，使整个峰体更显庄严雄伟。浅黄色的朝圣土道上，有人逆时针转动，有人顺时针转动，那时，我也不知道他们转动的方向为何有所不同。

后来，我慢慢得知，冈底斯山脉是不断上升的断块山体，地层平缓，不同岩性的地层一层层近于平铺叠聚，岩层又是由岩性软硬相间的砂砾岩层组成的。高海拔酷日普照下，永不停歇的冻风吹拂，热胀冷缩日日夜夜都在发生。亿万年间冰雪压迫，来自印度洋暖湿气流引发的暴雨捶打，还有洪水径流的侵蚀作用等，近乎水平摆放的岩石群，像夹层馅饼一样，在持久侵蚀下，改变了原始风貌。

若去过新疆魔鬼城，你必得惊叹太阳和温度，再加上风和水，就像一个训练有素的雕刻师团队，锲而不舍合力操刀，创造出了难以想象的奇特地貌。如此说来，塑造冈仁波齐山地的这位大师，似乎还比较保守和中规中矩，它只是将山峦塑造了具有台阶状的造型，并未大砍大削。冈仁波齐峰天生丽质，具有近乎完美的金字塔形，特别是从东南方向看过去，它敦实挺拔，四角着地，以几乎无可挑剔的线条，组成标准的四棱锥体，温和而庄严地指向苍穹。山顶冰雪覆盖祥云缭绕，分布着28条现代冰川。南坡冰川多于北坡（这有点奇怪，想象中，应该是北面的冰川更多才对，但冈仁波齐就是这个样子）。巨大的沟槽和下垂的冰带，组成了一个"卐"符（就是佛教万字符）。有理由设想，在数千以至上万年前的远古时代，气候比现在寒冷，冈仁波齐头顶的冰雪更为繁厚，冰川更为粗犷，白发苍苍气宇轩昂，神圣冷冽之气，比今日更为森严浩大。

冈仁波齐并不是世界上最大的金字塔，但它可能是世界上最大的金字塔形地貌。

俄罗斯科学家和杨教授，各说各的理。前者从浪漫主义角度着眼，后者从严谨的科学态度出发。他们都无比逼近揭开一个令人惊叹的现实。

世界七大奇迹中，金字塔位居第一。

关于金字塔，人们已经倾注了太多的惊奇和流连忘返，但它依然以无可辩驳的神秘和宏大，傲视大地苍穹，留给人们一头雾水。比如，金字塔到底有什么用？这个庞然大物，耗费无数人力和财富。劳动生产力低下、工具落后的先人们，为何尽倾全国之力、殚精竭虑、耗时弥久地建造这个几何形象？它肩负着怎样的象征和寄托？

埃及共发现金字塔96座，最大的是开罗郊区吉萨的3座金字塔。大金字塔建于公元前2570年左右。原高146.5米，因年久风化，顶端剥落10米，现高136.5米。底座每边长230多米，三角面倾斜52度，塔底面积5.29万平方米，塔身由230万块石头砌成，每块石头平均重2.5吨，有的重达几十吨。有学者估计，如果用火车装运金字塔的石料，大约要用60万节车皮。如果把这些石头凿碎，铺成一条一尺宽的道路，可绕地球一周。据测算，10万人用了30年时间才得以建成。

金字塔的每一石块密密相连，休想找到缝隙，刀尖都插不进。我在大金字塔下抠了抠石缝，没有任何空隙，手指甲也搜不进去。不得不佩服古埃及的工程技术。

后来，人们又在美洲发现了玛雅人的金字塔。它建造于公元250年，距今也有2000年的历史。伊利诺的卡霍克亚土墩，也是金字塔，出现在公元1100年。墨西哥的阿兹特克金字塔，就是太阳金字塔和月亮金字塔，建造于公元1400年。

太阳金字塔呈梯形，坐东朝西，正面有数百级台阶直达顶端。塔基长225米，宽222米，塔高60多米，共5层，体积达100万立方米。底边与塔高之比，等于圆周与半径之比。各台阶外表都镶嵌有巨大石板，雕刻着五彩缤纷的图案，当年在这里杀人以祭祀太阳神。

月亮金字塔，坐落在城北，是祭祀月亮神的地方。建筑风格和太阳金字塔一样，只是规模较小。

新发现的秘鲁金字塔，在时间上，是埃及金字塔的孪生姐妹。整个城市，围绕6座金字塔修建而成，中央屹立着圆形剧场和主寺庙。由于年代久远，这些金字塔风化严重，多数已和周围山石融为一体。最高的金字塔高约18米，底座由一个足有4个足球场大的平台构成。

1979—1985年，中国考古工作者先后在辽宁西部的喀喇沁左翼蒙古族自治县东山嘴村，以及凌源、建平两县交界处的牛河梁村发现大型祭坛、女神庙和积石冢（小金字塔）遗址，出土了许多令人震惊的文物。根据碳－14测定，考古学家证实，遗址距今已有5000多年。根据出土文物初步推断，那里存在过一个具有国家雏形的原始文明社会。

1989年，考古学家经过发掘证实，在女神庙附近发现了金字塔。金字塔的形状为圆锥形，小抹顶，土夯筑成。地上部分夯土堆直径近40米，高16米。土堆外包巨石。土山上面有三圈石头围砌起来，每一层石头伸进去10米，高度为1米；下面也有三圈石头围砌起来。在此大金字塔周围的山头上还有30多座积石冢（小金字塔）。其大小金字塔的布局与古埃及金字塔布局相同。

在欧洲也发现了金字塔群。2006年10月，科学家塞米尔在波斯尼亚举行新闻发布会，宣布自己在维索西卡山发现了欧洲的第一个金字塔群。

欧洲首座被发现的金字塔高约220米，比埃及的吉萨大金字塔高出1/3。石板块被切割成立方体，被人工打磨过。这个山谷中另外两座稍小点的锥形山，也是迷失在历史尘埃中的金字塔。这两座山被称为"月金字塔"和"龙金字塔"。山谷中至少有5座金字塔。由2000多年前在当地生存的古伊里利亚人建造，约修建于公元前600年。

我不是专家，搜集的资料也很有限，但世界到处都有金字塔，是不争之事实。这些金字塔的用处，至今不明了。有人说是祭祀祖先用的，有人说是和天文、历法有关，有人说是法老或是国王的陵墓……不管怎么说，它们都是人类古文明最重要的产物。

金字塔一定有非常重要的功用，重要到必须举倾国之力来筑造。

埃及古话说，时间惧怕金字塔。

茫茫大地上，遗留至今的最伟大的古代人工建筑是金字塔，金字塔对抗着时间，顽强地想告诉人们历史上曾经有过的辉煌。这话并不完全准确，无数金字塔已经倾倒，时间依然前行。我到过埃及最著名的胡夫金字塔，它残破到令人叹息。很多石头被磨去了尖锐棱角，交错之处已不坚固了。当地人忧心忡忡地告诉我，金字塔没有用任何黏结剂，完全靠石头间的棱隙，咬合在一起。就是说，金字塔不可修复。一旦坍塌，必是毁灭性的。所有人，都为年迈沧桑的古迹捏了一把汗。

金字塔现在严禁攀爬。我回国后，找到《尼罗河上的惨案》重看一遍，才惊奇地发现，影片一开始，就是男女主人公爬上了金字塔。早年间，外国有钱人，要雇3名阿拉伯人帮忙，才能攀上金字塔之顶。两名阿拉伯人爬在前，拉着有钱人的双手，第3个阿拉伯人托着有钱人的双足上举，才能登顶。有钱人坐在塔顶，喝着随从端上去的咖啡，鸟瞰埃及大地。据说末代沙皇尼古拉二世未登基时，也曾登过金字塔。漫长的时间加上人为磨损，金字塔最上面的尖顶已掉，形成一个面积约10平方米的小平台。

世界各地的金字塔，好像一母同胞的兄弟。身材略有不同，长相基本一个模样。它们在风沙中蹲踞，把无数谜团撒向人间，大智若愚沉默，不动声色千万年。

冈底斯山脉，总长1100公里，峭壁千仞，冰川纵横，气势磅礴，不可一世。

亿万山峰组成一望无际的山海，掀起峰峦的狂涛骇浪，簇拥着号称"雪山之宝"的冈仁波齐峰。它位于东经 81.3°，北纬 31°，海拔 6638 米（也有另外的高度数字，相差不了几米，总觉得对山来说，高度不是特别重要，又不是跳高比赛，山根本不在乎这几米）。

冈仁波齐并非这一地区最高的山峰，但它形状极为特殊，四壁对称，与周围山峰迥然不同。不用任何人指点，就能从千山万壑中一眼辨识出它。传说它植根于地狱，山体在人间，山顶直达天界。长期风化作用而形成的天然台阶纵贯中央，似通往云端的悬梯。终年积雪的峰顶，在阳光照耀下不可一世的庄严雄伟，由峰顶垂直而下的巨大冰槽与一横向岩层构成佛教"万字格"，"卍"是精神力量的标志，意为佛法永存，吉祥护佑。让人在仰望的同时，生出宗教般的虔诚与惊叹。

我在阿里时，听当地人称冈仁波齐是"石磨的把手"，将天地比作一盘硕大无朋的上下磨扇，此山为天地轴心。这比喻雄奇有余，诗意稍逊，风格写实。

从印度创世史诗《罗摩衍那》以及藏族史籍《冈底斯山海志》《往世书》等著述中，可见人们对于冈仁波齐的神山崇拜，可上溯至公元前 1000 年左右（我觉得崇拜史一定比这要早得多，只是年代太早，没有文字，就缺少了有力证据）。

据苯教古籍记载，冈仁波齐孕育了四条大河，流向东、南、西、北四方。流向东方的是"达确藏布"，就是马泉河，下游为布拉马普特拉河，河水中有很多绿宝石，凡饮此水的人们如马驹一般强壮。流向南方的是"马甲藏布"，就是孔雀河，下游是著名圣河——恒河。此河银沙遍地，凡饮此水的人如孔雀般可爱。

宕开一句，我在尼泊尔国家公园原始密林中，骑在大象背上，第一次看到了自然状态下的蓝孔雀。它漫步在溪流旁，歪着脑袋，好像倾听大象踏碎枯叶的声音，略呈好奇之态。它纷披的尾羽闪着钻石般晶莹的光芒，头高傲地仰着，脖子上的羽毛之华丽，纵是人间再好的染织，也仿造不出如此光华夺目的色泽。多么希望大象停下脚步，让我屏气欣赏这突如其来瓷器般流光溢彩的美艳。大象毫无放缓之意，依照自己的频率，咔嚓咔嚓用肥厚的脚掌，踩断密林里匍匐在地的藤蔓，长鼻子悠闲地甩来甩去，把无数枝条和嫩叶轻而易举地劈下，让它们纷扬飘落，覆于我身，像镀了一层精致迷彩。不断增强的声响，终于让蓝孔雀忍无可忍，为了躲避这轻微惊扰，它纵身一跃，飞起来。

上天！我从来没有看到过孔雀飞，虽然古诗中有《孔雀东南飞》篇章，但我以为那是美好想象，类似"白发三千丈"的夸张。就算孔雀挣扎着能飞几米，估计也如母鸡般吃力而短暂。没有想到孔雀能如此优雅从容地飞行，巨大的身躯轻盈如云，羽毛顺滑展开，如一匹天上的锦缎在跌落中抖动。瑰丽的蓝色流淌，在太阳照射下，如一千块打磨出无数切面的蓝宝石，向你双眸顽皮晃动。我不由得微微眯上眼睛，超凡脱俗的美丽啊，上天的杰作……孔雀消失了，但翎毛掠过的空气，久久遗留下感人肺腑的蓝色，让你忍不住有掉下泪珠的念头。

发源于冈仁波齐的第三条大河，是流向西方的"朗钦藏布"，即象泉河。它金矿丰富，饮了此水的人们会壮如大象。

第四条大河，是流向北方的"森格藏布"，也就是狮泉河，它的下游为印度河，最后流入印度洋的阿拉伯海。这条河钻石矿藏丰富，饮此水的人们勇似雄狮。

佛教中最著名的须弥山，指的就是冈仁波齐。在经典中，须弥山是世界之中心，它是由金、银、琉璃和玻璃四宝构成，由七金山、七香海及十二部洲围聚而成。冈仁波齐同时也被印度教、西藏原生宗教苯教、古耆那教、拜火教认作世界中心。

在象雄苯教时期，冈仁波齐被称为"九重万字山"，相传苯教的 360 位神灵居住在此。苯教祖师敦巴辛绕从天而降，此山为他的降落之处。

兴起于公元前 6—前 5 世纪的耆那教中，冈仁波齐被称作"阿什塔婆达"，即最高之山，是创始人瑞斯哈巴那刹获得解脱的地方。梵语称这座山为 Kailash，印度教主神中法力最大、地位最高的湿婆，以冈仁波齐为家。

至今没有人登上这座神山，不敢触犯世界的中心。

原谅我章法较乱，不断从金字塔出发，又回到冈仁波齐。希望文字如纤细而充满韧性的丝线，将金字塔和冈仁波齐缝缀连接。

埃及的金字塔是空心的。为什么呢？最通行的说法是那是法老的寝陵。法老死后，木乃伊藏在这里，以求永生。我在埃及曾经钻进过胡夫大金字塔内部的法老地宫，巷道十分狭窄，蜿蜒曲折密不透风，两人并排通过时，十分促狭。空手潜入相当不易——据说宽有 2.1 米，但印象中好像没到这个尺寸。艰难行进时，不禁想到，即使法老原来预备着把这里建成死后宫殿，一旦完工，法老亲来视察，肯定放弃死后住在这憋屈地的设想。

在环游世界的过程中，我有幸看到过埃及的金字塔、危地马拉密林中玛雅人的金字塔、墨西哥印第安人的金字塔……一般来说，金字塔都具有非常显著的"金"字体态。

青年时的经历，让我站在这些举世闻名的金字塔之下时，产生一种特殊体验。

金字塔似与我相识，它们与我冥冥之中有约。有某种类似脐带样血肉模糊的连接，让我战栗。

这感觉最初生发时，甚觉怪诞，我笑自己愚蠢。第一次到埃及吉萨，第一次到中南美危地马拉，第一次深入玛雅人的密林中，第一次到墨西哥特奥蒂瓦坎……这种感情屡屡萌动。如果我没有内科主治医师和心理学家的双重身份，我会怀疑受了蛊药之惑，精神发生了某种不正常。

然而，我很正常。我确知我浮想联翩那一刻，神智清晰，呼吸轻缓，心跳匀称，手足温暖，目光朗澈，嗅觉既不过敏也不迟钝……总之，我处在一生当中最好的健康状况之下，可我的感觉依然如此古怪并不可思议。

我在哪里见到过它们，我对它们是如此熟悉，我……

我是彻底的唯物主义者，不相信轮回。我知道物质不灭，但我估计自己来世可能会成为一只甲虫或是某枝小麦的一部分，不相信还会幻化成人。组成我今生今世的物质，还要如此这般集合簇拥并黏附起来，精雕细刻顺序不出差错……这个概率即使有，也是亿万分之一的可能，没那么好的运气。我的前世可能是一朵流云或是一叶扁舟，但不会是人。由此可见，我和这些金字塔的似曾相识，只能是今生今世的事情。我这一辈子并不太长久，来得及从容梳理一遍，让我好好想一想，宏伟的大金字塔啊，我还在哪里见过你？

类似惶惑，以前也曾出现过。那时我还未环游世界，随便放过了那一次战栗，以为我神经过敏。现在，战栗重又坚定而来，像没有医治好的疟原虫，凶猛发作，让我冷一阵热一阵地打起摆子。

那一次，是在柬埔寨吴哥窟。

我第一眼看到吴哥窟，无动于衷。抵达暹粒的傍晚，眺望吴哥，在渐渐暗淡下去的天幕中，建筑的影子如同灰蓝剪纸，轮廓简明扼要，峻拔地显出不甚浓厚的黑色。隔得很远，看不清细部，记得只是惊叹护城河的宽，足有十几丈，堪比明清时代的紫禁城。照此推算下来，这城中宫殿的规模必定令人咋舌。有人问，柬埔寨哪一世的国王住在这里面？

好脾气的导游突然不悦了，说，你们中国人为什么总觉得要有人住在里面呢？

我们对他的生气感到吃惊，按说这话没大问题啊。哪里冒犯了呢？

导游觉察了自己的冲动，缓了缓语气道，可能是我没说清楚吧。在柬埔寨的吴哥，你们所看到的所有石头宫殿，都不是给人居住的。国王也不能住。

人们异口同声地发问，那谁住里面？

导游字字铿锵道，神。只有神才配住在石头宫殿里，人只能住木头房子。这里所见都是神殿，最伟大的宫殿，是最伟大的神的住所。来参观的人，晚上一定要离开宫殿，神会回来住的。

第二日，我们终于近观吴哥窟。就是出现在柬埔寨国旗上的那组建筑——人们常常形容它们是一组莲花蓓蕾。我感觉它们如同五支粗壮的圆头蜡笔，组成华丽肃穆的团队。

最粗大的那支，位于组团正中，被称为小吴哥寺。甫一走近，立感到它射出无数带有迷幻药的小箭矢，刺中了我的肉身和心灵。我下意识地僵在那里，一动也不敢动，眼球渐渐充盈泪水。我要声明，我不是印度教或小乘佛教信徒，情感并非来自宗教信仰，完全是另外的情绪。

这座建筑异常陡峭，高达数十米，相当于七八层楼高。呈锐利的四边梯形体耸立，台阶陡峻细密，每级宽度均不能容纳一脚。由于年代久远，边缘磨损十分严重，台阶布满青苔，边沿滑腻，攀爬充满滚落之险。

旅游者写道："吴哥的高度是人们用身体来丈量，吴哥寺的神圣是在攀爬中体现的，没有攀爬过那些陡直的阶梯，无法去领会信仰的力量。我匍匐向上，几乎竖直地攀升，我只能谨慎小心，不敢有丝毫的懈怠，我只敢目光向上，一旦往下，那陡直的石壁便让我头晕目眩，在通向信仰的高度时，是需要虔诚专一的，心灵的朝圣借助物理的空间、借助建筑的精巧设计使之达到了统一……"

我一动不动。导游以为我害怕攀爬艰苦，解释道，特地做成这样的。

我缓了一下神，问，什么叫"特地"？

导游说，就是艰难。神是那么容易拜谒的吗？不是。所以你想要看到神，就要手脚并用地爬，你不能漫不经心，那样你就会摔死。

我说，哦哦。

口里应承着，思绪飞快漂移。

导游继续说，爬上去其实还比较容易，最可怕的是下来。这样窄的台阶，你不能像下楼梯那样面朝下方走。如果你那样下，屁股就对着神了，那是对神的不敬。所以台阶故意做成这般陡峭，你不能面朝下走，只能像爬上时那样，面朝天空，倒退着下来。始终对神保持尊敬。

我说，哦哦。

我在哪里见过你……苦思冥想。

导游看出我心不在焉，以为我还是害怕，就说，请你跟我到那边去。

我机械地跟着他走，依旧想着自己的心事。绕着小吴哥走了半圈，来到一根细细的钢索前。

这是爱情天梯。你抓住它，就很安全了。导游说。

一根钢丝绳，被钢制桩子固定在攀爬道路上。虽然看起来很单薄，还是让登攀的人有所依傍，使青苔覆地的缩窄台阶，变得不那么吓人。

抄录一位游人笔记：

"近乎90度垂直的台阶非常陡峭，一失足可能成为千古恨。我站在上面向下望时，禁不住两腿发颤，心里发愁怎么下去。幸好有爱情天梯，我才能下来而没有摔死。"

这根绳索为什么叫这个名字？我问。

柬埔寨国情内敛，通常不把爱情这样的字眼挂在嘴边。而且，这是神的住所，世俗的温情似乎也不相宜。

导游给我讲了一个先凄惨后稍暖的故事。

小吴哥阶梯出了名的陡峭。你从上面往下看，站在离台阶一米远的地方，根本看不到台阶，它几乎垂直。当年有一对法国夫妇来此旅行，妻子下来时在台阶失足，落摔而死。悲痛的丈夫为了以后不再发生悲剧，捐资修了一道细细的扶手。这看似简陋的钢筋，给了攀登者极大的庇佑，被命名为"爱情天梯"。

听完故事，我对尽职尽责的柬埔寨导游小伙说，谢谢你！现在，我有勇气独自爬上这座宫殿了。

他放心离开，去照料其他团员。

我骗了他。我始终坐在宫殿基石上，没有爬上去。

不是因为害怕。我知道小吴哥难爬，但我当年在5000米的藏北高原，爬过比任何人工建筑更险峻的冰峰。我相信从十几岁磨炼出来的爬山童子功，始终像一条忠实的狗追随着我，不曾须臾离开。这座宫殿对我来说，不是爬不上去，而是——我厘清了自己的思绪，知道深深的畏惧来自哪里。

你不能爬！它在模拟一座神圣的山，那就是冈仁波齐。冈仁波齐至今没有人类攀爬之上。我的心对我持续叮咛。

关于吴哥窟是冈底斯山冈仁波齐峰袖珍版这一看法，在此刻之前，没有任何人向我灌输或暗示过类似观点，它在我近距离仰望吴哥窟那一刹那，油然而生，猝不及防却坚不可摧。

在小吴哥底下想，那个设计建造此恢宏建筑的设计师，其实，没有见过真正的冈仁波齐，但应听过传说。上古时代，路途迢迢万分险阻，能够真正抵达冈仁波齐的人，少之又少。设计师听人描述过，在遥远的西方，有一座大雪山，它高大雄伟，身躯呈四角形，细密的台阶升腾而起……设计师按照传说和想象，塑造了这座神仙庙宇。他聪明地把握住了两个特征：一是它的外形，四面棱锥体，近似金字塔。二是它有细密的台阶，陡直巍峨。

虽然我并不信仰任何一种具体宗教，但我觉得人要有精神信仰，要有所禁忌，要有所畏惧。如果什么都不怕，什么都敢触犯，就太自大和狂妄了。

这种对冈仁波齐的畏惧之心，不是因宗教而引起，而是对大自然的臣服。在阿里的那些年，我无数次领教过大自然的伟力。我觉得凡是不可一世、自吹自擂的人，多半没在洪荒旷野见过苍莽混沌的天象。城市是容易让人以为人是无所不能的傻地方，只要在饥寒交迫的时候和大自然亲密相处过，经历过绝望和万念俱灰，你就再也不敢目空一切。

这些话，虽然很多书上都苦口婆心地讲过，但有什么用？如果它不进入你的思维结构，不能像细胞里的水分一样，支配你的生命并让你不可须臾离开的话，就只不过是一些横七竖八的字体和笔画，没有任何实际意义。可什么东西能够进入我们的思维结构，并不是理智说了算，这是个复杂的系统工程。

我在这座冈仁波齐的模拟小像四周不停走动，好似转山。当我后来将这番感慨对西藏阿里地区群艺馆的韩新刚老师说起时，他愣了一下，道，我听一个美国人讲过类似的话，只是他的顺序和你相反。

我说，此话怎讲？

韩新刚说，那个美国人是先去的吴哥，当然没你这么多感想。不过，当他到了西藏阿里，第一眼看到冈仁波齐时，他叫起来，哎呀，这不是一个放大了无数倍的吴哥吗？

在阿里时，我听人说过，冈仁波齐是世界中心。那时，我是只有十六岁半的小女生，除了之前生活过的北京，没有认真了解过世界上任何地方。我这里说的"认真"，是指知晓那个地方的历史变革、风土人情等。不过这样说也有语病，我对北京的了解，也实在零星皮毛。除了小学历史、地理课本上的知识，其他全无概念。

无知的人，很容易自大和嘲笑他人。那时的我，就是这样一个略带狂妄的傻丫头。我觉得阿里人多么井底之蛙啊！要说世界中心，怎么也得说是北京吧？就算不是北京，也得是美国吧（虽然作为一个反帝反修的战士，我极不愿意承认这一点）。我甚至想，就算说世界中心是阿尔巴尼亚首都地拉那（那时候我们觉得除了中国，就属这个国家神圣了）也行，轮不上阿里这个不毛之地啊！

年岁渐长，我方明白真正的井底之蛙是我自己。

感谢冥冥之中的某种力量或是机缘，让我在青年时代，就抵达了这颗蔚蓝星球的中心。

我说的中心，不是指地理或是自然的中心，而是指在先民的寻找中，他们寄予无限希望和神力的内在中心。冈仁波齐是精神宇宙的载体，先民们膜拜它，不仅认为它是众山之王、众山之父，而且尊它为精神世界的始发地。

那次旅行之后，我未曾和任何人说起此事。恍惚觉得因为太喜爱冈仁波齐了，发生了某种地理概念上的移情。

世界各地鳞次栉比的金字塔，最让人不解的其实还不是金字塔令人惊骇的体积，而是——动机。修建这一浩大工程，需要多么摧枯拉朽的理由啊！

在危地马拉蒂卡尔国家公园，看到玛雅人金字塔时，我突然悟到一种神似。

见我发呆，本地多问我，你在想什么？

我的所思所想一时半会儿厘不清，我说，在这里看到了某种和中国很近似的东西，我不知道这是为什么。

很多谜团，必得当事人亲见，才有感慨，才有突破。

欧洲人，国力雄厚资金丰裕，除了本国古迹，满世界到处溜达。看到甲国的某处古迹，然后又看到了乙国的某处古迹，心有所悟，做出了自己的研究。

这甲、乙两国，和他本身文化都是有隔膜的。固然，我们不能轻视这种研究的意义和影响，但如果长期以来在甲国和乙国都缺席的情况下，外人说三道四，毕竟不全面不完善。

我明白，终于明白了！全世界的金字塔，都在刻意模仿一座山，就是冈底斯的冈仁波齐。由于地域遥远，由于渗透了设计师们的想象，金字塔有些微差别，比如高度、比如底座的形状、比如顶部式样……各有千秋。但万变不离其宗，基本蓝图只有一张——传说中远在天边的大雪山，一座端正的四棱锥体，呈细密的台阶状升起……

远古的人们，其实比我们想象的更要充满好奇，英姿勃发。对自己赖以居住的大地，饱含生猛的探索精神。他们对山有原始崇拜，站得高看得远，一览众山小。从实用角度说，可以更早发现危险，更快逃离野兽和山崩地裂的洪水，可以更好地保护自己。居高临下，可以占据有利地形对敌发起攻击……这些，都是人类喜爱山的一部分理由。热爱山还有更深刻的精神诉求。人们对于太阳神的崇拜——只有在山顶才能更加亲近这光芒四射的火球。在任何一种宗教中，高尚的神祇都居住在万山之巅。

　　佛祖居住在小须弥山。

　　湿婆居住在冈仁波齐。

　　上帝接见摩西，是在西奈山上。

　　观音住在普陀山。

　　文殊住在五台山。

　　地藏王住在九华山。

　　普贤住在峨眉山……

　　宙斯当然也住山上。奥林匹斯山坐落在希腊北部，主峰米蒂卡斯峰，高2917米。我没有去过希腊的奥林匹斯山（船过希腊时，我回国送捐款了），统治世界、主宰人类的希腊诸神就居住在这座高山之上。据说山上长年云雾缭绕高耸入云，景色还算不错。橡树、栗树、山毛榉、梧桐和松林郁郁苍苍。不过我从图片上看，山势无奇。

　　可能希腊人慢慢也觉得将此山安顿为诸神大本营，神秘感略有缺憾。距离产生美，奥林匹斯山距离俗人们太近。扶老携幼的希腊人春游秋览之时，抬腿登上奥林匹斯山溜达野餐，哪里见得到一个神祇？于是希腊人让诸神搬家，去了可望而不可即的地方，方可保持神圣的尊崇。神仙们的新居究竟在哪儿呢？希腊人似乎也没了下文。想来，应该是世界上最高的山吧？

　　地球上最高的山，又在哪里？

　　说到麦哲伦哥伦布大航海时，总以为人类到了15世纪，才有可能周游世界，在这之前，彼此一直是分隔和老死不相往来的，这是错误印象。

　　在欧洲人所谓的"发现"世界之前，世界早就存在。我相信远古时代的人们充满了斗志，四处流窜，乐此不疲。在技术和体能上都做了足够准备，寻找世界的奥妙。这不是一代人能完成的，但他们前赴后继、再接再厉，寻找世界上最超拔的山脉，寻找神明。虽没有现代便利的交通条件、没有快捷的交通工具、没有详尽的地图和完备的设施，但那时也自有好处。没有边界、没有国境、没有意识形态的割据、没有签证和遣返……当然，虎豹熊罴、风霜雨雪的煎熬是少不了的。人们勇气非凡。

我坚定不移地相信，自古以来，有各个民族和种族的无数人走啊走，终于走到了麇集着世界最高耸山峰的所在地，找到了冈仁波齐。

冈仁波齐，并不是世界第一高峰，它海拔只有6000多米，和世界第一高峰珠穆朗玛峰相比，差着老大一截子。

这是无法回避的命题。上古人类既然苦苦寻找，为什么不找到世界最高峰，只找了一个山界的二等公民呢？要知道，青藏高原上，十几座比冈仁波齐高公里以上的高峰昂然矗立，怎么古人竟视而不见，选了个矬子来寄托无限崇拜敬仰之情？很长时间，我对此百思不得其解。

当我在飞机上飞越珠穆朗玛峰时，一刹那恍然大悟。

本以为珠峰会如擎天柱一样傲然挺立，其实此峰外形普通，一点都不出众。说句大不敬的话，珠峰不漂亮，犬牙交错略显狰狞。它不对称、不平衡，不那么高贵神圣……如果把山的容貌做比较，珠穆朗玛峰最多算是中流。再者珠峰在群山包围之中，道路极其艰险，估计远古时代，真正能到达那里的人几乎没有。人们就把比较容易抵达又光彩夺目的冈仁波齐，选作了世界中心。

冈仁波齐，是大自然的鬼斧神工！看到它，你不由得双膝发软，想顶礼膜拜。你可以不信任何神，但你不得不被这大自然的雄奇伟力所折服。你必得崇拜，必得匍匐在地，必得觉出自己的渺小和卑弱，必得要借着和这座伟大山峦的联系，让自己具有更大的勇气和韧力。

在科技如此发达的现代，初次窥到冈仁波齐英姿的人，都会有这样感受。遥想远古洪荒时代，当那些最勇敢、最坚定、最无所畏惧和最英勇大义的人，在无尽的跋涉和九死一生的奔袭之中，突然见到了这座雄奇山峦，看到它那近乎完美卓然挺立的身姿，怎能不以为这是神明的化身！

纵观全世界，哪座山峰最美丽，最雄伟？

非洲的乞力马扎罗比不了它，欧洲的阿尔卑斯比不了它，亚洲的天山比不了它。至于南北极，可能有更多的冰雪，但绝没有如此傲然的山姿！

就像选美不能光凭借身高，还要有全方位考察，冈仁波齐已经有世界第一流身高（冈仁波齐位于广阔的旷野之上，这就使得它身躯伟岸。不像珠穆朗玛峰，周围群山环绕，看不出究竟有多高），再加上无可比拟的颜值，天下第一山的美誉，就落在了冈仁波齐白雪覆盖的额头。况且，"山不在高，有仙则灵"，上古之人并不以高度作为选定圣山的唯一指标，他们更重视综合评分，桂冠落定，冈仁波齐闪烁着圣洁之光。

印度教、苯教和佛教徒从世界各地来这里转神山。佛教徒按顺时针转山，信徒朝拜巡礼，绕它转一圈可洗涤罪孽，十圈可以在轮回中免受苦难，一百圈可升天成佛。苯教则往相反方向转山。各念其经、互不相扰。

学者研究证实，原始宗教，诸如苯教、印度教、耆那教、祆教皆属同一个源头，最早都起源于冈底斯山。

祆教是在基督教诞生之前，中东中亚最有影响力的宗教，是古代波斯帝国的国教。金庸的小说中，称为"明教"。

它离我们并不遥远。尼采的名著《查拉斯图拉如是说》，这个"查拉斯图拉"，就是祆教的创始人琐罗亚斯德。再举个例子：有一款常常挂在嘴边的车——"马六"，就是马自达 6，马自达便是祆教的"胡天"大神——阿胡拉·玛兹达。马自达官方表示：Mazda 来自 Mazdaism 一字，译成中文是祆教或拜火教，是由先知琐罗亚斯德在波斯创立的一种宗教，劝导人崇拜创造主为众善之源，要求人有善良的思想、言辞和行动，放弃邪恶。

冈仁波齐涉及如此多宗教派别，为什么？对宇宙的探索，对我们所居住的这个星球的好奇，对我们的存在需要解释，对我们和外界的联系需要孔道……于是，多种宗教殊途同归。在远古时代最早期的宗教胚芽里，都埋着同一粒蓓蕾，那就是高耸而又形象独特的冈仁波齐。

勇敢的人类发现了这座自由自在的雪峰，按照心中的期待创造了它，它成为凡俗人间通往天庭的自动滚梯。

人们从地球的各个角落，聚焦冈仁波齐。我在阿里时，有一次问，古往今来，有多少人曾经来此朝圣呢？当地老者答，今天的人们走在过往人们的脚印上，脚印已延续了多少年，没有人能说得清。如果脚印有厚度，摞叠起来，大约可以和雪山比肩了吧？如果脚印有声响和歌声，这千山万壑中，一定鼓乐齐鸣激荡不息。如果脚印有光芒，这里就是第二个太阳栖息的地方。如果脚印化成飞鸟，你将看不到任何一座山峰的影子，它们都会被鸟的翅膀覆盖……

冈底斯山和冈仁波齐的神话传说不胜枚举，每一个神话又都有数个不同版本，我在阿里时搜集过一些，听得一头雾水。各类神祇关系错综复杂，有时还自相矛盾。

窃以为这些神话传说，在年代上都要逊于最古老的世界中心说。不过，从中可以看出传承筋络。拜火教比基督教古老，耆那教比佛教古老……

当然，并不是说古老就一定神圣，但求本溯源，有可能找到最初原点。

看看冈仁波齐的亲人吧。

你可能要奇怪，山还有亲人？是的，与神山相伴的是它的妻子圣湖——玛旁雍错，"错"即藏语"湖"之意。玛旁雍错海拔4588米，位于冈仁波齐东南约50公里，是面积达412平方公里的大淡水湖，最深处有81.8米，湖心透明度达14米，是我国目前实测透明度最大的湖。神山倒影在阳光下，拥入湖中，夫妻相。

圣湖之南，是7728米的纳木那尼峰，一说是冈仁波齐的母亲，也有人把它看作冈仁波齐的情人（这两种说法有点混乱）。20世纪80年代之前，没有人类的足迹登上纳木那尼。1985年，中日联合登山队首次攀登纳木那尼成功。我对人们所谓"征服"某座山的说法，深不以为然。山是不能征服的。你靠着现代登山设备，在很短时间内，站在山的额头上，能说明什么呢，有什么必要呢，证明你很伟大吗？山已经在那里屹立了千百万年，你这几分几秒，算得了什么？你想锻炼身体，尽可以找些低矮的山峦反复爬几个来回就是。你想体验缺氧的感觉，就把自己一侧鼻孔，甚至2/3的鼻孔都用棉花堵起来，我以20多年当医生的经验保证，这可以轻而易举地模拟出喘不上气来的感觉。

路上的玛尼石堆，默默无声地陪伴着朝圣者。我在冰岛火山荒原也看到过类似的石块堆积物，当地人称它为"旅人塔"。说是途经的人们一定要为此添砖加瓦（当然所谓的砖瓦，就是不同的石块）。我曾问冰岛当地人：旅人塔除了观赏，还有什么实用价值？

冰岛人回答：这是人们在彼此呼应，说明你并不孤独。如果你迷失了方向，它会为你指引道路……

世界上的人尽管相隔遥远，却时不时有很多相同的习俗，提醒我们是源远流长的同类。被信徒踩踏千年的道路，累积起无穷能量，形成以冈仁波齐为靶心的磁场，凝聚着人们心中的美好愿望……变成了一种文化载体，吮吸远古的混沌与智慧，反射着今人的梦想与祈望。

来自世界各地的寻访者，圣山再好，看几眼也得走，高寒缺氧，此地不是久留之地。使者们回到各自家乡，口口相传，将冈仁波齐峰的伟大和雄奇，带到世界各个角落。头人、酋长、国王、法老……根据汇报和传说，无比神往。他们无法亲自抵达神山，能做的就是不惜血本地模拟这座伟大山峦。寄托自己的权威和理想，祈求长生和转世。

于是便有了全世界无数的金字塔，无论大和小，它们都有着极其相似的四棱锥体态，细密的台阶，这就是冈仁波齐的特征。许多金字塔，都已经湮灭了。残留的金字塔作为先民们最朴素最原始的追求，却因冈仁波齐的不朽而永存。

据说，转山的时候，如果你是有福之人，能听到峰顶圣乐官中的罗汉敲击磬木板的声音。

我有幸和乘坐飞机飞越冈仁波齐峰顶的军人交谈。

飞越圣山，你可有什么感觉？

没什么特殊感觉。那一天，天高云淡，十分平稳。

可曾看到什么？我问。

你指的是什么？他一时间没有明白我的意思。

我指的是……我一时语塞。停顿了一会儿，我说，奇异的景象。比如，宫殿、神仙，还有仙草什么的。

他笑了。作为现役军人，他觉得我很幼稚。出于礼貌，他耐心地回答我：没有宫殿，没有佛祖。没有仙人，没有湿婆。没有仙草，没有神鸟……除了冰雪，什么也没有。哦，裸露的地方，有岩石……

我还不死心，又问，有没有外星人遗留下来的发射塔或是类似的机械装置呢？

没有，什么都没有，除了冰雪和岩石……他非常简洁而肯定地又一次重复回答。

这就是冈仁波齐的真相。我依然不希望任何人攀爬冈仁波齐，这样它可以依旧保有世界中心的桂冠。这不是因为现代人的迷惘，而是为了维护先民最淳朴的解释，敬畏他们付出的艰辛和最淳朴的情感。也为了我们的心底，永留一块仰望苍穹的圣地。在这里，天堂距你盈盈一握。

所有燃烧发光的生命，都来自祥和温暖之心。

冈仁波齐，是静思和与上天沟通的妥帖之处。

# 31 每一支哈瓦那雪茄都清白

摘录博客。

2008 年 8 月 13 日　哈瓦那

在哈瓦那，到处可见切·格瓦拉的头像，英俊而忧伤。他代表着一个时代的理想和热情，还有命运的残酷。

从小就唱《哈瓦那的孩子》。中国人，有一个"哈瓦那结"，和那个时代的国际主义教育联系在一起，还有美丽的热带风光。还有反对帝国主义，还有古巴糖。

站在哈瓦那街头，仍能感到一种革命激情。

病未愈，体力大减。

到雪茄烟厂参观（外带一个山谷的游览和一顿午饭），票价每人 60CUC。CUC 是专供外国人在古巴使用的货币，大致相当于我们以前通用过的外汇券。没来古巴之前，不知道这 CUC 的厉害——它的面值比美元还高，1 美元只能兑换 0.8CUC，可见参观一次雪茄烟厂还是不便宜的。

雪茄的制作完全是手工，精心挑选出来的各种不同规格的烟叶，用湿布卷盖着，变得柔韧而富有弹性。我用手摸了一下，居然有一种丝绸般的质感，不知道是不是我在病中，感觉也不大准确了，总之和我们平日印象中干燥易碎的烟叶，似乎是两种质地。

年轻的男工和女工们手脚麻利地把烟叶折叠起来，然后用利刀切边，再把毛边卷进去，有点像折纸游戏，原本是舒展的烟叶，就变得很有组织性和纪律性地紧紧裹在一起，被放入特制的夹子中，等待着接受进一步的加工……据说一支雪茄的制作完成，要经过几十道工序，我们看到的只是其中的几步。导游非常自豪地告诉我们，哈瓦那这家雪茄厂于1580年创建，到现在已经有几百年历史了，这里出品全世界最好的雪茄。

　　遗憾的是，雪茄厂非常明确地禁止照相，所有的照相机都不准带入工厂，于是，没有照片。

　　午饭是一个面包，一盘红豆米饭（众人分食），几片猪肉，一个豆角和黄瓜的冷菜，一个蒸土豆。

　　我已没有气力东张西望。

　　／ 哈瓦那街头的楼房

当时正在生病，所有的精气神都用来对付病魔，意志涣散，潦草的观察，有愧于这个独特国度。好几次打算不再参加任何活动，躺在宾馆的床铺上休养生息，自觉是最好的安排。可又一想关山迢迢，万里海疆，到这里来一趟不容易，于是挣扎着爬起来去看古巴的山河。

我不吸烟，但我对古巴雪茄情有独钟。大概因为这一趟环球旅行渐渐接近尾声，给亲朋好友们带点什么礼物呢？总不能两手空空回到故土。

关于雪茄的优劣，我几乎一无所知。

原本预定策略——在工厂里，各种雪茄都买一些。就算某种不太好，也还有其他选项，不至于百无一是。

我们在古巴遇到了一个很好的向导。

我们包了车去参观。司机加导游都是他，高大英俊，大约50岁，原本栗色的头发有点花白。说一口极为纯正和流利的英语。芦淼说，就算在美国，大多数美国人说的英语，都没此人标准。

该人知识面极为广泛，从海明威的生活习惯到老爷车的历史，无所不知。芦淼问我，古巴人都这么高素质吗？

我说，庆幸遇到一个好导游。不能从一个人推测一个国家。

芦淼道，他也许是个特工。

芦淼称赞一个人的时候，常会用"特工"这个词。在他们这代人的印象中，认为只有受过专训的特工，才能如此博学多能、生动有趣。我就简称他为"特工"。

车窗外漫地都是绿油油的宽叶植物，我问，这是什么？

特工说，这就是你一直想要的古巴雪茄的烟叶啊。他告诉我，制作一支古巴雪茄，一共需要5种烟叶。包在最外层的那层烟叶，叫烟皮。包裹在里面的是烟芯，每一层都不一样。看似统一的烟芯，由5种成分构成，一点不能马虎。

我的天，这么复杂！我惊叹。

特工说，这就是哈瓦那雪茄的过人之处。

突然看到一种类似布匹搭起来的长棚，里面也生长着烟叶，好像是雪茄中的贵族。炎炎太阳下，坐在看台里，被遮盖和保护。

我说，雪茄从长在地里的时候，就分出了阶级吗？

他笑笑说，这就是将来长成烟皮的雪茄叶。只有在生长的时候就特别加以管理，它们才能长成合格的叶子。1公斤上好雪茄外皮的价钱，比1公斤黄金的价格还要贵。

我说，自由自在地生长在太阳下的雪茄，做不成烟皮？

他说，是啊。烟芯的烟叶有很多种口味，它们必须在露天生长，要吸收太阳和大自然的味道。

我看到雪茄叶田里有很多小房子，问，这是烟农住的屋子吗？是不是因为雪茄叶很贵重，要日夜守卫？

我想起了在中国东北的人参田旁，就见有这样的小房子。据说看守的人还有枪支，用武器以防人参被盗。

特工说，不是。在古巴，没有人盗窃雪茄叶。小房子是晾房，摘下来的雪茄叶，需就地晾晒。咱们隔得远，你看不到小房子内部的设施。里面是一些木质横条，雪茄叶收获之后，悬挂在木条上，等待田野的风把它的水分吹干，当然还要有太阳的热度炙烤，我指的是阴干。烟叶能感受到太阳的热度，却并不会和太阳直接照面。经过大约 50 天，烟叶就褪掉了最初的黄色，变成一种棕红色。

想起中国新疆吐鲁番的葡萄田，地里有墙壁呈蜂窝状的晾房。新鲜且饱含汁液的葡萄，在热风和阳光的合谋下，蒸发掉青涩水分，摇身一变，成了脍炙人口的葡萄干。说起来，这葡萄珠和雪茄叶，实在是不相干的作物，但又有着如此近似的加工过程。也许，珍品就是这样姗姗来迟，除了人工，还需天意。

我说，栽种雪茄叶有没有机械化？

特工说，没有。采摘雪茄叶，必须一片一片手工采集。每次在每一棵雪茄苗上，只允许采集两片或三片叶子。

我说，当雪茄皮子用的烟苗，是不是能多采集一些呢？

特工说，那更不行。每棵雪茄烟皮的苗只有八九片叶子，每次只能采集一片叶子。如果它还没有足够成熟，就不能成为一支上好雪茄的外衣，你必须耐心地等待它成熟。每一片叶子的生长期，都不同。

我想起咱们的茶叶。某年清明前，我参观茶园，满园葱茏。主人说，采摘茶叶时，要招募大量熟练工人，争分夺秒。若是贻误了时间，就无法抢在茶叶最鲜嫩的时候摘下来。过了那个点儿，茶叶就老了，质量会大打折扣。

我问茶园老板，为什么不能引进机械呢？

茶园老板说，试过。但是，什么机械能代替人来分辨一片片的茶叶是不是长到了最佳状态呢？只有人的眼睛和脑子，才能办妥这件事。

我原以为只有清新脱俗不食人间烟火的茶叶，需要细心周到的个性化照料，却

完全手工卷制的雪茄

不想看似粗犷豪放的雪茄，也这般娇贵。

　　车子在古巴大地上缓慢前行。我说的"缓慢"，一是由于古巴公路建设并不很好，没有我们通常意义上的高速路，路况基本相当于乡镇公路。二是古巴车子多很破旧，西方对于古巴的持续封锁，让古巴在物资供应方面，相当短缺。一眼望去，无边无际的雪茄田里，偶有一种高大乔木掠过，开满白花，好像栖息着雪白的鸽群。

　　又一日，我们乘坐旅游大巴，路过一个小镇。五彩缤纷的小房子，虽然油漆已经褪色，但仍显出一种有质量的稳固。有三三两两的古巴居民，在悠闲地读书和下棋。街上有肉店和粮店，供应不错。车子不由分说停下来，说让大家随便看一下普通古巴人民的日子。我们走来走去，觉得此地安居乐业、丰衣足食，似乎和我们这几天的见闻有所不同。走过一家水果铺，木瓜很是馋人。我说，买一个尝尝吧。问了一下，约合人民币90元。巴掌大的一个木瓜，这也实在太贵了。我知道古巴国内对国外旅行者的收费另眼看待，就对售卖的小贩说，我们来自中国。他立即喜笑颜开，把木瓜的价钱主动降到20元人民币，问我们行不行？

我觉得这个还价的方法很有趣，他问你"是否可行"，你就再也不好意思说什么，遂立刻说行。拿了木瓜，同伴对我说，他还价也太随意了。

我说，对此可有两种理解。第一种，是古巴人民对中国的友好。这一点，在这几天，深有感受。

他说，第二点呢？

我说，醉翁之意不在酒。

同行者问，此话怎讲呢？

我说，他也许不是一个真正的小贩，并不在乎这个生意。

同伴还是不大理解，说，如果他不是小贩，那么他是什么人呢？

我说，我觉得这个小镇，比这几天所看到的民居和大众的生活状况，要好很多，既然是特地停车让我们到这里来参观，或许有展示窗口的意思。当然我能理解这个做法，当年在物质匮乏的时候，为了不被外来观光客小瞧，我们也这样做过。我觉得，此地有这种味道。也就是说，这是一个特殊的小镇。

我不知道我的感觉是否准确，我只能说我对古巴人民抱有充分的敬意，并无恶意。

在此情况下，面对陪同我们的卓尔不群的古巴导游，除了雪茄，似乎不宜聊其他。

我说，雪茄叶在田野里晾晒了 50 天之后，就可以卷起来制作雪茄了吧？

他很有风度地摇摇头说，不是。一片雪茄叶要成为雪茄，还有很漫长的道路要走。首先第一次发酵，需要 30 天。烟叶一束束地挂起来，距离地面大约半米高，等待烟叶的颜色更加纯正。之后就是加湿。

我说，好不容易晾干了，又要往上面喷水吗？

特工说，不是简单的喷水。那种水是有特殊配方的，加湿可以使雪茄烟叶粗壮的叶脉变得清晰柔韧。然后对烟叶的颜色、外观、类型等，进行分级。

我说，明白，原来是为了甄选。

特工说，之后是第二次发酵，这一次时间更长，要 60 天。雪茄叶会发生奇妙的变化，口感、气味变得醇厚，也去除了杂质。再把烟叶放置在搁扳上，风干几天。之后就用能够充分保持雪茄烟叶味道的棕榈树皮，把烟叶打包。

我奇怪了，把烟叶打了包，如何制作雪茄呢？

特工不慌不忙地说，这些新鲜的雪茄叶，并不能马上制作雪茄。它们还需要窖藏整整一年。有一点像酒，好酒都是要窖藏的。

然后呢，是不是就可以卷成雪茄了呢？我有点替叶子们着急。它们步履蹒跚，在成为雪茄的路上缓爬。

别着急。雪茄叶在黑暗烟窖内休息一年以后，再一次加湿。加湿之后是再次干燥，然后去除烟叶上的经脉，最终根据烟叶的尺寸、色泽、外观进行分级。

我长叹气说，想不到前期准备需要这么长时间。

特工说，这是最短时间。有一些特殊口味的烟叶，发酵要两年甚至更长时间。

我说，什么时候才可以卷制雪茄呢？

特工轻抚了一下他纹丝不乱的发型说，你不要着急，制作雪茄是一门艺术。

我在古巴小镇上，曾看过卷烟师当场制作雪茄。

卷烟师正襟危坐，面前有一台小机器，一眼看去，好像一个修鞋匠。一块案板样的操作台，是这个一人作坊的主要设备。操作台必须用杧果树木料，才能保证雪茄没有异味，只含果香。还有切割雪茄叶的切割台和烟刀。小瓶里是胶水，也是纯天然的植物胶，没有任何毒性。想想也是，雪茄燃烧的烟雾要和人的口腔黏膜亲密接触，如果有毒，那还了得！

雪茄师的近旁，放着各种不同规格种类的雪茄叶，像红棕色的丝绸。在我等外行人看来，它们几乎一模一样。卷制烟芯时，雪茄师用了至少 3 种烟叶。它们先在雪茄师手掌中不交叉地平行放置，形成管状烟芯。打个不很恰当的比方，有点像包粽子时的苇叶。之后雪茄师握紧烟芯两端，向烟芯中部挤压，再用专用外烟皮裹紧。据说如果师傅手艺不过硬，或是工作时心不在焉，烟芯烟叶没有安置好，就会出现烟叶交叉。其后果要么是拧成麻花状，要么烟叶向外散开。哪怕后面的卷制工艺没有任何问题，这种雪茄还是会在燃烧时，出现一侧快一侧慢的不完整现象。这是制作雪茄的大忌，所以每一支雪茄的制作，都要求聚精会神尽可能完美。

据说最好的雪茄师，一天只能手工卷制 120 支雪茄。

特工告诉我，雪茄卷制完成后，还要再放置整整 21 天。这可不是随便找个地方就放的，要置于 16~18℃，湿度在 65%~75% 的特制房间内。也并不是裸放，要让尊贵的雪茄们安住在雪松木为内外贴面的木柜中，从容酵藏。

雪松是雪茄的好朋友，在最后包装完成的雪茄盒里，也要加进雪松木片。让雪茄在雪松的陪伴下，继续保持香气，并且在最后的燃烧中，展示最完美的华丽。

你对雪茄这样感兴趣，是否从此自己要吸雪茄？特工很认真地问我，蓝色的眼珠充满了疑惑。

／ 种在院子里的烟叶

他是一个很好奇的人。芦淼有一个手持 GPS，和照相机联动，可以清楚地显示拍摄某张照片时的经纬度。特工没见过这东西（或许他不是真正的特工），觉得可能有军事用途吧，问询芦淼。芦淼解释后，他还是将信将疑。有一次我们下车做短暂的漫步，我说，一定要记住路径，不然回来时万一找不到车就麻烦了。特工指指 GPS 说，你们有这个东西，还能找不到这个车吗？

我告诉特工，我买雪茄，是为了送朋友，并不打算自己吸。他很郑重地说，请你记住，一定告诉你的朋友，万万不能用汽油打火机点燃雪茄，汽油的味道会污染雪茄自身的烟草香气，那就暴殄天物（这个词是我加的）了。最好的方法是用雪松木条来点燃雪茄。在古巴雪茄的包装盒中，都附有薄薄的雪松木片，它是最好的火柴。需要时，轻轻撕下一小条，先用打火机点燃雪松条。等雪松条安稳燃烧，再轻缓点燃雪茄。这时要轻轻转动雪茄，边吸边转，让雪松的火苗与雪茄接触，而后一道充分燃烧。这是它们最后的舞蹈，是它们的告别和彼此的祝福。此后，雪茄就渐渐消亡于人类的口腔了……

特工说到这里，竟有些伤感。我有一点吃惊，印象中，烟生来就是给人吸的，那是它的命运，何来感情？听了这番宣讲，方知雪茄的灵性。

过了一会儿，特工平静下来，叮嘱我说，如果你是单支送人，雪松条不够分配，那也请告诉你的朋友们，一定要使用无硫火柴来点燃雪茄。当吸到最后，千万不要捻灭雪茄，而是把它平稳地放在烟缸上，让它慢慢熄灭。请允许和你这样亲近过的雪茄，能安详体面地与你告别。

那一瞬，我没来由地想到这位古巴人，也许有过爱情悲剧，有过和心爱的人天人永隔的哀伤。

特工说，每一支雪茄都是独特的，最好的雪茄有特殊味道，是用焦糖、雪松、棕榈叶、胡桃、桂皮、可可、咖啡豆一起燃烧熏制而成，最少需要 3 年时间，222 道工序。雪茄是天赐古巴的黄金，每一个环节虽有人工的精工细制，还要靠上苍恩准。每一支雪茄都是天气、土壤、雨水、太阳……还有不知道的运气共同制造出来的。

我频频点头，表示的确亲眼看到了。当我在烟窖时，生出奇怪的拟人化想象。烟窖，并不是酒窖那样深埋地下，就是一个个装雪茄的柜子。外表类似大衣柜，不过更高大沉稳些。它们很有风度地屹立着，如风雨不动安如山的老爷爷。永远恒温——16~18℃，永远恒湿——65%~70%。它们很朴素，没有上过任何油漆，由白茬木头组成。由于年代久远，显出轻微的蜡黄色泽。它的怀抱，应该是温暖而醇香的（人家不让打开看，我想象）。里面偎依着众多的子孙，那是一捆捆卷制完成的雪茄烟。爷爷耐心地等待孙儿们长大成人，成为一支支无与伦比的哈瓦那雪茄，然后远涉重洋，为困难中的古巴创造外汇。

三年自然灾害时，我们吃过很多古巴糖，那种微黄而半透明的砂子糖，像破碎的宝石，曾为一代人的童年抹上甜蜜。印象中古巴一直在产糖，真实情况是，因为美国的经济封锁，古巴的蔗糖生产已十分萎缩。挣外汇的担子，主要靠雪茄担承。在古巴，只要领袖卡斯特罗一出现，就必定伴随着军装和雪茄。雪茄是古巴最宝贵的财富，是建设社会主义的小金库。

看过这样一个故事。

20世纪60年代。有一天，当时的美国总统肯尼迪把新闻秘书叫来，对他说，皮埃尔，我要你帮我一个忙。我需要很多雪茄，古巴的。

秘书说，总统先生，我很愿意为您效劳。您大概需要多少支古巴雪茄呢？

肯尼迪说，1000支。

秘书说，您什么时候要呢？

肯尼迪说，明天早上。

秘书很奇怪，要这么大数量的古巴雪茄，时间又催得这么紧，为什么？顾不得想，赶快去操办。幸好他本人也是雪茄迷，知道在哪里可以买到上好的古巴雪茄，轻车熟路，还不算太难。就这样，还是忙到半夜才完成这宗奇怪的任务。

第二天一大早，总统就把新闻秘书叫到了椭圆形的办公室。总统问，怎么样？秘书回答，请放心，我已经办好了，我买到了1200支上好的古巴雪茄。肯尼迪听完，露出了微笑。把他的抽屉打开，拿出一份文件，很快签上了自己的名字——那是一项禁止所有古巴产品进入美国的命令。

从这一天开始，美国封锁了古巴产品，实行禁运。一直执行到了今天（截止到2008年我写这篇文章时），长达40多年。据古巴方面统计，仅到2003年，美国的经济封锁，就给古巴造成了超过793亿美元的损失。

古巴街道残破，物资供应十分紧张。出口换汇主要依靠雪茄，所以，到处种植烟苗，成了古巴的支柱产业。以1999年为例，古巴雪茄烟出口达到创纪录的1.6亿支（手工卷烟）和10000吨烟叶，创汇达2.88亿美元。2005年，古巴出口的雪茄，约占国际贸易总量的40%。

再来说完上面那个故事。

1962 年 5 月，帮着肯尼迪买雪茄的皮埃尔秘书，到苏联去访问。临回国的时候，赫鲁晓夫说，我看你十分喜欢雪茄，正好卡斯特罗送给我一大盒雪茄。我不喜欢抽雪茄，就把它转送给你吧。

卡斯特罗的礼物，当然是顶级的好雪茄。而且整整 250 支，皮埃尔很高兴，但也不敢隐瞒此事。回到国内，主动向肯尼迪汇报，说我犯了一个严重的错误，收下了 250 支古巴雪茄。

肯尼迪说，你考虑过这件事情的严重后果吗？赶快上交海关！

皮埃尔秘书只好赶紧照办，把 250 支最好的哈瓦那雪茄上交给了海关。海关关长给他打了收条。皮埃尔问，那你们打算把这些雪茄怎么办呢？

海关关长很严肃地说，当然是销毁它们！

后来皮埃尔秘书郁闷地发现，那些传说已经销毁的哈瓦那雪茄，都在海关关员们的嘴巴中，袅袅冒烟。

分手的时候，古巴导游说，古巴的雪茄很贵。

我点点头，表示赞同。我已经在雪茄烟厂买了各种规格的雪茄，知道了行情。

特工有点迟疑地对我说，有一件关于雪茄的事情，我想你一定会遇到。也许，我应该提醒你。

我说，好啊，谢谢你。

他又一次重复道，古巴的雪茄很贵，你在今后的日子里，会遇到有古巴人暗中向你推销雪茄，那些雪茄会很便宜。如果你吸雪茄，那么可以买一些，但是要在离开古巴之前，把它们吸完。你在商店或是烟厂，所购买的任何一支雪茄，都要求卖方开具正式发票。你要保存好这些发票。不然的话，到了机场出关时，你会遇到麻烦。古巴海关规定，每人只能携带 23 支散装雪茄出境。就算你有合法证明，如果超过了这个限度，还是会被没收，没有任何通融。

我说，谢谢你，我记得了！

果然，在哈瓦那的日子，晚上我们在街头行走，会突然从某个阴暗的小巷口，钻出一个人，手里握着一把长短不齐的雪茄，有的还有包装精美的盒子，开始不厌其烦地兜售。那价钱，大约只有正价的 1/10。

我一支都没买黑市上的雪茄烟。我严格按照那位特工所说，共计 23 支雪茄，每一笔买卖都有发票。雪茄对古巴来说，不仅仅是一朵供消遣的烟圈，也是他们的风骨和骄傲的华丽幕布。尊敬有很多种表达方法，我这就算最微渺的一种吧。

我带着 23 支身世清白的雪茄走出古巴。回来后，送给朋友们。

我在哈瓦那机场出境的时候，没有受到任何检查。

接受了我的雪茄之礼的朋友后来对我说，你送我的雪茄，烟灰非常紧密，掉在地上也绝不散开。

我茫然地说，这是为什么呢，烟灰不应该是很松散的吗？

那位朋友说，雪茄和香烟是不同的。雪茄燃烧后的烟灰越紧密，越说明它们是上等货色。

# 32 明信片和骷髅旗

以前，我不喜欢明信片。讲给亲朋好友的话，像大字报一样裸站纸面，供素不相识的人公开阅读。精美图案的卡片，摇身变成大喇叭，把悄声细语放大成了朗诵和广播。所以，除了绝交宣言，在明信片上，你看不到真情实感，全是官样文章和礼节性的问候。无论明信片的图案多么奇异美丽，也逃不脱虚与委蛇千篇一律的模板。

绕地球一圈下来，冰释前嫌，和明信片结下了浓情蜜意。

明信片，现代人很少用了。老年人，用牛皮纸信封把信封得严严实实，如同因纽特人抵抗风雪的小屋。年轻人，用转瞬即达的电子邮件，如同霹雳般迅捷。这又慢又公式化的明信片，成了落伍的代名词。

别看明信片貌不惊人，却已有100多年历史。关于第一张明信片的身世，坊间流行多个版本。

1865年10月的某天，一位德国画家在硬卡纸上画了一幅极为精美的画，准备寄给他的朋友作为结婚纪念品。不料他到邮局邮寄时，邮局卖的制式信封太小了，没有一种信封能把这张自制贺卡装进去。画家正为难时，一个聪明的邮局职员灵机一动，建议画家将收件人地址、姓名等一起写在画片背面，就这样寄出去。于是，这张无信封的"画片"，如同一封真正的信件，妥帖地寄到了朋友手里。世界上第一张自制"明信片"，就在艺术家和邮政职员的齐心协力下诞生了。同年11月30

日，在德意志邮政联合会的一次代表大会上，有人提议：可以使用一种不需要套封的信件——明信。可惜这么有创意的点子，因代表们意见不统一，当时未被采纳。

德国碰了壁的事，在奥地利出现曙光。1869 年，奥地利的一位博士发表文章建议开发明信片，并提议列为印刷品邮件，降低邮费。奥地利邮政部从善如流，同年 10 月 1 日，明信片在维也纳邮局正式发行。奥地利因此成为世界上发行明信片最早的国家。

由于使用方便，奥地利仅 3 个月就投寄了 300 多万张明信片。德国邮政部门闻讯后大吃一惊，于 1870 年 7 月正式发行了明信片。紧接着，英、美、法、瑞士等国的明信片也相继问世。

但英国集邮家说明信片是他们发明的。

邮政历史学家爱德华·庞德发现了一张在 1840 年寄出的明信片，它比已知最早的明信片早了 20 年。这是一张手工着色的印制漫画的明信片，由维多利亚时代居住在伦敦富勒姆的一个行为古怪的男人寄出，收信人也正是他自己。

此人名叫西奥多·胡克，喜欢不停地开各种玩笑。玩笑无伤大雅没心没肺，不过挺好玩。他曾因账目不清入狱两年，之后靠写作音乐喜剧和浪漫小说谋生并发了财。这张寄给自己的明信片，现在成了宝贵的历史证物。

中国第一套明信片，1897 年由清政府发行，图案是蟠龙和万年青，竖长方形，左上角印有"大清邮政"字样。

1876 年，中国人李圭，前往费城参加美国建国 100 周年博览会。此人睿智聪敏，既精通英文，汉语的造诣也颇深。回国后将其在美期间的考察、见闻写成《环游地球新录》一书，对美国邮政做了详尽记述，并建议开办中国邮政。他将"POSTCARD"这个外来名称，译成汉语"明信片"，准确而形象地表达了卡片式信文公开的邮件特征。李圭对明信片阐述如下："邮政局有印就厚纸片，其信资图记也印于片上，邮局出售，以便商民凡寄无关紧要之信，可就片面写姓名、住址，片背写信，不用封套，价更便宜。各国信馆皆有此片，谓之明信片。"

这一见解得到了李鸿章的赞许。

我觉得李圭在解释里有一个词精准到位：明信片乃"无关紧要之信"。是啊，要是秘密，谁敢昭告天下？

人是奇怪的动物，走过一个地方，总要留下一些纪念物，总要留一些念想，如同墙上的旧钉，悬挂久远的记忆。记忆又像是蜘蛛丝样纤弱的东西，必得附丽在枝权或墙角处，才能织出依稀可见的痕迹。

同行的朋友说，他决定每到一地，就取当地的一抔泥土，这样一路走过来，就有了亚洲、欧洲、北美洲、南美洲和非洲的土壤，堆积在一起，成就一座土壤地球仪……

这主意听起来不错，但不可能实施。一是土壤太重，如果真把五湖四海的土壤收全，估计最少要攒辆小推车。二是回国时要检疫，不能让不明微生物入侵。所以，他只能作罢。

思来想去，终于向明信片投降。主要动机，还因为它便宜。这一趟行走花费甚巨，预算已十分紧张。如果要找一个既能处处买得到，又充满浓郁地方特色，再加上不占地方又省钱的物件，除了明信片，还能有什么？明信片一路上可随买随寄，盖上当地邮戳，有纪念意义，归国时又不占行李分量，天造地设的好品种。

于是，像个涉世未深的小青年，每到了一地，便忙着买明信片，扶着路边的墙壁写好，再寻邮筒寄出。

埃及的明信片最便宜。擅长做生意的阿拉伯人，把印有金字塔和法老面具的明信片，10个一组打包卖，只要2美元。每张只合人民币一块多钱，物美价廉。小贩们甚至学会了中文。正确的表述应该是：一见亚洲面孔，他们分别用日本话、韩国话和中文打招呼，各种语言轮番上阵，"总有一款适合你"，最后你乖乖掏钱包。

欧洲特别是北欧的明信片最贵，一张要1欧元，当时合人民币10元。这还是一般图案，如果是大点和精良图片，会要1.5欧元甚至2欧元。买的时候真有点心疼，一张小小的纸片，合人民币20块钱，贵啊。我在冰岛看中了一张美丽的极光图片，要3欧元。我站在柜台边思想斗争了一番。后来想想，这么绚烂诡谲的极光照片，除了北欧这种地方，别处恐难找到，一咬牙买了下来。

在国外购物，要斩立决。看中哪样东西，只要经济上可以承受，就不要迟疑，马上买下。时过境迁，你只会充满了珍惜和喜爱，不会埋怨自己大手大脚乱花钱。跋山涉水到了这地方，买一点纪念品不会让自己破产，却让美好长存。不信？假如你当时不买那样心仪物件，节省下来的钱也一定不知哪里去了，你不会因为这一点小钱的去留而变穷或变富，却会因为没有当场买下而长久后悔。最可气的是在后悔中，你会不断美化那物件，让遗憾发酵。

有一些地方，今生今世，你永不会再去了。有一些东西，今生今世，你永不会再逢。就像年轻时一些人和机遇错过，无法回到从前。

／ 巴拿马明信片

／ 古巴哈瓦那明信片

／ 和平号明信片

在国外，买明信片不是很困难的事情，几乎每一个风景胜地的小店里，都竖着转盘式的架子，上插各式各样的明信片。写明信片，也不太麻烦。只要写上"CHINA"，下面按部就班写国内地址和姓名就行。当地人明白这是寄往中国的，万事大吉。

　　真正令人发愁的是寄出。各种旅游手册上都说亲自到邮局寄发最保险，可我们来去匆匆，不能把宝贵时间都放在找邮局上。

　　次一等的选择是投放邮筒。不过有传说，一些国家的路边邮筒，几个月都不一定开启一次。特别是在欧洲国家，电子邮件和特快专递都非常发达，邮筒十分罕见，让人郁闷。表扬格陵兰，那里有据说是世界上最大的邮筒，而且他们还开办业务，一年中的任何时间都可以在这里投递信件。指定圣诞前夕从这里寄出去，这项业务需7欧元。我思谋了一下，放弃了在这里存一封信的念头。不仅仅因为钱有点贵（我是多么抠门啊），更因为我觉得圣诞老人和这个荒凉岛子没多大关系。我来过了，看到了，就够了。就不节外生枝，储存尾巴了。

　　在冰岛时，我们在暴雨中赶路。天晴一刹那，旷野茫茫，彩虹西悬，在路边小驿站发现了一个邮筒，大家喜出望外，赶紧停车，买明信片写了投递进去。驱车走出很远，芦淼还用照相机的镜头拍个不停。我原以为他是在拍彩虹，一看，方向不对。我问："有什么好拍的呢？"芦淼道："我在拍那个邮筒。等以后回到家，我看到这张明信片，就会想起，我是从这个邮筒把它发出去的。"

　　我们发出的明信片，有一部分写给自己，还有一部分写给朋友。出发时带着电脑，里面存有至爱亲朋的电话号码和邮箱。漂泊海外，才发现一重要疏漏——忘了写下朋友们的住址。真是天大的罪过，且难以弥补。只好凭着记忆写出朋友的城市街道号码。有些记忆不敢保证准确，很可能这张纸片无法抵达朋友手中，仍是割舍不下，最终寄出。我喜欢在异国他乡的街头，忆起中国某个城市某条街道地址时的温煦暖意。喜欢在到处都是外文字码的招牌下，书写一个又一个神清气爽汉字时的宁馨。喜欢一边落笔一边喃喃地嘟囔着朋友的姓名，好像她或他就在离我不远的地方悄然而立……

　　在哈瓦那国民宫前面，我给一位边疆小城的朋友写明信片。他当然有单位家庭住址也有门牌号数，只是我全然不敢确定。无奈，然而却并不着急。想了想，我把明信片写往当地文联，心想文联的人都喜舞文弄墨，一看这张明信片来自遥远的古巴，没准就动了恻隐之心，一定会想方设法将它转交到朋友手中。再者，我相信朋友在当地的名声，人们知道他。

我回到国内后给这位朋友打电话（当时距寄出明信片，已经快两个月了），问，你收到我从哈瓦那寄出的明信片了吗？

　　他怔了，似乎很意外，说，没有。

　　那一刹那，我有点慌，好像我为了跟人家套近乎，说了一个谎。我赶忙说明，我是寄往你们当地文联的，请到那里问一问。

　　他说，好的。

　　过了几日，他给我回了电话，说，文联那儿也没有收到。他顿了一顿，说，不管怎样，你在那么远的地方，还想着我这个朋友，我就很高兴了。

　　大约3个月后，有一天这位朋友突然打来电话，说没什么其他事，只是告诉我，他收到了我寄自哈瓦那的明信片。

　　他说，谢谢！

　　我说，这就好。

　　他又说，我们这里是一个小城，市里有个博物馆，想收藏这张来自几万里之外的明信片，不知你同意不同意？

　　我说，寄给你，它就是你的了。如果你愿意，就送给博物馆吧。如果你愿意自己保存，就留下来。随你处置，我没有意见。

　　朋友说，那我还是把它留在自己身边。顺便问一句，那张明信片的图案是一扇半开半闭的门。说明词是一种不是英文的外文，我们这里都没人认识。那是谁家的门？

　　我说，那是海明威家的门。说明是西班牙文。

　　当时因为记起朋友是文艺家，特地挑了一张有艺术含义的图片，所以格外记得。

　　最忙碌的一次寄发明信片，是在美国纽约联合国总部。它发行的众多邮品颇有特色，让人流连忘返。不过邮品有一个附加条件，只能在联合国总部大厦的邮局里寄出去，到了外面，人家就不认这里发行的邮票了。

　　由于这条规定，可以想见联合国总部大厦邮局里的忙乱。我恨不能把想起来的朋友都问候一遍，先是挑明信片，然后是交费。然后找个犄角旮旯大写特写，之后买邮票，然后又交费。最后是贴上邮票把它们递到邮局职员手中……

　　我很奇怪，为什么不在这里设一个邮筒，让大家把贴好邮票的信放进去，就万事大吉了呢？偏要众人不辞劳苦地再排一次队？

　　懂行的朋友告知，有很多人并不愿意让手中的信函真的跋涉万水千山，那样邮品的品相得不到保证，没准弄脏弄残了。在这儿盖上邮戳，一切非常完好，邮票连一个锯齿都不会残缺，在市场上价值更高，更值得保存。

我大不以为然，毅然决然地把所写明信片，都交给服务生，任由这些明信片跃马扬鞭、四散漂泊、伤痕累累。

我顽固地认为：一个信封，就像一个女子，一定要敞开胸怀，傍着自己的伴侣——信瓤，在冷暖世界上同甘共苦白头偕老，才是周到完整的生涯。

一枚邮票，一定要走过万水千山，穿过大街小巷，才能证明的确值了身上那数字标明的价值。不然的话，从来没有闯荡过，一辈子龟缩在塑封册子里供人观赏，岂不是壮志未酬身先死！

一张明信片，也要让自己驮着的那些字餐风饮露，渐行渐远。字迹淡了，真情仍在。要让自己的边角，渐渐卷曲了，才不枉侠肝义胆、生死与共一场。如果明信片的历史，只是从陈列柜走到柜台，假装完成了一枚真正邮品饱经沧桑、金戈铁马的岁月，至死都洁净得没有一缕烟尘，完整得不曾磕落一颗边齿，虽然有邮戳为证，却还是邮品世界的赝货。

这样想来，那张从加勒比海远涉重洋而来的明信片，真是有一点保存价值。不是因为我在上面写了什么，而是它自己完成了作为明信片的磊落一生。

有个现象很有趣。听说我航海归来，很多女子最喜欢提的问题之一，居然是——你遇到海盗了吗？有个美丽姑娘补充道，如果我遇到了海盗，就嫁给他！

我哭笑不得。天啊，这一路风尘仆仆艰难险阻，风大浪高九死一生。如果再遇到海盗，岂不雪上加霜！

女子怎么对海盗这么感兴趣？我暗自好奇。

海盗，是指专门在海上抢劫其他船只的犯罪者，这可是一门相当古老的职业。1691 年至 1723 年这段时间，被称为海盗的"黄金时代"，成千上万的海盗出没在商业航线上，有许多伟大的政治家、探险家也都出身于海盗家庭。比如台湾郑氏王朝郑成功的父亲郑芝龙、英国探险家法兰西斯·德瑞克、10 世纪的丹麦国王哈拉尔德等。

海盗的标志是一个骷髅加上两根交叉骨头的旗帜，望之丧胆。据说"骷髅旗"是法语"非常红"的意思，主要作用是打心理战，将恐惧之箭深深射入海上猎物心底。航海时，海盗们会冒充任何国家的船只，悬挂任意国旗，称为"假色"。抢劫时，悬挂"真色"。

旗帜会说话。多数情况下，海盗追逐猎物时，升起白色旗帜，表明身份——有时猎物会因此降下国王的旗帜表示屈服。如果猎物拒绝投降，海盗们会升起黑白两色旗帜，表明穷追不舍的斗志。若猎物继续逃窜，或是海盗船长过于残暴，红色骷髅旗会在桅顶高高飘扬。意思是血腥杀戮：一旦捕获猎物，不留任何活口。

如果说在陆地上的抢劫，还可以单打独斗，那么海盗必须具有团队精神，一个人当不成海盗。既然是团队，就要有协作精神，所以，海盗的规章很严格。这些规矩通常写成条文，由全体船员签名共同遵守。其中非常重要的项目，就是劫掠得手后的战利品分配原则。条文中还包罗了违纪者的处罚，极其严厉的。

允许我不厌其烦地引用一份1723年的海盗章程。

1.每人都有选举权（还挺民主的——我想）；

2.人人公平，财产方面不得欺骗，违者放逐（讲究诚信——我想）；

3.禁止赌博（这条规定不错。估计主要是为了保证海盗们的团结和斗志昂扬——我想）；

4.晚8点熄灯，此后想喝酒的到甲板上去喝（按时作息，同时留有一定的个人空间——我想）；

5.保持武器的整洁，随时可用（海盗们处于时刻准备着的状态。这对过往的和平船只是非常危险的——我想）；

6.男孩和女孩不得加入队伍，若有船员带女子到船上，他将被处死（军中有妇人，士气恐不扬。古代无论中外，似乎在这一点上有共识——我想）；

7.延误战机者，处死或放逐（够严厉的——我想）；

8.船上不得互斗，争端到岸上用剑或手枪解决（这个船，一定指的是海盗们自己的船。在人家的船上，是拼死争斗的——我想）；

9.不得谈论改变生活方式的话题（所谓改变生活方式，就是有人不想当海盗了吧——我想）；

10.船长得两份战利品，炮手一份半，其他人得一又四分之一份（船长好像还不是太贪心——我想）。

勇气与分赃规则等，都不难理解。不可思议的是"不得谈论改变生活方式的话题"。这就证明，当了海盗，就要死心塌地走下去，这个行当，你不得退出。这是一种生活方式，从此成为你的命运。

其中第5条是"保持武器的整洁，随时可用"，那么，海盗们用的是何种武器呢？

没有武器的海盗，就像没有鳍的鱼，根本无法生存。当时流行的武器是手枪和水手弯刀。这两样比较容易理解，另外就是匕首，主要用作突袭时一刀毙命。在船上空间狭小，挥剑不便，短刃大行其道。

再一项专门利器，是登船斧。这东西设计很巧妙，看起来貌不惊人，不过铁板一块加上木柄，然而劲道很大，破坏力极强。登船时用来损毁商船的索具和网，手起斧落，大功告成。火枪、手枪等，是海盗的重武器。他们最主要的武器是水手刀。呈弧状，劈砍时很有威力。这刀并不需要多么高深的技术，只要使用者骁勇并且靠得足够近，便威力无比。除此以外，还有火炮。

当我在北欧海域遭遇飓风的时候，面对着铅灰色暴跳如雷的大海，我想，当年海盗们一定也曾遇到过这种风暴吧，他们的日子如何过？

找到一份当年海盗们的食物清单，录在这里：

主食——发霉的面粉与米饭，腌乳酪；

菜肴——咸肉与鱼，蔬菜；

饮品——不新鲜的淡水，在太阳下暴晒了数星期之久的陈啤酒，蒸馏提取的白兰地，由白兰地、茶、柠檬汁与各种香料调制而成的奇怪混合饮品（加入柠檬主要是为了避免坏血病与佝偻病）；

水果——钉着铁钉的木菠萝、杧果、香蕉与苹果（钉上铁钉是为了在水果里加入铁质来防止贫血）；

非常时期的配菜——海鸟、猫、狗、老鼠与臭虫。


这套餐谱，意下如何？

最有名的海盗，非维京人莫属。

维京人生活在1000多年前的北欧，今天的挪威、丹麦和瑞典。当时欧洲人将之称为"北方来客"。维京是他们的自称，在北欧语言中，这个词语包含着两重意思：首先是旅行，其次是掠夺。他们远航的足迹遍及整个欧洲，南临红海，西到北美，东至巴格达。其实，说是旅行，虚伪的谦虚。维京人第一次在当地百姓面前出现时，都是以海盗的身份抢劫掠夺。

维京人个个都是强悍战士，悍不畏死。因为人少，加之又是长途奔袭，他们需要周密的策划与出其不意的凶狠。在海上相遇时，海盗遵守古老传统，一声不吭地将自己和受害者的船系在一起。船头搭跳板，依次上场单挑，每个走上跳板的人都面临这样的命运：或将对方统统杀光，或战死，由后面的同伴复仇。如果感到害怕，可以转身跳进海里，没有人会追杀逃兵，但放弃战斗资格的人与死者无异，从此连家人都忽视他的存在。排在船头第一个上阵的，通常是最精锐的战士。战斗中，他们赤裸上身，发出粗野吼声，忘情地享受战斗的酣畅。愤怒使维京海盗强大而骇人，被称为狂战士，概因战斗中异乎寻常的狂热。

随着新航路的开辟，航海贸易业热了起来。新大陆的发现，殖民地的扩张，世界各地航行着满载黄金和其他货物的船只，各国的利益竞争和对殖民地的野心给海盗活动提供了最大的温床。随着私掠许可证的出现，海盗活动甚至开始"合法化"了。

海上霸主英国，就是靠海盗起家的。我们在巴拿马运河区看到的要塞，干脆由海盗和海军轮流执政，一会儿是海军，一会儿摇身一变就成了海盗。

然而，海盗终于没落了。

随着工业时代来临，各国海军实力大大加强，海岸巡逻更严密，海盗失却往日辉煌，但海盗并未从此绝迹，他们死灰复燃。更快的船，更具威力的武器，让海盗们成了更难琢磨和更有危害性的暴徒……

看了这些有关海盗的资料，美丽的女子，你还愿意嫁给海盗吗？

这些女子的心情，大约是倾心刚强果敢、不畏艰险的男子汉气概，向往披荆斩棘、倒海翻江的大开大合，神往英雄主义和所向披靡的道德情怀，醉心金戈铁马、铁肩担道义的传奇江湖……这是一种对英雄人格的崇拜，与历史上和现实中横行肆虐的海盗们，无关。

我希望真正具有英雄人格的男子们，多多益善。女子嫁与英雄，英雄辈出。

# 33 世界观与观世界

航行在大西洋上时，一位日本女士找上门来，说很希望我能开设一个传授中文的自主企划。我说，好啊。本来以为自己天天说的就是中文，写的也是中文，教外国人说一些基础的中文，应该不是太大的问题。不过，真的着手准备起来，才发现事情并不简单。

首先，我们没有任何文字的资料可以发给学员们。船上有教西班牙语的，有教韩语的，英语就更不用说了，天天高朋满座。他们都提前做了准备，不单有高级班、低级班分类，还有各层次教材，相当正规完备。我两手空空，未免让未来学生有点寒酸。也曾想过是不是编写点简易教材，打印出来发放，聊胜于无。可船上所有纸张和印制都需收费，让学生们掏一笔课本费，好像也不相宜。

讨论起具体教什么课程的时候，大家也是七嘴八舌莫衷一是。有人说，当然是从"你好""再见"教起，这样船上充斥中文打招呼的声音，满处乡音，岂不快意？有人立刻反驳说，凡是对中文感兴趣并愿意在海上学习汉语的人，那就不是一张白纸，早就会说"你好""再见"了，人家想上提高班。

这样一说，我有点紧张，说，要不要从汉语拼音教起？喜好汉语的人，得到一个好拐棍，以后自学或是参加其他课程，都会有所帮助。

大家说，好是好，就是太难了。要是有一年级小学生课本就好了。

我说，到了纽约，咱们到中文书店去努力找找。

事情就这样定下来。却不想到了纽约之后，并没有找到注有汉语拼音的读物。又逢船坏，流言纷起，大伙也没心思学习了。待游轮修好后再次启航，又有人说，既然没有像样的教材，那别开生面，教吟诵古诗吧。在日本，能用汉语念出古诗，被认为是有文化、有品位的表现。有人憧憬着：想想吧，当游轮结束航行的时候，学员们可以抑扬顿挫地背诵李白的《静夜思》——"床前明月光，疑是地上霜，举头望明月，低头思故乡。"万顷波涛一弯明月，何等的诗情画意！

畅想自然是好的，不过要让一群没多少中文基础的外国人，单凭注音背诵古诗，有点难。很多日本人听闻这一计划，也表示顾虑。事情搁置下来，再往后，游轮进入中南美洲，上岸次数频密。停泊前一天，大家开始心旌摇动，要重新踏上陆地了，都非常兴奋。到了岸上，紧张的行程，精力体力消耗很大。等再次回到游轮上，又要经历疲惫的休整。刚刚缓过劲儿来，又快到下一个靠港地了，重又充满期盼……自主企划的事就停顿下来。

8 月 8 日，中国成功举办了奥运会，芦淼很希望能办有关奥运的自主企划，把美丽的祖国和奥运健儿的英姿，好好展现一下。我们从墨西哥下载了奥运开幕式的资料，开始向船上的自主企划部申请时间和地点。他们质疑这个开幕式能否播放。

芦淼很吃惊，说这是对全世界公开转播的节目，为什么不能播放呢？

企划部说，怕有版权之争。船上并没有购买这个转播权。

佩服日本人的版权意识。芦淼说，在"和平号"上的播放，完全是免费的，是公益活动，应该没问题。

企划部答应安排，又提出了第二个问题——开幕式整个过程有 4 个多小时，至多给中国人一个半小时播放时间。

面临着痛苦的压缩过程。咱们看开幕式哪儿都好，哪儿也舍不得压缩，但日方允诺时间有限，坚决不肯延长。要想播出开幕式，只有忍痛割爱一部分场景，优中选优。再加上开幕式有很多场面，若不精心准备解说词，恐难以表达出寄寓的深意。一时间，通过海事卫星频繁地和国内联络，多方搜集资料。翻译也付出了艰苦努力。比如"击缶"的解释，如何能让外国人听得懂"缶"是什么东西，击缶又象征着什么？中国人也许一目了然的事，对外国人就得掰开了揉碎了说清楚。

经过反复斟酌和精心准备，终于把浩大而辉煌的开幕式压缩到了 40 分钟。这时候，游轮已经离开阿拉斯加，开始横渡太平洋。自主企划的安排突然变得紧张起来，芦淼每天都去询问何时轮到奥运会的放映安排？却总是定不下来。

怎么办呢？除了催促，没有别的法子。你也无法知道那些排在前面的自主企划，是不是早就登记了。有时后悔我们登记的是不是太晚了，如果早一点登记，是不是现在已经排到了呢？又一想，再早，奥运会还没开呢，能不能得到影像资料，也没有把握，不敢贸然行事。

时间一天天拖下来。每天都去催，却总是没法安排到我们。船一天天靠近日本，直到"和平号"靠上日本横滨码头，也没给中国人安排上有关奥运开幕式的自主企划。芦淼对此非常伤心，单是准备中国古代四大发明的资料，他就煞费苦心，精心设计了一套解说词，并和小唐密切配合，声情并茂地把整个解说词都背了下来。

我也无言。想了很久，对他说，这毕竟不是我们国家自己的船啊！这个世界上有些事，我们只能尽力而为。你已经做好了所有准备，问心无愧，祖国知道，这就足够了。

日后有谁还乘坐远洋游轮，如果还有自主企划一类活动，我建议提前做好准备，积极参与。带上必要的工具和资料，会使你的自主企划锦上添花。不然，人出门在外，所有临时动议，往往会面临预想不到的困难，事倍功半。一旦准备基本就绪，马上提前预约。到时候一展中国风采，完成既定计划。

船上有一位中国企业家 Z 先生。记得在北欧海域航行的时候，有一天，我和他趴在甲板栏杆上看海。碧空如洗，海鸥像战斗机一样向我们俯冲过来，马上就要碰到我们的鼻尖了，突然一个漂亮的转身，直插青天。Z 先生对我说，咱们国家还没有自己的远洋客轮。

我说，是啊。不过，我们已经能造出非常漂亮的远洋货轮了。

Z 先生说，你说世界观是从哪里来的呢？

我说，从脑子里来的。

Z 先生说，脑子不能凭空产生观念。依我看，世界观世界观，顾名思义，就要观了世界才能形成啊。

我说，Z 先生您说得好，要有世界观，先要观世界。

Z 先生说，咱们这次出海环球旅行，是中国大陆人的第一次。年轻人里，除了翻译小唐，就是你儿子了。咱们出来的人少，年轻人更少。你看人家日本，这么多年轻人出来观世界，多么好的事情。一个人这么年轻就能看世界，看了世界和没有看过世界，眼光不一样。什么时候，咱中国也有了远洋客轮，也拉着咱们的青年人，来看看这个美丽的地球呢？

远眺大海，相视无言。

# 34 海洋是我们的摇篮

地球上 3/10 是陆地，剩下的都是海洋。地球上的生物约有 80% 在海洋之中。海洋的重要性，有了这两个数字，不用再说什么。

生命何时、何处，特别是怎样起源的问题，是现代自然科学尚未完全解决的重大问题。25 亿年以前，地球表面绝大部分是深浅不一的广阔海洋，陆地的面积很有限。

19 世纪前广泛流行的是"自然发生说"，认为生命是从无生命物质自然发生的。中国古代认为"腐草化为萤""腐肉生蛆"等。在西方，亚里士多德就是一个自然发生论者。或者干脆有人把谷粒、破衣服、烂袜子堆在一起，在暗处悄悄捂上 21 天，说是会长出老鼠，并且发现这种"自然"发生的老鼠竟和常见的老鼠完全相同。

1860 年，法国微生物学家巴斯德证明微生物只能来自微生物，而不能来自无生命的物质，彻底否定了自然发生说。

化学起源说是被广大学者普遍接受的生命起源假说。地球上的生命是在地球温度逐步下降以后，在极其漫长的时间内，由非生命物质经过极其复杂的化学过程，一步一步地演变而成的。

生命在海洋里的诞生，绝不是偶然的，海洋的物理和化学性质，使它成为孕育原始生命的摇篮。

在海洋中形成的类似蛋白质的有机物质，经过长期的演化和孕育，慢慢地形成了最原始的生命体。到了大约距今 6 亿年前，即地质史上的元古生代，海水里的生命活动明显地加强了，除单细胞生物，已有藻类、海绵类等多细胞生物出现。到了距今约 6 亿—2.5 亿年前的古生代，海水里已经出现了许许多多的动物，如三叶虫、珊瑚等。到古生代的中期，出现了脊椎动物——鱼类。鱼类逐渐演化成两栖类动物，并且从海洋向陆地发展，直至进化到今天。

生命最初的物质来源于海洋，又在海洋中锲而不舍地进化。在海水中经历了漫长、复杂的递进，最终形成了完整的生命。

海洋除了是人类的摇篮，还是人类分割世界的利器。可以这样说，如果没有航海，世界文明的格局就不可能是如此。或者反过来说，世界之所以是这副模样，和 16 世纪大航海时代以后，海洋大国瓜分世界密不可分。

中国和海洋的关系既密切又疏离。中国位于亚洲东部、太平洋西岸，是一个大陆国家，也是一个海洋国家。我国陆地边境线东起辽宁省丹东市的鸭绿江口，西到广西壮族自治区防城港市的北部湾，总长度约 2.2 万公里。中国的大陆海岸线 1.84 万公里，另有岛岸 1.4 万余公里。加在一起，中国海岸线总长超过 3.2 万公里。

中国是一个航海大国。航海离不开水上运载工具——船舶。1973 年至 1977 年间，在浙江余姚河姆渡，发现了一处新石器时期遗址，遗存物中有六支用整块木板制成的木桨和一具夹炭黑陶质的独木舟模型，经测定是 7000 年前的遗物。这证明中国沿海先民，在那个时候就已经掌握了原始的造船技术，已能用火与石斧"刳木为舟，剡木为楫"，利用原始舟筏在水上航行。到夏、商、周和春秋战国时期，随着木帆船的逐步诞生，出现了较大规模的海上运输与海上战争。秦汉时代，徐福船队东渡日本和西汉海船远航印度洋。西汉时的导航占星书籍已有《海中星占验》等 136 卷，天文导航术已达到相当水平。在三国、两晋、南北朝时期，东吴船队巡航台湾和南洋，法显从印度航海归国，中国船队远航到了波斯湾。从隋唐五代到宋元时期，中国航海业全面繁荣，海上丝绸之路远至红海与东非之滨，中国舟帆所及，达西太平洋与北印度洋全部海岸。刺桐港（今福建泉州）成为当时世界上最大的国际港口。明初 1405 年，明代的伟大航海家郑和，率领庞大的船队开始了七下西洋的壮举，郑和的大型海船叫"宝船"，其"大者长四十四丈四尺（约 151.8 米），阔一十八丈（约 61.6 米）"。哈，长度比我们乘坐的"和平号"稍短一些，宽度几乎相当于"和平号"的两个半（"和平号"全长 194.32 米，宽 24 米）。其船队规模之大、船舶之巨、航路之广、航技之高，在当时无与伦比。哥伦布船队中最大的帆船长五丈七尺，仅及宝船的1/8，足见中国明代造船业的强盛。

郑和当时谏言："欲国家富强，不可置海洋于不顾。财富取之海，危险亦来自海上。"这一远见卓识，至今仍极具洞察力。可惜的是，随着中国晚期封建主义逐渐保守与僵化，明清王朝对外闭关锁国，对内实行海禁，严重阻碍了中国航海业的进一步发展和航海科学技术的不断进步，中国航海业由盛转衰，江河日下。

一般人提起大航海，最先想起的就是西方的强大势力和话语权。无论是发现新大陆还是环球航行，无论是哥伦布还是麦哲伦，都来自西方。汤因比说："世界与西方之间的冲突，至今已持续了四五百年。在这场冲突中，到目前为止，有重大教训的是世界而不是西方；因为不是西方遭到世界的打击，而是世界遭到西方的打击——狠狠的打击。"

世界的一个地区，成功地控制其余的地区，这在以前人类历史上是前所未有，倚仗的就是航海。欧洲人从家乡出发，征服了南北美洲和澳大利亚的广阔地区，成功移居那里。他们通过扩张，使西欧的财富大量增加，到19世纪，强有力地控制了中东、印度和中国这些古老的文明中心。

其实，航海方面，在起点上，东方并不输于西方。西方和东方出现的大航海事件，几乎在同时。郑和下西洋和15世纪末西班牙的哥伦布航海，二者都是前无古人的壮举，却源于社会和文化方面的巨大差异，同途殊归。公元1400—1500年，成为重要的历史分水岭，其上竖立一面阔大旗帜，这就是大航海。此前，世界各个区间是分隔的，即使有所联系，也是微不足道的短暂和流水落花的无所用心。从那以后，束缚被打破，新格局开始形成。欧洲人从被围困的半岛出发，赢得对远洋航线的控制，决定了直到现在的世界格局。

说到大航海，时间表上是郑和领先。自1405年至1433年间，他亲率庞大船队七下西洋，横渡印度洋，经波斯湾、红海沿岸抵达非洲东部、赤道以南的沿海地区。

中国是为了宣扬国威和寻找消失的皇帝而航海，而哥伦布于1492年至1504年间进行航海的动因很简单，出于经济目的。

郑和航海的规模巨大，曾先后抵达30余个国家，前后历经28年。郑和与哥伦布，出于不同的目的，几乎同时扯起了远洋的风帆。应该说，他们都各自达到了预定的航行目标。郑和七次远航，所行抵达的各国，都与明廷建立了政治和外交关系，使者来华朝贡，外带给皇帝安了心，证明建文帝并没有在海外某地休养生息以求复辟。哥伦布航海则发现了西方至东方新的贸易通道，为西方世界带来了可观的经济财富，开辟了西方世界探险和掠夺的热潮。

郑和航海之后，中国只要继续努力，进一步发展航海事业，就足以对世界科技的发展和社会进步起到巨大的推动作用并产生深远影响，但明廷"重农抑商""实行海禁"，销毁了郑和的航海档案资料，对航海大加限制。

15—16世纪的世界性大航海活动，人类开始由世界各大洲相对封闭隔绝的状态，转向彼此交往日密、渐成一体，文明发达程度急剧提高。绵延上百年的历史活动，中国人和欧洲人分别获得了不同的成果。中国建立了朝贡体系，西方建立了殖民地体系。

中国的传统是不搞霸权和殖民掠夺，企盼"静海"，就是海上太平、各国共享其福，海晏河清，民康物阜。

而欧洲人则完全不同。在美国人所著的《新全球史》里，这样描述："欧洲人探险海洋的动机是错综复杂的。最重要的动机是寻找基本资源和可以耕作的土地，以及寻找通往亚洲市场的新商路。再有就是热切地传播基督教……在1400—1800年，欧洲航海家进行的一系列杰出的探险之旅将他们带到了世界上除了极地的各个海域。欧洲的水手绘制了世界海图，对世界地理状况的认识也更为精确。在这些知识的基础上，商人和水手建立起了通信、交通和交流的全球网络，并且从中大大获益。"

历史继续向前发展。中国的朝贡体系，在西方殖民者的坚船利炮攻打之下，分崩离析。中国周围的国家基本上都成了西方列强的殖民地，连自己也成了殖民地半殖民地，朝不保夕。西方列强则驾驭海风，攻城略地拓土开疆，攫取全世界的财富以充实自己的腰包，把世界变成了供海洋强国瓜分的新鲜蛋糕。

我在这里抄录了一张图表，是在《全球通史》中《1500年以后的世界》一文里罗列出来的。

1914年时的海外殖民地：

| 拥有殖民地的国家 | 殖民地数字 |
| --- | --- |
| 联合王国 | 55 |
| 法国 | 29 |
| 德国 | 10 |
| 比利时 | 1 |
| 葡萄牙 | 8 |

| | |
|---|---|
| 荷兰 | 8 |
| 意大利 | 4 |
| 合计 | 115 |

这些殖民国家母国的面积总和是 70 万平方英里（约 181 万平方公里），他们所占有的殖民地面积是多少呢？是 2000 多万平方英里（约 5180 万平方公里）。相差约 30 倍！母国的人口总和是 2 亿，殖民地的人口总和是 5 亿多。

可以说，今天的世界利益格局，就是在大航海时代打下了基础。谁是海洋强国，谁就拿到了王牌。

在世界上绕了这一大圈，我有一个深刻体会。世界上最好的地方，属温带气候。道理很简单，寒带太冷，不适宜人生存。特别是在没有石油、没有煤炭、没有电力的古代，简直就是苦寒蛮荒之地。热带呢，太热了。虽草木葱茏食物易得，但紫外线照射强烈，瘟疫盛行，加之新陈代谢太快，人类短寿。相比较之下，温带得天独厚。

如果把整个地球当成一个整体(这有点废话，整个地球本来就是一个整体。不过，在古代的时候，人们尚无此宏观眼光)，寒带的人愿往温暖的地方移动。说得好听一点，是迁徙需要，说得难听一点，是迫不得已到别人的地盘上谋生。在这个过程中，充满了血腥和掠夺。反过来，热带地方的人，会不会也入侵到温带去生活呢？一般说来，不会。人们对于炎热，较好忍耐，不行可以躲在水里——江河湖海总不至于全沸腾，或到树荫下、草丛中、山洞里避暑。热带物产丰富，随便就能填饱肚子，剩下的时间便唱歌跳舞，基本上没有兴趣到相对寒冷的北方去侵占他人领土。

这也许能够部分解释为什么北欧海盗，至今在那里备受尊崇。不抢，吃什么？为了长途跋涉不迷路并凯旋，要有特别好的仪器、仪表、机械、武器……这是北欧乃至整个欧洲这方面特别发达的传统和实际需要。

中华民族守土重迁。守土观念是在精致的农业发达以后所养成的一种安分守己、故步自封的心理。毫无疑问，温带是最适宜耕种的地方。在地球上，北半球北温带最丰饶的地方，属于亚洲大陆，其中中国占了很大一部分。在西半球，是美洲大陆，那里原本是印第安人的故乡。

在南半球，除了海洋，温带地区主要是南美大陆还有澳大利亚等地。这些世界上的富庶地区，都曾被殖民者统治。

那一年我去欧洲，进入瑞士时，导游说了一句话，让我惊愕。他说，这是穷山恶水的地方。

我吓了一跳，谁人不知瑞士是举世闻名的花园国家，富裕安宁美丽丰饶。导游是不是和瑞士有什么私人恩怨，才诋毁人家呢？

　　后来我多次到欧洲，才觉得这位来自中国台湾无数次穿行欧洲的导游，实在是一语中的。整个欧洲，除了南欧，基本上自然环境都不甚好。他们喜爱当海盗，到处去抢。南欧当然是首当其冲被抢的地方，然后是非洲。再然后欧洲人登上了"五月花"号，到了北美。残酷地屠杀印第安人，抢了东西还不说，还要抢地盘，直到成立了自己的国家。

　　可能有人说，北欧多么美丽啊，挪威还被评为是世界上最适宜人居住的地方。

　　我不知道这个评比委员会是什么人组成的，但我相信和世界上的其他评选一样，这话语权，基本上在欧洲人手里。

　　记得我在北欧的夏日某天，晚上11点了，太阳还明晃晃的悬在天上，好似巨大的嬉皮笑脸。极昼时分，几乎没有暗夜，太阳到了午夜12点多才落下，不辞劳苦地刚打了个盹儿，早上两点就又蓬蓬勃勃地上工了。整天这样金灿灿明晃晃的，叫人如何安歇？当地老百姓想出应对之策，那就入睡时把窗板上起来，利用木头的遮光性，制造一点暗夜的氛围，以求睡得宁静。这还是极昼呢。纵然太阳金光万道，总还可生出法子躲闪。倘若到了极夜，终日不见阳光，又该如何是好，每天都像生活在黑漆漆的洞穴中吧？

　　这样的地方，怎能说最适合人生存？我的朋友在北欧某国当医生，回国时聊天。我说，我在欧洲，亲眼看到当地人在他们皇宫里，光着大膀子晒太阳，绝对不雅。可人家并不觉得不妥，还招摇过市。如果咱们的农民老大爷，在故宫里赤膊光着脊梁走来走去，国人一定要说他素质低。

　　朋友道，在欧洲，特别是北欧，很多人严重缺钙。因为半年日照稀少，维生素D无法经阳光照射而合成有活性的物质，导致体内钙代谢失衡。一见出了太阳，也顾不上什么礼仪，让皮肤晒太阳第一要紧。所以欧洲才有那么多日光浴，才有天体浴场，才有晒成赭色蜜糖色皮肤为美的时髦。说到底，很简单，他们的骨痛，只有晒了太阳才能好转。尽管不断有研究证明，持续暴晒，会引发皮肤癌，但他们顾不上。医得眼前疮最要紧，哪管剜却心头肉的苦呢！

　　关于极夜景象，那时我尚未亲眼看见。曾看过一本旅游册，号召大家12月中旬到北欧游览。文中有这样一句话，让我印象深刻——"每年圣诞节前后，在这里，你会看到太阳终日都在地平线以下运行"。

我愣了半天。好歹也算以文字谋生的人，怎么生生就看不懂这句话了呢？思忖后终于明白——你将整天看不到太阳！

也许有人会说，我们看到的欧洲，到处精雕细刻，鸟语花香，洁净瑰丽，古老悠久，真的是个好地方呢！

我说，不错，我们现在看到的欧洲，天堂模样。可你不要忘了，这是在几百年间全世界的财富都朝那里猛烈流淌的结果。让我们把眼光放远一点，剥去现代文明的外衣。想象几千几万年前，没有电、没有暖气、没有照明、没有足够的衣物和粮草，在完全以太阳能量为唯一来源的时代，这半年黑半年白的地方，哪里适宜人生存？

怎么办？除了苦苦挣扎，就是向南挺进，去抢、去占领。那时候跨海作战尚比较困难，最便当的就是一路向南，收拾了同一块大陆上的南欧。于是就有了地中海沿岸国家的反复被占领和血洗，也造就了它高度混血的人种和丰富多彩杂糅并蓄的文化。

欧洲人在全世界奔袭扩张攻城略地，除了保存老家的宅基地，还把北美和澳洲，变成自己的第二故乡。在中南美洲留下大量混血儿，普及了西班牙语和葡萄牙语，强行改变了当地文化。在澳洲，干脆把当地土著的孩子"盗走"，让他们在白人家庭里长大。理由是：政府认为土著居民没有文化，没有前途。将他们的子女带走、漂白，有助于他们融入现代社会。那隐晦的用心，是让人家忘了祖宗，成了自家义子。在非洲则主要以掠夺资源为主，当然还有掠夺人口，以充当棉花地、咖啡园、甘蔗田的苦力。自己在抢来的上好地方，风调雨顺地住着，再把全世界的好东西运过来享受。多惬意！

在"和平号"甲板上，面对大西洋的滔滔海浪，一位外国的国际问题专家，曾问过我一句话：从美国佛罗里达到中美洲，很近的距离，你有什么印象？

我说，佛罗里达美轮美奂，一眨眼到了中南美洲，相距不过几百公里吧，从窗户看出去，自然气候几乎一模一样，同样风景秀丽气候宜人。不料一走出这条船，看到的是遍地垃圾、低矮民房、营养不良、衣不遮体的贫苦景象。和美国相比，虽在一个时空，却恍如隔世。

专家说，中南美洲和北美洲差别为什么这么大？不在于它们的气候有多大不同，地理有多大差异，而在于人。欧洲人找到了北美洲，觉得这里非常适宜生存，就霸占了这块土地，杀戮当地的土著印第安人，将肥美地域据为己有。而对中南美洲呢，主要把它当成自己需要的物产供应地。利用这块土地，却并不建设它。攫取乃是唯一目的，至于当地人的发展和死活，并不在跨国资本家的考虑范畴之内。这就是中南美洲和北美洲虽咫尺之遥，经济和人民生活却相差如此悬殊的主要原因。

每当我看世界地图时，便会心生感慨。中国周边，有多少小国啊！弯弯曲曲的国境线，基本上都是以山川河流为自然分界线，它蜿蜒而天然。再看北美洲国境线，齐刷刷的斩钉截铁，刀剁斧劈一般。那么大一块版图，美国和加拿大，两个国家就分完了。在美国附近，无法存在像中国附近这样密集和多种多样形态的国家。

其中原因，发人深思。

是当年的中国不够强大，无力降服这些小国吗？

否。鸦片战争前，1793年，清高宗乾隆五十八年，正值康乾盛世末年，此时中国经济总量占世界第一，人口占世界的1/3，对外贸易长期出超。

中国的丝织品、茶叶、瓷器等物品，畅销全世界，大量白银源源不断地流入中国。比如当时对日本的贸易，"大抵内地价一，至倭可得五。及回货，则又以一得二"。对南洋贸易，"利可10倍"。英国东印度公司，每年单是从中国购买茶叶，就要花费白银400万两，而运到中国的商品销售总值，还不足茶叶一项的数。

中国数千年来发展出臻善至美的小农经济，让西方货物几乎找不到市场。曾主持中国海关税务司的英国人赫德在其《中国见闻录》中写道："中国有世界上最好的粮食——大米，最好的饮料——茶，最好的衣物——棉、丝和皮毛。他们无须从别处购买一文钱的东西。"

在这块富饶而温暖的土地上，人民不去征伐周围邻国，养成了和平恭顺甚至息事宁人的性格。西方资本家垂涎于中国的庞大市场，但18—19世纪的中国，完全自给自足，根本就不和他们做生意，

怎么办？他们想到了鸦片。

最先把鸦片作为商品输入中国的是葡萄牙人。他们以澳门为基地，将印度产的鸦片，运入广州。1767年以前，每年运入200箱。

英国人的动作大得多。1790年到1800年，共有20,000箱鸦片输入中国。1800年至1838年，输入中国的鸦片共达到42万多箱，每箱售价约750银圆。英国输入中国的鸦片，换走的白银共计2亿3904万两。

对华大规模的鸦片输出，使英国终于平衡了50多年以来对华贸易逆差，造成中国巨额白银流出，国库空虚，通货紧缩，经济失衡。1839年，林则徐赴广州禁烟，英国人不甘财路被断，诉诸武力，于是爆发了第一次鸦片战争。之后，又因为同样

的鸦片之祸，中国发生了第二次鸦片战争。这个世界上，可还有另外一个国家，因为一种植物提炼的毒剂，爆发过如此惨痛的战争吗？没有。只有中国。向一个伟大古老的国家和众多人民，输出如此巨量的毒品，丧尽天良！

国力衰弱，清政府一败再败。东南海疆门户洞开，在两次鸦片战争中，英法等国的军舰南北驰骋，如入无人之境。尤其是第二次鸦片战争的时候，英法联军破大沽、掠天津、陷北京，逼使咸丰皇帝狼狈逃亡热河……

当我乘着"和平号"航行到法国、英国北海之时，心想：这里距离中国多遥远啊！我们招谁惹谁了，他们万里迢迢奔袭而去，用鸦片这种毒物，腐蚀毁坏一个历史悠久爱好和平的国家！侵略我河山，掠夺我财富，欺凌我人民，践踏我尊严。何等霸道，何等嚣张！如果我们现在说某人给他人喂食鸦片，还让人家用祖传的宝贝来换取毒物，让这人积贫积弱，他好乘虚而入，最终霸占人家祖业……这难道不是十恶不赦的暴徒吗？罪行歹毒令人发指，是处心积虑的完美谋杀！这就是西方列强几百年来对中国的所作所为。

我以前对清朝统治者充满愤怒。伟大的中华民族，就是在他们手上败落的。当他们从寒冷的北方到了气候温和、水草丰美的温带之后，觉得这里十分舒适，扎下根来。因他们不善航海，就对海防一味疏忽。重陆轻海的结果，是各处海门形同虚设，加之封建社会重重矛盾的积累，才造成中国历史的大悲剧。

航海绕地球一周之后，阅读了多一些的书籍，认识到那时的清政府，实在回天乏术。

且看社会学家 1939 年见到南美印第安人的一个分支——南比克瓦拉人时的印象。南比克瓦拉族在 1915 年的时候，大约是 20,000 人。

社会学家说："印第安人有明显的蒙古人种特征。脚部短、宽、胖，颧骨高，眼狭长如刀切，黄皮肤，黑色直发，很少或没有体毛。印第安女子的特征：乳房很高，几乎长在腋下，肚皮突出，瘦长的腿，人们很容易被他们自然流露的自尊自爱的表情所吸引。对'美丽'和'年轻'，他们只用一个字来描述。对'丑陋'和'年老'也用一个字来描述。他们的美感评判因此基本上是基于人本位的，特别是在性本位价值上面。至于蓝色和绿色，这些都是冷性的颜色，在自然状态中，主要以败坏的植物为代表，这就是人们对这两种颜色漠不关心的理由。有时，他们干脆把蓝色和黑色用同一个词汇描述。

"男人对女人在不同场合表现欲望、尊重或是关爱。这些女人充满活力，意志坚定，心情愉悦。每当男人垂头丧气地回到营地，失望而又疲惫地把没有派上用场的弓箭丢在一旁时，女人就令人感动地从篮子里取出零零星星的东西：几只橙色的果子、两只肥胖的毒蜘蛛、几粒小小的蜥蜴蛋、一只蝙蝠、几个棕榈果子和一把蝗虫……果子用手压碎，坚果用石头砸碎，小动物和幼虫则丢进热灰中烧烤。然后全家人就高高兴兴地吃晚饭了。"

"当年，他们每一个人都具有强大的善意，一种非常深沉的无忧无虑的态度，一种天真的令人感动的动物性的满足。而且，把这一切结合起来的，还有一种可以称之为最真实的，人类爱情的最感动人的表现。"

诗情画意的情形过了 10 年之后，也就是 1949 年，有两位传教士又见到同一群南比克瓦拉人。传教士向社会学家描绘的情形如下：

"整个土著群只有 18 个人。8 个男人里面，一个有梅毒，另外一个身体受到某种感染。有一个脚受伤，还有一个是又聋又哑。妇女小孩还比较健康。夜晚寒冷的时候，他们就把篝火熄灭，睡在犹温的灰烬之中。"

这中间发生了什么？就是殖民者的入侵和种族灭绝。

巴西 16 世纪的上层人士，最喜欢的一种娱乐活动是到医院去收集天花病人的衣服，然后把这些衣物和印第安人没见过的一些小礼物，放在印第安人必经的小路上。这种休闲活动造成了相当可观的效果，1918 年，在巴西的圣保罗邦，大约相当于法国大的面积在地图上被标明"只有印第安人居住"。但是到了 1935 年，那里已经一个印第安人也没有了。

可以想象，殖民者来到中国，用罪恶的鸦片敲开大门，用卑劣手段图财害命。使用先进武器，大肆屠虐。假以时日，南比克瓦拉人的下场、巴西土著印第安人的结局，极可能成为中华民族的下场。

除了中国人民殊死搏斗和地域辽阔，列强们轻易无法一口吞得下，还和一个词有关，就是"对跖点"。它指过地心的一条直线和地面相交的两点。我们和主要西方国家，虽然没有"对跖点"那么远，但在地理上也相距遥远。他们的坚船利炮，要航行至中国大陆，也颇费时日，运来的兵力也有限。如果中国是欧洲主要列强的近邻，也许会更悲惨。

曾经有位对中国历史一知半解的外国人对我说：中国人爱侵略。

我大吃一惊，压抑愤慨，尽量心平气和地问他，你有何证据？

他说，凡外国人到了北京，你们都会请他去看长城。你们在自豪的同时，不知道这大错特错了。长城就是你们侵略的证据。长城是干什么用的？是你们修起来保护自己边疆不被外人侵略的。那时候，你们的边疆就在北京城边上。现在，你们的国界到了哪儿，这不就是扩张领土的证据吗？

我说，你说得不错，长城曾经是中国的边疆，那是为了抵御北部民族。从这堵墙，你也能看出我们的某种性格，我们把边界标得清清楚楚，花大力气修起一道坚固的墙，希望这堵墙能保护自己安居乐业，和北边的部族和平共处，井水不犯河水。结果善良的愿望在残忍的现实面前粉身碎骨。墙还屹立在那里，当时那个国家已不存在。它到哪里去了？北方的民族攻破了这道墙，入主中原，成了新皇帝。他们带来了以往曾经属于自己的领土，中国的版图才得以扩大。

外国人目瞪口呆。

意大利耶稣会会士利玛窦，1582 年至 1610 年居住在中国。他对中国人的不好战、不尚侵略和宗教信仰自由也大为惊异。他在《16 世纪的中国》一书中写道："如果我们停下来细想一下，这一点似乎很出人意外：在一个几乎可以说其疆域广阔无边、人口不计其数、物产多种多样且极其丰富的王国里，尽管他们拥有装备精良，可轻而易举地征服邻近国家的陆军和海军，但不论国王还是他的人民，竟然都从未想到去进行一场侵略战争。他们完全满足于自己所拥有的东西，并不热望着征服。在这方面，他们截然不同于欧洲人，欧洲人常常对自己的政府不满，垂涎其他人所享有的东西。现在，西方诸国似乎已经被称霸世界的念头消磨得筋疲力尽，他们深知不能像中国人那样在长达数千年的时期里所做的那样，保持其祖先留下的遗产。"

欧洲人不是这样，他们的领土都是通过战争获得的，所以他们习惯认为任何一种崛起都必有侵略意图。他们无法想象中华民族这种与人为善、以柔克刚的智慧和生存法则，怎么能屹立长存。

某些西方人对中国有着异常顽固的偏见，神经兮兮、指手画脚地面对中国的现状和未来变化。

为什么？从心理学上讲，是投射。

所谓投射效应，是指以己度人。认为自己具有某种特性，他人也一定会有与自己相同的特性，把自己的感情、意志、特性投射到他人身上并强加于人的一种认知障碍。在人际认知过程中，人们常常假设他人与自己具有相同属性、爱好或倾向等，常常认为别人理所当然地知道自己心中的想法。

西方是靠扩张、侵略、攫取、控制起家的，他们认为中国也一定是这种心态。

他们无法想象还有另外一种温良恭俭让的文化，有以德服人、以理服人、和谐共生的文明。

对中国的偏见来自西方根深蒂固的心结。很多西方人一厢情愿地认为，西方一切都是最好的，其他文化不过是劣等至多是二等货色。全世界都应该唯西方马首是瞻，其他国家或民族只能跟在西方后面亦步亦趋。

自大航海时代以来，西方已经习惯了这个世界是以他们为轴心和主宰转动，对于整个第三世界的崛起，他们太不习惯太不能接受了。特别是近几十年来中国发生的一系列巨大变化，触动了他们潜藏至深的脆弱神经。中国是一个有着自己独立文化和思想的大国，西方绵延几个世纪以来的优越感遭遇了真正的挑战。改革开放初期，中国人虚心地向西方学习，那时候他们以老大自居，认为中国以某种形式崇拜他们，期待着中国全面皈依他们。当他们终于发现中国人在很多方面，也可以当之无愧地不输于任何西方人，自立于世界民族之林的时候，他们深深地恐慌和震惊了。西方世界无法想象，这样一个庞大的、在制度上他们无法认同、在文化上陌生的国家迅速崛起，将给他们熟悉的国际体系带来怎样的不确定影响。他们接受战后的日本，因为它是在美国的帮助下重建的，他们和印度亲近，因为印度原本就是英国的殖民地，和它们有着千丝万缕的联系。在他们的历史中，不能接受一个不同文化的大国昂然挺立在他们系统之外。如果这个国家不匍匐在地、不奴颜婢膝，而是独立自主发奋图强，会让他们神经高度紧张。深层的失落令他们痛苦不安，灵魂中的罂粟开始左摇右摆，想制造新的精神鸦片再次输入中国。

很多西方的政治家乃至普通民众，喜欢凭想象来评价中国。这是他们的悲哀愚昧，这样的时代应该结束。

在 15 世纪末，欧洲仅仅是欧亚大陆四个文明中心的一个，而且绝不是最重要的一个。到 18 世纪末，西欧已经控制了外洋航线，组织起了遍及全球、可谋取暴利的贸易，并征服了南北美洲的广大地区。从 19 世纪始，欧洲在全球占据了统治支配地位。

世界上的不同种族、不同国家、不同民族曾经为高山和大海所分隔，但地球是所有民族共同的家园。他们必须统一成协同一致的匀称整体，必须同心同德。彼此之间的交流越多样化，互相学习的机会越多，进步性也就越强。

亲历了伦敦奥运火炬传递的中国驻英大使傅莹（后来她是中国外交部副部长了）曾感叹："中国融入世界不是凭着一颗诚心就可以的，挡在中国与世界之间的这堵墙太厚重了……像我这样身处中西方之间的人，不能不对中国和西方国家公众之间彼此印象向两个不同的方向下滑的趋势深感忧虑。"她说："世界曾等待中国融入世界，而今天中国也有耐心等待世界认识中国。"

我并不宣扬狭隘的民族主义，我知道每个民族的发展历史中，都曾有过茹毛饮血、血雨腥风的过程。我只是觉得正确复原历史，有利于世界的和平和稳定。不能因为一己狭隘思绪的投射，就无视历史的真实。不能因为自己曾经在掠夺世界其他国家巨大财富的基础上，建立起奢靡的生活方式，就将其作为唯一标杆，放之四海而皆准。不能把自己标榜为文明和洁净的代言人，而认为其他的生活方式，都是落后和肮脏的。

21世纪被称为海洋世纪。不管怎么变化多端，天下的水都相连。石油漏在墨西哥湾，会使普天下的人遭殃。天下的空气都相连，战火燃烧在伊拉克，会使普天下人窒闷。大洋中的海豚没有国界，因此任何一个国家的滥杀滥捕，都会使普天下人哭泣。天下的陆地在大海的底部都是相连的，因此对一人的遗弃欺侮也是对全人类的犯罪。

航海是走向世界、走向开放的必经之路，也是一个大国在世界上的地位象征。浩瀚海洋，中国人迎头赶上。

跋

# 给自己和
# 给你的礼物

　　旅行，不仅仅指身体在地理空间的变换，更指心灵的跋涉。航海，就是在蔚蓝和天蓝之间移动，充满了挑战和未知。2008年5月13日，我和儿子芦淼，乘坐日本"和平号"游轮，从日本横滨出发，完成绕地球一周的航行，整个旅程原计划103天。但路途遥遥、风高浪急，至此船最后返回横滨港的日子，途中共计114天。我因送回"和平号"给汶川地震的捐款等原因，中途回国，而后又在欧洲追赶上这艘游轮继续旅行……芦淼是完完整整走完这一环，共计28246海里（1海里等于1.852公里），也就是52,311公里。成为中国大陆首次航海环绕地球旅行的几位公民之一。

　　"和平号"因为船只设备机械原因，在美国的佛罗里达船坞检修，耗时9天，为了赶船期，没有去委内瑞拉，直接奔了巴拿马，之后是墨西哥。我们母子从墨西哥绕道去了一趟古巴。这样在途经国家的数量上，少了一个委内瑞拉，多了一个古巴。

　　这是一趟充满了未知和挑战的航行，它的艰难和危险，远远超出了我的想象，幸好终于平安回了家。

　　如果我事先知道需要穿越这一系列苦难，让我重新选择——去还是不去？在刚刚到家的一个月之内，我会非常坦率地说——"不去！"

回家几个月后，如果你再次问我这个问题，我会改口道——"去！"

你可能要惊奇，为什么会有这么大的变化？答案只有一个，万里海疆，艰苦超乎想象。刚回来，惊魂未定，所以说"不去"。过了一段时间，苦难的创伤渐渐淡去，留下的是瑰丽无比的回忆，所以，就说"去"了。

所有知晓我曾环球旅行的人，都有无数问题劈头盖脸地砸来。一张船票多少钱、需要办多少国家的签证、船上如何洗衣服、语言不通怎么办、会不会晕船、在漫长的海上航行中怎么打发日子、每天干些什么、看没看见鲸鱼、是否遭遇过海盗、吃得可好、饮食是否习惯、给家人朋友买了什么礼物……

大大小小的问题，像加勒比海的浪花，此起彼伏。

曾经获得过诺贝尔文学奖的墨西哥作家奥克塔维奥·帕斯说过："旅行的愿望，在人身上是与生俱来的。谁要是从未萌生过此念，那绝非人之常情。"

我们血液中都有流浪的因子，远古的基因蠢蠢欲动。

大海是人类的发祥地，我们均来自那最深邃的蓝色底层。

如果你对环球旅行有一份浓厚兴趣，心底某个明亮的角落，也埋着一羽飞翔的翅膀，只待时机成熟，就冲天一啸，我想，请抽空看看这本小书，也许会对你将来的远行，有一点小小帮助。如果你满心像我刚刚从海外回到家乡时的那种想法，拒绝走这样一趟充满艰险的旅程，我更建议你翻翻这本小书。因为你不会去，就请听听我这一路的感受，发自肺腑的第一手报告。

我要深深感谢我的儿子芦淼。没有他的帮助，一个半老妇人，是难以完成如此艰难的旅程。他帮我做翻译、发邮件、拎行李、处理意外变故……古有24孝，陪老母海上航行几万里路，是现代第25孝了。

帕斯还曾说过："每次旅行向我们展现的国度，对全体造访者来说，原本是同一个，可是在每一位旅行家眼里，却又有见仁见智的不同。"

旅行各有千秋。

在海上的日子，每天晚上，只要没有大的风浪，我都会在船的左前舷看海。为什么一定要选这个地方？你要记得我们的船是自东向西航行，落日就在船的正前方。当太阳最后熄灭了它的烁目光华之后，海平线上只有琥珀色的云线，是晚霞金色火焰的孑遗。这种时分，似黑非黑，忧郁万马奔腾般袭来，双目直视海洋，它带着一种永恒的苍凉，大智若愚。渐渐地，几乎什么都看不见了。但我确知，苍凉中蕴含着人类无以企及的活泼生机，在深深的海底动荡不已。

喜欢在清晨看海，船在大洋中央，人和天的比例根本就不能称之为比例，你关于这个世界的所有认识，都被动摇和颠覆。举目四望，人是如此孤独，天空和水永远在目光的尽头缝缀在一起，包围着你，呈现出博大的哀伤。你知道自己一定会灭亡，而大海永在。

在宇宙形成的几乎全部时期，作为人，你根本不存在。再过一些日子，作为人，你也不存在了。在如此短暂的机会里，你拥有独特的活泼生命。庆祝自己能有这样生而为人的机缘巧合，这是一个难以忘怀的独特经历。

而旅行，能给人的生命注入活力，催人成长。

人常常是置之死地而后生。当我如此深刻地体验到一己的微不足道和瞬忽即逝的宿命之后，我决定从现在开始，再不无谓地消耗一分钟，尽心尽意做自己喜欢的有价值有意义的事情，让渺小的生命和一种广博的存续连接在一起，如同浪花在海洋中快乐嬉戏并生生不息。

把这个过程变成诚意而努力的文字，是我在这本书里对自己的要求。这是我绕地球一周之后给自己的礼物。十几年后，再略做整理补充，与你分享。悄悄说一句，环球旅行，我花费了几十万元，你只要几十元，得之精髓。

毕淑敏

2019 年 6 月 1 日

**图书在版编目（CIP）数据**

蓝色天堂 / 毕淑敏著 . — 长沙：湖南文艺出版社，
2019.12
ISBN 978-7-5404-9352-3

Ⅰ . ① 蓝… Ⅱ . ① 毕… Ⅲ . ① 散文集—中国—当代
Ⅳ . ① I267
中国版本图书馆 CIP 数据核字（2019）第 156617 号

**上架建议：名家经典 · 散文**

LANSE TIANTANG
蓝色天堂

作　　者：毕淑敏
出 版 人：曾赛丰
责任编辑：薛　健　刘诗哲
监　　制：蔡明菲　邢越超
策划编辑：董晓磊　毛昆仑
特约编辑：尹　晶
照片支持：芦　淼
营销支持：杜　莎　周　茜　傅婷婷　文刀刀
版式设计：潘雪琴
封面设计：八牛设计
出　　版：湖南文艺出版社
　　　　　（长沙市雨花区东二环一段 508 号　邮编：410014）
网　　址：www.hnwy.net
印　　刷：天津市豪迈印务有限公司
经　　销：新华书店
开　　本：700mm × 995mm　1/16
字　　数：389 千字
印　　张：18.5
版　　次：2019 年 12 月第 1 版
印　　次：2019 年 12 月第 1 次印刷
书　　号：ISBN 978-7-5404-9352-3
定　　价：58.00 元

若有质量问题，请致电质量监督电话：010-59096394
团购电话：010-59320018

BlUE
HEAVEN

一场荡涤身心的环球之行，
114天的海上漂泊，
航程52,311公里。